RAINER W. GRIMM wurde 1964 in

Gelsenkirchen / Nordrhein -Westfalen, als zweiter Sohn, in eine
Bergmannsfamilie geboren und lebt auch heute noch mit seiner Familie
und seinen beiden Katzen im längst wieder ergrünten Ruhrgebiet.
Mit fünfunddreißig Jahren entdeckte der gelernte Handwerker seine
Liebe zur Schriftstellerei.
Als unabhängiger Autor veröffentlicht er seitdem seine historischen
Geschichten und Romane, die meist von den Wikingern erzählen.

RAINER W. GRIMM

JARLSBLUT - SAGA
DER NEUNTE BAND

HISTORISCHER ROMAN

Bibliografische Information Der Deutschen Bibliothek:
*Die Deutsche Bibliothek verzeichnet diese Publikation in der
Deutschen Nationalbibliografie; detaillierte bibliografische Daten
sind im Internet über* http://dnb.ddb.de *abrufbar.*

Verlag: BoD · Books on Demand GmbH,
In de Tarpen 42, 22848 Norderstedt
Druck: Libri Plureos GmbH, Friedensallee 273,
22763 Hamburg
Covergestaltung: Siglinde Lítilvölva, RWG
Layout: RWG
ISBN: 978-3-7693-0321-6

Inhaltsverzeichnis

1. ENTLANG DER KÜSTE

Der von Schnee bedeckte Strand hatte gerade einmal die Breite einer Schiffslänge, und endete in einer mannshohen Böschung. Und in dieser Böschung steckte der Vordersteven des Asenzorns. Der Steuermann Kjelt hatte alles gegeben, im Kampf gegen die Gewalten des Meeres, doch gegen die Launen der Ran[1] war er machtlos. Diese hatte mit dem Knarr[2] des Jarls von Tautra gespielt, als sei es eines dieser kleinen Holzspielzeuge die Thoke, der Zimmermann, für Einars kleinen Sohn Ulf schnitzte. Und so hatte die Seefahrt hier auf diesem Strand geendet.

Die Pfaffen schrieben das Jahr 837 nach der Geburt ihres Herrn Jesus.

Es war der erste Tag des Monats, den die Christen Februar nannten, als sie das Heer der Norweger und Dänen auf der Insel der Angelsachsen[3] verlassen hatten[4]. Acht volle Monde hatten sie die große Königsstadt Lunden[5] belagert und diese immer wieder angegriffen. Bis sich der König von Wessex namens Egbert endlich geschlagen gab. Er zahlte eine große Summe an Silber und Gold, und die Wikinger ließen die Stadt aus ihrem Würgegriff frei. Einige der Jarls machten sich auf den Weg nach Norden in die Gegend von Nordumbrien. Andere, unter ihnen auch Jarl Einar, wagten

---

[1] Ran - düstere Meeresgöttin, zieht die Seefahrer bei Sturm mit ihrem Netz in die Tiefe, gebietet über die Seelen der Ertrunkenen, Weib des Ägir

[2] Knarr, Knorr - dickbauchiges Handelsschiff der Nordleute

[3] Insel der Angelsachsen - England

[4] siehe Band 8

[5] Lunden – Lundenvik, Londinium, London, an dem Fluss Themse gelegen

es den Heimweg anzutreten, obwohl es nun schon Winter war. Und so segelten sie die Themse[6] flussabwärts in das offene Meer hinaus. Dort nahmen sie Kurs nach Norden, folgten zuerst der Küste von Essex, und dann der von Ostanglien. Und wie es schien, sollte Jarl Einar das Heil der Götter auf seiner Seite behalten.

Die Tage vergingen, und der Asenzorn segelte bei schönstem Sonnenschein und blauem Himmel immer weiter nach Norden. Wenn es Nacht wurde, legten sie das Schiff an einem geeigneten Platz an, und gingen an Land. Dann errichteten sie ihr Lager, um die Nacht dort zu verbringen.

„Wir könnten uns hier doch mal umsehen, sicher gibt es auch hier genug zu holen", schlug Olaf, der große, blonde Freund und Krieger Jarl Einars vor. Sie saßen zu fünft um eine Feuerstelle. Olaf und seine in Essex erbeutete Sklavin Aelthdreda, die er nur noch Dreda nannte, saßen dem Jarl und seinem Weib, der Kriegerin Ilva gegenüber. Aelthdreda war wohl die glücklichste Sklavin, die jemals ein Wikinger genommen hatte, denn sie liebte den Olaf, und drängte ihn geradezu sie mitzunehmen. So sah es nun aus, als hätte Olaf eine Gefährtin gefunden. Dass sie nur halb so alt war, wie der Norweger, störte die braunhaarige Aelthdreda überhaupt nicht.

„Sag, reicht es dir nicht, dass du den Raubzug von Lunden überlebt hast, Olaf?", fragte Raban, der kahlköpfige Sachse mit dem dichten Bart. Auch er war einmal als Sklave in die Gefolgschaft des Jarls von Tautra gekommen. Inzwischen hatte sich der kräftige Kerl einen festen Platz an der Seite des Jarls erkämpft. Und nachdem Jarl Einar ihn vor dem Gang nach Walhalla[7] gerettet hatte, schwor er, diesen zu

---

[6] Themse – Die Themse ist ein durch Essex und Wessex fließender Fluss, der London mit der Nordsee verbindet

[7] Walhalla – die große Halle Odins, in der die gefallenen Krieger an die Tafel des Göttervaters geladen werden

schützen so gut es ihm möglich war. So war Raban zu Einars Leibwächter geworden.

„Was willst du damit sagen?", fragte nun Olaf zurück, und klang ein wenig beleidigt. „Oh, das kann ich dir erklären, mein Freund. Ich bin des Kämpfens müde. Mich zieht es in die Heimat. Vielleicht suche ich mir endlich ein Weib, und mache ihr ein paar Kinder. Und freue mich, dass ich noch in Midgard[8] wandele! Zum Beute machen habe ich keine Lust mehr!"

„Aber jetzt wo wir hier auf der Insel der Angelsachsen sind, sollten wir das ausnutzen, und so viel mitnehmen, wie wir können", erwiderte Olaf. Da mischte sich der Jarl ein.

„Ihr habt beide Recht. Ich denke jedoch wie Raban. Mich schmerzen die Knochen, und ein wenig Ruhe würde mir sicher guttun", sprach Einar, und Ilva lachte auf. „Oh ja, der alte Mann sollte sich schonen, denn ich brauche seine Kraft auf dem Schlaflager." Da lachten alle. Nur Einar nicht.

„Gab es für dich bisher Gründe zur Beschwerde, Weib?" Da schüttelte Ilva ihr goldenes Haar, und schmiegte sich an den Mann, der ihr Gemahl war. „Oh, nein, mein Einar! Bisher warst du immer ein wilder Hengst. Und das soll noch lange so bleiben!" Wieder lachten alle. Da traten Ubbe und Gisli an das Feuer. „Ihr seid ja bester Laune", stellte der stämmige Ubbe grinsend fest.

„Nicht alle", antwortete Einar gespielt beleidigt. „Hier wird wohl meine Manneskraft angezweifelt!" Er schüttelte seinen Kopf, sah dann aber Gisli an, von dem er glaubte, dass dieser etwas sagen wollte. Gisli, und fünf weitere Männer aus dem Dorf Borkasvik im Reich König Ragnars, waren an Bord des Asenzorns, denn sie hatten sich Jarl Einar angeschlossen. Einar und Gisli hatten Gislis

---

[8] Midgard – eine der neun Welten, die Welt der Menschen

Schwiegervater König Grjotgard[9] gebeten, dass er mit seinem Weib Eira nach Lade[10] kommen dürfe. Und darüber war der König der Trøndner[11] äußerst erfreut. Die Vorstellung seinem Weib Andur die Nachricht zu bringen, dass ihre Tochter heimkehren würde, entzückte den König sehr. Also hatte Gisli die Gefolgschaft König Ragnars[12] von Ranrike verlassen, was diesen gar nicht erfreute. Doch er ließ den Sohn seines Jarls Borka ziehen. Und damit sein Schwiegervater Grjotgard sich an Gisli gewöhnen konnte, blieb dieser zu Anfang sogar in dessen Lager. Dann aber zog es ihn zu Jarl Einar! Und da dieser ihm versprach mit Gisli nach Ranrike zu segeln, um Eira zu holen, schloss sich Gisli dem Jarl an, als dieser das Lager vor Lunden verließ.

„Es gibt ein Problem", sprach Gisli zu dem Jarl.

„Und?", fragte dieser.

„Die Männer die du ausgeschickt hast um Fleisch heranzuschaffen sind zurück." Da sah Einar den jungen Gauten[13] fragend an. „Wo ist da das Problem?"

„Einer ist verletzt, und einer ist in Walhalla, wie es scheint."

„Aber... aber was ist geschehen? Sie sollten einen Hof suchen, und ein Schwein kaufen." Einar erhob sich von dem Stein, auf dem er gesessen hatte. „Also, was ist geschehen?"

---

[9] Grjotgard Herlaugsson – 790 – 867 n. Chr. König des Trøndelag

[10] Lade – Königsstadt im Trøndelag, später von König Olaf Tryggvasson in Nidaros umbenannt und erweitert, heute ein Stadtteil von Trondheim

[11] Trøndner – Bewohner des Trøndelag im Norden Norwegens

[12] Ragnar Sigurdsson – gelebt in der 1. Hälfte des 9. Jahrhunderts, Sohn des dänischen Kleinkönigs Sigurd Hring, trug den Beinamen Lothbrok (Lodenhose)

[13] Gauten – Bewohner des nördlichen Götland, heute zu Schweden gehörend

„Wie es scheint haben sie einen Hof gefunden, und sich gedacht, warum sollen sie das Schwein bezahlen? Wir sind Raubfahrer, also stehlen wir das Schwein!"

„Und der Bauer war ein wehrhafter Mann", stellte der Jarl fest. Gisli nickte. „Ein Mann ist tot, sagst du?", fragte Einar, und wieder nickte Gisli. „Und ein Schwein haben wir auch nicht?" Der Gaute schüttelte den Kopf. Einar wandte sich um. „Olaf, es scheint, als bekommst du deinen Willen. Komm!" Der Angesprochene erhob sich, sah Aelthdreda an, und sprach: „Du bleibst bei Ilva!" Das Weib nickte gehorsam. Auch Raban erhob sich, und die fünf Männer machten sich auf den Weg. Zuerst suchten sie den Krieger, der verwundet ins Lager zurückgekommen war. Dieser musste sie zu dem Hof führen. „Er ist sehr angriffslustig, der Bauer", sagte der junge Krieger. Einar nickte nur. „Ah ja", sagte er ein wenig belustigt.

„Und er hat drei Söhne." Wieder nickte der Jarl. „Auch diese sind sehr kämpferisch." Da mischte sich Olaf ein.

„Halt endlich dein Maul, Mann!" Der junge Krieger erstarrte. „Du solltest ein Schwein kaufen, und keinen Kampf anzetteln. Dies hat uns einen Mann gekostet." Von einem Waldweg, den sie gingen, führte eine schmale Straße ab. „Dort entlang", zeigte der Krieger wohin sie gehen mussten. Diese Straße war kerzengerade, und in der Ferne sah man bereits das Ende des Waldes. „Geh ins Lager zurück", befahl Jarl Einar. Der junge Krieger nickte und kehrte um.

„Was wollen wir tun?" Olaf sah den Anführer fragend an. Dieser zog seine Schultern hoch. „Wir werden sehen. Holen wir uns ein Schwein!"
Die fünf Männer folgten der verschneiten Straße durch den Wald. Und als sie aus dem Schatten der blattlosen Baumgerippe heraustraten, sahen sie ein Haus, aus dessen Schornstein Rauch in den klaren Himmel stieg.

Ein verschneiter Steinwall umgab den Hof, zu dem drei Gebäude gehörten. Die fünf Männer kamen näher, und gingen durch die breite Lücke in dem Wall auf die Häuser zu. Olaf näherte sich sofort einem der Gebäude, welches wohl ein Stall war. Er öffnete die hölzerne Tür, und sah hinein. Im schlug ein unerträglicher Gestank entgegen, so dass er den Kopf wieder herauszog. „Drei Schweine", rief er. „Schön groß und fett!"
Auch an dem dritten Gebäude hatte Ubbe die Tür geöffnet.
„Drei Kühe und ein Pferd", rief er, und trat zu Einar, Raban und Gisli zurück. Da wurde die Tür des Hauses geöffnet, und der Bauer trat heraus. Er griff neben die Tür, wo eine Forke stand. Diese nahm er, und stapfte auf die Fremden zu. Hinter ihm folgten seine Söhne, die mit Äxten bewaffnet waren. „Was wollt ihr hier, ihr verdammten Diebe! Hat euch ein Toter nicht gereicht?" Einar sah Raban an, und hoffte, dass dieser die Worte übersetzen konnte. Doch der Kahlkopf zuckte die Schultern. Hier in Ostanglien waren sie auf dem Land der Angeln, und deren Sprache kannte er nicht. „Ich verstehe kein Wort", sagte er. „Aber freundlich waren die Worte bestimmt nicht."
„Gut, sie wollen es so. Töten wir sie", entschied der Jarl. Er trat auf den Bauern zu, der die Forke senkte, und nach dem Wikinger stach. Doch Einar wich den drei spitzen Zinken geschickt aus. Nun zog Einar sein Schwert mit dem roten Stein im Parier aus dem ledernen Wehrgehäng, und schlug auf die Forke, die sofort zerbrach. Danach riss er das Schwert nach in die Höhe, holte aus, und ließ die Klinge niedersausen. Der Kopf des Bauern wurde am Scheitel geöffnet. Mit aufgerissenen Augen sah er den Wikinger an. Blut lief ihm langsam über die Stirn. Dann fiel er auf die Knie, und dann auf sein Gesicht. Jetzt stürmten die Söhne auf den Mann zu, der gerade ihren Vater getötet hatte. Doch

die erfahrenen Krieger des Jarl verhinderten ihre Rache, und kannten keine Gnade mit den Bauernsöhnen.

*

Drei Schweine liefen durch das Lager, und mussten wieder eingefangen werden. Dies artete in einen großen Spaß aus, der nicht nur die Zuschauer belustigte. Dann wurden die fünf Männer sichtbar, die über den Weg aus dem Wald heraustraten. Sie trieben die drei Kühe des Bauern vor sich her. Und sie brachten auch drei Weiber mit. Dies waren die Töchter des Bauern und seine Magd. Die Bäuerin hatte es vorgezogen ihrem Gemahl zu folgen, und starb durch Ubbes Saxmesser. Das Pferd hatten sie in die Freiheit entlassen, und die Frauen sollten nun ihr Leben als Sklavinnen fristen. Später stellte sich heraus, dass die eine Tochter und die Magd achtzehn Winter zählten. Und die andere Tochter, die jüngere, zählte sechzehn Winter. Auch die Namen der Frauen erfuhr der Jarl. Denn Aelthdreda, die Sklavin Olafs, war der Sprache der Angeln mächtig. Die Magd hörte auf den Namen Ermintrude, und sie war eine Sächsin aus dem Westen von Wessex. Die beiden Schwestern hörten auf die Namen Aethel und Hrodwynn.

„Was ist geschehen?", fragte Ilva ihren Gemahl, als sie diesen als Kuhhirte in das Lager kommen sah. „Was soll schon geschehen sein! Wir haben Beute gemacht, so wie es Olaf wollte." Ubbe trug eine kleine Truhe unter seinem Arm, die sie unter dem Bett des Bauern gefunden hatten. Dazu schleppte Gisli noch einige Kelche und Kerzenständer, von denen sie vermuteten, dass diese aus Silber seien.

„Der Bauer war ein unfreundlicher Kerl. Wir verstanden seine Worte nicht, aber sie waren sicher übel und feindselig." Dies hörte Ilva nicht gern. „Sollten wir besser verschwinden?"

„Ach was", mischte sich Raban ein. „Es wird dauern, bis man den Bauern findet. Wir haben den Hof ja nicht angezündet." Doch Raban täuschte sich, denn es war reiner Zufall, der ihnen einen weiteren Kampf bescheren sollte. Ein fahrender Händler hatte beobachtet, wie die Wikinger mit ihrer Beute den Hof verließen. Er kam einmal in der Woche auf die Höfe der Bauern, um mit diesen zu handeln. Daraus wurde bei diesem Bauern jedoch nichts mehr. Er fand den Herrn des Hofes, und seine Söhne, deren Seelen die Körper verlassen hatten vor dem Haus liegen. Und er fand im Haus auch die Bäuerin. Eilig machte er sich auf den Weg, denn er wusste, dass eine Burg des Königs Aethelstan nicht weit war.

Die drei Schweine fanden an diesem Abend noch den Weg auf den Spieß. Man aß sich satt, und verstaute die Reste des Festessens. Sicher würde sich das gebratene Fleisch einige Tage halten. Einar saß auf einem Stein, und sah zu den Kühen hinüber. „Was machen wir mit dem Vieh?" Ubbe sah ihn an und grinste. „Aufessen!"

„So viel können wir nicht essen, Mann! Und der Asenzorn ist bereits vollbeladen. Ich denke, wir lassen sie frei", sprach der Jarl. Enttäuscht sah nun Olaf den Anführer an. „Sie haben aber einen großen Wert."

„Ja, da hast du natürlich Recht. Aber das Schiff ist voll. Für die Kühe ist kein Platz."

„Dann werde ich sie irgendwo verkaufen", trotzte der blonde Krieger. „Wo bitte willst du die Kühe verkaufen?", fragte Ubbe, und Einar fügte hinzu: „Du kennst dich hier nicht aus, und außerdem wollen wir früh aufbrechen." Dies musste Olaf einsehen, doch es ärgerte ihn ungemein, dass er die Kühe zurücklassen sollte.

Sie hatten mit dem einen Toten auf dem Bauernhof, bei den Kämpfen nur fünf Krieger verloren. Hatten aber mit Gisli und seinen Männern sechs neue dazubekommen. Und dann waren da noch die vier Sklavinnen, die Einar auf keinen Fall zurücklassen wollte. Also musste Olaf auf die Kühe verzichten.

Die drei jungen Frauen hatten die Nacht weinend und gefesselt im Zelt des Olaf verbracht. „Was heult ihr hier herum?", fragte Aelthdreda streng. „Wart ihr auf dem Hof eures Vaters nicht auch nur Sklavinnen? Nur das euer Vater der Herr war. Ihr könnt mir glauben, wenn ihr gehorsam seid, dann wird man euch gut behandeln."
„Aber ich habe Angst vor dem mit dem roten Auge", sagte die Jüngste und ihr liefen immer noch Tränen über das Gesicht. „Das ist Jarl Einar! Er ist ein gerechter Mann, und gehört zu der Ilva. Sein Auge hat ihm seinen Beinamen Blutauge eingebracht. Er ist der Herr über alle hier!"
Olaf hörte der Aelthdreda ruhig zu. Er lag auf einem dicken Fell, und hatte sich eine Decke übergeworfen. Er mochte es, wenn die junge Frau in ihrer Muttersprache redete. Auch wenn er kein Wort davon verstand.
„Du, Aethel, hattest du schon einen Mann?", fragte Aelthdreda die junge Frau. Diese schüttelte den Kopf. „Und du, Ermintrude, hat dir der Bauer nachgestellt?" Die Magd nickte. „Der geile Bock hat dich gevögelt, wann immer er wollte, stimmts?" Ermintrude nickte beschämt. „Ich habe gesehen, wie die Wikinger ihre Frauen behandeln. Der Jarl ist ein guter Mann, und er scheint die Sklaven auch gut zu behandeln. Ich habe beschlossen mich zu fügen, denn ich will einmal Olafs Weib werden. Ja, er wird mich lieben!"
„Dreda, komm jetzt", verlangte Olaf, und hob die Decke an. Die Frauen sahen zu ihm hinüber, und die drei Sklavinnen starrten erschrocken auf Olafs bestes Stück. Der Mann war nackt unter der Decke. Grinsend sah Aelthdreda zu den drei Frauen herab. „Wie man euch behandeln wird,

liegt ganz allein bei euch. Wenn ihr Glück habt, wird man euch behalten. Wenn ihr störrisch seid, wird man euch ganz sicher verkaufen. Von Olaf habe ich erfahren, dass der Jarl den Sklavenhandel nicht mag, und gute Sklaven oft wie die seinen behandelt. Denkt darüber nach, und schlaft jetzt! Morgen wird ein anstrengender Tag."

Das sie damit durchaus Recht hatte, konnte Aelthdreda nicht wissen, denn die Reisenden sollten hier nicht unbehelligt bleiben.

Der fahrende Händler dankte seinem Gott im Himmel, als er einem Reiter begegnet war. Diesem erzählte er, was er gesehen hatte. Der Mann versprach zur Burg zu reiten, was er auch tat. So erreichte die Nachricht vom Überfall der Wikinger auf den Hof des Bauern, noch am selben Tag den Ealdorman des Kastells. Dieser zögerte nicht, und ließ seine Krieger antreten. Mit zehn Reitern und fünfzig Kriegern zu Fuß, machte sich der angelsächsische Earl auf den Weg.

Nur langsam kam wieder Leben in das Lager des Jarls Einar. Die Anstrengungen der letzten Tage verlangten nun ihren Tribut. Der Søde kam in das Zelt Olafs, und holte zwei der Sklavinnen. „Was willst du", maulte Olaf verschlafen.

„Befehl der Ilva! Sie sollen das Fleisch von gestern zubereiten." Da nickte Olaf und drehte sich noch einmal um.

„Na, dann kommt mal, ihr Hübschen. Du und du", sprach der junge Krieger. Die Ermintrude und die Hrodwynn folgten ihm ängstlich. Verstanden hatten sie ihn nicht, aber sie ahnten, was er wollte. Søde führte sie zur Ilva, und diese zeigte ihnen, was sie tun sollten. „Du gibst auf sie Acht, Søde. Lass sie nicht entkommen, dies würde Einar sehr erzürnen." Der junge Krieger nickte, und trieb die beiden Frauen zur Arbeit an. Und es schien, als hätte sich die junge Hrodwynn an die Worte der Aelthdreda erinnert, und so besah sie sich den jungen Kerl genauer. Dieser war etwa gleichen Alters wie sie selbst, und er gefiel ihr eigentlich ganz gut.

Die Feuer brannten, der Schnee auf der Wiese war unter den Schuhen der Nordleute geschmolzen. Der Duft von gebratenem Schweinefleisch strömte durch das Lager, und zog die Hungrigen an. Auch Olaf und Aelthdreda waren an das Feuer gekommen, und saßen nun essend auf einem Baumstamm, denn man herangeschafft hatte. Die Sklavin Aethel hatten sie mit sich gebracht. Da trat Raban ans Feuer, und nahm ein großes Stück des Fleisches, das am Rand der Feuerstelle lag. Er zog sein Messer und zerteilte das Fleisch in drei Teile. Eines reichte er der Aethel, die es sofort hungrig verschlang. Das zweite reichte er der Hrodwynn, und auch diese aß mit großem Appetit. Das dritte Stück gab er der Ermintrude. „Iss dich satt, wer weiß, wann es wieder etwas gibt." Erstaunt sah sie den großen Mann mit der Glatze und dem Vollbart an. Sie hatte seine Worte verstanden, denn es war die alte Sprache der Sachsen in der er sprach. „Du bist ein Sachse", stellte sie fest. Raban nickte. „Aber du bist frei! Du bist einer dieser Teufel!" Sie sah den Mann erstaunt an, und wieder nickte der Krieger. „Ja, das bin ich! Und noch mehr, ich bin der Schatten unseres Jarls. Ich beschütze ihn und seine Familie."
  „Aber warum tust du das?"
  „Weil Jarl Einar mir das Leben rettete. Er ist mein Freund, und ich stehe in seiner Schuld!" Die Worte des Sachsen hatten eine gewisse Wirkung auf die junge Frau. Waren diese Menschen vielleicht doch nicht die Ungeheuer, von denen man sich in Ostanglien erzählte?

*

Der Vormittag war fast vorüber, und das Lager war bereits abgebaut. Der Asenzorn war bereit abzulegen, doch die Männer, die frisches Wasser herbeischaffen sollten, waren noch nicht zurückgekehrt. Und dann kam einer der drei Wasserholer aus dem Unterholz des Waldes gestürmt. „Wir werden angegriffen", rief er, als er auf das Knarr zu stürzte. Zuerst hatten sie die Worte gar nicht verstanden, und schenkten ihm keine Aufmerksamkeit. Doch der Anblick des Kriegers sprach für sich. Er blutete, und hatte offensichtlich einen Kampf hinter sich. „Alarm", brüllte Olaf und riss seinen Rundschild von der Außenseite der Reling. Er ergriff seine Axt, und lief über die Planke an Land. Raban folgte ihm sofort!

Der Schreck bei den Sklavinnen war groß, doch der junge Søde, der selbst erst sechzehn Winter zählte, beruhigte sie. Doch auch er nahm seinen Schild und zog sein Schwert, um die Sklavinnen zu schützen. Die Krieger um Jarl Einar hatten sich auf der mit Schneematsch bedeckten Wiese vor dem Knarr gesammelt, als die ersten Reiter durch das Unterholz brachen, waren sie bereit zum Kampf. Raban war derjenige, der den Reigen eröffnete. Er hatte einen Speer ergriffen, und diesen einem der Reiter treffsicher entgegen geschleudert. Das Eisen schlug dem Reiter durch das Kettenhemd in die Brust, und ließ ihn nach hinten aus dem Sattel fliegen. Dann riss der Sachse seine Axt empor, und schlug sie einem Pferd zwischen die Beine. Das Tier schrie auf, und fiel im vollen Galopp zu Boden. Auch dieser Reiter landete im Matsch, wo er von einigen Wikingern unsanft in Empfang genommen wurde. Ihre Klingen bereiteten ihm ein schnelles Ende. Doch die ganze Reiterhorde stürzte nun aus dem Wald hervor, und versuchte die Feinde niederzureiten. Keiner der Trøndner starb jedoch unter den Hufen der Pferde. Die Verteidiger verteilten sich, und suchten sich sofort ihre Gegner. Zwei weitere Reiter starben durch

Speerwürfe, und andere mussten erkennen, dass die Wikinger auch im Kampf mit Reitern erfahren waren. Da zogen sich die Berittenen zurück. Wenn die Nordleute aber dachten, sie hätten den Angriff der Ostanglier überstanden, so irrten sie sich. „Woher kommen die Scheißkerle?" Gisli sah den Jarl an, neben dem er stand. „Ich weiß es nicht. Aber ich denke, sie haben den Bauern gefunden."

Über den Waldweg marschierten nun die Fußsoldaten des Ealdorman heran. Da wandte sich Einar um. „Kjelt, wir legen ab!" Dieser nickte, und lief zum Schiff. Einar sah Ubbe an, dem das Signalhorn über der Schulter hing.

„Blase zum Rückzug!"

Ubbe setzte das Horn an, und blies hinein. Der dunkle Ton, rief die Gefolgschaft des Jarls zum Rückzug. Ohne zu zögern bewegten sich die Krieger langsam Rückwärts, und liefen, einer nach dem anderen, über die Planke auf das Schiff. Zwei Männer lösten die Seile, und schoben den Asenzorn von der Böschung weg. Mit einem mächtigen Satz, sprangen sie über die Reling an Bord. Bis auf Olaf waren alle auf dem Schiff. Doch der war zu dem Pferd getreten, welches röchelnd und wiehernd im Schnee lag. Er hatte sein Messer gezogen, und stieß es dem sterbenden Tier in den Hals.

„Setzt das Segel", hallte es über Bord, doch die Männer zogen bereits die Rahe am Mast empor, das große Tuch rollte sich ab, und der Wind blähte es auf. Der letzte zurückgebliebene Krieger sprang in das Wasser. Mit vereinten Kräften zog man den Olaf über die Reling, der sich an der Bordwand festhielt, und durch das Wasser hinterher gezogen wurde. Pfeile schlugen in die Planken des Asenzorns, doch richteten sie keinen Schaden mehr an.

Als der Ealdorman den Rückzug erkannt hatte, gab er das Zeichen zum Angriff. Doch noch hatten die Soldaten nicht einmal die große, schneebedeckte Wiese erreicht. Das Schiff wurde nun langsam von den Wellen auf die See mitgezogen. Einige Soldaten der Ostanglier liefen auf die Wiese, brüllten den Wikingern Beleidigungen hinterher, und verfluchten diese.

Kjelt steuerte das Knarr so, dass der Wind gut in das Segel packen konnte. Von der steinigen Böschung, an der sie das Knarr angelegt hatten, segelten sie in die kleine Bucht, und dann auf die See hinaus. Die Krieger des Ealdorman konnten ihnen nur noch fluchend nachblicken.

Einar saß auf dem Mastfisch[14] und sah wenig fröhlich aus. Da trat sein Weib heran, und nahm neben ihm Platz. „Was ist mit dir, Einar?" Er starrte auf die Planken des Schiffes.

„Ich habe zwei meiner Männer zurückgelassen!"

„Ach, das ist es, was dich bedrückt", sagte sie mitleidig.

„Aber Einar, sie waren doch auf dem Weg nach Walhalla. Du hättest sie nicht retten können."

„Weißt du das genau?" Der Jarl wurde streng, doch Ilva blieb unbeeindruckt. Sie erhob sich, und ging. Mit dem jungen Krieger, der den Angriff der Ostanglier überlebt hatte, kam sie zurück. „Los, sag es ihm", befahl sie. „Jarl Einar, ich habe sie sterben sehen. Von Schwertern niedergeschlagen. Niemand hätte sie retten können. Auch du nicht!" Da sah Ilva den Burschen an. „Gut, geh!"

Einar hob seinen Blick. „Du hast es gehört, sie waren beide tot. Längst auf dem Weg an Odins Tafel." Ilva hatte natürlich Recht. Er hatte nicht die Macht Tote zu erwecken. Und doch machte den Jarl das Wissen um den Tod der beiden Männer traurig. Er fühlte sich für die Krieger verantwortlich, und selbst wenn sie starben, wollte er ihnen den Weg nach Walhalla ebnen.

Der Asenzorn segelte weiter an der Küste von Ostanglien entlang, und erreichte bald die Küste von Mercien. „Wie

---

[14] Mastfisch – schwerer Holzblock in dem der Mast steckte

weit müssen wir noch segeln, bevor wir den Weg nach Osten antreten?", fragte Gisli den Steuermann. Kjelt sah den Gauten an. „Je weiter wir an der Küste Britanniens nach Norden segeln, umso besser für uns. Wir müssen bis ins Piktenland, an die äußerste Spitze, und dann über das offene Meer der aufgehenden Sonne entgegen. Dann erreichen wir die Küste von Hardanger." Gisli nickte, als würde er genau verstehen was der Steuermann ihm sagen wollte. Doch dies tat er natürlich nicht. „Das ist sicher noch ein weiter Weg?" Da zog Kjelt einen Strich vor seinen Füßen. Er zeigte in das untere Drittel. Hier ist Ostanglien, dessen Küste wir bald verlassen." Und dann zeigte er an das obere Ende des Striches. „Und da ist das Piktenland, wo wir hinmüssen."

„Aber als wir hierherkamen, mussten wir nicht die ganze Insel entlang segeln", wandte Gisli ein. „Ja, aber da kamen wir aus Jütland. Und wir erreichten die Küste von Nordhumbrien." Jetzt verstand Gisli, was Kjelt ihm erklären wollte.

Den vier Sklavinnen machte die Überfahrt sehr zu schaffen. Aethel hielt sich von allen am besten. Sie hatte ihre Seekrankheit schon nach dem ersten Tag überwunden. Am zweiten Tag war ihr anfangs noch übel, doch dass verflog schnell. Anders bei ihrer jüngeren Schwester, und den beiden anderen Frauen. Sie hockten nach dem dritten Tag auf See immer noch mit blassen Gesichtern an der Reling. Gegessen hatten sie schon seit zwei Tagen nicht mehr, so gab es nichts mehr, dass sie hätten auskotzen können. Grinsend sah Gisli die Frauen an, und wandte sich dann dem Olaf zu. „Einem Seefahrervolk entstammen die aber nicht!"

„Das müssen sie auch nicht", entgegnete der Blonde. „Sie sollen daheimbleiben und ihre Arbeit auf dem Hof machen. Und sie sollen sich gut vögeln lassen!"

„Nachdem was ich in Lundenvik hörte, ist dir das besonders wichtig", sagte Gisli grinsend. Da lachte Olaf, und zuckte mit den Schultern. „Sie ist ein gutes Weib, die Dreda, und ich werde sie behalten! Natürlich muss sie erstmal die Überfahrt überleben!" Olaf sah zu Aelthdreda hinüber, die mit weißem Gesicht und Schweißperlen auf der Stirn, zusammengekauert an der Reling hockte.

Dann begab er sich wieder zum Vordersteven. Gisli trat zu dem Weib, und grinste. „Hast du gehört? Du musst nur die Überfahrt überleben, dann stehen deine Aussichten gut, weiterhin von Olaf geritten zu werden." Er begann laut zu lachen, und ging dem Blonden hinterher. Aelthdreda hatte zwar nicht alles verstanden, aber doch einiges, was ein gequältes Lächeln verriet.

Raban saß am Heckstand bei Kjelt, doch seine Augen lagen auf der jungen Ermintrude. Dies bemerkte der Steuermann.

„Gefällt sie dir oder bist du nur brünstig?"

„Was?" Raban hatte gar nicht auf Kjelt geachtet, und daher seine Bemerkung nicht verstanden. „Ich fragte, ob du sie nur vögeln willst, oder ob sie dir gefällt?"

Da grinste der kahlköpfige Sachse. „Nun ja, wenn du so fragst, sicher beides!" Da lachte Kjelt auf. „Dann solltest du den Jarl fragen, wieviel sie kostet, bevor es ein anderer tut." Da zog Raban die Stirn kraus. „Du hast Recht! Ja, das sollte ich tun!" Er erhob sich, und begann nach Jarl Einar zu suchen. Dieser saß immer noch auf dem Mastfisch, und war schnell gefunden. „Raban", sagte er den Namen des Freundes. „Jarl Einar, ich… ich hätte eine Frage", druckste der kräftige Kerl herum. „Dann frage doch, ich höre, mein Freund."

„Ich bin ein freier Mann", begann er. „Ja, das bist du", nickte Jarl Einar zustimmend. Da trat Ilva wieder heran.

„Raban hat mich gefragt ob er ein freier Mann ist." Da sah Ilva den Glatzkopf an. „Was soll denn diese Frage? Dass weißt du doch genau. Du bist schon lange kein Sklave mehr!"

„Dann will ich Ermintrude kaufen! Wieviel verlangst du für das Weib?" Raban sah man an, dass er allen Mut zusammengenommen hatte. Es gab keinen Gegner dem der Sachse nicht entgegengetreten wäre, doch wenn es um schöne Frauen ging, verließ ihn immer der Schneid. Und dann begann Jarl Blutauge auch noch zu lachen. Dies wiederrum erzürnte den Sachsen. „Warum verhöhnst du mich?" Da beruhigte sich Einar schnell wieder, denn beleidigen wollte er Raban nicht. „Ich wusste nicht, dass du nach einer Sklavin suchst."

„Das wusste ich auch nicht", entgegnete Raban, und Ilva lächelte ihn an. „Du willst es dem Olaf gleichtun, und dir ein Weib von dem Raubzug mitbringen", stellte sie fest.

„Welche ist es?", fragte Einar, und sah zu den Sklavinnen hinüber. „Es ist die mit dem schwarzen Haar. Es ist Ermintrude." Für einen Moment überlegte Jarl Einar, er sah sein Weib an, und diese knipste mit einem Auge. „Ich werde dir genau so viel abnehmen, wie ich Olaf für Aelthdreda abnehme. Ihr zahlt jeder ein Silberstück für die Sklavinnen. Ich ziehe es von eurem Beuteanteil ab." Einar spuckte in seine Hand und hielt diese dem Raban hin. Der Sachse tat es dem Jarl gleich, und ergriff die Hand. Der Handel war besiegelt. Ermintrude gehörte nun Raban!

Als Olaf von dem Handel hörte, trat auch er zu seinem Jarl. Und er war wenig erfreut. „Ich hörte, du hast Raban für die schwarzhaarige Sklavin ein Silberstück abgenommen, und erwartest dasselbe von mir?" Da nickte der Jarl, und lächelte den Freund an. „So ist es, mein Freund. Und ich denke, dass ist ein guter Preis."

„Ich habe Aelthdreda gefangen, und nun soll ich für sie zahlen", beschwerte sich der blonde Krieger verärgert. Da nickte Jarl Einar. „Es ist ein Raubzug, und du kennst die

Regeln. Alles was erbeutet wird, gehört dem Jarl, und dieser verteilt die Anteile. Das gilt auch für die Sklaven." Grummelnd sah Olaf seinen Freund an. Er wusste natürlich, dass Einar im Recht war. Es würde einen riesigen Aufstand geben, wenn die anderen erfahren würden, dass er einige Krieger bevorzugte. „Hör mir zu, Olaf. Deine Aelthdreda ist Teil unserer Beute, und gehört allen die an dem Beutezug teilgenommen haben. Willst du sie für dich, musst du sie kaufen. So ist die Regel!" Olaf war immer noch nicht einsichtig, wusste aber, dass er nichts tun konnte. „Ich werde es halten, wie ich es bei Raban tat. Ich werde ein Silberstück von deinem Anteil einbehalten. So hast du das Weib bezahlt, und keiner kann sich beschweren. Nimm mein Angebot an, oder lass es. Dann wird Aelthdreda vielleicht an jemand anderen verkauft. Das wirst du nicht wollen!" Diese Worte waren klar und deutlich. Verärgert willigte Olaf ein. „Gut, ich bin einverstanden! Aelthdreda gehört mir!" Sie reichten sich die Hand, in die sie vorher gespuckt hatten, und besiegelten so das Geschäft. Somit war die Angelegenheit für den Jarl erledigt.

Raban trat lächelnd zu den Frauen, und sah Ermintrude an. In seiner Muttersprache sagte er zu ihr: „Ermintrude, du gehörst jetzt mir. Ich bin ab sofort dein Herr! Und wenn du folgsam bist, soll es dir gut ergehen." Das Weib sah den Kahlkopf an, der etwa doppelt so alt war, wie sie selbst. Die Übelkeit verhinderte, dass sie einen klaren Gedanken fassen konnte, und so schwieg sie lieber. Doch da sah Aelthdreda sie an. „Hast du ihn nicht gehört? Du gehörst jetzt dem Sachsen."

„Ich bin eine Sklavin! Oh, ihr Götter! Ich bin die Sklavin eines alten, kahlköpfigen Mannes. Soll ich mich darüber etwa freuen?" Ermintrude konnte die Worte der Aelthdreda nicht verstehen. „Du hast es immer noch nicht verstanden, du dummes Weib", schimpfte diese nun verärgert. „Du könntest es doch schlimmer treffen. Viel schlimmer!" Da sprang Ermintrude auf und hielt ihren Kopf über die Reling, um sich zu erbrechen. Der Sachse sah die Aelthdreda an, und war ein wenig enttäuscht. Der Anblick Olafs mit seiner Sklavin, hatte wohl falsche Erwartungen in ihm geweckt.

„Gib ihr etwas Zeit", bat Aethdreda. Raban schüttelte seinen Kopf, und ging. Da kam Olaf zu den Frauen.

„Aelthdreda", sagte er ihren Namen. „Du gehörst jetzt mir. Ich habe dich von Jarl Einar gekauft." Erstaunt sah das Weib den blonden Krieger an. War sie doch der Meinung, längst dem Olaf zu gehören. Schließlich beackerte er ihr Feld schon seit sie sich zum ersten Mal begegnet waren.

„Ich dachte, ich bereits deine Sklavin sei."

„Das dachte ich auch, doch Jarl Einar belehrte mich eines Besseren." Olaf war tatsächlich über seinen Freund und Jarl erzürnt. „Nun aber habe ich für dich bezahlt!" Da lächelte sie, immer noch von der Seekrankheit gequält. „Ich gehöre jetzt dir, Olaf?" Der Blonde nickte. „Oh, geliebter, blonder Krieger. Dies ich tat schon vorher."

*

Tage und Wochen vergingen, und je weiter sie nach Norden vordrangen, umso kälter wurde es jetzt. Dicke, graue Wolken hatten sich vor die Sonne geschoben, und es begann immer öfter zu regnen und an einem Tag sogar zu schneien. Und dann sahen sie einer schwarzen Wolkenwand entgegen, auf die sie zu segelten. Einar war zu Olaf an den Vordersteven getreten, und stand nun an der Reling, auf die er einen Fuß gesetzt hatte. „Das sieht sehr bedrohlich aus", sagte Olaf, und blickte in die Wolken. „Ich denke, wir gehen besser an Land. Solange wir noch können", sprach Einar besorgt, und begab sich zum Heckstand. Hier stand Kjelt an der Stange des Seitenruders. „Wir müssen an Land, bevor

uns der Sturm erreicht." Kjelt nickte, und steuerte den
Asenzorn näher an die Küste.

Sie waren inzwischen weit in den Norden vorgedrungen,
und die Stimmung wurde immer gespannter und bedrückter.
Es war ruhig geworden an Bord, denn keiner konnte die
Wolken am Himmel ignorieren. Eine aber quälten andere
Gedanken. Aelthdreda hatte natürlich bemerkt, dass sie auf
das Festland zu steuerten. Da trat sie, immer noch recht
blass im Gesicht, neben den Olaf, und sagte zu diesem:

„Dies muss Piktenland sein!" Sie zeigte zur Küste, und er
sah die braunhaarige Frau fragend an. „Daheim ich hörte oft
Geschichten von den Blaugesichtern. Sie sind ein grausames
Volk, und sie sehr feindselig. Man erzählte, sogar König
Egbert würde nicht wagen in das Piktenland zu gehen."
Erstaunt sah Olaf seine Sklavin an. „Wie kann es sein, dass
du so etwas weißt?" Da grinste sie. „Oh, mein schöner Herr,
deine Sklavin hat Ohren und sie nicht ist… äh, wie sagt
man? Dumm? Ja, ich sein nicht dumm." Da lächelte Olaf,
teils auch über ihre mutigen Versuche, die nordische
Sprache fehlerfrei zu sprechen. „Komm, das sollten wir Jarl
Einar erzählen."

Aufmerksam hörte Einar den Worten der Aelthdreda zu.

„Wir wollen nicht hierbleiben, und Beute machen wollen
wir auch nicht", sagte der Jarl. „Vielleicht bemerken sie uns
nicht einmal!" Doch da schüttelte die Sklavin ihren Kopf.

„Herr, sie uns sicher bemerken werden! Vielleicht die
Blaugesichter uns schon gesehen!" Sie zeigte an Land, auf
die Wälder. „In jedem Baum kann ein Blaugesicht sitzen!"
Da sah Einar den Olaf an. „Wir warten es ab! Es wird
jedenfalls Zeit, dass wir an Land kommen, sonst ist es zu
spät."

Näher und näher brachte Kjelt den Asenzorn dem Ufer, wo
er nach der Mündung eines Flusses Ausschau hielt. Da
begann es zu schneien, und der Wind wurde merklich kälter

und stärker. Schneeflocken peitschten in die Gesichter, und schmerzten auf der Haut. Das große Segel an der Rahe, spannte sich fast bis zum zerreißen.

„Los, Steuermann, bring uns an Land! Schnell!" Jarl Einar brüllte gegen den Wind an, und Kjelt kämpfte an der Seitenruderstange. Der Wind wurde nun immer heftiger, und der Schnee peitschte in die Gesichter. Da endlich zeigte Olaf, der auf der Reling am Vordersteven stand, zur Küste hinüber. Eine Bucht oder die Mündung eines Flusses tat sich auf, die ihnen nun Schutz bieten musste. Ubbe erkannte sofort, dass Kjelt Hilfe brauchte und fasste zu. Gemeinsam gelang es ihnen den Asenzorn auf direkten Kurs zu bringen. Die Männer der Besatzung hingen an den Seilen des Segels. Und dem Kjelt gelang es tatsächlich das Knarr in die Mündung des kleinen Flusses zu steuern.

Von Wald umgeben zog sich der Fluss nach Norden in das Landesinnere. Hier waren sie vor dem Sturm ein wenig geschützt. Unter der Zeltplane, die sie auf Deck gespannt hatten, drängten sich die Seefahrer. Eine Zeit lang folgte das Knarr dem Strom landeinwärts, und dann steuerte Kjelt den Asenzorn an die Böschung. Birk und Leif sprangen über Bord, und machten das Schiff an zwei Bäumen fest, die nahe an der Böschung standen. Dann schoben zwei Männer die Planke über die Reling. Doch eigentlich wollte noch niemand das Schiff verlassen. Der Schneesturm war an Land zwar nicht so heftig wie auf dem Meer, doch angenehm war er auch hier nicht. Jeder auf dem Knarr war froh, nun an diesem geschützten Platz zu liegen, doch die vier Sklavinnen hatten große Angst. Und ihre Angst sollte sich noch begründen!

*

2. BLAUE GESICHTER

Durch den starken Schneefall war es den Trøndnern kaum möglich zu erkennen, was um sie herum geschah. Dies wäre erst wieder der Fall, wenn dieser starke Schneesturm, der über sie hinweg zog, endlich nachlassen würde. So sahen sie auch nicht die beiden Männer, die nicht weit des Schiffes in einem der kahlen Bäume saßen. Eingehüllt in Umhänge aus weißem Leinenstoff, die Kapuzen tief in ihre mit blauen Mustern bemalten Gesichter gezogen, beobachteten sie das Schiff der Fremden. Doch es geschah nichts, außer, dass einige Fremde auf den Strand gesprungen waren, und das Schiff mit Holzpfosten abstützten. Und diese verschwanden auch wieder, nachdem sie dies getan hatten.

Die Ankömmlinge blieben auf dem Schiff unter der Zeltplane. Die beiden Männer mit den seltsamen blauen Zeichnungen in ihrem Gesicht, sahen sich an, und zuckten überrascht mit den Schultern. Als sich nach einer Weile immer noch nichts verändert hatte, kletterten die beiden Männer von dem Baum, und zogen sich zurück. Von alledem hatten die Nordleute jedoch nichts bemerkt.

Erst als der Schneesturm nachließ, wagte sich Jarl Einar über die Planke auf festen Boden. Raban, Olaf und Leif folgten ihm. Nun, da der Jarl auf Piktenland stand, kamen ihm die Worte der Aelthdreda wieder in den Sinn. Misstrauisch sah er sich um, doch Einar war sich sicher, sie waren allein. Aber der Jarl täuschte sich!

Verborgen hinter einem schneebedeckten Erdhügel, unter seinem Umhang, den er zusätzlich mit Schnee bedeckt hatte, lauerte ein Späher der ansässigen Pikten. Denn was die

Nordleute nicht wussten, sie waren nicht weit entfernt einer Siedlung der Blaugesichter.

Dann endlich hörte es auf zu schneien. Der Schnee lag nun hoch, und ließ die Männer und Frauen bis zu den Knien versinken. Leif und Søde begannen damit ein großes Stück des Bodens von dem Schnee zu befreien. Birk und zwei andere machten sich auf, um am Ufer nach Steinen zu suchen. Ihnen schlossen sich noch Sigrid und Gunnhild an. Die Steine schleppten sie heran, und schichteten sie in einem großen Kreis auf. So entstand bald eine große Feuerstelle. Andere suchten nach Holz, was auch die vier Sklavinnen tun sollten. Doch diese kauerten auf den Planken des Schiffes, und wagten sich nicht von Bord.

Und plötzlich wurde es unruhig! Geschrei und aufgeregte Rufe hallten durch den kahlen Wald. „Kommt her, schnell!" Es war Sigrid, die nach den anderen rief. Jarl Einar, Raban und Olaf liefen sofort zu dem Weib, das auf einem kleinen, verschneiten Erdhügel stand. Vor ihr, halb von Schnee bedeckt, lag ein Mann.

Auf der Suche nach großen Steinen, war Sigrid langsam auf den Erdhügel zu gegangen. Und ihr war plötzlich, als würden Blicke auf ihr ruhen. Langsam führte sie ihre Hand auf den Rücken, wo im Gürtel ihre Axt steckte. Suchend schlenderte sie mal zu der einen Seite, dann wieder zu der anderen Seite. So näherte sie sich der Erderhebung. Und je näher sie kam, umso sicherer war sie, dass dort jemand lag, und sie beobachtete aus den Augenwinkeln ob sich etwas bewegte. Und als sie nahe genug herangetreten war, schlug sie zu. Aus dem Erdhaufen tönte ein dumpfes „Uff" und Sigrid wusste, dass sie getroffen hatte.

Sie griff beherzt zu, und drehte ihre Beute auf den Rücken. Ein schlanker, bärtiger Mann lag vor ihr im Schnee. In seinem Gesicht waren seltsame Kreiszeichnungen in blauer

Farbe. Ein rotes Rinnsal lief ihm von der Stirn über das Gesicht. Aber er atmete!

„Was haben wir denn da?", fragte Jarl Einar grinsend, als er näherkam. „So wie es aussieht, waren wir nicht allein", stellte Olaf fest. „Ich denke, wir sollten Aelthdredas Worte besser ernstnehmen, Einar." Der Jarl nickte, und trat heran.

„Was für ein seltsamer Vogel!" Er kniete nieder, und packte den Kerl an seinem wollenen Umhang. „He, wach auf, Mann!" Er schüttelte den Pikten, bis dieser seine Augen öffnete.

Allerdings brauchte der Mann einen kurzen Augenblick, um zu begreifen, was um ihn herum geschah. Und dann versuchte er nach seinem Messer zu greifen. Dies brachte ihm einen Faustschlag des Jarls ein, und er sank wieder in sich zusammen. „Fesselt den Kerl", befahl Einar. „Vielleicht hat er uns ja etwas zu erzählen."

Als der Pikte erwachte, lag er gefesselt unter der Zeltplane auf dem Schiff der Fremden. Und er ärgerte sich natürlich, dass er den Fremden in die Hände gefallen war. Er war nicht allein, doch dies bemerkte er erst nach einer Weile. Ein großer, blonder Krieger und eine viel kleinere braunhaarige Frau saßen an die Reling gelehnt, und sprachen miteinander. Da bemerkte Olaf, dass der Gefangene erwacht war. „Aha, da ist er ja wieder", sagte der Trøndner, und erhob sich.

„Unser Jarl will mit dir reden, Pikte."

Fragend sah der blaugesichtige Mann den Blonden an. Da trat die junge Frau heran. „Er will, dass du mit seinem Jarl sprichst", sagte sie in der Sprache der Angelsachsen. Doch der Pikte sah sie ebenfalls fragend an. Es schien, als verstünde er die Sprache der Angelsachsen genau so wenig, wie die der Nordleute. Er sprach nun einige Worte in der Sprache seines Volkes, und wirkte angriffslustig. „Er scheint mich nicht zu verstehen", sagte Aelthdreda, und sah

Olaf an. „Ich hätte gedacht, dass er meine Sprache spricht."
Noch einmal wandte sie sich dem Gefangenen zu. „Ich rate
dir, mit mir zu sprechen, Pikte. Ich kann nicht glauben, dass
du meine Sprache nicht verstehst. Darum wird dir Olaf jetzt
ein Ohr abschneiden."
Erstaunt sah der Pikte die Frau an. Er verstand, dass dieses
Weib keine dieser Nordleute war. Sie war aus dem Süden,
vom Volk der Angelsachsen, und war sicher eine Gefangene
wie er einer war!

„Hast du mich verstanden, Blaugesicht?" Sie sah Olaf an,
und sagte dann er solle dem Pikten ein Ohr abschneiden.
Olaf zeigte sich verwundert. Nicht, dass es für ihn ein
Problem war, dem Kerl ein Ohr oder sonst was von seinem
Körper abzuschneiden. Er zuckte mit den Schultern, und zog
sein Saxmesser[15] aus der Scheide. Noch einmal sah er die
braunhaarige Frau an, und diese nickte. So trat der Blonde
auf den Gefangenen zu. Zornig sah dieser die Aelthdreda an.

„Du bist ihre Gefangene, Angelsachsenweib! Warum hilfst
du ihnen!" Da staunte Olaf, und hielt inne. „Schau an, er
spricht ja doch deine Sprache. Was sagt er?"

„Warum ich euch helfe, will er wissen", antwortete sie,
und trat an den Olaf heran. Sie umarmte den Kerl, und
küsste ihn innig. Da verstand der Pikte! Er spuckte vor dem
Weib aus. „Ihr könnt mich töten, aber ich werde euch nichts
verraten!"

„Er will dich nicht töten!" Aelthdreda übersetzte dem Olaf
die Worte des Gefangenen. Dieser ließ sein Messer wieder
in die Lederscheide gleiten und griff zu. Er stellte den
Pikten auf dessen Beine. „Na, dann komm mal mit." Er
schob den Gefangenen vor sich her, drückte ihn die Reling
hoch, und schob ihn über die Planke.

---

[15] Saxmesser – einschneidiges Messer, wurde meist am Gürtel auf der
Rückenseite getragen

Um die Feuerstelle, über der ein großer Kessel hing, stand die Besatzung des Asenzorns, und machte sich über ein warmes Mahl her. Einige Krieger standen Wache, damit sie nicht überrascht würden. Da kamen Olaf, Aelthdreda und der Pikte an das Feuer. „Einar", sprach Olaf zu seinem Jarl. „Hier ist der gefangene Kerl!"

„Ah, du hast Sigrids Schlag also überlebt. Das ist gut so!" Der Jarl sah Aelthdreda an, und diese verstand, dass sie die Worte übersetzen sollte. Erstaunt sah der Pikte den Mann an, der wie ihm schien, sicher der Anführer der Fremden war. Sein Blick ging zurück zur Aelthdreda, und diese übersetzte ihm die Worte Einars. Er schaute immer noch düster drein, aber er nickte.

„Wir sind nicht hier, um gegen euch zu kämpfen", sprach Einar ruhig. „Der Sturm zwang uns hierher. Ich will, dass du diese Nachricht deinem Anführer überbringst. Wir werden euer Land in Frieden verlassen! Frag ihn nach seinem Namen, Aelthdreda."

Die angelsächsische Sklavin Aelthdreda übersetzte Einars Worte, und fragte den Blaugesichtigen ob er sie verstanden habe. Der Mann sah den Jarl streng an, nickte aber. Doch sein Mund blieb verschlossen. „Nun sag schon wie du heißt", drängte die Angelsächsin. Mürrisch antwortete der Mann: „Ulik!"

Da trat Einar heran, zog sein Messer und zerschnitt dem Pikten die Fesseln. „Höre mir zu, Ulik. Sage deinem Häuptling, dass wir euer Land schnell wieder verlassen werden. Wir wollen Frieden." Während Aelthdreda dem Mann die Worte übersetzte, kam Birk heran, und reichte dem Mann in der braungrün karierten Hose und der braunen Tunika seine Waffen. Auch Sigrid trat heran, und reichte dem Mann seinen weißen Umhang, und grinste ihn dabei frech an. Der Pikte hängte sich den Umhang um, verschloss die eherne Spange, welche einen Keiler darstellte. Einar machte mit der Hand eine Bewegung, die dem Mann zeigen sollte, dass er frei war. Aelthdreda zeigte in den Wald. „Du kannst gehen, Ulik!" Und der Mann mit den kreisförmigen Bemalungen in seinem Gesicht, zog sich eilig in den Wald zurück.

*

Freki, der graue Hund Thorbergs, lag vor der großen Feuerstelle, an der Ferun das Essen zubereitete. Hier fühlte sich das Tier wohl, schließlich war es hier warm und trocken. Warum sollte er da auch nach draußen in die Kälte laufen. Allerdings war es genau das, was Ferun von dem großen Tier erwartete, bevor er ihr in das Haus pinkelte. Und so brachte sie Freki zur Tür, und schmiss den winselnden Hund kurzerhand hinaus. „Und komm erst zurück, wenn du dein Geschäft erledigt hast!"
Sif, die obodritische Sklavin, die schon seit Jahrzehnten zum Hausstand Jarl Einars gehörte, hatte den kleinen Thord auf dem Arm, und hütete auch den kleinen Ulf, der zu ihren Füßen mit einem hölzernen Pferd spielte. Thorvi, die Tochter des Jarls, zählte nun schon fast zehn Winter. Hrana, die zwei Winter jüngere Tochter der Ferun, spielten auf dem Hof im Schnee. Polk der Sklave, der schon genau so lange zur Familie des Jarls gehörte wie die Sif, versorgte das Vieh und arbeitete auf dem Hof, der zum Jarlshaus gehörte. Er sorgte, auch in der Abwesenheit des Jarls dafür, dass der Hof erblühte, und niemand hungern musste. Über dem Dorf lag eine winterliche Ruhe, die nur durch das lautstarke Treiben im Hafen, und gelegentliche, krächzende Schreie der Raben am Himmel unterbrochen wurde. Thorberg hatte sich an seine Rolle als Vertreter seines Schwagers nur langsam gewöhnt. Doch mit der Hilfe seines Weibes, führte er das Dorf anstelle des Jarls, und dies inzwischen mit fester

Hand. Der Jarl von Tautra, und die Besatzung des Asenzorn war fast schon ein ganzes Jahr fort. Und niemand erwartete sie im Winter zurück. Es gab seitdem sich die Blätter der Bäume gelb und braun gefärbt hatten, keine Nachrichten von der Insel der Angelsachsen. Auch nicht in der Königsstadt Lade, wo man längst sehnsüchtig auf die Rückkehr von König Grjotgards Flotte wartete. Besonders Andur, die Königin, wartete auf ihren Gemahl. Sie war nicht besonders erfreut gewesen, als Grjotgard ihr im Winter des letzten Jahres mitteilte, dass er mit dem Dänenkönig Horik, und dem König von Ranrike, Ragnar Sigurdsson, nach Westen segeln wollte, um Lunden[16] die große Stadt der Angelsachsen zu belagern. Doch sie ließ ihren Gemahl ziehen, denn sie wusste, dass Grjotgard ein Kriegerkönig war. Und er brauchte die Achtung und Ehrerbietung seiner Gefolgschaft, darum zeigte sich Grjotgard gern als einer von ihnen.

Thorberg konnte es nicht unterlassen, die Händler und Fischer, die vom Festland nach Tautra herüberkamen, immer wieder auszufragen, ob es Neuigkeiten gab. Er sehnte dem Tag entgegen, an dem sein Schwager heimkehren würde. Doch die letzte Nachricht, die sie erhalten hatten, kam am Ende des letzten Sommers. Drei dänische Händler, hatten mehrere Verletzte nach Lade gebracht. Die waren mit einem Schiff König Horiks aus den Heerlagern in Britannien nach Ribe gekommen. Von dort mussten die Verletzten sehen, wie sie in ihre Heimat kamen. Die verletzten Trøndner hatten Glück, denn sie fanden diesen Händler, der nach Lade reisen wollten. So erfuhr man im Trøndelag, von den Vorgängen in Britannien. Doch seit einem halben Jahr gab es keine Nachrichten mehr. Dass die Kämpfe vor Lunden beendet waren, dass Ragnar Sigurdsson die beiden anderen Könige verraten hatte, und dass Jarl Einar sich

---

[16] Lunden, Lundenvik, Londinium – London, Königsstadt von Wessex

inzwischen auf dem Heimweg befand, wusste man jetzt im Februar des Jahres 837 n.Chr. natürlich nicht.

Auf der Insel Tautra herrschte nun Ruhe. Die Hinrichtung der Männer, die versucht hatten den Jarl während seiner Abwesenheit zu stürzen, hatte für Ruhe gesorgt. Sie hatten sowieso wenige Unterstützer, und die Familien hielten sich seitdem bedeckt. Sie wollten nicht auffallen, und außerdem war ihre Zukunft noch offen, denn Jarl Einar wusste ja noch nichts von den Vorfällen. Nur einem der Verschwörer war die Flucht gelungen. Eisi Varnasson, der Fischer von der Nordküste. Er hatte die Flucht angetreten, als es ihm noch möglich war. Sein Sohn Varn, die drei Töchter und sein Weib, hatte Eisi mit sich genommen, als er in der Nacht mit dem Skuder[17] von der Insel fortsegelte. Seitdem stand sein Haus leer. Fast seinen gesamten Hausstand hatte er zurückgelassen. Doch davon war nun nichts mehr da. Die Netze und Boote des Fischers, waren zuerst in den Besitz anderer übergegangen. Und bald darauf folgte auch der Rest. Das Eisi noch einmal zurückkehren würde, glaubte niemand auf Tautra.

Es war ein schöner Wintertag. Der Himmel war wolkenlos und blau. Die Sonne schien, und ließ den Schnee glitzern. Die Kinder des Dorfes spielten auf dem kleinen Hügel hinter Jarl Einars Haus. Schlittenfahren war ein beliebter Spaß. Thorvi hatte einen guten Schlitten, extra für sie von Thoke, dem Zimmermann, gebaut. Und mit diesem schlitterte sie am weitesten. Fast bis zum Stall des etwas weiter entfernten Nebengebäudes, wo sie vor dem Gatter zum Stehen kam. „Das ist aber ein guter Schlitten!" Ein

---

[17] Skuder/Skuta – Leichte Segler mit 4-8 Riemen, wurden zum Fischen und befahren der Fjorde, sowie entlang der Küste

junger Bursche war aus dem Schatten des Stalles an das Gatter getreten, und lehnte nun darauf. Misstrauisch sah Thorvi den jungen Burschen an. „Hat Thoke für mich gebaut!" Bewundernd nickte der Kerl. „Der Zimmermann baut einen Kinderschlitten? Du bist wohl was Besonderes?" Thorvi erhob sich von dem Schlitten, und wollte gehen. Sie packte die Leine und zog den Schlitten hinter sich her. „He, warte doch", rief der junge Kerl, und sprang über das Gatter. Nach wenigen Schritten war er neben dem Mädchen. „Bist du Thorvi, die Tochter von Einar?"

„Von Jarl Einar", sagte sie fordernd. „Ja, ich bin Thorvi!" Da zog der Bursche sein Saxmesser aus dem Wehrgehäng, und wollte ihr drohen. „Du kommst jetzt mit mir, oder ich steche dich ab." Er wollte nach dem Mädchen greifen, als er plötzlich aufschrie. Ein grauer Schatten war wie ein Blitz hinter dem Gatter hervorgeschossen, und hatte den jungen Burschen bei der Hand erwischt. Die spitzen Zähne des Hundes gruben sich tief in das Fleisch, und sogar ein Finger fiel zu Boden. Wild zog der Kerl, um seine Hand aus dem Maul des Hundes zu bekommen. „Freki, lass ihn", rief Thorvi, und erst jetzt ließ der Hund den Mann frei. Drohend stellte sich das Tier neben das Mädchen. Jammernd und fluchend lief der Bursche davon. Jetzt kamen die anderen Kinder angelaufen, die durch das Geschrei aufmerksam geworden waren. „Was ist geschehen?", wollte Hrana wissen, und starrte auf den Finger, der in dem rotgefärbten Schnee lag. „Er wollte, dass ich ihm folge. Aber Freki hat ihn gebissen." Da begann die kleine Hrana zu lachen, und streichelte den grauen Hund. „Bist mein guter Hund", sagte sie und schmuste den Grauen liebevoll. Gemeinsam gingen sie zurück zum Haus Jarls Einars.

Ferun fiel sofort auf, dass etwas nicht stimmte. Und so fragte sie die Mädchen, was vorgefallen sei. Doch Anfangs

zögerte Thorvi, und wollte nichts sagen. Aber Hrana schwieg nicht. „Freki hat einem Kerl in die Hand gebissen", sagte sie knapp. Da wurde Ferun böse, und wollte den Hund bestrafen. Dies wollte Thorvi aber keineswegs zulassen, und so sprach sie. „Freki, hat mich beschützt!"
Da wurde Thorberg aufmerksam. „Was willst du damit sagen, Thorvi?" Das Mädchen mit den blonden Locken setzte sich zu ihrem Onkel an den Tisch, und erzählte, von den Vorkommnissen. Thorberg hörte aufmerksam zu, und ihm schwante Böses. Mit besorgtem Blick sah er zu seinem Weib hinüber. „Kanntest du den Mann?", fragte er das Kind, und diese schüttelte mit dem Kopf. „Nein, ich weiß nicht wer er ist. Aber ihm fehlt jetzt ein Finger." Thorvi begann zu grinsen, und strich Freki über den Kopf. Da blickte Thorberg sein Weib an, und sprach: „Du solltest den Hund besser belohnen. Ich glaube, er hat Schlimmes verhindert."
Noch zur selben Stunde, machte er sich auf den Weg zu Thure in das Haus der Krieger. Dieses war ein großes Langhaus, welches der Jarl hinter der großen Methalle von Sørhamna hatte errichten lassen, und in dessen Schatten nun auch ein flacher Bau stand, der als Kerker genutzt wurde. In dem Langhaus lebten die alleinstehenden Krieger, die zur Leibwache des Jarls gehörten. Zwanzig Krieger, darunter drei Schildmaiden die einst der Thordis folgten, gehörten zu der Leibwache, die normalerweise dem Thoke, als Hauptmann, unterstellt waren. Da dieser aber mit Jarl Einar auf Kriegsfahrt war, hatte nun Thure den Befehl.
Er trat durch die weitgeöffnete Tür des Langhauses, in dem einige Leute saßen, und sich beschäftigten. Dort saß auch Olf, einer der Krieger, und spielte mit einer Kriegerin ein Brettspiel. Diese waren sehr beliebt in dem Quartier, sorgten aber manchmal für ordentlich Streit unter den Bewohnern.
„Wo ist Thure?", fragte Thorberg, und Olf zeigte in den hinteren Teil des Gebäudes. Dort gab es die Schlaflager für

die Krieger, wo sie auch ihre persönlichen Gegenstände lagerten. Thure lag tatsächlich auf einem der Schlaflager und schnarchte vor sich hin. „Am hellen Tag schläft der", kopfschüttelnd trat Thorberg neben den Schlafenden. Er verzichtete darauf Thure anzufassen, und setzte sich gegenüber auf das Schlaflager. „Thure, los erwache! Ich brauche dich", sprach er laut, und der Schlafende begann zu zucken. Er schlug seine Augen auf, und sah an die Decke. Erst dann bemerkte er denn Mann, der ihn beobachtete. „Oh, Thorberg." Er setzte sich auf, und schlug die Beine über den Rand des Bettes. „Es gab einen Vorfall, der mich beunruhigt", begann nun Thorberg den Hauptmann der Wache aufzuklären. „Ein Kerl hat sich Thorvi genähert, und wollte sie dazu bringen ihm zu folgen." Da sah Thure den Schwager des Jarls erstaunt und besorgt an. „Aber es gelang ihm nicht?"

Thorberg schüttelte mit dem Kopf. „Nein, es gelang ihm nicht. Stattdessen hat ihm Freki wohl einen Finger abgebissen." Da lachte Thure auf. Dies gefiel ihm. „Guter Hund!" Thorberg nickte. „Ich frage mich, wer kann das gewesen sein, und warum?" Da erhob sich Thure, und griff nach seinem Wehrgehäng, mit dem Schwert und dem Messer. „Wir werden es herausfinden, Thorberg. Wir finden es heraus!"

*

Es war einer der fünf Gauten, die sich mit Gisli dem Jarl Einar Blutauge angeschlossen hatten, der am frühen Morgen am Bug des Asenzorn Wache stand. Ein weiterer Mann stand am Heck des Schiffes. Es war noch nicht lang her, als sie die anderen Wächter abgelöst hatten. Eigentlich hatten die Trøndner erwartet nicht behelligt zu werden. Schließlich hatten sie guten Willen gezeigt, friedlich zu lagern. Doch sie sollten sich täuschen!

Ein gut gezielter Pfeilschuss reduzierte die Zahl der Gauten an Bord um einen Mann. Der Pfeil bohrte sich in den Hals des Kriegers, und er fiel röchelnd in den Schnee. Während der Gaute auf seinen Speer gestützt mehr geschlafen hatte, als dass er wach war, zeigte sich Birk hellwach und Herr über seine Sinne. „Wir werden angegriffen", brüllte er los. Er riss das Signalhorn an den Mund, und blies hinein. Sofort kam Leben auf das Schiff. Jeder kannte diesen Ton, und wusste was er bedeutete. Birk lief über die Planke, und warf sich hinter die Reling, denn nun regnete es Pfeile auf das Knarr herab. Die schneebedeckte Wiese, reichte in dreifacher Länge des Wikingerschiffes, bis zu einer mannshohen Böschung, auf der Bäume wuchsen. Jetzt im Winter waren sie natürlich kahl. Von dort wurden die Pfeile abgeschossen.

Diese schlugen in das Holz und den dicken Stoff des Zeltes. Auf allen Vieren kroch Einar unter der Plane hervor, und hielt sich unterhalb der Reling. „Was ist geschehen?", fragte er den Birk. „Na, was wohl? Plötzlich fiel Yngvar um und war tot." Er lehnte sich an die Reling, während immer wieder Pfeile in die Planken des Schiffes schlugen.

„Diese Feiglinge sitzen irgendwo im Unterholz. Dort hinter den Büschen bei den Bäumen. Wir kommen nicht von unserem Schiff runter, ohne von ihnen mit Pfeilen gespickt zu werden."

Bisher war der Gaute Yngvar, der Einzige der den Weg nach Walhalla eingeschlagen hatte. Alle anderen blieben in Deckung. „Schlagen wir die Taue durch, und verschwinden wir von hier", schlug Birk vor. Doch dieser Vorschlag gefiel dem Blutauge überhaupt nicht. Sie hatten einen seiner Männer getötet, und er ärgerte sich, dass er nicht selbiges mit dem Blaugesicht getan hatte. „Ich werde nicht vor

diesen Pikten fliehen", sagte Einar böse. „Sie sollen es
bereuen, dass sie uns angegriffen haben!"
Er wandte sich um, und rief seinen Männern zu: „Nehmt
eure Schilde! Ihr werdet sie brauchen!" Nach und nach
zogen die Krieger ihre Schilde von der Bordwand, an der sie
hingen. Sie nahmen ihre Äxte und Schwerter. Einar zog den
Stopfen aus dem Loch für die Ruderpinne. So konnte er
hindurchsehen ohne aufstehen zu müssen. Da kam Olaf
herangekrochen. „Was werden wir tun?" Einar sah ihn an.

„Wir werden sie niedermachen! Alle!" Da zog Olaf
erstaunt seine Augenbrauen hoch. So verärgert und auch
rachsüchtig sah man Einar nur selten.

„Deine Sklavin hatte Recht, Olaf. Diese Pikten sind
gefährlich."
Suchend lugte der Jarl durch das Loch in der Bordwand.
Und dann entdeckte er, wonach er suchte. Erst sah er nur
einen, dann immer mehr. „Sie liegen dort drüben auf der
Böschung am Waldrand. Einige sitzen in den Bäumen!"
Olaf drängte Einar zur Seite. „Lass sehen!" Dann wandte er
sich um.

„Søde, bring mir Pfeil und Bogen", rief er dem jungen
Krieger zu, und dieser nickte. Kurz darauf erschallte ein
spitzer Schrei, und ein Mann fiel, wie ein fauler Apfel aus
einem Baum zu Boden. „Das war der Erste!"
Grinsend sah Olaf seinen Jarl an, nachdem er wieder in
Deckung war. Jetzt aber regnete es wieder Pfeile auf das
Knarr nieder. Die meisten steckten in der Zeltplane, der
Rahe, dem Mast und den Planken. Einer war durch die dicke
Plane direkt in den Fuß des Leif geflogen. Dieser jaulte auf,
wie ein geprügelter Hund. Und Raban eilte ihm zu Hilfe.
Wieder erhob sich der Blonde, spannte die Sehne, und ließ
den Pfeil fliegen. Diesmal aber bohrte sich der Pfeil in den
Stamm des Baumes, und der Pikte, der das Ziel war, hatte
Glück. „Jetzt reicht es", sprach Einar verärgert. Er wollte

von Bord, und diese Blaugesichter seine Klinge schmecken lassen. Dies aber war nicht so einfach. Über die Planke konnten sie nicht an Land, die Pikten hätten sie dort abgeschossen wie die Hasen. Also mussten sie von der Reling aus an Land springen. Jarl Einar sah über das Schiff, soweit ihm dies in geduckter Haltung möglich war. Mehr als dreißig Krieger warteten auf das Signal zum Angriff. Birk, der das Signalhorn noch um den Hals hängen hatte, bekam den Befehl dieses zu blasen. Und dann sprangen die Männer und Frauen auf die Reling, und von dort auf das verschneite Land. Einige rutschten, und strauchelten, doch die meisten liefen mit vorgehaltenen Schilden auf die Piktenkrieger zu. Pfeile schlugen in die bunten Schilde der Wikinger ein. Nur zwei Krieger schrien auf, denn die Wundbienen hatten ihre Beine und Füße getroffen. Sie humpelten zum Knarr zurück. Der Weg über die verschneite Wiese kam ihnen nun recht weit vor! Dies erkannte der Jarl, und da rief Einar seine Krieger zum Schildwall zusammen. Jetzt standen sie hinter der Wand aus bunten Schilden, und konnten sich Stück für Stück dem Feind nähern. „Wir hätten diesen blauen Kerl zu seinen Göttern schicken sollen", beschwerte sich Olaf, der neben Einar im Schildwall ging. Der Jarl nickte. „Das habe ich auch schon gedacht. Der undankbare Scheißkerl hat uns seinen Stamm auf den Hals gehetzt, wie es aussieht."

„Dann sollten wir diese Kerle jetzt niedermachen", schlug der Stevenhauptmann äußerst verärgert vor.

„Ich will aber niemanden mehr verlieren!" Der Jarl war wenig erfreut über diesen Kampf, der ihm aufgezwungen wurde. Hatte Einar aber geglaubt, die Angreifer würden ihre vorteilhafte Stellung auf der Böschung am Rand des Waldes aufgeben, so irrte er. Und schnell wurde ihm klar, was geschehen würde, wenn sie auf die Böschung zu stürmen würden.

Plötzlich befahl er stillstand. „Halt!" Nicht nur Olaf sah den Jarl erstaunt an. „Wir müssen zurück zum Schiff", sagte er ruhig. „Aber warum? Lass sie uns erstürmen", schlug Olaf mutig vor. „Siehst du es denn nicht? Wir werden an der Böschung zum Stehen kommen, und dann schlachten sie uns ab wie Vieh. Da kommen wir nicht hoch. Nein, wir ziehen uns zurück!" Schritt um Schritt, dicht nebeneinander hinter ihren Schilden verborgen, zogen sich die Wikinger zurück, bis sie den Asenzorn erreichten.

„Und was nun?", wollte Raban wissen. „Tun wir es ihnen gleich. Holt die Bögen und Pfeile vom Schiff."
Sie sammelten sich vor dem Kiel des Asenzorn, und zwei Männer sprangen, im Schutz der Schilde, über die Reling. Sie reichten die Bögen und auch die Köcher mit den Pfeilen über Bord. Noch hatte keine weitere Wundbiene der Pikten ein Ziel gefunden. Die Pfeile steckten im Schnee, im Holz des Schiffsrumpfes, und in den Schilden der Angegriffenen. Und inzwischen kamen die Pfeile auch nur noch vereinzelt über den Strand geflogen. „Es scheint, als gingen ihnen die Pfeile aus", stellte Raban fest. Er hielt seinen Schild über den der Ilva, und er bemerkte, dass dem Weib des Jarls die Arme langsam schwer wurden. Und sie war nicht die Einzige, der es so erging.
Dies war auch Einar aufgefallen, was ihn dazu bewegte, den Schildwall aufzulösen. „Zurück auf den Asenzorn. Verbergt euch hinter der Reling oder unter der Plane", rief er laut.

„Raban, Olaf, Thoke, Kjelt, mit den Bögen dort rüber zur Böschung." Die Männer verstanden, und liefen los, um an der lehmigen Kante seitlich der Angreifer Schutz zu suchen. Wie die Hasen schlugen sie Haken, um nicht getroffen zu werden, und drängten sich mit geduckten Köpfen an den Hang, der ihnen bis zum Hals reichte.
Einar hatte absichtlich die größten Männer seiner Besatzung ausgewählt und losgeschickt. Sie waren in der Lage über

den Rand der Böschung zu schießen, wenn sie sich Aufrecht hinstellten.

„Ubbe, Ilva, Gisli, Sigrid, Birk, Thordis, Godwin, Leif, und die Gauten, ihr folgt mir. Alle anderen bleiben an Bord in Deckung!"

Und plötzlich wagten sich auch die Blaugesichter aus ihren Deckungen, und kamen näher an die Kante der Böschung. Natürlich hatten sie die Krieger zur Böschung laufen sehen, und wollten nun in eine bessere Schuss Position kommen. Da erhob sich der junge Søde hinter der Reling, und konnte die Angreifer gut erkennen. „Olaf, dort drüben! Sie kommen!" Seine Stimme hallte über den Strand, und der Stevenhauptmann hörte ihn. Er legte einen Pfeil an die Sehne, stellte sich auf, sah über den Rand der Böschung und schoss. Der Pfeil verfehlte zwar das Ziel, aber nun wusste Olaf wo der Feind sich befand. „Sucht euch in Ruhe ein Ziel", empfahl er, legte erneut einen Pfeil an die Sehne und hob den Kopf. Diesmal ließ er sich Zeit, suchte nach einem Ziel, und ließ die Wundbiene fliegen. Und diesmal traf er! Ein Schrei bewies dies. Raban grinste den Stevenhauptmann an, und tat es ihm gleich. Jetzt ließen auch die anderen die Pfeile fliegen, und die Pikten erkannten, dass sie ohne Deckung gute Ziele abgaben. Sofort drängten sie sich hinter die Baumstämme, und suchten dort Schutz.

Inzwischen hatte der Jarl mit den Kriegern ebenfalls die Böschung erreicht. Und während Einars Bogenschützen den Feind in der Deckung hielten, kletterten die Krieger über den Rand der Böschung. Einige Männer falteten die Hände, so dass die anderen diese als Steigbügel verwenden konnten. Danach zogen diese dann die letzten Krieger über den Rand, und wurden von den anderen mit den Schilden geschützt. Doch die Pikten wagten sich nicht aus der Deckung heraus.

„Los, holt, die anderen rauf", befahl Einar nun auch die Bogenschützen auf die Böschung zu ziehen. Endlich waren sie mit den Angreifern auf Augenhöhe.

*

3. Ein Sachse und sein Weib

Etwas Abseits des Weges, der an der Südküste der Insel entlang führte, und der die große Siedlung Sørhamna mit dem Dorf Nordbuktawik auf der kleineren Nordinsel verband, loderten Flammen in einer Feuerstelle. Darauf lag ein ehernes Gitter mit einigen Fischen darauf. Diese verströmten einen schmackhaften Duft, der von einigen Kräutern herrührte, mit denen die Fische eingerieben waren. Auf dem flachen Strand, hinter mannshohen Büschen, lag ein Skuder mit eingerolltem Segel. An dem Feuer saß eine Frau mit schwarzem, von grauen Strähnen durchzogenem, langem Haar. Sie achtete darauf, dass ihr Mahl nicht anbrannte, in dem sie den Fisch immer wieder wendete. Plötzlich trat ein junger Mann durch die Büsche, die den Weg vom Strand abgrenzten. Der Frau fiel sofort der Lappen auf, der blutgetränkt um seine rechte Hand gewickelt war. Sie senkte wieder ihren Blick auf den Fisch, und schob ihr Messer darunter, um das Tier zu wenden. „Das sieht aber nicht gut aus", sagte sie ruhig, und zeigte auf die Hand. „Brauchst du Hilfe?"
Der junge Kerl schüttelte den Kopf, doch sein farbloses Gesicht, ließ die Frau anderes erahnen. „Hast du vielleicht Hunger? Dann setzt dich zu mir. Es ist gleich fertig", lud sie den jungen Mann ein an dem Mahl teilzunehmen, doch dieser hatte anderes im Sinn. Er trat langsam näher, griff mit der linken Hand auf seinen Rücken, und zog ein Saxmesser hervor. Die Frau erschrak, blieb aber ruhig, denn als der Kerl sich auf sie stürzen wollte, trat plötzlich ein Mann aus den Büschen. Scheinbar hatte er sich dort erleichtert, und die Stimme der Frau gehört. „Bei Tyr, überlege dir gut, was

du jetzt tust?", sagte er mit tiefer Stimme, griff nach einem Knüppel der im Sand lag, und ging schnellen Schrittes auf den Kerl zu. Doch der Bursche hörte nicht, und wollte nach der Frau stechen. Da schlug der Mann ohne zu zögern dem jungen Kerl direkt ins Gesicht. Der Angreifer fiel rücklings auf den Boden. Stöhnend schüttelte er sich, und sah, wie ein gepeinigtes, wildes Tier, zu dem Mann mit dem Knüppel auf. Dieser stand nur wenige Schritte entfernt, und es wäre ihm ein leichtes gewesen, den jungen Burschen zu erschlagen. Doch dies tat er nicht! Stattdessen sah er die Frau am Feuer an. „Hat er dir etwas getan?" Die Frau schüttelte mit dem Kopf. „Nein, du warst rechtzeitig zur Stelle, mein Gemahl. Sie dir nur seine wirren Augen an, Winfried!"

„Was hat dir mein Weib getan? Ich glaube, du brauchst mal eine ordentliche Abreibung Bürschchen", drohte der Fremde, und trat auf den jungen Kerl zu. Da sprang dieser auf, und schlug sich sofort fluchtartig in die Büsche.

„Merkwürdiger Vogel", sagte der Mann, und sah dem Flüchtenden hinterher. Dann setzte er sich zu dem Weib ans Feuer. Er schnupperte an den Fischen, und grinste.

„Dort drüben liegt die Siedlung." Er zeigte nach Westen, direkt nach Sørhamna, wo der Weg oberhalb der Böschung hinführte. „Und dort willst du hin?", wollte die Frau wissen.

„So ist immer noch der Plan, Gudrun. Wenn meine Erkundigungen richtig sind, ist dies hier der Gau des Grafen Wulfger."

Nach dem sie sich an den Fischen satt gegessen hatten, zogen sie den Skuder ganz auf den Strand, und versteckten ihn so gut es ging in den Büschen, die bis an das Wasser reichten. „Sag, warum segeln wir nicht in den Hafen", fragte die Frau, und der Mann schüttelte mit dem Kopf. „Sollte man uns hier nicht freundlich aufnehmen, haben wir immer noch die Möglichkeit zur Flucht. Verstehst du das, mein

Weib?" Sie nickte zustimmend, und war froh, dass ihr Gemahl an so etwas dachte. Mit dem Skuder konnten sie die Insel wieder verlassen, und nun war das Boot nur noch vom Wasser aus zu sehen. Sie löschten das Feuer, brachen ihr Lager ab, und machten sie sich auf den Weg nach Westen.

Thorberg hatte sich in der Zwischenzeit in die Halle begeben, und saß mit zwei Männern und einer jungen Frau an einem der Tische. Sie waren Krieger der Wache, die eigentlich zu seinem Schutz in der Halle waren. Auch Freki lag zu seinen Füßen, denn er war nach dem Vorfall mit der kleinen Thorvi direkt zurückgelaufen, und seinem Herrn in die Halle gefolgt. Da der Hund aber nicht sprechen konnte, wusste niemand von dem Angriff auf die Tochter des Jarls. Erst als Thorvi und Hrana in die Halle kamen, platzte es aus der jüngeren der beiden heraus.

Da wurde Thorberg hellhörig. „Was sagst du da, Hrana?" Er erhob sich, und auch die Kriegerin, stand von der Bank auf, und folgte dem Thorberg zu dem Kind. „Nun erzähle was geschehen ist", forderte die junge Kriegerin von dem Kind.

„Der Kerl hat mit dem Messer nach Thorvi gestochen", sagte Hrana zu ihrem Vater. „Doch da kam Freki, und hat ihn gebissen."

„Was heißt das, Thorvi?", fragte der Onkel seine Nichte. Da erzählte sie vom Schlittenfahren, und von dem Angriff des jungen Burschen. „Und als er mit dem Messer zustoßen wollte, kam Freki und hat ihn in die Hand gebissen." Thorberg sah den Hund an, der unter dem Tisch döste, als könne er kein Wässerchen trüben. „Freki, hat ihn gebissen?" Da nickten beide Mädchen, und Thorvi zog etwas unter ihrem Mantel hervor. Sie hielt ihre offene Hand dem Thorberg entgegen, und darauf lag ein angekauter Finger. „Den hat er ihm abgebissen."

Thorberg nahm den Finger aus der Hand des Kindes, und betrachtete ihn genau. „Da hat aber jemand sofort seine Strafe bekommen. Guter Hund", sagte die Kriegerin grinsend, und lobte Freki. „Aber wer war das, bei Odin?" Thorberg nickte. „Ja, das wüsste ich auch gerne." Er wandte sich wieder den Mädchen zu. „Habt ihr den Kerl erkannt? Habt ihr ihn schon einmal in Sørhamna gesehen?"
Beide Mädchen schüttelten den Kopf. Das Thorberg den Angreifer der Thorvi kannte, konnte er nicht ahnen.

*

Nach Westen hin durchschritt man ein offenes Tor, an dessen Querbalken ein schwarzer Rundschild mit einer weißgerahmten, roten Sonne hing. Dieser war flankiert von zwei blauen Hirschschädeln mit mächtigen Geweihen. Wenige Schritte dahinter stand ein hölzernes Gestell mit einem getrockneten Pferdefell samt Schädel darauf. Dieses Tor passierten der Sachse und seine Gemahlin. Nach wenigen Schritten, begegneten sie einem alten Weib, welches damit beschäftigt war, den Weg vor ihrer Hütte von Schnee zu befreien. Zu dieser trat der Fremde hin, und grüßte freundlich. „Sage mir, wo finde ich den Jarl dieser Siedlung?"
„Den findest du in der Methalle, Fremder. Wenn du Glück hast." Die Alte begann zu lachen. Sie zeigte dem Sachsen den Weg, der einen Hügel hinaufführte, und befasste sich wieder mit der Arbeit vor ihrer Hütte. Die beiden Fremden folgten dem Weg, der zur Methalle führen sollte. Und dann sahen sie, wonach sie suchten. Ein mächtiges Gebäude mit einem großen, freien Platz davor.
In der Mitte der Längsseite befand sich ein kleiner Anbau mit einer doppelten Tür. Alles war mit feinen Schnitzereien verziert, und der Giebel des Vorbaus zeigte den Kopf eines

Drachen. Und auch die Enden des Giebels der Methalle
zierten die Köpfe eines Drachen. Nicht weit des breiten
Gebäudes stand ein weiteres Langhaus, welches wohl der
Jarl bewohnte.

Kurzdarauf standen die Fremden vor der Methalle, als ein
Krieger neben sie trat. „Das ist unsere Schildhalle! Hier
fließen der Met und das Bier!" Er zeigte auf das Gebäude.
Der fremde Mann nickte, und sah beeindruckt zu dem
großen Bau hinüber. „Ja, eine schöne Halle habt ihr", stellte
er fest. „Oh ja, wir haben gute Zimmermänner hier. Ich bin
übrigens Thure." Der Krieger konnte seinen Stolz nicht
verbergen. Da mischte sich das Weib des Fremden ein.

„Thure, sage, wo finden wir den Jarl?"
Thure schüttelte mit dem Kopf, und sah das Weib an.

„Willst du mir nicht erst einmal sagen wer ihr seid?"

„Oh, entschuldige, Thure", sprach nun der Mann. „Man
nennt mich Winfried von Burke, und dies ist mein Weib
Gudrun. Wir suchen meinen Neffen Wulfger." Staunend sah
Thure den Mann mit dem graubraunen Haar an. „Diesen
Namen habe ich schon seit vielen Wintern nicht mehr
gehört. Und du willst sein Oheim sein?" Der Mann nickte.

„Ja, der bin ich!"

„Na, dann folgt mir mal! Gehen wir hinein, in die Halle",
sprach der Krieger, und ging vor. Thure betrat die Halle des
Jarls, und er war nicht allein. Mit ihm kam der Mann, der
dem Thure gerade bis zur Schulter reichte.

Sein grau-braunes, lockiges Haar reichte ihm bis über die
Schultern, und sein Bart war bereits weiß, und kurz
geschoren. An seiner Seite ging die Frau mit dem schwarz-
grauen Haar.

An einem der Tische saß immer noch Thorberg mit
mehreren Leuten. Inzwischen hatte sich auch Ferun zu
ihrem Gemahl gesetzt. Freki, der unter dem Tisch lag, erhob
sich, und trabte auf die drei Personen zu, die in die Halle

getreten waren. Mit wackelnder Rute lief er geradewegs auf den fremden Mann zu, und ließ sich von diesem streicheln. Der Sachse lächelte und ging auf die Knie, um den Hund besser streicheln zu können. Und Freki genoss es. Er legte sich auf den Boden, und ließ sich den Bauch kraulen, was Thorberg und sein Weib in Staunen versetzte. Da lief ein blondes Mädchen auf den Sachsen zu, und sagte: „Das macht er nie bei Fremden."

„Oh, er spürt es, wer ihm Gutes will", sprach der Fremde und lächelte. „Wie ist dein Name?" Das Mädchen setzte sich zu dem grauen Hund, und streichelte ihn ebenfalls. „Ich bin Thorvi", antwortete sie. Der Sachse zeigte zum Tisch. „Sind dies deine Eltern?"

„Oh nein, meine Eltern sind im Westen, mit dem König auf der Insel der Angelsachsen", antwortete Thorvi dem Mann kopfschüttelnd. „Meine Eltern sind Einar und Ilva!" Da nickte der Sachse. „Dann gehörst du zu meiner Sippe, kleine Thorvi!" Er erhob sich, und trat langsam auf den Tisch zu. Nun erhoben sich auch Thorberg, und sein Weib Ferun.

„Sage mir, wer ihr seid", verlangte Ferun von dem Fremden, und so begann er zu erzählen. „Ich bin Winfried, der Graf von Burke, einem kleinen Gau im Saxland. Dies ist mein Weib Gudrun. Und ich bin der Oheim eures Jarls, den ihr Einar nennt." Da ging ein lautes Raunen des Staunens durch die Halle, denn inzwischen hatten alle Anwesenden ihre Augen auf den Fremden gerichtet.

„Verratet ihr mir, wer ihr seid?", wollte der Fremde nun seinerseits wissen. Da nickte Ferun. „Ich bin die Schwester Jarl Einars, und dies ist mein Gemahl Thorberg." Ein wenig verwirrt sah der Sachse die Ferun an. „Das ist nicht möglich, denn mein Schwager Wulfram von der Wulfshöhe hatte nur ein Kind."

„Oh, ich bin die Tochter Jarl Oyvinds, der Einar einst aus Dank zu seinem Sohn machte." Jetzt verstand der Mann wie

50

dies möglich war. „Es gibt noch einen Bruder, und eine Schwester", fügte Ferun noch hinzu. „Hrani, mein Bruder, wurde einst von Einar vor dem Ertrinken gerettet." Winfried von Burke nickte, und erzählte, was er noch wusste. „Mein Schwager, der Bruder meiner Schwester Walburga, der Mutter Einars, hatte einen treuen Krieger an seiner Seite. Dessen Name war Thorstein Thordursson, und er war ein Trøndner von der Insel Tautra. In der Nacht, als die Burg Wulfshöhe fiel, schickte Wulfram diesen Mann mit seinem Sohn in den Norden." Da nickte Ferun wissend. „Ja, dies erzählte man sich auch im Haus meiner Eltern", bestätigte Ferun die Geschichte, die der Fremde erzählt hatte. Und sie fuhr sogar fort zu erzählen. „Der Thorstein brachte den Knaben zu seinem Gesippen Thord und dessen Weib Gerta. Diese hatten eine Tochter im selben Alter wie Einar, und so wurden diese als Zwillinge aufgezogen."

„Ah, die andere Schwester", erkannte der Sachse Winfried, und Ferun nickte. „Ihr Name ist Thordis, und sie ist mit Einar auf Kriegsfahrt." Nun ergriff endlich auch Thorberg das Wort. „Woher wissen wir, dass du die Wahrheit sprichst, Winfried von Burke? Die Burg des Wulfger gibt es nicht mehr, soviel ich weiß." Winfried nickte, doch es war sein Weib die antwortete. „Das ist wahr, und es gibt auch keine Gesippen mehr, aus dem Geschlecht seines Vaters Graf Wulfram. Doch Winfried ist aus dem Geschlecht seiner Mutter. Unsere Burg liegt viel weiter nördlich an einem Fluss namens Lipsia." Thorberg seufzte leise. „Dann sag mir, wieso sprecht ihr unsere Sprache so gut?" Da lachte der Sachse, und sein Weib erzählte von ihrer Flucht. „Uns erging es nicht anders als dem Wulfram! Wir glauben an die alten Götter! Es waren die Christen, die uns von unserer Burg vertrieben. Da wir die Taufe verweigerten, verließen wir unser Land."

„Nur ihr zwei?", zweifelte Thorberg. „Wo sind eure Kinder? Wo sind eure Krieger, wo eure Mägde und Knechte? Wo die Sklaven?"

„Nichts davon ist uns geblieben", sprach Gudrun mit gesenktem Haupt. „Unser ältester Sohn ist in der Gewalt der Christen geblieben. Die anderen Kinder sind bei den Göttern."

„Wir flohen in das Reich König Horiks", erklärte der Sachse, und strich seinem Weib über den Kopf. „Dort zogen wir einen Winter und einen Sommer durch das Land nach Norden. Wir lernten die Sprache der Jütländer, und als wir die Küste des Skagerrak[18] erreichten, suchten wir einen Weg, um in das Land am Nordweg zu kommen."
Nun hatte Ferun genug gehört, und sie glaubte den Fremden. Sie rief nach einer Sklavin, die in der Halle ihrer Arbeit nachging, und ließ diese Getränke und ein Mahl auftischen. Und sie unterbrach ihren Gemahl, und bat die Fremden an einen Tisch. Diese dankten und nahmen Platz. Freki suchte wieder die Nähe des Fremden, und legte sich zu seinen Füßen nieder. Eilig brachte die Sklavin, gefolgt von einer anderen jungen Sklavin, das Mahl und einen Krug mit Wasser. Und während beide Gäste das Mahl einnahmen, fragte plötzlich Thure: „Was tun wir nun wegen des Angriffs auf Thorvi? Wir sollten den Kerl suchen. Mit dem fehlenden Finger dürfte er doch zu finden sein. Seine Wunde ist frisch." Da wurde Winfried von Burke aufmerksam. „Solch ein Kerl ist uns begegnet", sagte er, während er sich ein Stück Fleisch in den Mund steckte. „Am Weg, dort hinaus nach Norden, der an der Südküste entlangführt", sprach er mit vollem Mund, und sein Weib

---

[18] Skagerrak – Teil der Nordsee zwischen der Nordküste Jütland und der Südküste Norwegens

nickte. „Er hat mich angegriffen, doch das ist ihm schlecht bekommen."

„Was soll das heißen?", fragte nun Thure, und sah sein Gegenüber Winfried von Burke streng an. „Ist der Kerl etwa tot?"

„Da muss ich dich enttäuschen, Thure!" Der Sachse winkte ab. „Er ist geflüchtet! Den Weg entlang nach Norden. Wo immer dieser hinführen mag."

„Auf die Nordinsel", entfuhr es Ferun. „Er will auf die Nordinsel!" Da sahen sich Thure und der Thorberg an.

„Oder vielleicht will er zur Nordbucht", stellte Thure fest, und Thorberg verstand worauf der Krieger hinauswollte.

„Du denkst an den Hof des Verräters Röde?"
Thure nickte wissend. „Also der Hrani und sein Bruder Gorm!"

„Du denkst, die Brüder sind auf Rache aus?", fragte Thorberg, und Thure zuckte mit den Achseln. „Ist doch gut möglich!"

„Die Beschreibung des Kerls hört sich jedenfalls nach Gorm an", gab Ferun ihre Meinung kund. „Vielleicht angestachelt von Rödes Weib. Sie hat den Tod ihres Gemahls und des ältesten Sohnes nicht überwunden, erzählt man sich in Nordbuktavik." Davon hatte Thorberg nichts gewusst, denn er hatte Sørhamna schon lange nicht mehr verlassen. Sein Weib dagegen schon, denn sie ritt regelmäßig auf die Nordinsel, um nach ihrem Heim zu sehen. So traf sie alte Nachbarn und hörte die Gerüchte.

„Dann sollten wir uns zum Hof des Röde begeben, um zu sehen, ob die Gerüchte stimmen", schlug Thorberg vor, und Thure zeigte sich einverstanden. Er erhob sich, und begab sich zum Langhaus der Krieger. Und nun schob Winfried von Burke das Brett mit den Essensresten von sich. „Ich danke für das Mahl, und bin gesättigt. Und nun sage mir, Thorberg, wann erwartet ihr meinen Gesippen zurück?"

„Oh, wir haben im Spätsommer die letzte Nachricht erhalten, und diese besagte, dass die Kämpfe noch anhielten. Ob Jarl Einar sich bereits auf dem Weg in die Heimat befindet, kann ich nicht sagen", sprach der Schwager des Jarls. „So werdet ihr auf ein Wiedersehen noch warten müssen. Doch ich bin bereit euch hier aufzunehmen. Oder besser, in dem Dorf Nordbuktavik." Da verstand Ferun worauf ihr Gemahl hinaus wollte. „Natürlich! Ihr bezieht unser Haus, und wenn Jarl Einar heimgekehrt ist, sehen wir weiter. Sobald es das Wetter zu lässt, begleite ich euch auf die Nordinsel." Mit diesem Vorschlag zeigte sich der Oheim des Jarls natürlich einverstanden. Gerechnet hatte er sowieso nicht mit einer Behausung. Noch am selben Tag machte er sich auf den Weg, an die Südküste, und seinen Skuder in den Hafen zu holen.

*

Die Krieger des Jarls von der Insel Tautra begannen sich zu verteilen. Die Bogenschützen ließen ihre Wundbienen fliegen, doch diese schlugen meist nur in die Stämme der Baumriesen ein, hinter denen sich die Blaugesichter verbargen. Jetzt bekam Einar auch einen Überblick, über die Anzahl der Angreifer. Und diese war kleiner, als der Jarl vermutet hatte. Warum griffen die Pikten an, wenn sie damit rechnen mussten im Kampf zu unterliegen? Doch nun war es für sie zu spät, denn Einar wollte den Tod des Gauten Yngvar rächen.
Obwohl der Häuptling der Pikten den gleichen Eindruck von der Lage des Kampfes haben musste wie der Anführer der Wikinger, zogen sich die Blaugesichter nicht zurück. Sie waren mutig, und glaubten an den Sieg. Oder sie waren einfach nur dumm!

„Schildwall", rief der Jarl, und die Krieger rückten zusammen. Ilva stand neben ihrem Gemahl, und zur anderen Seite stand seine Schwester Thordis. „Machen wir sie nieder!" Die Stimme der Kriegerin mit der Narbe im Gesicht hallte durch den Wald. Und dann riefen alle den Namen des Göttervaters. Einar sah seine Schwester streng an, doch er wusste ja, dass sich Thordis immer noch für eine Anführerin hielt.

Der Schildwall bewegte sich auf die Pikten zu, während die Bogenschützen weiter ihre Pfeile abschossen. Und als die Wikinger auf wenige Schritte an den Feind herangekommen waren, stürmten die Pikten brüllend aus ihrer Deckung. Ihre Äxte und Schwerter schlugen auf die Schilde der Nordleute, doch sie richteten wenig Schaden an. Die Versuche mit den Speeren durch den Wall zu stechen, waren ebenfalls nicht von Erfolg gekrönt. Und dann kam Einar eine Idee! Schließlich wollte er nicht noch mehr Krieger verlieren. Schnell hatte er den Anführer der Horde ausgemacht, denn dieser rief lauthals seine Befehle. Und der Mann war mutig, und kämpfte an vorderster Stelle. Einar sah zur Seite. Dort stemmte sich Ubbe gegen seinen Schild, der gerade bedrängt wurde. „Ubbe, den Kerl mit dem Zopf auf dem Kopf. Den will ich hinter dem Wall!" Der Angesprochene nickte, um seinem Jarl zu zeigen, dass er ihn verstanden hatte. Gleiches teilte der Jarl dem Gisli mit, der nun zu Einars rechter Seite kämpfte. Doch es war Einar selbst, der die Möglichkeit erhielt, den Mann zu ergreifen. Direkt vor ihm, schlug der Häuptling der Pikten gegen den schwarzen Schild mit der weißgerahmten, roten Sonne darauf.

„Schildwall auf", rief der Jarl, und seine Krieger verstanden sofort. Der Schildwall öffnete sich, und Einar, sowie seine Schwester Thordis griffen zu.

Sie erwischten den Pikten an seiner Tunika, und zogen diesen in ihre Reihen. Als der Mann rücklings im Schnee

lag, und die Spitze der Klinge von Einars Schwert Blutauge auf dessen Kehle zeigte, gab sich der Pikte geschlagen. Der Schildwall war wieder geschlossen, und bei den Blaugesichtern machte sich Aufregung breit, denn die Nachricht vom Verlust des Häuptlings machte ging durch ihre Reihen. Plötzlich rief ein anderer die Befehle, und die Pikten zogen sich sofort zurück. Nach einer Weile löste sich der Schildwall der Wikinger auf, und Einar wandte sich an die Krieger. „Los, zurück zum Schiff", rief er, und dann zeigte er auf den Blaugesichtigen mit dem Zopf auf dem Kopf. „Und den hier, nehmen wir mit."
Der Angriff der Pikten schien beendet zu sein. Doch sie waren natürlich noch da. Aber die Nordleute zogen sich auf das Ufer vor dem Knarr zurück. Nun wagten sich auch die anderen wieder von Bord, und sorgten sofort dafür, dass das Feuer nicht erlosch. Der Piktenhäuptling wurde gefesselt und an das Feuer gesetzt. Einar, Raban und Ilva setzten sich zu ihm. „Olaf, bring Aelthdreda her", befahl Einar, denn er hoffte, dass diese übersetzen konnte. Die Worte, die er an den Häuptling richtete, wurden nämlich nicht verstanden.

„Gael, was machen wir jetzt?" Die junge Kriegerin mit dem roten Haar, sah den Krieger fragend an, während sie sich hinter einem Baumstamm verborgen hielt. Die Krieger saßen hinter einem flachen, schneebedeckten, und mit Bäumen und Buschwerk bewachsenen Erdhügel. Gael war ein Krieger der etwas mehr als zwanzig Winter zählte. Er war derjenige, der die Befehle gegeben hatte, nachdem der Häuptling hinter der Schildwand der Feinde verschwunden war. Sein langes Haar war zu dicken Zöpfen geflochten, die nach hinten zusammengebunden waren. Über den Ohren war das Haar allerdings kurzgeschoren. Auch sein Gesicht zierten die blauen Zeichnungen der Pikten, genau wie alle anderen Krieger. „Frage doch Ulik, er wollte die Fremden

doch unbedingt angreifen!" Der Sohn des Häuptlings wandte sich dem Angesprochenen zu. Doch dieser senkte nur seinen Kopf, und schwieg. „Wie willst du Belana erklären, das Gwydion gefangen wurde", fragte die junge Kriegerin verärgert. „Wenn er überhaupt noch lebt."
Betreten sahen sich die Männer und Frauen an. Sie hatten den Anführer verloren, und die Schlacht war auch nicht zu ihren Gunsten ausgegangen. Da meldete sich wieder Ulik zu Wort, der Mann den die Fremden hatten laufen lassen.

„Wir müssen Gwydion befreien", sagte er bedingungslos. Die anderen aber schüttelten ihre Köpfe. „Du bist verrückt, Ulik!" Beschimpfte ihn einer zornig. Eine Kriegerin zeigte sich ebenfalls wenig erfreut. „Wir haben keine Pfeile mehr, und wir sind nicht genügend Krieger, um die Fremden nochmal anzugreifen. Wir sollten ins Dorf zurückkehren."

„Dann müssen wir eben mit ihnen verhandeln", schlug eine andere Frau, namens Seana vor. Sie hatte schwarzes, geflochtenes Haar, war recht zierlich, und sie trug einen Bogen, sowie einen Köcher auf dem Rücken. Dieser war allerdings leer! So wie die Köcher der anderen Bogenschützen auch. „Dann mach dich mal auf den Weg, Ulik", sagte ein kräftiger Krieger, der sicher schon dreißig Winter erlebt hatte. Er trug eine graue Tunika, und darüber eine Weste aus Bärenfell. An seiner Hüfte hing ein Schwert, der Bogen war nicht seine bevorzugte Waffe. „Warum ich?" Ulik sah den stämmigen Kerl entrüstet an. „Warst du es nicht, der Gwydion gedrängt hat, die Fremden am Ufer anzugreifen?"

„Kian hat recht", sprach die junge Frau mit dem Bogen, und sah Ulik streng an.

„Du hast meinen Vater bedrängt, weil dich die Gier getrieben hat, bei den Fremden Beute zu machen", stimmte Gael der Frau zu. „Also wirst du mit ihnen verhandeln, um meinen Vater frei zu bekommen."

„Wenn Gwydion überhaupt noch lebt", sagte Ulik zweifelnd. Da wurde die Rothaarige böse. „Wenn das so ist, dann ist es deine Schuld, du dämlicher Kerl."

„Juna, halt dich zurück", befahl Gael, der Sohn des Häuptlings. Doch diese dachte nicht daran. „Er hat die Schuld, und er soll mit den Fremden sprechen. Sie haben ihn schon einmal gehen lassen!" Kian nickte, und auch die schwarzhaarige Seana stimmte zu. Es gab keine in den Reihen der Pikten, der dem Ulik zur Seite stand. So war er gezwungen dem Befehl Gaels zu folgen. Während die anderen in der Deckung blieben, machte sich Ulik auf den Weg.

Das Feuer an dem Ufer vor dem das Knarr lag, brannte schon wieder hoch. Der junge Søde hatte sich von Bord gewagt, denn er wollte nicht, dass das Feuer erlischt. So loderten die Flammen kräftig und warm, als die nordischen Krieger zu ihrem Schiff zurückkamen. Søde war ein wenig nervös, denn er konnte ja nicht wissen, wie sein Jarl über sein eigenwilliges Handeln urteilen würde. Doch Einar war zufrieden mit dem jungen Krieger.

Den Piktenhäuptling setzen sie auf einen Baumstamm, der an dem Feuer lag. „Wo ist Olaf? Beim rotbärtigen Wagenlenker! Olaf komm her", rief der Jarl, und der blonde Krieger folgte dem Ruf. Er ging die Planke zurück, denn auf dieser wollte er gerade an Bord des Asenzorn gehen. „Was willst du, Einar? Ist deine Sehnsucht nach mir so groß?" Der Stevenhauptmann trat neben den Jarl, er beugte sich herab, und rieb sich die Hände an dem wärmenden Feuer.

„Ich brauche deine Aelthdreda." Jarl Einar zeigte auf den Gefangenen, und Olaf verstand natürlich sofort. Er wandte sich ab, und trat wieder zum Schiff zurück. „Dreda, komm her, der Jarl braucht dich!" Die braunhaarige Sklavin eilte sofort über die Planke an Land. Und als sie den Pikten mit seiner blauen Bemalung in seinem Gesicht sah, erschrak sie ein wenig. Natürlich wusste sie, dass Olaf sie schützen würde, doch die Erzählungen über dieses Volk vergaß sie nicht. „Ilva", sprach der Jarl sein Weib an. „Das Feuer brennt, also bereite uns einen heißen Met."

*

Der Hof des Bauern Röde stand an der Westküste der großen Bucht, welche die um einiges größere Südinsel, und die kleinere Nordinsel trennte. Von hier war es nicht weit, bis zu der Landbrücke, die auf die Nordinsel führte. Seit dem Tod des Bauern, der den Aufstand gegen den Jarl von Tautra in dessen Abwesenheit angezettelt hatte, war der Hof ziemlich heruntergekommen. Hrani, der zweite Sohn des Röde, versuchte den Hof allein zu bewirtschaften, da sein älterer Bruder dem Vater nach Nàströnd[19] vorausgegangen war. Seine Mutter war ihm dabei auch nur eine kleine Hilfe, denn der Tod des Röde hatte sie verändert. Sie sehnte sich danach ihrem Gemahl zu folgen, wagte den Schritt aber nicht, aus Angst die Götter könnten ihr zürnen. Und dann war da noch der jüngste Sohn des Bauern. Gorm hatte den Tod des Vaters nicht überwinden können, und nun hasste er die Sippe des Jarl Einar noch mehr als zuvor. Er war seit dem Tode des Vaters, und dem üblen Zustand seiner Mutter, von Rachegedanken besessen. Stritt mit seinem Bruder, und war für die Arbeit auf dem Hof meistens nicht zu gebrauchen. Stattdessen streifte er über die Insel, und begann die Bewohner zu tyrannisieren. Er stahl, und tötete wahllos deren Vieh. Und man vermutete auf der Nordinsel, dass es Gorm war, der dem Bauern Sigurd sein Vorratshaus angezündet hatte. Und nun hatte sich Gorm vorgenommen,

---

[19] Nàströnd – Ein Teil des Totenreiches Hel, in dem Meineidige, Mörder, Verräter und Ehebrecher bestraft werden

seine Taten auf die Sippe des Jarls zu beschränken. Er
wollte Rache nehmen, wollte sie Leiden lassen, für den
Verlust seines Vaters und Bruders. Und er wollte damit
beginnen, die Tochter Jarl Einars zu entführen, und wenn er
die Sippe damit lang genug gequält hätte, wollte er diese
töten. Ja, sie sollten es spüren, wie es war einen Gesippen zu
verlieren!
Dieser Plan war nun fehlgeschlagen, und hatte Gorm sogar
einen Finger gekostet. Doch aufgeben wollte er nicht!

*

4. EINARS GNADE

Mit überraschtem Blick sah der Piktenhäuptling die Kriegerin an, die ihm den Becher mit dampfendem Met reichte, nachdem ihm der Anführer der Fremden die Fesseln durchschnitten hatte. Und dann trat eine junge Frau an die Feuerstelle. Der Anführer sprach einige Worte in seiner Sprache, zu einem großen Kerl mit Glatze und Vollbart. Dieser sprach die Worte in einer anderen Sprache zu dem jungen Weib. Und dann wandte sich das Weib an ihn, und fragte: „Wie ist dein Name?" Dies war die Sprache der Briten aus dem Süden, und diese verstand der Piktenhäuptling. „Du bist ihre Sklavin?", fragte Gwydion die Aelthdreda. „Nicht mehr lange", antwortete Aelthdreda frech. „Ich werde das Weib des großen Blonden da sein." Sie zeigte mit dem Finger auf Olaf. Der Mann mit der blauen Zeichnung im Gesicht begann zu grinsen. „Sagst du mir jetzt deinen Namen, Pikte?", drängte Aelthdreda nun böse. Doch der Pikte schwieg. „Sage ihm, dass ich Jarl Einar bin, und frage ihn, warum sie uns angriffen?", fragte nun Jarl Einar. Aelthdreda nickte, und übersetzte das Gesagte in die Sprache der Briten. Gwydion starte in die Flammen des Feuers, und schwieg weiterhin. „Wir sind nicht hier, um gegen euch zu kämpfen", fuhr Einar fort, und trank dabei aus seinem Becher. „Darum haben wir den Gefangenen eures Stammes freigelassen. Doch ihr wolltet den Kampf." Da mischte sich Ilva ein. Sie wurde langsam zornig, weil ihr nicht gefiel, wie Einar sich um diesen Pikten bemühte. Und Ilva war nicht die Einzige, die nicht verstand, warum sie mit dem Kerl und seinem Gefolge keinen kurzen Prozess machten. Schließlich hatten sie sie ja bereits im Kampf geschlagen. Jarl Einar aber war anderer Meinung. Er wollte nicht noch mehr Krieger aus seiner Mannschaft verlieren. Sie hatten noch einen weiten Weg bis in die Heimat. Da meldete sich auch Olaf zu Wort. „Und was willst du jetzt mit dem Kerl und seiner Bande da hinten im Gebüsch anfangen, Einar? Sollen wir sie als Sklaven einfangen und verkaufen?" Ilva nickte sofort zustimmend, denn der Gedanke des blonden Kriegers gefiel ihr gut. Der Angriff der Pikten musste gesühnt werden. Natürlich wusste sie, dass ihr Gemahl den Sklavenhandel eigentlich verabscheute, doch schließlich waren sie auf Kriegsfahrt. Warum also nicht auch hier Beute machen? So kam es, dass sie begannen sich lautstark zu streiten. Immer mehr Leute kamen an das Feuer, und stritten mit. „Du solltest besser mit dem Jarl reden", schlug Aelthdreda dem Gefangenen leise vor, und Raban sah sie streng an, denn er verstand ja einige Worte. Dies aber sah Ermintrude, und sie wandte sich an den kahlköpfigen Sachsen, um diesen abzulenken. Was aber eigentlich nicht von Nöten war, denn Raban war immer auf Seiten des Jarls. Die junge Sklavin trat neben ihren Herrn, und sprach ihn an. So schenkte der große Mann der jungen Frau seine ganze Aufmerksamkeit. „Er wird versuchen dich zu retten", flüsterte Aelthdreda dem Pikten eindringlich zu. Der Häuptling sah zuerst Jarl Einar, und dann die anderen an. Die Frau, die ihm freundlich den Becher mit heißem Met gereicht hatte, war sein Feind. Das verstand er nun, und er verstand auch, worüber die Wikinger sprachen. Und die Worte der britannischen Sklavin ergaben für ihn einen Sinn.

„Gwydion", nannte er plötzlich seinen Namen. Und nun wurde Einar auf ihn aufmerksam. „Gwydion! Du bist der Häuptling des Piktenstammes?", fragte er, wartete die Antwort aber nicht ab, denn das Stimmengewirr der anderen störte ihn. „Ruhe jetzt", brüllte er erbost, und sah dabei sein Weib an, die sich mit Ubbe stritt. Ausgerechnet Ilva hatte diesen Streit vom Zaun gebrochen, was den Jarl sehr verärgerte, denn sein Weib hatte sich auf der Kriegsfahrt sehr verändert. „Gwydion", wiederholte Einar den Namen des Gefangenen. „Warum habt ihr uns angegriffen, Blaugesicht? Uns zwang der Sturm an eure Küste. Nicht die Absicht Beute zu machen! Ich schenkte deinem Krieger, meinem Gefangenen sogar sein Leben, damit er von unserer friedlichen Absicht berichten konnte." Die britannische Sklavin übersetzte die Worte des Jarls, und Gwydion verstand wovon Einar sprach. Und er erkannte, dass es sein Krieger Ulik war, der ihn belogen hatte, und zum Angriff gedrängt hatte. Und wenn er die Gesten der streitenden Wikinger richtig verstand, so wusste er doch, es ging um das Leben und die Freiheit seiner Gefolgschaft. Erst jetzt waren die Wikinger bereit zu kämpfen und Beute zu machen!

„Wir dachten ihr wollt uns angreifen", versuchte der Pikte die Wogen zu glätten. Aelthdreda übersetzte die Worte des Pikten, doch es fehlten ihr immer wieder Worte. So sprach sie zu Raban in der Sprache der Angelsachsen. Und dieser übersetzte was ihr an Worten fehlte. Es schien, als gefiel Einar was er hörte. Doch es sollte anders kommen.

„Ich bestehe darauf! Wir müssen Gwydion befreien", forderte Ulik, und sah die anderen streng an. „So, und wie soll das gehen?" Die Stimme der Kriegerin Juna klang herausfordernd, schließlich war die Lage für die Einheimischen nicht die Beste. „Sie sind uns überlegen. Hast du das vergessen?"

„Wir könnten Verstärkung aus dem Dorf holen", schlug Gael, der Sohn des Häuptlings vor. „Das wird aber viel Zeit verschlingen, bis wir zurück sind. Wer weiß, ob Gwydion dann noch lebt."

„Nehmen wir Geiseln", sagte Ulik plötzlich nach einem Moment der Stille. „Dann können wir einen Tausch vorschlagen." Damit waren alle einverstanden, und so zog die Horde bis an den Rand der Böschung. Nicht weit der Lichtung, die die Wikinger genutzt hatten, um die Böschung zu erklimmen, wuchs ein breiter Streifen dichten Buschwerks. Die Büsche waren zwar entlaubt, aber sie waren von Geäst so dicht durchwachsen, dass der darauf liegende Schnee ihn recht undurchsichtig machte. Hier legten sich die Pikten auf die Lauer. Einige von ihnen schlichen sich auf die andere Seite der Lichtung, und nun warteten sie.

Søde saß an der Reling des Asenzorn, und sah verträumt auf das Treiben an Land. Er beobachtete den Streit der Krieger, und wie der Jarl mit dem Gefangenen sprach. Und er sah ein junges Weib, dass sich an die Feuerstelle gesetzt hatte, wo bereits ihre Schwester Aethel ihre kalten Füße wärmte. Hrodwynn gefiel ihm wirklich gut, und er malte sich in seinen Gedanken aus, wie es wohl wäre, wenn sie seine Gefühle erwiderte. Und dann geschah, was sich Søde nicht erhofft hätte. Das Britenmädchen erhob sich, und kam über die Planke an Bord des Knarrs. „Was tust du hier?", fragte sie, und ließ sich neben dem jungen Burschen nieder. Søde verstand kein Wort, aber die sanfte Stimme ließ ihn erraten, dass es etwas Gutes war. Er lächelte verlegen. Da zeigte sie das Ufer entlang, und machte mit den Fingern eine Laufbewegung. Dies verstand der junge Trøndner und erhob sich. So zog sich auch Hrodwynn an der Reling hoch, und sie verließen gemeinsam den Asenzorn. Nebeneinander schlenderten sie das Ufer entlang, und nur einer hatte bemerkt, wie sie sich vom Lager entfernten. Doch drei Augenpaare hatten ebenfalls gesehen, wie Søde und das Mädchen sich den Bäumen des nahen Waldes näherten. Und sie glaubten zu wissen, was sie nun tun sollten. So verließen sie ihr Versteck, und liefen die Böschung entlang, bis sie sich sicher waren, nicht von den Wikingern bemerkt zu werden. Jetzt wagten sie sich die Böschung hinunter, und liefen in den Wald, der hier bis an das Ufer reichte. Hrodwynn zählte sechzehn Winter, und hatte bereits auf dem Hof Erfahrungen mit dem anderen Geschlecht machen müssen. Nur waren die nicht freiwillig geschehen. Der Søde aber gefiel ihr. Und da sie sah, wie gut es Aelthdreda und auch Ermintrude erging seit diese bereits einen Herrn gefunden hatten, denn niemand wagte mehr sie anzufassen, erhoffte sie sich gleiches von dem jungen Nordmann. Doch genau dies war es, dass den Søde quälte. Er hatte keinen großen Anteil an der Kriegsfahrt zu erwarten, und diesen musste er zu seinen Gesippen heimbringen. Nur aus diesem Grund hatte sein Vater ihn ziehen lassen, denn seine Arbeitskraft fehlte auf dem Hof. Doch davon konnte das Mädchen vom Stamm der Angeln nichts wissen, und so gab sie ihr Bestes. Irgendwann blieb sie stehen, und zog den Burschen an sich. „Du willst mich doch", sagte sie leise, ergriff seine Hand, und schob diese unter ihren alten Klappenmantel, den man ihr gegen die Kälte überlassen hatte. Sie zuckte kurz zusammen, als seine kalten Finger ihre Haut berührten. Und nun begann sie Søde zu küssen. Jetzt suchte seine Hand nach den weichen Hügeln des Mädchens. Doch der Liebesreigen der beiden wurde unsanft gestört. Drei blaugesichtige Krieger sprangen hinter den Bäumen hervor, und stürmten auf das Paar zu. Søde stieß Hrodwynn von sich, so dass diese mit dem Hintern im Schnee landete. Er griff nach seiner kurzstieligen Axt, die in seinem Gürtel steckte, und warf diese dem ersten Krieger entgegen. Die Axt des jungen Søde traf den Pikten in die Schulter. Der Angreifer schrie auf, und blieb stehen. Doch die beiden anderen stürmten weiter auf Søde und Hrodwynn zu. Nun zog der junge Krieger sein Saxmesser[20], und stellte sich den Angreifern entgegen. Die Sklavin schrie auf, so laut, dass es bis zum Lager hörbar war, und dort für Aufsehen sorgte. Sofort griffen die Krieger zu den Waffen, und Gisli mit seinen Gauten, waren die ersten, die in Richtung des Waldes liefen. Søde überlegte nicht lange, und wählte einen der Angreifer, so wie man es ihn gelehrt hatte. Auf diesen stürzte er sich, und konnte gerade noch unter einem Schwerthieb wegtauchen, als er aus den Augenwinkeln den anderen Angreifer fallen sah. Ein Speer hatte den Blaugesichtigen Krieger gefällt. Die Spitze hatte seine Brust durchbohrt, und ihm sein Ende beschert. Jetzt sah Søde den grinsenden Thoke, der ihm und der Sklavin gefolgt war. Nun wandte er sich dem Gegner zu. Und er

---

[20] Saxmesser – langes, einschneidiges Messer oder Kurzschwert

erkannte, dass der Angreifer mit der blauen Farbe im Gesicht, ein junges Weib war. Doch diese war eine mutige Kämpferin, und schlug mit dem Schwert nach dem jungen Trøndner. Dieser aber tauchte immer wieder gekonnt unter den Schlägen weg, bis er sein Gegenüber ansprang, und sie so zu Boden brachte. Doch sie war nicht weniger geschickt, und wandte sich dem Søde aus dem Griff. Nun hatte auch sie ein Messer in der Faust. Und so rangen sie hin und her. Was der junge Nordmann an Kraft mitbrachte, machte die Piktenkriegerin durch Geschicklichkeit wieder wett. Thoke trat in aller Ruhe an den Toten. Er griff nach dem Schaft seines Speeres, und zog diesen aus dem Körper. Dann trat er langsam an die Kämpfenden heran, und als die Kämpferin mal wieder obenauf war, schlug er ihr den Stiel seines Speeres über den Kopf. Sie stöhnte auf, und sackte dann zusammen. Søde stieß das junge Weib von seinem Körper herunter, und sprang auf. Schwer atmend sah er den Zimmermann an. Dieser grinste nur. „Nehmen wir sie mit. Sie bringt uns sicher eine schöne Summe ein!"

*

Eisiger Wind trieb die Schnigge[21] mit geblähtem Segel durch die Fluten des Skagerrak[22]. Sie passierten die Mündung der Götaälv[23] und steuerten die Schnigge an der

---

[21] Schnigge – schnelle, schlanke Kriegsschiffe mit bis zu 40 Riemen
[22] Skagerrak – Teil der Nordsee zwischen der Nordküste Jütland und der Südküste Norwegens
[23] Götaälv – Grenzfluss zwischen der norwegischen Ranrike und dem Dänischen Götaland

Westküste Ranrikes nach Süden. Und bald darauf sahen sie die Küste Seelands[24] vor sich. „Würden wir jetzt nach Westen segeln, wären wir in einigen Tagen zu Hause", sprach der Steuermann zu dem Mann, der auf dem Schiff die Befehle gab. „Da hast du wohl Recht, Knut. Ich kann dein Heimweh durchaus verstehen. Auch ich habe mein Weib und die Kinder seit fast zwei Wintern nicht mehr gesehen." Der Mann mit den buschigen Augenbrauen, dem braunen Bart und dem langen Haar, sah den Steuermann zustimmend an. „Doch noch ist es nicht so weit. Zuerst müssen wir den Kerl da, an den Hof des Gautenkönigs bringen." Er zeigte auf einen Krieger, der unter dem Zelt an der Reling lehnte und schlief. „Wer ist das eigentlich?", konnte der Steuermann seine Neugier nicht mehr zügeln. Es gab wohl nur zwei Männer an Bord, die Bescheid wussten. Das waren der Schiffsführer und eben dieser Mann unter dem Zelt. Und sie hatten geschwiegen, seit dem Tag, an dem sie das Lager König Horiks in Britannien verlassen hatten. „Na los, nun sag schon, Björn, wer ist der Mann, und wo geht unsere Reise hin?" Der Steuermann kämpfte mit dem Seitenruder. Da trat der Anführer heran, und griff zu. Mit vereinten Kräften hielten sie das Schiff auf Kurs. „Er ist ein Bote der Gauten, mit einer Nachricht für König Hrotger", verriet Björn sein Wissen. „Er hat einen geheimen Auftrag von König Horik für den Gautenkönig. Bist du jetzt endlich zufrieden?" Da grinste Knut, und war zufrieden!

Es vergingen noch viele Tage, die sie durch das Warägische Meer[25] an der Küste Götalands entlang segelten, bis sie an

---

[24] Seeland- größte dänische Insel, auf der die Hauptstadt Roskilde erbaut wurde
[25] Warägisches Meer- Ostsee

einem verschneiten Tag ihr Ziel erreichten. Hier luden sie ihre geheime Fracht ab, und verließen das Gautenland in Richtung Süden.

Der Bote machte sich sofort auf den Weg, um den König der Gauten zu treffen. Doch man ließ ihn zwei Tage warten, die er in einem Bordell verbrachte. Und dann endlich trat er in die Halle des Königs, und wurde vor den Hochstuhl des Hrotger geführt. Dieser saß, umgeben von seinem Weib und den Hofschranzen, auf seinem Hochstuhl. Hrotger war ein fetter Kerl und nicht so schön anzusehen. Dies wagte natürlich niemand laut zu sagen. Sein angegrautes Haar hing verschwitzt an seinem Kopf herab, und sein dünner Bart wurde von einer goldenen Perle zusammengehalten. Wieder ließ man den Boten warten, bis man ihn endlich vor den Hochstuhl rief. „Mein König, ich bin Varn Gulisson, und ich war für dich im Heer des Horik vor der Stadt Lundenvik. Mich schickt König Horik mit einer Botschaft für dich." Da wurde Hrotger aufmerksam. „Horik schickt dich? Was will der Däne von mir?"

„Er verfolgt einen Plan, und darum sollst du ein Schiff nach Borkasvik schicken, um ein Weib zu rauben", erklärte der Bote. „Borkasvik? Das kenne ich nicht", gab der König zu. „Hat der Hurenbock nicht schon genug Dirnen für sein Vergnügen? Ich frage mich immer wieder was Gunnhild dazu sagt?" Da schüttelte Varn den Kopf. „Mein König, Borkasvik ist das Dorf des Jarl Borka, der dir bekannt sein müsste, denn er war einst der Jarl von Halmsby.

Borkasvik liegt in Ranrike nicht weit des Vänern[26].

Und um eine Hure geht es sicher nicht. Das Weib heißt Eira und ist die Tochter König Grjotgards." Da sah der Hrotger erstaunt und fragend den Varn an. „Was bei den Göttern macht denn die Tochter des Trøndnerkönigs in Ranrike?" Der fette König konnte den Erzählungen des Varn nur schwer folgen. „Sie ist das Weib des Gisli Borkasson", antwortete der Bote. „Aber was habe ich damit zu tun?", verstand der König der Gauten den Wunsch des Horik überhaupt nicht. „Du sollst sie in deine Gewalt bringen, und sie gut verstecken. Mehr habe ich nicht zu berichten, mein König." Hrotger spielte mit der Bartperle und überlegte was er tun sollte. Einerseits war er erbost über den Befehl des Horik, denn er sah sich nicht als dessen Vasall. Andererseits wollte er keinen Streit mit dem Dänen heraufbeschwören, denn diesem gehörten die angrenzenden Ländereien von Schonen und Halland, also der gesamte Süden von Götaland, und er war den Gauten überlegen. „Na gut, Varn Gulisson, ich gebe dir ein Schiff, und du wirst mir diese Eira holen", befahl der Gautenkönig. Da erschrak nun der Bote ein wenig, doch er musste gehorchen, also nickte er zustimmend.

Es dauerte weitere zwei Tage, bis eine Schnigge mit Männern besetzt war, die der König unter den Befehl des Varn Gulisson stellte. Als Schiffsführer gab dieser an einem windigen Spätherbstmorgen den Befehl abzulegen, und an der Küste Götalands nach Süden zu segeln.

---

[26] Vänern - Vänern ist ein See im Südwesten des heutigen Schweden, gelegen zwischen den historischen Provinzen Dalsland, Vermland und Västergötland

Borkasvik lag bereits von Schnee bedeckt im Norden des Gautenlandes. Ein Weg führte durch das Land nach Süden direkt bis an die Küste des riesigen Vänern Sees. Hier lagen die Schiffe des Dorfes. Jarl Borka und sein Weib Sigve, die einst die Völva[27] in Einars Siedlung war, herrschten hier über einen kleinen Landstrich, den König Ragnar ihnen gegeben hatte. Hier in Borkasvik lebte auch die Schwiegertochter des Jarls auf einem Hof außerhalb des Dorfes. Eira war die Gemahlin des Gisli, der an der Seite König Ragnars in Britannien kämpfte. Doch Eira war auch die Tochter des Trøndnerkönigs Grjotgard, die vor einigen Wintern an den Hof Jarl Einars geflohen war, da sie sich wegen einer Hochzeit mit ihrem Vater überworfen hatte. Zu dieser Zeit war Jarl Einar noch ein Gefolgsmann und Freund des Königs von Ranrike, Ragnar Sigurdsson. Hier lernte sie Gisli kennen, der sie zu seiner Frau machte.

Nun da Gisli mit seinem König Ragnar Sigurdsson auf Kriegsfahrt war, bewirtschaftete Eira den Hof mit zwei Knechten und einer Magd allein. Kinder waren ihr bisher von den Göttern verweigert worden, obwohl sie sich sehr nach einem Kind sehnte. So opferte sie regelmäßig der Freya[28] und auch der Frigga[29], in der Hoffnung, dass diese sie endlich erhören würden, und ihr den Leib mit einem Kind füllen würden. Groß war nun auch die Sehnsucht nach

---

[27] Völva – Seherin, Kräuterkundige Heilerin
[28] Freya – Göttin aus dem Geschlecht der Vanen, Göttin der Liebe und Fruchtbarkeit junger Leute, Schwester des Frey
[29] Frigga – Gemahlin Odins, Schutzgöttin der Ehe, des Lebens und der Mutterschaft, Hochgöttin der Asen.

ihrem Gemahl, denn ohne ihn konnte und wollte sie kein Kind machen.

In die Siedlung ging Eira nur selten, doch war es Sigve die oft auf den Hof kam, um mit ihr zu reden. Einmal in der Woche ging sie zum Hafen, wo neben dem großen Markt in Borkasvik ein weiterer Markt stattfand. Hier war ihrer Meinung nach der Fisch viel frischer. Was natürlich durch die Nähe des Sees zu erklären war. Besonders groß war der Hafen der Siedlung nicht, denn dort standen lediglich drei Häuser, eine Kaschemme, und ein paar Hütten. Der Hafen war ein kleiner Teil der Bucht, und es gab nur einen großen Anlegesteg. Dieser war in der letzten Zeit jedoch noch weiter angewachsen. Dies war nötig geworden, da immer mehr Fischer und Händler aus allen Richtungen nach Borkasvik kamen, um ihre Geschäfte zu tätigen. Sogar von dem südöstlichen Ufer, aus dem Gautenland kamen Schiffe herüber. Und eines Tages kam eine Schnigge in die Bucht. Nicht weit des Hafens ging das Kriegsschiff vor Anker. Die Rahe wurde eingeholt und das Segel aufgerollt. Am Mast wehte das Banner mit dem Raben, so wusste man, dass dies ein Schiff König Ragnars war. Es dauerte nicht lange, und ein Boot kam längsseits. „Braucht ihr eine Überfahrt zum Hafen?", fragte einer der beiden Männer, die an den Rudern saßen. „Ihr kommt wie gerufen", sagte der Schiffsführer, der an der Reling stand. Dan gab er Anweisungen, und ging mit drei Kriegern seiner Gefolgschaft an Bord des Ruderbootes. Mit kräftigen Ruderschlägen brachten die Männer das Boot zum Anlegesteg. Hier war kaum noch Platz, denn viele Skuder und Knarren lagen hier vertäut. Und schnell hatten sie den Grund dafür in Erfahrung gebracht, denn am folgenden Tag sollte der Markttag im Hafen stattfinden.

Eines der im letzten Jahr aufgebauten Häuser war eine Kaschemme, die ein dicker, einarmiger Kerl führte. Auch nannte er drei Sklavinnen sein Eigen, die er den Seefahrern zum Vögeln anbot. Und dies ließ er sich gut bezahlen. So wurde der dicke Schankwirt immer reicher. Natürlich achtete Jarl Borka darauf, dass er nicht reicher wurde als er selbst. Dieser Ort war für Varn Gulisson der geeignete, um sich nach Eira zu erkundigen. König Hrotger hatte ihn mit Hacksilber ausgestattet, so dass er durchaus in der Lage war Zungen zu lösen.

*

Der Aufschrei aus dem Wald hatte dafür gesorgt, dass die Wikinger auf die Pikten oberhalb der Böschung aufmerksam wurden. Es war Aethel, die die Krieger hinter dem verschneiten Busch erkannt hatte. Und ihre Angst vor den Blaugesichtigen war groß. So schrie sie los, und zeigte immer wieder zu ihnen hinüber. „Deine Krieger scheinen nicht viel von dir zu halten", sagte Jarl Einar böse zu dem Piktenhäuptling. „Ihr werdet es bereuen!" Dann zog er das Schwert Blutauge aus dem Wehrgehäng, und schloss sich seinen Kriegern an. Sofort stürmten die Wikinger auf die Böschung zu. Es war aber nur ein sehr kurzer Kampf der entbrannte, denn die Blaugesichter zogen es nach kurzem Kampf vor zu fliehen. Doch drei von ihnen wurden gefangen, und ins Lager gebracht. Unter ihnen war der Krieger Ulik, den sich Olaf geschnappt hatte. Und Ulik war einer der wenigen, die sich zum Kampf stellten. Doch er geriet an Olaf, der sich ihm in den Weg stellte. Die Schläge des Pikten trafen immer nur den Schild des Trøndners, bis dieser ihn mit einem Hieb unter dem Rundschild hindurch am Bein traf. Er schrie auf, und humpelte zurück. Doch der Blonde ließ ihn nicht mehr weg. Der nächste Hieb schlug tief in den Rand des Wikingerschildes, und blieb stecken. So brauchte Olaf nur noch den Schild zur Seite reißen, und Ulik war sein Schwert los. Gleichzeitig traf ihn die Axt des Blonden gegen den Kopf, der Pikte drehte sich und fiel in den Schnee. „Habe ich dich", sagte Olaf grinsend. Den Schlag hatte Olaf mit der flachen Seite der Kurzstieligen ausgeführt, schließlich hatte er den Pikten ja erkannt. Er wollte ihn lebend, denn er sollte eine besondere Zuwendung erhalten. Er packte den bewusstlosen Pikten am Kragen, und zog ihn mit sich. Dann war da noch der Kerl der auf den Namen Kian hörte. Er war recht stämmig, und sicher ein guter Kämpfer. Doch auch er hatte die aussichtslose Lage erkannt, und wollte sich zurückziehen. Kjelt und Ubbe folgten ihm, und der Pfeil des Steuermannes brachte Kian zu Fall. Der Pfeil war ihm in den Hintern eingedrungen, und die Wucht des Einschlages hatte ihn stürzen lassen. Auch ihn brachten sie ins Lager Und dann war da noch eine zierliche Frau namens Seana. Sie war nicht besonders groß, doch sie war mutig und flink wie eine Wildkatze. Einer der Gauten hatte sich bereits einen Schwerthieb von ihr abgeholt. Und nun kämpften gerade Gunnhild und Ilva gegen die Frau. Und die zierliche Schwarzhaarige hielt sich gut. Doch irgendwann ließen ihre Kräfte nach, und ihr drohte der Tod. Dies sah Godwin, der Einäugige, und bevor das Schwert der Ilva die junge Frau niederstrecken konnte, warf er sich dazwischen, und schlug kräftig zu. Die Piktenkriegerin ließ ihr Schwert fallen, und fiel auf den Rücken. „Godwin, du Dreckskerl, was soll das?", rief die

Jarlsgattin wütend, und fühlte sich um den Sieg betrogen. Doch dem Einäugigen war es egal. Er packte die zierliche Kriegerin, und legte sie sich über die Schulter. Noch während gekämpft wurde kamen Thoke, Søde und das Mädchen Hrodwynn mit der Gefangenen ins Lager zurück. Wenig erfreut musste Gwydion, der Häuptling mitansehen, wie seine Krieger als Gefangene ins Lager gebracht wurden. Und er verstand, dass sie ein Leben als Sklaven erwartete.

Thordis hatte mit der Sklavin Aethel noch einmal Met heißgemacht, und diesen an jene verteilt, die durchgefroren danach verlangten. So waren Einar und Raban die ersten, die einen dampfenden Becher in Händen hielten, und sich am Feuer wärmten. Und er rief die Aelthdreda und den Olaf zu sich. Beide setzten sich nieder. Und dann kam Ilva auf ihren Gemahl zugestürmt. „Godwyn, dieser dämliche Hund, hat mir meinen Sieg gestohlen", keifte sie verärgert. Und Einar wunderte sich über sein Weib. So wie in der letzten Zeit kannte er Ilva nicht. Sie zeigte sich aggressiv und kriegerisch. Von der liebevollen, sanften Ilva war nicht mehr viel geblieben. Die große, schlanke Kriegerin strich ihr blondes Haar aus dem Gesicht. „Du musst ihn bestrafen", verlangte sie streng. Jarl Einar verstand die Aufregung nicht, und auch nicht, warum er Godwin bestrafen sollte. Doch er rief den Einäugigen zu sich. Und sofort begann Ilva ihn zu beschimpfen. Da reichte es dem Jarl. Er erhob sich von dem Baumstamm, den sie an die Feuerstelle gelegt hatten. „Jetzt reicht es, Ilva! Ich will, dass du dich auf das Schiff zurückziehst." Und nun bekam Einar die Wut seines Weibes ab. „Was erlaubst du dir, Weib?", wurde der Jarl nun zornig. „Hier bin ich dein Jarl, nicht dein Gemahl, also schweig und geh!" Da gehorchte sie, und ging schimpfend über die Planke an Bord des Asenzorn. Der Jarl mit dem roten Auge sah den Einäugigen an, und nun zeigte sich wieder die angenehme Art des Jarls. War er gerade noch wütend und außer sich, so zeigte er sich dem Godwyn gegenüber wieder völlig ruhig. „Was ist geschehen?" Godwin zählte zwanzig Winter, und war ein guter Krieger, den der Jarl schätzte. „Ich fand es zu schade, sie den Göttern zu übereignen. Als Sklavin wird sie uns besser dienen können." Einar sah ihn fragend an. „Wer?" Godwin zeigte auf die Schwarzhaarige, die gefesselt neben dem stämmigen Kian saß. Da lachte Einar kurz auf. Er erhob sich, und trat vor die Pikten. Er packte die Frau am Kinn und besah sich ihr Gesicht. „Wie ist dein Name?", fragte er sie, doch sie verstand natürlich nicht. „Ich bin Einar", sagte er, und zeigte auf seine Brust. Nun verstand sie. „Seana", antwortete sie. Einar wiederholte den Namen, und schien zufrieden, dass die junge Frau lebte. Dann ging er zu der anderen Frau. Auch sie besah er sich genau. Sie war etwas größer als die Schwarzhaarige, und ihre Statur kam ihm wesentlich weiblicher vor. Sie war nicht so zierlich wie Seana, und hatte auch größere Brüste. „Wie ist dein Name?" Die junge Kriegerin, mit dem roten Haar, hatte das Gespräch mit der Seana natürlich verfolgt, und sie verstand. So nannte sie ihren Namen sofort. „Juna", sagte sie leise. Auch ihren Namen wiederholte der Jarl. „Und du", er zeigte auf Kian, der mit gequältem Gesicht an dem Jarl hinaufsah. Dem Krieger schmerzte das Körperteil, auf dem er saß, und auch er nannte seinen Namen. Einar nickte zufrieden. Dann sah er den vierten Gefangenen an. „Ulik", nannte er den Namen des Kriegers, den er wohlwollend frei gelassen hatte. Dann setzte er sich wieder auf den Stamm, und griff nach dem

Becher, den Olaf für ihn gehalten hatte. Jetzt wandte er sich an den Piktenhäuptling. „Was mache ich nun mit euch?" Aelthdreda wiederholte Einars Satz in die Sprache der Angelsachsen, und der Pikte verstand. Wütend sah er seine Gefolgschaft an, die nun gefesselt ihm Gegenüber saß. „Bei König Uurad, seid ihr verrückt geworden?", rief der Häuptling wütend. „Der Wikingerjarl wollte nicht kämpfen. Du Ulik, hast den Kampf angezettelt! Wer hat den zweiten Angriff befohlen?" Die vier Gefangenen sahen sich an, und Ulik antwortete seinem Clan-Chef. „Es war Gael, dein Sohn." Doch da lachte Seana kurz auf. Dies war dem Pikten Gwydion natürlich aufgefallen. „Warum lachst du, Seana? Ist es so lustig für dich? Oder war ist es nicht mein Sohn der euch anführte? Sage mir die Wahrheit!" Streng sah der Häuptling die junge Kriegerin an. „Nein, er war es nicht, sondern Ulik stiftete uns an, dich zu befreien", gab sie Antwort, und Juna nickte zustimmend. „So ist es! Er wollte von den Wikingern Geiseln nehmen, um diese gegen dich auszutauschen." Ulik wollte etwas sagen, doch der Häuptling forderte von ihm zu schweigen. „Und dem hat mein Sohn Gael zugestimmt?" Gwydion war sichtlich verärgert. Doch er musste sehen, wie alle nickten. „Dieser elende Idiot", sagte er erzürnt. Jarl Einar saß am Feuer, beobachtete wie die Gefangenen sprachen, und er ließ den Häuptling gewähren. Er wandte sich der Aelthdreda zu.

„Kannst du verstehen, was sie sagen, Weib?", fragte er, doch die Sklavin des Olaf zog die Schultern hoch. „Sie sprechen die Piktensprache, ich verstehe nicht." Da meldete sich Olaf zu Wort. „So wütend wie dieser ist, gefällt ihm der Angriff seiner Leute nicht", deutete der Blonde was er sah. Diesen Eindruck hatte der Jarl auch. Der Gedanke diesen

Gwydion zu töten, gefiel Einar ganz und gar nicht. Doch das würde es sein, was seine Leute von ihm erwarteten. Als Sklave war er nicht viel wert, denn er war sicher schon fast fünfzig Winter alt. So entschloss sich der Jarl zu einer anderen Maßnahme.

Der Krieger mit dem roten Auge gab den Befehl diesen Ulik an die Seite zu führen. Also griffen Ubbe und der junge Søde zu, hoben den Gefangenen hoch, und führten ihn vom Feuer weg. „Das reicht", rief Einar und folgte ihnen. „Was geschieht jetzt?", fragte der Piktenhäuptling in der Sprache der Angelsachsen, denn er wusste, dass die Sklavin diese verstand. Aelthdreda sah den Häuptling an, und zog ihre Schultern hoch. „Woher soll ich das wissen?", fragte sie keck. „Sieh zu, dann wirst du es erfahren." Dann fragte Olaf, was der Pikte gesagt hatte, und sie übersetzte ihm seine Worte. Olaf begann zu grinsen, denn er wusste was nun geschehen würde. „Ich gab dir die Freiheit, Ulik", sprach Einar zu dem Pikten, als er vor diesen getreten war. Das dieser ihn nicht verstand, war dem Jarl egal. „Du aber wolltest mein Geschenk nicht. Das sollst du bereuen!" Der Jarl zog sein Frankenschwert mit dem roten Stein im Parier aus dem Wehrgehäng, und schlug zu. Die Klinge drang tief zwischen Hals und Schulter in den Körper ein. Das Blut spritzte aus der Wunde, und die Gefangenen schrien auf. Die Nordleute dagegen jubelten ihrem Anführer zu. Dann stach Einer dem Mann, der auf die Knie gesunken war, sein Schwert in die Brust. Ulik fiel tot in den Schnee. Der Jarl reinigte die Klinge, und gab den Befehl, den Toten in die Fluten zu werfen. Ängstlich sahen sich die vier Blaugesichter an. Wer von ihnen würde der Nächste sein?

Ubbe ging bereits auf die Gefangenen zu. „Los Søde, komm!" Und der junge Kerl folgte dem Krieger, obwohl ihm der Gedanke, dass Juna nun an der Reihe sein konnte, gar nicht gefiel. Doch Einar hielt sie auf. „Wartet, die Götter hatten ihr Opfer. Die anderen werden wir mit uns nehmen!" Da wurde es unruhig, in Einars Gefolgschaft. Und er verstand warum!

Böse sah er die Umstehenden an. „Gibt es Einwände? Ich bin der Jarl, und ich entscheide!" Raban hatte sich erhoben, seine Axt gegriffen, und sich demonstrativ neben Einar gestellt. Und auch Olaf und Gisli traten neben den Jarl. Da rief einer der Gauten: „Was geschieht mit dem da?" Er zeigte auf Gwydion. „Das werde ich später entscheiden", bekam er zur Antwort. Jetzt begehrte niemand mehr auf. Nachdem der Leichnam des Ulik von den Wellen fortgetragen worden war, kehrte wieder Ruhe im Lager ein. Der Jarl schickte Männer aus, die die Vorräte auffüllen sollten. Doch diese mussten weit in das Inland gehen, um Wild zu finden. Sie brachten einige Hasen, einen Fasan, und einen Rehbock ins Lager.

*

Jarl Einar hatte sich mit Søde, dem Birk, Thoke und Gunnhild auf den Weg in den nahen Wald gemacht, um Holz zu schlagen. Dieses wurde auf Armlänge geschnitten, und zum Trocknen neben dem Feuer ausgebreitet. Ilva zeigte sich immer noch beleidigt, und vermied es, ihrem Gemahl gegenüberzutreten. Dies ärgerte den Jarl zwar, aber er ließ sich das nicht anmerken. Und während der Jarl nach

Holz suchte, saß die Jarlsgattin mit ihrer Schwägerin Thordis, und der Sigrid beisammen. Und die Worte die über Einar gesprochen wurden, waren nicht besonders nett. Und dann kam es zu einem weiteren Vorfall. Es war die Sigrid, die der Aelthdreda befahl ihnen Met zu bringen. Diese aber lief nicht gleich los, und wurde dafür von der Thordis geschlagen. „Verdammte Sklavenfotze, höre wenn man dir einen Befehl erteilt." Der Schlag hatte die Angelsächsin im Nacken getroffen, und sie zu Boden stürzen lassen. Weinend und benommen saß sie nun auf den Planken des Asenzorn. „Los, jetzt", rief Thordis. „Willst du noch mehr Prügel!" Da erhob sich Ilva, und trat auf die Sklavin zu. Sie hob ihre Hand zum Schlag, doch da trat Kjelt heran, und hielt ihren Arm fest. Empört rief Ilva: „Was erlaubst du dir?" Und auch Thordis maulte den Steuermann an. Doch dieser ließ sich nicht beeindrucken. „Ihr solltet das nicht tun", maßregelte der Mann die Schildmaiden. Und dann trat Olaf über die Planke an Bord. Er sah seine Sklavin weinend auf den Planken des Schiffes sitzen, und wurde wütend.

„Was ist hier los?", rief er laut. Mit schnellen Schritten trat er auf seine Sklavin zu. Er fasste sie unter den Achseln, und hob sie hoch, dabei fragte er: „Dreda, meine Schöne, was ist geschehen?"

„Das Weib hat sich uns widersetzt", rief Ilva wütend, was Olaf erst recht erzürnte. „Du erteilst meiner Sklavin Befehle, Ilva? Wer gibt dir das Recht dazu?" Da giftete die Jarlsgattin den Krieger an: „Ich bin die Jarlsgattin, und habe jedes Recht! Deine Sklavin hat sich mir widersetzt, Mann!" Die schlanke, großgewachsene Schildmaid wurde jetzt immer wütender. „Du bist nicht der Jarl, und Aelthdreda ist mein Eigentum. Niemand außer mir hat das Recht sie zu

schlagen. Merke dir das!" Olaf zeigte wenig Respekt, und
wandte sich den anderen Schildmaiden zu. „Das gilt auch
für euch!" Da war es Thordis, die plötzlich zu ihrem
Schwert griff, und dies aus dem Wehrgehäng zog. „Ich
bringe dir Respekt bei, du Hund!" So etwas hatte Olaf noch
nie erlebt. Was war in die Weiber gefahren? Aber er hatte
schnell reagiert! Noch bevor die Schwester des Jarls ihr
Schwert zum Schlag heben konnte, traf sie die Faust des
Kriegers mit großer Wucht an ihrem Kinn. Das Schwert fiel
klirrend auf die Planken, und Thordis folgte ihrer Waffe nur
einen Wimpernschlag später. Besinnungslos blieb sie liegen.
Doch noch war der Streit nicht vorbei, denn jetzt war es
Ilva, die ihre Klinge zog. Doch diesmal war es Kjelt, der
schlimmeres verhindern wollte. Er hatte nahe neben Ilva
gestanden, und zugeschlagen. Es war der Stiel seiner Axt,
die er aus dem Gürtel gezogen hatte, und die er der
Jarlsgattin über den Kopf geschlagen hatte. Nun lag sie
besinnungslos neben ihrer Schwägerin. Sigrid hatte es sich
überlegt, zur Waffe zu greifen, und war mit erhobenen
Händen zurückgetreten. „Das werdet ihr noch bereuen",
sprach sie drohend. „Wegen einer Sklavin schlagt ihr die
Gesippen des Jarls!" Und der Vorfall war nicht
unbeobachtet geblieben, denn am Ufer vor dem Schiff
hatten sich die meisten Leute der Besatzung gesammelt um
zu sehen, was da vor sich ging. Einige wollten den Frauen
zu Hilfe eilen, doch Kjelt hatte sich auf die Planke gestellt,
und jeder der die Planke betrat, hätte sich mit dem
Steuermann messen müssen.

Als Einar aus dem Wald trat, zwei dünne Bäume hinter sich
herziehend, sah er den Auflauf am Ufer vor dem Schiff.
Keiner kümmerte sich mehr um die Gefangenen, doch diese

waren gut gefesselt, und konnten nicht fliehen. Er ließ die Stämme fallen, und ging eilig zum Schiff. „Was in Odins Namen ist hier los?", rief er schon von weitem. Thoke, der neben ihm ging, hatte schon eine Vorahnung. „Wenn ich raten soll, dann sage ich Ilva!" Einar sah den Zimmermann an, und zog die Augenbrauen hoch.

Als sie das Schiff erreichten, mussten sie sich durch die Menge der Neugierigen drängen. „Los, macht doch Platz", rief Jarl Einar, und erreichte endlich die Planke. Als er an Bord trat, sah er schon was geschehen war. Thordis saß benommen an die Reling gelehnt. Ilva war noch immer ohne Besinnung, und Kjelt kniete neben ihr, um sie zu versorgen. Aelthdreda stand eng an den Olaf geschmiegt in dessen Arm und weinte. Und die Schildmaid Sigrid keifte die beiden Männer an. Es war für den Jarl nicht schwer sich vorzustellen, was hier vor sich gegangen war. Thoke hatte wohl richtig geraten. „Was war hier los?" Einar wandte sich mit seiner Frage an den großen Blonden. Und er musste Sigrid zum Schweigen zwingen. Olaf sprach: „Die Weiber deiner Sippe sind völlig durchgedreht", und dann berichtete er was zu der Auseinandersetzung geführt hat. „Aelthdreda ist meine Sklavin, und niemand hat das Recht sie zu schlagen, wenn ich es nicht erlaube." Der Jarl nickte, denn für sein Empfinden hatte Olaf Recht. Andererseits war es sein Weib, die da auf den Planken lag, und nur langsam die Augen aufschlug. „Also, du hast Thordis niedergeschlagen, weil sie dich angreifen wollte?", vergewisserte sich der Jarl nochmal. Olaf nickte. „So ist es! Und Kjelt hat dann Ilva daran gehindert mich abzustechen." Jarl Einar schüttelte ungläubig den Kopf. „Ich glaube, unseren Weibern bekommt die Luft in diesem Land nicht." Dann ging er an die Reling, und rief: „Los, hört auf zu glotzen. Bereitet unsere Abreise vor." Alle zogen ab, und widmeten sich einer Beschäftigung. Gunnhild und die jungen Kerle Søde und Birk, sowie die beiden Sklavinnen Aethel und Hrodwynn, bereiteten das Wild für die Fahrt vor. Sie häuteten es, nahmen es aus, und schnitten es klein. Dann legten sie das Fleisch in zwei Kisten, und bedeckten es mit Schnee. Diese Kisten stellten sie vorne auf das Vorderdeck, in der Hoffnung, dass der Schnee nicht schmelzen würde, und das Fleisch frisch bleiben würde. Noch herrschte Ruhe im Lager, doch Einar war sich sicher, dass dies bald anders sein würde. Er kannte ja seine Schwester Thordis, von der er es gewohnt war, dass sie Ärger machte. Noch aber saßen die beiden Frauen beleidigt an Bord des Schiffes, und schwiegen. Es war Kjelt, der den Frauen etwas zu trinken reichte. Und dann ging der Streit wieder von vorne los. Ilva hatte von Sigrid erfahren, dass es der Steuermann war, der ihr seinen Axtstiel über den Kopf geschlagen hatte. Und so flog der Becher, den er ihr reichen wollte, ihm hohen Bogen über Deck. „Verschwinde du dreckiger Scheißkerl", blaffte sie den Kjelt an. Und Thordis blies in das gleiche Horn. „Du hast sie gehört, Mann. Verschwinde, bevor ich dir mit meinem Messer die Augen aus den Höhlen schäle!"

„Du solltest besser den Mund halten, wenn du nicht hinter dem Asenzorn herschwimmen willst, Schwester!" Einar stand auf der Planke, hatte die Worte gehört, und war äußerst erzürnt. Er sprang an Bord, und trat zu den beiden Frauen. „Kjelt, geh!" Der Steuermann nickte, und ging von Bord. „Was, bei Lokis behaartem Arsch, habt ihr euch gedacht, als ihr Olaf angegriffen habt?" Die beiden Frauen schwiegen zuerst beleidigt, bis Ilva sprach: „Die Sklavin hat nicht gehorcht, und darum mussten wir sie…" Der Jarl unterbrach sie. „Ihr musstet gar nichts! Es ist Olafs Sklavin! Sein Besitz! Ihr hattet nicht das Recht dazu", rief der Jarl erbost. „Und das hat euch noch nicht ausgereicht, denn ihr wolltet meinen Stevenhauptmann auch noch mit euren Waffen angreifen." Jetzt schwiegen die beiden Frauen wieder beschämt. „Ihr kennt unsere Gesetze, und ihr wisst welche Strafe euch erwartet." Er ging einige Schritte, und setzte sich auf die Reling. „Du bist mein Weib, Ilva. Du bist die Mutter meiner Kinder. Was ist in dich gefahren? Willst du mir beweisen, dass es ein Fehler war, dich mit mir auf die Fahrt zu nehmen." Nun wurde die schöne Frau blass. War sie zu weit gegangen? Hatte sie die Kriegsfahrt tatsächlich so verändert? War es die Erinnerung an die Zeit in der sie auf der Schnigge Blutdrachen mit der Thordis auf Wiking[30] ausfuhr. Und diese hatte sich langsam in ihrem Kopf breit gemacht. Sie benahm sich wie früher! Wie eine wilde Kriegerin! „Ich will, dass ihr beiden an Bord des Asenzorn bleibt." Da begehrte Thordis auf. „Du behandelst uns wie Gefangene? Wir sind deine Gesippen!"

„Du solltest dich mir nicht widersetzen, Thordis", drohte Einar verärgert. „Du wirst es bereuen! Was mit euch geschehen wird, entscheiden wir in der Heimat." Dann wandte er sich ab, und verließ das Schiff. Er nahm nochmal an der Feuerstelle Platz, und Raban kam, um sich zu ihm zu setzen. „Es ist eine schlimme Sache", sagte der kahlköpfige Mann. „Aber Olaf ist im Recht. Sie hätten ihn nicht angreifen dürfen." Einar nickte schweigend, und Raban verstand. „Mein Jarl, wir sollten von hier verschwinden."

---

[30] Wiking – Raubfahrt der skandinavischen Völker

Er zeigte auf die Gefangenen Pikten. „Sie werden kommen! Und diesmal werden es viele sein. Das weißt du!" Der Jarl sah den Mann, der einst sein Sklave war, wissend an, und sprach: „Natürlich! Sie werden ihren ganzen Stamm zusammenrufen, denn wir haben schließlich einen ihrer Clanhäuptlinge gefangen. Es wird nicht mehr lange dauern, bis es hier vor Blaugesichtern nur so wimmelt. Darum müssen wir fort von hier." Raban nickte. Einar erhob sich, und trat zu den Gefangenen. „Gut, mein Freund, dann gehen wir jetzt auf den Asenzorn. Birk soll das Horn blasen!" Thoke, Olaf, Ubbe und Kjelt gesellten sich zu ihrem Jarl. Einar fuhr sich mit der Hand durch den Bart, als das Horn zum Aufbruch rief. Er zeigte auf die beiden Frauen und den stämmigen Pikten. „Die drei nehmen wir mit uns. Schafft sie auf den Asenzorn."

„Und was machen wir mit dem Häuptling?", fragte Ubbe, und bekam eine Antwort von Kjelt. „Na, wir stechen ihn ab! Er ist zu alt!" Er zog sein Schwert, doch der Jarl hielt ihn zurück. „Warte, Kjelt. Hole mir seine Waffen!" Kjelt verstand nicht, und schüttelte mit dem Kopf. Doch er tat, was der Jarl verlangte. Einar trat vor den Häuptling, zog sein Saxmesser aus der Scheide, und beugte sich über den Mann mit der blauen Zeichnung im Gesicht. Da begehrten die Gefangenen auf, und mussten mit Gewalt zur Ruhe gebracht werden. Mit Ketten um die Hälse wurden sie zusammengebunden, und über die Planke geführt.

„Bei Brigantes[31] töte mich, Wikinger", verlangte Gwydion ruhig. „Aber mache es schnell!" Jarl Einar hatte natürlich

---

[31] Brigantes- Schlachtengöttin nordbritannischer Keltenstämme und Clans

kein Wort verstanden. Er drehte den Mann, und durchschnitt seine Fesseln. Erstaunt sah der Pikte ihn an. Da kam Kjelt, und wollte etwas sagen. Doch Olaf schüttelte mit dem Kopf und der Steuermann schwieg „Gib sie ihm", befahl der Jarl, und der Kjelt überreichte dem Häuptling sein Schwert und seinen Schild. „Geh, du bist frei", sagte Einar zu dem Häuptling. Dieser blickte noch einmal zum Schiff, und suchte die drei Clanmitglieder, die nun den Wikingern als Sklaven dienen sollten.

Die Wikinger wandten sich ab, und gingen zum Schiff. Bald darauf zogen sie die Planke an Bord, und lösten die Seile von den Bäumen. Der Asenzorn löste sich vom Ufer, und trieb mit den Fluten davon. Am Rand der Böschung stand Gwydion und sah dem Schiff hinterher, während zu beiden Seiten des Schiffes je zehn Ruderpinne in die Fluten tauchten.

*

5. Die Tochter des Königs

Leichter Schneefall hatte schon bei Tagesanbruch eingesetzt. Auf dem Hof des Gisli ging man bereits seiner Arbeit nach. Die Magd saß auf dem Schemel unter der Kuh, und zog mit beiden Händen an den Zitzen um den hölzernen Eimer mit Milch zu füllen. Einer der beiden Knechte, ein Sklave aus dem Reich der Sachsen, hatte ein Pferd aus dem Stall geholt, und es vor dem Schlitten eingespannt. Eira trat aus dem Haus, und legte ihren Bogen und den Köcher in den Schlitten. Sie war in einen dunkelroten Klappenmantel gehüllt, der ihr fast bis zu den Knien hinunter reichte. Eine Pelzmütze bedeckte ihren Kopf. Unter dem Saum des Wollkleides lugten ihre hirschledernen Stiefel hervor. Und um ihren Bauch trug sie einen Ledergürtel mit einem Saxmesser daran. Dieses hing quer über der linken Hüfte. Und eine kurzstielige Axt, steckte an ihrem Rücken in dem Gürtel. Die Gemahlin des Sohnes Jarl Borkas stieg ohne zu zögern hinten auf den Schlitten. Der Knecht stieg auf den Bock. „Bring uns zum Hafen, Wido! Ich will auf den Markt", befahl die Eira, und der Knecht schlug die Zügel, so dass das Pferd lostrabte. Der Weg führte zur Abzweigung nach Borkasvik, und führte nach Süden in die Wälder.

Die Gauten hatten größten Spaß an ihrem Auftrag, denn sie soffen und vergnügten sich seit Tagen mit den Huren des Schankwirtes. Tagsüber trieben sie sich in dem kleinen Hafen herum, und fragten immer wieder nach der Gemahlin des Jarlssohnes. Varn Gulisson wagte sich sogar in die Siedlung Jarl Borkas, und gab dort ein Bote des Königs der Gauten zu sein. Und diese Ehre wollte sich der alte Borka nicht entgehen lassen, war er doch im Herzen immer ein Gaute geblieben. So rief man den Krieger sogar vor den Hochstuhl des Jarls, der bei König Ragnar einst Unterschlupf fand. Jarl Borka saß auf seinem Hochstuhl, was er äußerst selten tat. Ebenfalls hatte Sigve auf dem Podest Platz genommen, und auch die Krieger des Borka hatten sich in der Halle gesammelt.

Ohne Scham grüßte der Gaute den Jarl und sein Weib. Er sah sich suchend um, und sprach dann: „Ich komme, um dir die Grüße von König Hrotger zu überbringen, Jarl Borka!" Diese nahm der ergraute Borka dankend entgegen. „Du willst mir doch nicht sagen, dass dies der einzige Grund ist, der dich hierherführt, Varn Gulisson." Der Krieger des Gautenkönigs hatte sich etwas einfallen lassen, und hoffte so an sein Ziel zu kommen. „Bei Odin, natürlich gibt es einen Grund. Der König hat bisher immer bereut, was damals zwischen euch vorgefallen ist. Und so ist er bereit, dir deinen Besitz zurückzugeben, Jarl Borka. Oder hast du vergessen, dass du ein Gaute und der Herr von Halmsby bist?" Da erhob sich der Jarl verärgert. „Was wagst du dich, Kerl? Ich habe meine Herkunft nicht vergessen, aber ich vergesse auch nicht, was mir der fette König auf dem Hochstuhl im Gautenland angetan hat." Varn bemerkte sofort, dass er zu weit gegangen war, und nun Vorsicht walten lassen musste, denn der Jarl schien verstimmt zu sein. „Oh Jarl Borka, genau dieser König schickt mich zu dir, und bietet dir die Rückkehr in deine Heimat an. Er will dir deine Ländereien zurückgeben. Doch er will sich zuerst vergewissern, ob du es auch ernst meinst, wenn du dich seiner Gefolgschaft wieder anschließt." Da sah Borka sein Weib Sigve an, und diese wusste natürlich, dass ihr Gemahl seit langem davon träumte einmal wieder in die Heimat zurückkehren zu können. „Hörst du Sigve, der fette Hrotger will mich als seinen Jarl zurückhaben. Er will mir sogar mein Land zurückgeben", Borka lachte auf. Und Varn Gulisson merkte, dass dieses Versprechen nicht reichte, um Borka zu locken. „Oh, ja, und er bietet dir auch den Gau deines Nachbarn dazu", log Varn frech. Doch der Sigve gefiel ganz und gar nicht was sie hörte. Und der Gulisson bemerkte dies! Doch er saugte sich an dem Alten fest, wie eine Zecke, und ließ der Sigve keine Möglichkeit den Jarl noch umzustimmen. Und dann lenkte der Bote des Gautenkönigs den Jarl so, dass er ihm auf den Leim gehen musste. „Vielleicht sollte einer deiner Söhne mit mir an den Hof König Hrotgers kommen, um aus seinem eigenen Mund zu hören, was ich dir mitteilte", schlug der Gaute vor. Da winkte Borka ab. „Oh, das wird nicht möglich sein, denn Breka ist der Jarl von Götaburg, und wird kaum für mich an den Hof Hrotgers reisen". Ein wenig enttäuscht schüttelte der Borka seinen Kopf, und dies bemerkte der Bote sofort.

„Aber ich hörte, dass du zwei Söhne hast", sagte Varn scheinheilig. Da seufzte der alte Jarl lautstark, und wiegte seinen Kopf. „Ach, mein jüngerer Sohn Gisli ist auf einer Kriegsfahrt mit der Flotte König Ragnars." Da schüttelte Varn mit dem Kopf. „Hm… es sollte schon jemand aus deiner Sippe sein, der vor König Hrotger tritt, wenn du dein Land zurückwillst." Da nickte Borka einsichtig, und Sigve sah ihn fragend an. „Glaubst du dem Kerl etwa?" Doch Borka hörte ihr nicht zu. „Da wäre noch das Weib meines

Sohnes Gisli. Sie sitzt auf ihrem Hof, und wartet auf die Rückkehr ihres Gemahls. Warum sollten wir sie nicht an den Hof König Hrotgers schicken. Schließlich ist sie die Tochter eines Königs." Die Umstehenden stimmten dem Jarl zu, und Varn Gulisson wähnte sich schon am Ziel. Nicht wenige in der Gefolgschaft des Jarl Borka hätten es durchaus begrüßt, wieder im Gautenland zu leben. Da erhob er sich von seinem Hochstuhl, und trat von dem Podest herunter. Borka trat auf einen der anwesenden Krieger zu, und sprach zu diesem: „Du! Hol mir sofort Eira hierher", befahl er dem Mann. Dieser nickte, und verließ die große Methalle. „Los komm", verlangte Borka, und schob Varn zu einem der Tische. Einer Sklavin befahl er heißen Met zu bringen. „Aber schnell!" Eine gab es, der gefiel überhaupt nicht was sie sah, doch dies lag wohl daran, dass sie nicht aus dem Gautenland stammte, denn sie kam aus dem Trøndelag[32]. Sie zog es also überhaupt nicht in das Reich König Hrotgers, da dies nicht ihre Heimat war.

Jarl Borka, zwei seiner Berater, und der Gast Varn Gulisson besetzten einen der Tische, und ließen sich von den Sklavinnen reichlich bewirten. Ein großer Schweinebraten wurde aufgetischt, und Borka schnitt dem Gast persönlich eine dicke Scheibe ab, die er ihm auf ein Brett legte. Der Bratensaft lief jedes Mal von dem Brett auf die Tischplatte, wenn Varn es mit dem Messer schnitt. Dann tunkte der Gaute sein Brot in das Fett. Viele Augen lagen auf dem Gast, darunter auch die Guntrams. Dieser war Borkas Vertrauter, der Stevenhauptmann des einzigen Schiffes des

---

[32]Trøndelag – Gau in Nordwestnorwegen, die Bewohner nennen sich
    Trøndner

Jarls, und sein bester Krieger. „Weißt du, Varn, seit mein Freund Jarl Einar sein Dorf Askby im Osten von Ranrike, und die Gefolgschaft König Ragnars verlassen hat, fühle ich mich hier nicht mehr wohl." Er sah sich nochmal nach der Sklavin um, und rief nach ihr. Dann sah er wieder den Boten an. „Darum bin ich dem Vorschlag des Königs gar nicht so abgeneigt." Nun witterte der Bote, dass er den alten Jarl soweit hatte. „Nun ja, wie ich dir sagte, sollte einer deiner Gesippen dem König dein Vertrauen beweisen. Da aber deine Söhne nicht als deine Vertreter in Frage kommen, weiß ich nicht, wie du König Hrotger für dich gewinnen willst?" Doch nun trat Sigve an den Tisch. „Du hattest doch gesagt, dass König Hrotger meinen Gemahl für sich zurückgewinnen will", sagte sie streng, denn der Bote war ihr schon lange nicht mehr geheuer. „Nun verlangst du, dass ein Gesippe von uns mit dir an den Hof des Gauten geht. Warum ist dir dies so wichtig, Varn Gulisson?" Da grinste der Bote verlegen, doch er bekam unerwartete Hilfe, die der Sigve in keiner Weise gefiel. Es war der Jarl selbst, der sich auf die Seite des Gastes schlug. „Du hast doch gehört, es geht um Vertrauen, und darum muss es ein Familienmitglied sein!" Dies ärgerte die Jarlsgattin natürlich sehr, und die Art, wie sich Borka im Alter veränderte, machte ihr große Sorge. Fluchend und verärgert zog sich das Weib mit dem roten Haar zurück.

*

Es hatte recht lange gedauert, bis der Krieger, den Borka auf Gislis Hof geschickt hatte, in die Halle von Borkasvik zurückgekehrt war. Und er kam allein!

Er trat an den Tisch, an dem Jarl Borka und sein Gast saßen. Allerdings waren die beiden nicht mehr nüchtern. Sie lachten albern und gackerten wie aufgeschreckte Hühner. Niemand störte sich mehr um sie, und nicht mal Sigve, redete noch auf ihren Gemahl ein, da dieser ihrer Meinung nach sowieso nicht mehr zu hörte. Außerdem war sie beleidigt. „Nun, wo ist Eira?", fragte Jarl Borka streng, begann aber gleich wieder zu kichern. „Jarl Borka, die Eira war nicht auf dem Hof. Die Magd sagte mir, dass Eira zum Hafen wollte, um Fisch zu kaufen. Sie verließ den Hof in der Frühe." Da schlug Borka mit der Faust auf den Tisch, dass sein Becher umfiel, und sich sein Met auf der großen Tischplatte verbreitete. „Du elender Trottel! Warum bist du dann hier?", brüllte er, und begann dann wieder betrunken zu lachen. Doch der Mann war über diesen Umgang wenig erfreut. Er war ein Krieger, kein Sklave! Dies bemerkte Sigve sofort, und so trat sie an den Tisch. „Thorger, du musst ihn entschuldigen! Der alte Mann verträgt den Met nicht mehr." Da nickte der Krieger mit bösem Blick, und zog sich zurück. Nun wurde Sigve zornig. „Wie kannst du so mit Thorger reden?", schimpfte die rothaarige Jarlsgattin, doch ihr Gemahl Borka beachtete sie gar nicht. „Du verdammter Narr!" Sie wandte sich ab, und ging. Und plötzlich hielt Borka inne. Er sah seinem Weib hinterher, verdrehte die Augen, und fiel mit dem Kopf auf die Tischplatte. Wo vorher entsetzte Ruhe herrschte, brach nun schadenfrohes Gelächter aus. Varn sah den Jarl an, der schnarchend mit dem Kopf auf dem Tisch lag. Als dann zwei Sklaven herbeieilten, um den Jarl in sein Bett zu bringen, erhob er sich und verließ die Halle. Varn war weniger betrunken, als man es dachte. Er hatte viel langsamer getrunken, als sein gegenüber. Dazu hatte er gegessen, und natürlich war er jünger, konnte mehr vertragen, als der alte Jarl. Grinsend wankte er unter den Blicken der Anwesenden aus der Methalle von Borkasvik. An der Schwelle stolperte er leicht. „Nana", entfuhr es ihm, wegen des kleinen Ausrutschers. Doch er war zufrieden mit sich. Schließlich wusste er nun, wo er suchen musste. Die Tochter König Grjotgards war bereits im Hafen. Nun musste er so schnell es ging zurück an den See.

Die Sonne hatte den höchsten Punkt ihrer täglichen Reise bereits hinter sich gelassen. Hätte man sie denn gesehen, denn der Himmel war von hellgrauen Schneewolken bedeckt. Und immer wieder fielen die dicken Flocken zu Boden. Varn Gulisson stand auf dem Platz vor der Methalle, und sah sich suchend um. Er hatte es nun wirklich eilig! Und dann sah er, wonach er suchte. Ein Mann kam über den breiten Weg heraufgeritten, der direkt vom See, von Süden nach Norden führte. Sein Blick fiel sofort auf das Pferd. Der Reiter stieg ab, und band das Tier an den Zaun vor einem Haus. Dann verschwand er in dem Gebäude. Das braune Pferd stand nun mit verschwitztem Fell, und dampfenden Nüstern unbeachtet im knöchelhohen Schnee. Varn sah sich kurz um, und beeilte sich dann über den Platz zu dem Pferd zu kommen. Und er hatte Glück, denn der Besitzer des Tieres blieb verschwunden. Der Gaute löste die Zügel vom Zaun, führte das Pferd ein Stück, stieg auf, und galoppierte den breiten, verschneiten Weg aus dem Dorf nach Süden. Kaum hatte der Reiter mit seinem gestohlenen Pferd die Siedlung verlassen, kam er nur noch langsam voran. Hier war natürlich niemand, der die Wege von Schnee befreite, so wie im Dorf. Jetzt versanken die Beine des Tieres fast bis zum Bauch im Schnee. Und während der Gaute das Pferd vorantrieb, wurde es in der Siedlung Jarl Borkas unruhig. Ein schreiender Mann stand an einem Zaun, vor dem Haus aus dem er herausgekommen war. Er hatte natürlich sofort bemerkt, dass sein Brauner fort war. Und nun ließ er seinem Unmut freien Lauf. Es liefen natürlich Leute zusammen, denn sie waren neugierig, wollten wissen was geschehen war. Und dann kam auch die Jarlsgattin Sigve hinzu. Es wurde durcheinander gesprochen, bis einer sagte: „Ich habe den Dieb gesehen! Es war der Kerl, der mit Borka in der Methalle saß." Eine Frau, die ebenfalls in der Nähe gestanden hatte, stimmte ihm zu. „Seid ihr ganz sicher?", fragte Sigve erstaunt. „Nun ja, ich sah ihn mit Borka tafeln", sagte der Mann, und zeigte zum Tor der Siedlung. „Und dann sah ich ihn wieder, wie er dort hinausritt." Dies gefiel Sigve ganz und gar nicht. Warum stahl dieser seltsame Kerl ein Pferd, und verschwand so eilig aus der Siedlung? Nur langsam legte sich die Aufregung wieder, nicht zuletzt, weil die Jarlsgattin dafür Sorge trug. Da trat Guntram an die Sigve heran. Die Gemahlin des Jarls erzählte dem Krieger was geschehen war, und dieser entgegnete: „Der Kerl war mir von Anfang an zuwider."

„Irgendetwas führt der Kerl im Schilde", sagte Sigve jetzt überzeugt. „Das Geschwätz über König Hrotger war doch eine Lüge!" Guntram nickte zustimmend. „Das denke ich auch! Plötzlich hat er es wohl sehr eilig, der Bote des Gautenkönigs. Aber was steckt dahinter?" Sigve zog ihre Schultern hoch. „Er wird zum Hafen wollen, schließlich liegt dort sein Schiff. Aber warum so eilig? Hat er in Erfahrung gebracht, was er wissen wollte?" Sigve vermutete richtig, doch der Grund war ein anderer.

Varn hatte den größten Teil des Weges bereits hinter sich gebracht, als ihm ein Schlitten entgegenkam. Auf dem Bock saß ein Mann, und hinter ihm saß eine junge Frau. Nun lenkte der Gaute Varn das gestohlene Pferd so, dass der Kerl auf dem Bock den Schlitten anhalten musste. „He, was fällt dir ein?", maulte Wido, der Knecht. „Bist du Eira, das Weib des Gisli?", fragte Varn ohne den Knecht zu beachten. „Wer fragt danach?", erwiderte die Angesprochene mit strenger Stimme. „Nun, mich schickt Jarl Borka! Er wünscht, dass du mich begleitest, Eira", setzte der Gaute voraus, die Gesuchte vor sich zu haben. „So, das soll uns Jarl Borka selbst sagen", fauchte Wido den Fremden an. „Mein Knecht hat dir die Antwort gerade gegeben. Also verschwinde, Mann!" Da war die Geduld des Varn allerdings am Ende! Er griff an seinen Gürtel, zog seine kurzstielige Axt, und schlug zu. Eira schrie auf, und Wido fiel vom Bock des Schlittens. Der Knecht blieb regungslos im rotgefärbten Schnee liegen. Da sprang Eira auf, und griff nach der Axt in ihrem Gürtel. Doch Varn war schneller, und zeigte sich unerbittlich. So schlug er ohne Gnade zu. Eira stöhnte auf, und sackte auf den Sitz des Schlittens. Varn sprang aus dem Sattel, und trat an den Schlitten heran. Er griff nach Eiras Axt, und dann nach dem Weib selbst. Die dicke Fellmütze hatte den Schlag abgedämpft, und darum lebte die Tochter des Trøndnerkönigs noch. Der Gaute atmete auf! Nicht auszudenken, wenn Eira seinen Schlag nicht überlebt hätte. Der Däne Horik hätte von König Hrotger sicher seinen Kopf gefordert.

Er stieg auf den Bock, und wendete den Schlitten, um zum Hafen zurückzufahren. Allerdings war dies in dem hohen

Schnee nicht so einfach, und nahm etwas Zeit in Anspruch. Doch nach einer Weile stand der Schlitten wieder in der Spur. Das gestohlene Pferd, und Wido der Sklave blieben im hohen Schnee zurück.

Der Krieger Guntram und drei weitere Reiter hatten die Verfolgung des Varn Gulisson aufgenommen, und als sie die Stelle passierten, an der sie den Sklaven der Eira fanden, verstand der Hauptmann worum es dem Gauten ging. „Wir müssen zum Hafen, der elende Hundsfott hat die Eira in seiner Gewalt", rief Guntram, und stieg wieder auf sein Pferd. „Aber was will er mit der Eira?", fragte einer der Krieger, während er auf sein Pferd stieg. „Das erfahren wir, wenn wir diesen Gauten gefasst haben!" Guntram spornte sein Pferd an, Die drei Krieger folgten ihm, und auch Wido, der wieder bei Bewusstsein war, schwang sich mit Mühe in den Sattel.

*

6. Ein Schwein für die Ran

ein kräftiger Westwind hatte die Trøndner zurück in die Heimat gebracht. Bei bedecktem Himmel hatte der Asenzorn die Küste des Piktenlandes verlassen. Mit nördlichem Kurs segelten sie einem Sturm davon, der sich über dem Norden des Landes zusammengebraut hatte. Dies verbreitete unter den Sklaven große Angst, denn diese waren Seefahrten ja immer noch nicht gewohnt. Und bei einem Sturm kam ihr Mut an seine Grenzen. Während die Nordländer darüber ihre Witze rissen, suchten Aelthdreda und Ermintrude die Nähe ihrer Besitzer. Hrodwynn suchte Schutz bei dem jungen Søde, der darüber sichtlich froh war. Die Piktensklavinnen drängten sich an den stämmigen Kian, mit dem sie unter der Plane des Zeltes, an der Reling saßen. Hoch schlugen die Wellen über Bord, und ließen kaum einen Fetzen Stoff trocken zurück. Und dann, sie hatten die Hälfte des Weges bereits hinter sich gebracht, als es Kjelt nicht mehr möglich war, einem Unwetter zu entkommen. So retteten sie sich an den Strand einer Insel der Shetlands. Kjelt fand wieder eine Bucht, die dem Knarr Schutz bot. Und so befahl der Jarl hier einige Tage zu rasten. „Du willst wirklich hierbleiben?", fragte Olaf seinen Freund und Anführer. „Sie dich doch mal um", sagte Einar, und zeigte auf die blassen Gesichter der Pikten, und angelsächsischen Sklavinnen. „Wollen wir sie nicht verlieren, müssen wir ihnen Ruhe gönnen." Da nickte Olaf, denn er wusste ja zu gut, dass seiner Sklavin die Überfahrt nicht guttat. „Gut warten wir das schlechte Wetter ab", stimmte Olaf zu. Dann wandte er sich an die jungen Burschen der Besatzung. „Los, sucht einen Platz, und befreit ihn von Schnee!"

„Aber Olaf, es schneit doch noch", beschwerte sich Birk, und hatte damit natürlich recht. Doch der Steuermann war nicht darauf aus, mit den jungen Burschen lange herum zu tratschen. „Los macht", ranzte er den jungen Krieger unfreundlich an, und gab Søde den Befehl die Zelte aus dem Laderaum zu holen. Im vorderen, wie auch im hinteren Bereich des Schiffes, ließen sich einige Planken hochnehmen. Hier befand sich ein Laderaum, in dem unter anderem auch die Zelte gelagert wurden. Im mittleren Bereich, um den Mastfisch herum, gab es einen Laderaum, der mit Steinen gefüllt wurde, wenn das Knarr keine Ladung an Bord hatte, um es zu stabilisieren. Søde verzichtete auf ein Gespräch mit dem Stevenhauptmann, holte sich Leif, und Hrodwynn zur Hilfe, und schleppte Stangen und Zeltplanen von Bord. Bald darauf hatte man aus Steinen eine große Feuerstelle errichtet, und mit dem trockenen Holz aus dem Laderaum ein Feuer entfacht. Der Schneefall ließ nun langsam nach, und der Platz um die Feuerstelle war weitestgehend vom Schnee befreit. Søde und viele helfende Hände errichteten die vier Zelte. Die beiden Kisten, die am Bug des Schiffes standen, waren von einer Eisschicht überzogen, und eines der Wasserfässer hatte seinen Deckel verloren. Auch hier hatte sich eine dicke Eisschicht gebildet. Dieses Fass musste geleert werden. Das Wasser war versalzen, und als Trinkwasser unbrauchbar geworden. Also schleppten Männer das Fass von Bord. Das Wetter zeigte sich hier an Land wesentlich ruhiger, doch auf See wütete Ran immer noch kräftig, und suchte nach Opfern. Auf See waren sie jetzt nicht sicher. Ob dies hier auf der Insel anders war, sollten Einars Späher herausfinden. Und sie suchten das Ufer, und das Inland nach Bewohnern ab, fanden aber niemanden. So war Einar überzeugt hier sicher zu sein. Erst nach zwei Tagen hatte sich der Sturm verzogen, und es zeigte sich endlich die Sonne an einem blauen Himmel. Die grauen, schneebeladenen Wolken waren nach Norden weitergezogen. Und jetzt erkannte man auch, wie sich der Zustand der Sklaven verbesserte. Eigentlich hätten sie sofort aufbrechen müssen, um das gute Wetter auszunutzen. Doch der Jarl zog es vor, noch weitere zwei Tage auf der Insel zu bleiben. Sie brauchten sich nicht mit den Einwohnern herumschlagen, denn es schien, als sei die Insel unbewohnt.

Am Abend des Tages vor der Abreise, hatte sich Einar in das Landesinnere zurückgezogen. Allein streifte er durch den Wald, einen Speer in der rechten Faust, und ein Seil um den Bauch gebunden. Doch was er suchte, wollte nicht in Erscheinung treten. Aber Einar hatte vorgesorgt, denn als er auf eine Lichtung trat, sah er worauf er gehofft hatte. Er fand Spuren, genau an der Stelle, an der er einen Tag zuvor Körner und Samen als Köder ausgelegt hatte. Da es in der Nacht nicht mehr geschneit hatte, waren die Spuren nicht zu übersehen. Seine Vermutung war also richtig. Es gab sie! Der Jarl nahm den Beutel, den er an seinem Gürtel befestigt hatte, und leerte ihn genau an der gleichen Stelle aus. Dann ging er einige Schritte, und kletterte auf einen geeigneten Baum. In einer Astgabel machte er es sich so bequem wie möglich, und wartete ab. Obwohl es nicht sehr gemütlich, und der kalte Wind unangenehm war, nickte Einar nach einer Weile des Wartens ein. Und dann irgendwann geschah es. Es war ein schmatzendes Geräusch, das den Jarl erwachen ließ. Der Speer war dem Einar längst entglitten und vom Baum herabgefallen. Und nun war es der Jarl selbst, der den Halt verlor und dem Speer folgte. Die dicke Schneeschicht ließ ihn recht weich landen, doch sein plötzlicher Fall, hatte seine Beute erschreckt. Wild stoben die Tiere auseinander. Etwas benommen lag Einar im Schnee, und hob den Kopf. Ein einzelner, mächtiger Schwarzkittel, wollte sich nicht von den Körnern vertreiben lassen, an denen er und seine Rotte sich gütlich getan hatten. Der Keiler trat nicht die Flucht an. Zu köstlich war das Fressen, als dass er es jemand anderem überlassen wollte. Und so stellte er sich zum Kampf!

Der Jarl, unsanft erwacht, sah sich um, und blickte in die schwarzen Augen des Keilers. Es war an der Zeit wieder auf die Beine zu kommen, denn Einar erkannte sofort, dass dieses mächtige Tier in angreifen würde. So hatte er sich die Jagd nicht vorgestellt. Und dann setzte sich der mächtige Schwarzkittel in Bewegung. Und er war schnell!

Im letzten Moment gelang Einar ein Sprung zur Seite, um den scharfen Hauern in der Schnauze des Tieres zu entkommen. Einar sprang auf, lief zu dem Speer, der immer noch im Boden steckte, und packte zu. Da griff der Keiler erneut an, und der Jäger sprang hinter den Stamm des Baumes, von dem er gerade heruntergefallen war. „Ein drittes Mal lässt du mich nicht springen wie ein Karnickel, mein Freund", rief er dem Schwein entgegen. Er hob den Speer, und trat hinter dem Baum hervor. An Flucht dachte der Angreifer nicht, und stürmte auf den Gegner zu. Diesmal aber blieb Einar stehen, und erst kurz bevor der Keiler ihn erreichte, sprang er zur Seite und schleuderte gleichzeitig den Speer. Die scharfe Spitze der Wurflanze bohrte sich in den Hals des Schweines, und dieses fiel in vollem Lauf in den Schnee. Er rutschte ein Stück, und blieb quickend auf der Seite liegen. „Ha, habe ich dich", rief der Jarl siegessicher aus, zog seine Axt aus dem Gürtel, und lief zu seiner Beute. „Du hast gut gekämpft, mein schwarzpelziger Freund. Doch hier endet deine Reise!" Mit zwei gezielten Hieben auf den Kopf, beendete Einar das Leben des Keilers. Und nun kam der anstrengende Teil seines Vorhabens. Das Schwein musste ins Lager gebracht werden, und da Einar allein war, war an tragen nicht zu denken. Doch der Winter sollte ihm behilflich sein. Der hohe Schnee kam dem Jarl gerade recht. Das Seil, dass er um seinen Körper gebunden hatte, band er dem Schwein nun um die Hinterbeine, und zwar so, dass sich eine große Schlaufe ergab, die er sich über den Kopf, vor die Brust legte. Nun konnte er den Keiler hinter sich herziehen, wie einen Schlitten. Und so zog er das Schwein, und eine Blutspur hinter sich her. Diese allerdings machte unliebsame Beobachter auf ihn aufmerksam.

Der Schweiß stand dem Jarl auf der Stirn, als er sie zum ersten Mal zu Gesicht bekam. Sieben hatte er gezählt, die ihm, und dem Schwein, gefolgt waren. Rechts zählte er zwei der Graupelze, und auf der anderen Seite drei. Hinter ihm lief der Rest des Rudels. Natürlich hatten sie es auf den Keiler abgesehen. So eine leichte Beute hatten sie nicht oft. Doch noch wagten sie den Angriff nicht. Und der Jarl war nicht bereit, ihnen seine Beute kampflos zu überlassen. Weit war es nicht mehr bis zum Lager, so hoffte Einar den Weg ohne Angriff der Wölfe hinter sich zu bringen. Dies war aber nicht leicht, denn seine Kräfte schwanden. Eine Rast konnte er sich jedoch nicht leisten, diese würden die Jäger sofort als Schwäche erkennen, und ohne Gnade ausnutzen. So schleppte er sich immer weiter voran. Schritt für Schritt! Allerdings wurde Einar immer langsamer. Für die Jäger schien nun der Moment des Angriffs gekommen zu sein. Erschöpft blieb Einar stehen, zog sich die Schlaufe des Seils über den Kopf, und nahm den Speer in beide Hände. Und der erste Graupelz ließ nicht auf sich warten. Einar wirbelte mit dem Speer herum, und der Wolf wich jaulend zurück. Doch schon kam der nächste Angreifer mit gefletschten Zähnen, und angriffslustigem Knurren heran. Diesmal nahm Einar den Speer hoch und schleuderte diesen dem Wolf entgegen. Und auch dieses Mal fand die Spitze ihr Ziel, und grub sich tief in die Brust des Tieres. In vollem Lauf stürzte der Wolf, und rollte dem Einar direkt vor die Füße. So bekam er seinen Speer sogar zurück.

Jetzt aber griffen alle Wölfe an, und Einar suchte nach einem hohen Baum, widerwillig war er bereit seine Beute den Räubern zu überlassen. Da plötzlich flogen Pfeile, und lautes Jaulen zeigte, dass die Wundbienen ihre Ziele nicht verfehlten. Grinsend kamen Thordis, Ubbe, und Kjelt durch den Schnee gestapft. „Mein Bruder, man sorgt sich um dich", rief die Frau mit den roten Locken, und der Narbe im Gesicht. „Was tust du hier allein im Wald?" Einar grüßte die drei Krieger, und zeigte auf den Keiler, den sie erfolgreich verteidigt hatten. Die beiden Männer sahen sich die Beute an, und nickten bewundernd. „Ein ganz schöner Bursche", stellte Ubbe fest. „Aber wozu gehst du jagen? Wir haben noch genug Vorräte." Da trat der Jarl neben den Mann, der ihn um eine Kopflänge überragte. „Ubbe, mein Freund, diesen Keiler habe ich nicht für uns erlegt. Er soll als Opfer für die Ran dienen. Auf dass sie uns eine sturmfreie Überfahrt gewährt. Da nickten alle zustimmend, denn ein Opfer für die Göttin der See konnte ja nicht schaden. Gemeinsam brachten sie den Keiler ins Lager, und am Morgen des Tages, den sie für die Abreise bestimmt hatten, hielten sie eine Zeremonie ab, in der Einars Keiler eine große Rolle spielte.

*

Als Guntram und seine Reiter den Harefjord erreichten, und in den Hafen ritten, sah Guntram schon von weitem, dass die Gauten fort waren. Erst auf dem großen Anleger zwangen sie die Pferde zum Stehen. Von dem Schiff der Gauten war nichts mehr zu sehen. „He, du, Alter", rief Guntram einem Fischer zu. Dieser legte das kleine Netz auf das große Fass, vor dem er stand. „Was willst du, Kerl?",

rief er zurück. „Wo ist die Schnigge der Gauten?" Guntram
schwang sich aus dem Sattel, und ging auf den Mann zu, der
hier aus dem Fass seine Fische verkaufte. „Ich fragte, wo ist
das Schiff der Gauten?"

„Na, weg, das siehst du doch."

„Bei Odin und seinen Töchtern! Das darf nicht sein." Er
spuckte verärgert auf den Boden. Guntram trat an das Pferd
eines seiner Begleiter. „Du wirst mir folgen", sagte er, und
wandte sich dann den anderen zu. „Ihr reitet nach Borkasvik
zurück, und sagt der Sigve, dass ich zur Götaburg reite. Ich
brauche die Hilfe von Jarl Breka!"

„Ich begleite dich, Hauptmann", rief Wido, der Knecht.
Guntram nickte, und trieb sein Pferd an. Der sächsische
Sklave folgte ihm. Sie nahmen den Weg nach Westen,
entlang der Küste des großen Sees, und dann folgten sie der
Straße, die sie nach Älvsborg führen sollte. Doch Hilfe
fanden sie am Hof des Königs von Ranrike[33] nicht. Denn
Ragnar war immer noch auf Kriegsfahrt in Britannien.
Mann verwies den Hauptmann auf Jarl Breka, der ja
schließlich ein Gesippe der Eira war. Also setzten die
beiden Reiter ihren Weg fort, um die Götaburg vor der
Schnigge des Varn zu erreichen. Doch der Weg war weit,
das Wetter war schlecht, und nur die Hoffnung, dass der
Fluss vereist war, und die Gauten mit ihrer Schnigge genau
so schlecht vorankämen, trieb sie an.

„An die Ruder, ihr faulen Kerle", rief Varn aufgeregt, und
spornte seine Besatzung an. Die Männer stellten ihre
Seekisten vor die Löcher in der Bordwand, und schoben die
Ruder hindurch. „Los, bringt uns zur Götaälv!"

---

[33] Ranrike – Gau in Südnorwegen (heute Schweden) Grenzland zum
Götaland

Mit geblähtem Segel, und mit zehn Ruderern flog die Schnigge über den See. In Sichtweite gab es keine Schiffe, die sie verfolgten. Und dann passierten sie den Svanefjord, in dem die Königsstadt Älvsborg lag. Doch auch von hier kamen keine Schiffe, die sie bedrohten. Es schien, als hätte man in Borkasvik noch keinen Alarm geschlagen. Niemand in ganz Ranrike schien den Gauten zu folgen. Dann endlich erreichten sie die Mündung der Götaälv. Und nun war Wissen von Nöten, denn es gab zwei Wege in den Fluss. Der eine führte zu den Wasserfällen, und beendete die Fahrt abrupt. Der zweite führte um die Wasserfälle herum, in die Götaälv. Doch Varn Gulisson kannte den Weg!

Die Uferränder des Flusses waren vereist, und so war die Fahrrinne recht eng geworden. Da es aber Winter war, gab es kaum Schifffahrt, und es kamen ihnen nur drei Schiffe entgegen. Dies verlangsamte ihre Fahrt zwar, doch trotzdem erreichten sie die Götaburg eher, als die beiden Reiter.

Varn Gulisson hatte es geschafft, mit seiner Schnigge die Götaälv[34] zu durchsegeln, vorbei am Hafen der Götaburg, in der Jarl Breka saß, und hinaus in das Kattegat[35]. Lachend stand Varn am Vordersteven seines Schiffes, und sah nach Süden, wo die Einfahrt in den Hafen der Götaburg sichtbar war. Doch da war alles ruhig!

Niemand auf den Wehrtürmen der Hafeneinfahrt schien sich um die Schiffe auf dem Fluss zu stören. Handelsschiffe segelten direkt in den Hafen, andere lagen dort in dem Hafenbecken vor Anker. Doch Kriegsschiffe sah Varn bei seiner vorbeifahrt nicht. Unbehindert durchsegelten sie das Haff, und stießen in die offene See vor. „Kurs nach Süden!"

*

---

[34] Götaälv – Verbindungsfluss zwischen dem Vänern und dem Kattegat
[35] Kattegat - See zwischen dem nördlichen Jütland und dem Götaland

Während Wido sich um die Pferde kümmerte, war Guntram in die Halle gestürmt. Und man hatte ihn auch sofort vor den Jarl geführt. Jarl Breka empfing den Hauptmann mit größter Freude, da er diesen seit seiner Kindheit kannte. Er war aufgesprungen, und hatte den Hauptmann sogar umarmt. „Guntram, was führt dich zu mir?", rief er freudig aus. „Ich hoffe doch, es gibt keine schlechten Nachrichten."

„Leider gibt es wirklich keine guten Nachrichten, die ich überbringe, Breka", begann der Hauptmann, und zog sich von einigen Hofschranzen böse Blicke zu, da er so familiär mit Breka umging. Doch Breka war dies natürlich völlig egal. „Dann komm, und nimm Platz. Lass uns reden" Er führte seinen Gast an einen der Tische, und nahm mit ihm Platz. „Sprich, Guntram. Doch zuerst, wie geht es meinem Vater?" Guntram nickte. „Dem Borka geht es gut. Aber er wird langsam alt. Er hat mich hergeschickt", sprach Guntram. „Man hat die Eira entführt!"

„Die Eira? Das Weib meines Bruders? Aber warum?" Breka war erstaunt. „Wer war das?" Da erzählte Guntram dem Jarl der Götaburg was in Borkasvik geschehen war.

„Wir müssen die Schnigge aufhalten, bevor sie in die offene See gelangt", drängte der Hauptmann aus Borkasvik.

„Aber Guntram, glaubst du wirklich, dass du mit dem Pferd schneller warst, als der Gaute mit dem Schiff?" Breka schüttelte langsam mit dem Kopf. „Der hat das Kattegat längst erreicht. Die Fahrrinne des Flusses ist offen." Da senkte der Hauptmann seinen Kopf. „Dann ist ihr nicht mehr zu helfen!"

Der Jarl sah den Mann aus der Siedlung seines Vaters fragend an. „Warum entführt ein Gaute das Weib eines Ranrikers? Ich verstehe es nicht!" Da kam eine Sklavin herangeeilt, stellte zwei Becher und einen Krug auf den Tisch. Ohne Worte zog sie sich wieder zurück. Breka nahm den Krug, und schenkte ein. „Das musst du kosten, Hauptmann. Ich habe einen Kerl hier, der braut das beste Bier. Den brachte einer meiner Schiffsführer von einer Wikingfahrt mit. Seitdem braut er für uns, und glaube mir, ich will nicht mehr darauf verzichten." Da sah Guntram den Jarl böse an. „Verzeih mir, Breka, aber wie bekommen wir Eira zurück?" Der Jarl nahm seinen Becher, und trank. Dann sah er seinen Gast an. „Ich weiß es nicht. Wahrscheinlich gar nicht."

„Aber sie ist deine Schwägerin! Wir müssen doch irgendetwas tun", drängte der Hauptmann den Jarl. „Schicke deine Schiffe aus, um den Gauten zu verfolgen." Aber Breka zeigte sich wenig interessiert. „Meine Schiffe bewachen die Götaälv, ich kann sie nicht fortschicken", antwortete der Jarl wenig interessiert am Schicksal seiner Schwägerin. Da platzte dem Guntram der Kragen. „So, dies tun sie aber nicht besonders gut. Schließlich ist es dem elenden Gauten gelungen in den Vänern vorzudringen, und er schaffte es auch wieder heraus", schnauzte Guntram, den um viele Winter jüngeren Breka an. Doch dies ließ sich der Jarl nicht bieten. „Was erlaubst du dir? Ich bin der Jarl der Götaburg, und deine Frechheiten könntest du schnell bereuen, Hauptmann." Da wandte sich Astrid, die Gemahlin des Jarls, an Breka. „Mein Gemahl, soweit ich weiß, hat dieser Mann dich auf seinen Knien gewiegt, als du ein Kind warst. Du solltest dich zügeln." Zwar hatte der Jarl die meiste Zeit seiner Jugend in der Sklaverei verbracht, doch die Erzählungen über seine Kindheit kannte er natürlich auch. So beruhigte er sich, und sah Guntram, den treuen Krieger seines Vaters streng an. „Die gemeinsame Vergangenheit die uns verbindet, bewahrt dich jetzt vor Strafe, Guntram. Aber ich sage dir, geh auf dein Schiff und verschwinde:"

Diesen Rat nahm der Hauptmann ernst, und verabschiedete sich von der Gemahlin des Jarls. Dann verließ er verärgert die Halle. Bald darauf ritten zwei Männer aus der Burg, nach Osten.

Als Guntram und Wido einige Tage später wieder in Borkasvik eintrafen, wartete Jarl Borka bereits ungeduldig auf seinen Hauptmann. „Ich sehe, die Eira ist fort?", stellte der alte Jarl fest, denn er sah, dass der Hauptmann ohne Eira zurückgekommen war. „Sie waren schneller als wir", erklärte der Hauptmann enttäuscht. „Wir ritten bis zur Burg deines Sohnes Breka, und baten ihn um Hilfe. Doch er sagte uns, dass der Eira nicht mehr zu helfen sei."
„Er sagte was? Breka hat euch die Hilfe versagt?", da begehrte der Jarl auf. „Er hat sich geweigert das Weib seines Bruders zu retten?" Der Jarl von Borkasvik war außer sich vor Wut. „Welcher Troll ist in den Kerl gefahren? Oh, mein Sohn, das wirst du noch bereuen!"
Sigve hatte alle Hände voll zu tun, um ihren Gemahl zu beruhigen. Dies dauerte eine ganze Weile, bis er sich weiter Berichten ließ. „Auch in Älvsborg bekamen wir keine Hilfe. Der König ist noch nicht zurückgekehrt, und Königin Aslaug wollte uns nicht empfangen. Sie hatte wohl genug mit ihren Bälgern zu tun."
„Das sieht der Kraka[36] ähnlich", brummte der Jarl. Sichtlich enttäuscht saß er, der ja selbst von Geburt ein Gaute war, auf seinem Hochstuhl. „Keine Hilfe vom Hof des Königs, dem er treu folgte. Keine Hilfe von dem eigenen Gesippen. Bei Odin, soll ihnen der Arsch beim Scheißen brennen, wie Lokis Feuer!"

---

[36] Kraka – Aslaug Sigurdsdottir war die Tochter Sigurds, des Drachentöters, und Brynhild. Von ihrer Ziehmutter Grima wurde sie Kraka (Krähe) genannt, und musste ihre Schönheit hinter einem verrußten Gesicht verstecken

Einen halben Tag konnte man den Jarl nicht ansprechen, denn Borka war fürchterlich verärgert. Dann aber ließ er Guntram erneut in die Halle rufen. Und der Hauptmann kam wie ihm befohlen wurde. „Höre Guntram, du wirst diesen Gauten verfolgen", sprach der Jarl. „Ich gebe dir den Flutenbrecher! Suche eine Mannschaft und mache dich auf den Weg. Bring Eira zurück, und vor allem, töte diesen Varn Gulisson!" Erstaunt sah der Hauptmann seinen Anführer an, doch dann nickte er. Guntram verabschiedete sich, und begab sich in die Siedlung, um die Männer des Dorfes nach dem Sonnenuntergang in die Methalle zu rufen. Er schickte auch die Sklaven von Haus zu Haus, um seinen Befehl zu verkünden. Und die Bewohner von Borkasvik kamen.

Es war der Jarl selbst, der die Frage an die Männer stellte. Doch vorher ließ er seine Krieger noch ordentlich mit seinem Bier bewirten. Und erst als Borka der Meinung war, dass die Stimmung die Richtige war, trat er an den Rand des Podestes. Hauptmann Guntram sorgte für Ruhe, so dass Borka sprechen konnte. „Ihr wisst was geschehen ist", sprach der Jarl, und sah wie die Wissenden die Unwissenden aufklärten. Entsetzen machte sich bei den Unwissenden breit, denn nun wussten sie ja was geschehen war. „Sollen wir diese Tat einfach so hinnehmen?", rief Borka in die Menge, die sich vor dem Podest versammelt hatte. „Oder holen wir uns Eira zurück?"

Die Antwort war eindeutig, und wahrscheinlich hätte es Borkas Bierreserven gar nicht gebraucht, um die Krieger zu motivieren. Und nun übernahm der Hauptmann das Reden.

„Heute gab ich den Befehl den Flutenbrecher zu beladen, und seeklar zu machen. Und dieser Flutenbrecher wird uns dorthin bringen, wo unsere Rache wartet!" Nun brach donnernder Jubel in der Halle los. „Macht euch bereit, packt

eure Seekisten[37], und schärft eure Klingen", rief der
Hauptmann des Jarls.
Vier Tage vergingen bis der Flutenbrecher aus dem Hafen
im Harefjord auslief. Das Segel wurde gesetzt, und sie
steuerten das Schiff entlang der Nordküste Richtung
Westen. Vorbei am Svanefjord, und in die Mündung des
Flusses der die Schiffe in die offene See brachte. Und nicht
anders als der Gautensegler, passierte der Flutenbrecher bei
leichtem Schneefall, die Mündung zum Hafen der Götaburg.
Langsam zogen die Dächer der Hafensiedlung an ihnen
vorbei. Guntram stand am Vordersteven, und beobachtete
die beiden Wehrtürme, deren Besatzungen sich in keiner
weise stören ließen. So segelte das Schiff Jarl Borkas in das
Mündungshaff des Flusses, und dann unbehelligt hinaus in
das Kattegat.

Jarl Borka saß in der Halle auf seinem Hochstuhl, während
sich sein Weib Sigve um Verletzungen und Krankheiten
kümmerte, sie war schließlich die Völva[38] der Siedlung. Der
Jarl zeigte sich wenig redselig. Seit dem Gespräch mit
Guntram über seinen Sohn Breka war er immer ruhiger
geworden. Er grübelte vor sich hin, dies sah man ihm an.
Doch niemand wusste worüber.
Es war die Vorstellung seinem Sohn Gisli nach seiner
Rückkehr sagen zu müssen, dass sein Weib Eira fort war.
Mit welchen Worten sollte er dem Sohn mitteilen, dass der
Bruder seine Hilfe versagt hatte. Es nagte an ihm, und ließ
ihn keine Ruhe finden. Der Zorn auf seinen Sohn Breka war
groß, und dieser sollte nicht ungestraft davonkommen. So
wartete der Jarl sehnsüchtig auf die Rückkehr des König

---

[37] Seekiste – diente zum Verstauen der Habseligkeiten, die ein Seefahrer
        mit sich an Bord nahm. Wurde auch als Ruderbank genutzt
[38] Völva – Seherin, Kräuterkundige Heilerin

Ragnars. Das der Flutenbrecher mit sechsundzwanzig Kriegern ins Gautenland aufgebrochen war, ließ Borka hoffen, doch noch war er nicht befriedigt.

*

Olaf stand am Vordersteven, und sah hinaus auf die See. Eiskaltes Wasser schlug über die Bordwände, und tränkte die Kleidung der Männer, die das Schiff segelten. Immer wieder hängten sie sich an die Seile der Rahe, um das Segel in die richtige Position zu bringen. Der größte Teil der Reisenden saß unter der als Zelt gespannten Plane, um sich vor dem eiskalten Wasser zu schützen. Jarl Einar trat zu seinem Stevenhauptmann, dessen Klappenmantel mit kleinen Eisbrocken gespickt war. Auch sein Schnauzbart war steifgefroren. Einar ging es natürlich nicht besser! Sowie allen anderen, die sich auf dem Schiff bewegten. Auf der Rahe saß bei diesem Wetter keiner. Soweit wie Thure konnte sowieso keiner sehen, und der war ja wegen einer Verletzung in Sørhamna geblieben. „Und, ist schon etwas zu sehen?", fragte Einar den Mann auf der Reling. Auch in seinen Locken hatten sich Eisbrocken gebildet. Olaf sah auf ihn herab, und hielt sich dabei mit einer Hand an dem Vordersteven mit dem geschnitzten Wolfskopf fest. „Noch nicht, Einar!"
Der Jarl schüttelte den Kopf. „Wir müssten doch längst die Küste von Jütland[39] sehen", rief Einar dem Mann am Vordersteven entgegen. Dieser schwieg, und sah weiter auf die See hinaus. Was Einar nicht wusste, war, dass sie nach Norden abgetrieben waren, und bereits das Skagerrak hinter ihnen lag. Da Kjelt sich seiner Sache sicher war, hatte er

---

[39] Jütland – westlicher Teil Dänemarks, erstreckt sich vom Limfjord bis an die Gestade des Skagerrak im Norden, und der Grenze zum Reich der Deutschen im Süden

schon lange nicht mehr auf den Kompass in dem Wassereimer gesehen. Sonst hätte er gewusst, dass sie bereits vor der Küste von Hardanger[40] segelten. Hätte er die Stange des Steuerruders nach Links gedrückt, so wäre der Asenzorn auf die Küste zu gesegelt. So aber segelten sie weiter nach Norden. Ohne Sicht auf die Küste.

Doch nach zwei Tagen sollte Kjelt seinen Fehler erkennen, denn es hörte auf zu schneien, und die grauen Wolken lösten sich mehr und mehr auf. Der Himmel wurde blau, und die Sonne zeigte sich. Und nun sah der Steuermann das sein Kurs nicht stimmte. Kjelt korrigierte den Kurs, und bald darauf hörte man die Stimme des Stevenhauptmannes.

„Land in Sicht!"

„Das ist König Halvdans Gau", sagte Jarl Einar, und zeigte zur Küste, denn er sah dort eine weithin bekannte Felsgruppe. Olaf sprang von der Reling. „Der Gau Halvdan des Schwarzen! Ja, das ist Hardanger!"

„Dann ist es nicht mehr weit nach Hause", lachte Einar erfreut. Nun da sich das Wetter gebessert hatte, wagten sich alle unter der Plane hervor. Und nun standen die meisten an der Reling, und sahen sehnsüchtig zur Küste.

Das Wetter hatte sich gehalten, und es schien, als hätte Ran das Opfer dankend angenommen. So erreichte der Asenzorn die Mündung des Ladefjordes[41]. Und an einem Abend, in der Dunkelheit, legte das Knarr an einem der Anlegestege im Hafen von Sørhamna an.

*

---

[40] Hardanger – Gau im Südwesten von Norwegen
[41] Ladefjord – heute Trondheimfjord

7. Die Entführung der Königstochter

Besonders angenehm war die Reise für die Eira nicht verlaufen. Die meiste Zeit hatte sie gefesselt unter der Zeltplane verbracht. Nur um ihre Notdurft zu verrichten, brachte man sie an die Reling im Vorderschiff. Sie saß auf der Brüstung, und ihr Hinterteil hing über der See. Zwei Krieger achteten darauf, dass sie nicht von Bord fiel. Da trat Varn heran, und wieder einmal suchte Eira ohne Scham das Gespräch. „Gaute, sage mir endlich was das Ganze soll."

„Frage nicht mich, frage den Mann der mich beauftragt hat." Dies war die Antwort, die Varn Gulisson ihr jedes Mal gab. Jeden Versuch der jungen Trøndnerin zu erfahren, was der Grund für diese Entführung war, hatte Varn Gulisson so abgeschmettert. Und bald gab die Tochter des Trøndnerkönigs es auf, und wartete ab. Eira hatte in den vergangenen Wintern viel gelernt. Zuerst von Jarl Einar, und später von ihrem Gemahl Gisli, so dass sie ohne Angst abwarten konnte.

Sie segelten die Küste von Schonen[42] entlang und erreichten das Warägische Meer[43]. Vorbei an der dänischen Insel Borgundarholm[44] nahmen sie wieder Kurs nach Norden. Und wenige Tage später fuhr das Schiff des Gauten in den Heimathafen von Västervik ein. Noch am gleichen Nachmittag brachte Varn seine Gefangene zur Burg König

---

[42] Halland und Schonen – südwestliche Gaue im heutigen Schweden, damals zum Reich der Dänen gehörig

[43] Warägisches Meer - Ostsee

[44] Borgundarholm – Bornholm

Hrotgers. Der Weg vom Hafen war nicht besonders weit, und die Straße führte direkt zu dem großen Wehrring, mannshoch aufgeschüttet, mit hölzernen Palisaden darauf. Die Straße führte durch eine große Siedlung, die sich um die Burg gegründet hatte. Mit vier Kriegern seiner Besatzung, und der Eira, erreichten sie das Osttor, dass in die Burg führte. Ein Krieger stand als Wache vor dem offenen Tor. „Ich kenne dich! Du bist Varn Gulisson", sprach er, und sah den Angesprochenen an.

„Man erzählt sich, dass der König schon lange auf dich wartet." Da lachte der Gaute kurz auf. „Er ist so ungeduldig, der kleine Hrotger!" Der Wachmann war sich scheinbar nicht sicher, ob er e jetzt lachen oder den Varn tadeln sollte. So entschied er sich zu schweigen und zur Seite zu treten. Varn konnte sich ein Grinsen nicht verkneifen, als er an dem Mann vorbeiging. Die Straße führte geradewegs zu einem großen Platz inmitten der Burg, an dem die große Königshalle erbaut war. Aber auch mehrere Langhäuser standen zu beiden Seiten der Straße, dazu kamen noch Stallungen, Weiden, Vorratshäuser, und eine Kaschemme. Weit weg von den Stallungen und Weiden stand, auf einem kleinen Hügel, das Haus des Königs. Doch Varn war sich sicher den König zu dieser Zeit in der Königshalle zu finden. Also war diese sein Ziel!
Auch hier stand eine Wache, doch diese ließ die Leute sofort eintreten. Die beiden Krieger an Varns Seite stemmten sich gegen die großen, hölzernen und mit Götterbildern und Drachen beschnitzten Türen. Varn, gefolgt von dem dritten Krieger, der Eira am Arm führte, traten durch die Tür in den großen Saal. Alle Stützpfosten waren ebenfalls von talentierten Zimmerleuten beschnitzt worden, genau wie der Hochstuhl des fetten Gautenkönigs. Der Podest, auf dem dieser Stuhl stand, war drei Stufen hoch, die dem König inzwischen zu schaffen machten.

Hrotger hatte an jedem Tag schwerer an seinem Gewicht zu tragen. Nun saß er saufend auf seinem Hochstuhl, zwei leichtbekleidete Sklavinnen saßen an seiner Seite, denn der fette König hatte im Sommer des letzten Jahres sein Weib verstoßen. Diese hatte ihm wütend vor der Gefolgschaft vorgeworfen, seinen ehelichen Pflichten nicht mehr nachzukommen. Hinter vorgehaltener Hand sorgte dies für Gelächter, und so umgab sich Hrotger nun mit Sklavinnen, die seine Männlichkeit beweisen sollten.

Die große Königshalle war gut mit allerlei Leuten gefüllt. Hofschranzen, die des Königs Nähe suchten. Jarls, aus Gauen in der Umgebung, Gäste, Hauptleute seiner Wache, Krieger, reiche Bauern. Dazu kamen einige hübsche Sklavinnen, die sich unter die Gäste mischen mussten, um diesen gefällig zu sein. Es dauerte eine Weile, bis der König auf Varn aufmerksam wurde, da er an einem der jungen Weiber herumfummelte, die auf seinem Schoß saß. Doch dann sah er ihn, und sprang auf, so dass die Schöne unsanft auf ihrem Hinterteil landete. „Varn Gulisson, komm sofort hierher", brüllte er laut durch die Halle, und erhielt so die Aufmerksamkeit der Anwesenden. Varn sah sein Gefolge an und nickte. Dann ging er vor, vorbei an der großen Feuerstelle, bis vor das Podest mit den drei Stufen, von dem König Hrotger auf sie herabsah. Varn zog seine Gefangene neben sich. „Ich habe deinen Befehl ausgeführt, mein König. Hier ist Eira Grjotgardsdottir! Ich fand sie, wie erwartet in Ranrike." Der König sah den Krieger mit großen Augen an, und fing an nervös zu stottern. Dann aber platzte es aus ihm heraus. „Du elender Narr", brüllte König Hrotger durch die Halle seines Langhauses. „Du führst König Grjotgard direkt an meinen Hof. Bist du von allen Göttern verlassen?" Mit hochrotem Kopf, und verschwitzten, klebenden Haaren sah er den Varn an. „Raus hier!" Hrotger sah in die Halle. „Alle raus!" Sofort begannen die Wachen den Befehl ihres Herrn umzusetzen. Unter großem Getöse, folgten die Anwesenden dem Befehl des Gautenkönigs, und stürmten durch die große zweiflügelige Tür ins Freie.

Hrotger ließ sich wieder auf seinem Hochstuhl nieder, und wartete bis sich die Halle geleert hatte. Nun aber ergriff Eira das Wort. „Gautenkönig, weißt du was jetzt geschehen wird?" Sie trat einen Schritt vor, wurde aber von Varn wieder zurück gezehrt. „Ich bin die Tochter eines Königs, und du hast meinen Vater herausgefordert. Und nicht nur den! Denn du wirst auch den Zorn König Ragnars auf dich ziehen. Aus dessen Land du mich rauben liest!"

„Halt deinen Mund, Weib", brüllte der König, und man sah, wie er versuchte einen klaren Gedanken zu fassen. Dann blickte er den Varn an. „Was hast du dir dabei gedacht? Du solltest es so aussehen lassen, als wäre König Ragnar der Entführer!" Dies aber hatte Varn nicht bedacht, als er vor den Borka getreten war. Vielleicht waren es die Umstände, die dazu geführt hatten, dass die Entführung nicht so abgelaufen war, wie es sich der König der Gauten gedacht hatte. Da war es Eira, die verstand. „Du willst mit deiner Tat dafür sorgen, dass mein Vater und König Ragnar sich bekriegen! Mein Vater soll denken, dass es der Ranriker war." Sie sah den Gautenkönig mit festem Blick an. „Aber warum? Welchen Vorteil ziehst du daraus?"

„Varn Gulisson, wie willst du deinen dummen Fehler gutmachen?" Der fette König sah den Krieger an. „Sie darf nicht hierbleiben. Hast du verstanden? Also, schaffe sie fort!"

„Mein Oheim ist ein reicher Jarl und Anführer in Hibernia[45]. Er besitzt dort einen Hof, in der Nähe eines Dorfes in einer Bucht, die sie als Hafen nutzen, und die sie

---

[45] Hibernia, Insel der Vestmannen - Irland

"schwarzer Teich"[46] nennen. Er wäre sicher bereit sich um die Eira zu kümmern.

Nachdenklich starrte Hrotger auf den Boden. „Gut", sagte er nach einer Weile des Schweigens. „Bring sie sofort zu ihm! Schenke sie ihm, in meinem Namen. Aber mach schnell!"

*

Da es bereits spät war, als der Asenzorn in den Hafen einlief, hatte kaum jemand etwas von der Ankunft mitbekommen. Der Kerl auf dem Wehrturm war wohl eingeschlafen, denn er hatte darauf verzichtet das Horn zu blasen. So legte das Knarr an, und die Besatzung begann damit den Asenzorn zu entladen. Ruderpinne, Rahe, und Segel wurden auf dem Gestell verstaut, das mittig des Schiffes stand. Die Seekisten wurden von Bord geschafft, und die Männer begannen die Laderäume zu leeren. Jarl Einar und sein Weib, der Gisli, Olaf und seine Sklavin Aelthdreda, Raban und seine Sklavin Ermintrude, sowie Thoke, Thordis und die anderen Sklaven, machte sich auf den Weg zur großen Halle. Es lag hoher Schnee, und nur die Wege waren einigermaßen begehbar. Der Weg vom Hafen hinauf in das Dorf war mit Fackeln erleuchtet, die auf mannshohen Pfählen befestigt waren. Es war ein durchaus schöner Anblick das verschneite Dorf im Schein der Fackeln glitzern zu sehen. Bei jedem Schritt sog Einar die Luft tief in seine Lungen. Er war froh wieder daheim zu sein. Freute sich auf seine Kinder, und sein Bett.

Groß war die Freude, als man erkannte, wer da gerade in die große Halle trat. Jarl Einar schritt gefolgt von den anderen auf das Podest zu, welches den Sitz des Jarls erhöhte. Und

---

[46] Duhb linn (schwarzer Teich) – Dublin (Irland), ehemals keltische Siedlung „Áth Cliath" an der Mündung des Flusses Liffey gelegen

einer lief ihm sofort entgegen, und warf sich vor ihm auf den Boden. Freki war der erste, der Einar erkannt hatte, und zeigte seine Freude darüber, dass dieser heimgekehrt war. Und dann brach der Jubel los!

Nun wurden auch Thorberg und Ferun auf den Jarl aufmerksam. Sofort stürzten sie von dem Podest herunter, und liefen dem Gesippen entgegen. Ferun fiel ihrem Bruder um den Hals. Thorberg beließ es bei einem festen Händedruck. „Oh, wie groß ist die Freude, dass ihr heimgekehrt seid", sagte Thorberg freudig. „Wie ist es euch ergangen?"

„Langsam, Schwager, langsam. Es wir noch genügend Zeit zum Reden sein", lachte Einar, und setzte sich an einen der Tische. Da fielen dem Thorberg die Fremden auf. „Wer sind die?" Einar schlug ihm auf die Schultern. „Sklaven, mein Gesippe. Sie sind uns auf der Heimreise in die Hände gefallen." Er zeigte auf Aelthdreda. „Die da gehört Olaf, sie ist eine Angelsächsin. Und die da", erzeigte auf die junge Ermintrude, „die gehört Raban. Auch sie ist eine Angelsächsin." Dann zeigte er auf die anderen. „Der Kerl und die beiden Weiber da, sind aus Piktland. Dort hatten wir Ärger mit den Einheimischen. Die beiden anderen sind ebenfalls vom Stamm der Angeln." Erstaunt sah Thorberg seinen Schwager an. „Sklaven? Du bringst Sklaven mit?" Er wusste, dass sein Schwager den Sklavenhandel nicht mochte. Für ihn waren Menschen eigentlich kein Handelsgut. Und darum behandelte er die Sklaven auch recht gut. Polk und Sif gehörten seit vielen Wintern zu seinem Hausstand, und sie waren für ihn Teil der Familie. So begrüßte er es meist, wenn seine Gefolgschaft die Sklaven in ihre Familien aufnahm. Und dies geschah meist mit den Sklavinnen, die gerne von den jungen Kerlen geheiratet wurden. So erwartete er dies auch von Olaf und Aelthdreda.

„Und was wird nun mit denen geschehen?", fragte Ferun neugierig, während Einar immer noch den Hund streichelte. Einar zuckte mit den Achseln. „Wir werden sehen! Olaf und Raban nahmen sie als Teil ihrer Beute."

Nun waren Ilva und Thordis an der Reihe begrüßt zu werden. „Wie geht es meinen Kindern?", war Ilvas erste Frage, und Ferun konnte sie beruhigen. „Deine Kinder schlafen, und Sif wacht über sie. So wie immer." Da war Ilva zufrieden. Wecken wollte sie die Kinder nicht. Nun gab der Jarl den Befehl Essen und Trinken heranzuschaffen. Er wollte die Ankunft feiern. Da trat Thoke heran. „Was mach ich mit denen?", fragte er, und zeigte auf die Gefangenen.

„Sperre sie ein, Mann", befahl Thordis sofort, doch Einar fuhr ihr über den Mund. Sein Umgang mit den Gefangenen hatte dafür gesorgt, dass diese sich inzwischen in ihr Schicksal fügten. „Ihre Strapazen waren nicht geringer als unsere, also lass sie mit uns feiern. Und legt endlich Holz nach, ich will nicht frieren. Einsperren kannst du sie immer noch." Thoke nickte und wandte sich ab. Und dann kamen auch die anderen Heimkehrer in die Halle. Langsam löste sich die Stimmung, die meisten Anwesenden suchten zuerst ihre Gesippen. Frauen umarmten ihre Männer. Eine packte ihren Mann am Arm und zog diesen mit sich aus der Halle. Dies löste bei denen, die dies beobachtet hatten, große Heiterkeit aus. „Die hat es aber nötig", rief Ubbe lachend. Dann wurde auch Gisli überschwänglich begrüßt. Mit ihm hatte hier natürlich niemand gerechnet. So füllten sich die Tische. Musiker holten ihre Instrumente hervor, und es begann ein Fest. An Einars Tisch hatten Ilva, Olaf, und die Aelthdreda, die dem Blonden nicht von der Seite wich, natürlich Gisli, Ubbe, Kjelt, Thordis, Gunnhild, Sigrid, Thorberg und Ferun, und der Hrani Platz genommen. An dem Tisch daneben saß Thoke mit den anderen Sklaven, Thure, Søde, Birk, Godwin, und einige andere. Es wurde

118

reichlich gegessen und getrunken, gelacht und Scherze gemacht. Und langsam tauten auch die Sklaven auf.

Natürlich hatte der Jarl ein Auge auf den Nebentisch, ohne dass es jemandem auffiel. Und er sah was er erwartet hatte. Søde setzte sich neben Hrodwynn, und versuchte mit dieser zu sprechen, was natürlich nicht gelang. Doch dem jungen Burschen reichte schon ihre Anwesenheit, um ihn zufrieden zu machen. Dies gefiel Jarl Einar gut, denn er mochte Søde, der, trotz seiner Jugend, ein guter Gefolgsmann war.

Der Abend schritt voran, und die Männer und Frauen wurden immer betrunkener. Dies nutzte Kian, der Pikte, für sich aus. Kaum einer beachtete den großen Sklaven, und so verließ er fast unbemerkt die große Methalle von Tautra. Natürlich dachten alle die dies bemerkt hatten, der Kerl müsse mal pissen. So machte sich keiner Gedanken darüber. Und noch ein Vorfall sollte die Einwohner von Sørhamna einen Tag später beschäftigen. Thoke hatte viel getrunken, denn er hatte mit Brok, dem anderen Zimmermann, das Wiedersehen gefeiert. Auch Björn der Schmied, und Armin, der friesische Sklave, den Einar in die Familie des Schmiedes gegeben hatte, labten sich am Bier und Met.

„Sag mir mal, Thoke, warst du eigentlich schon bei deinem Sklavenweib, seit du wieder hier bist?" Björn der Schmied sah den Zimmermann fragend an. Und dieser wiegelte ab.

„Ach, was soll ich denn bei der? Wenn Amke mich sieht, wird ihre Möse trocken wie ein Blatt im Spätherbst." Er begann zu kichern, wie ein kleines Mädchen. „Vielleicht liegt das daran, wie du die Friesin und ihr Kind behandelst", tadelte Björn den Betrunkenen. „Seit der Jarl dir das Weib und sein Kind anvertraute, bist du nicht gerade freundlich mit ihr umgesprungen. Dabei hätte dir ein Eheweib wirklich gutgetan!"

„So, was weißt du schon, was mir guttut? Das weiß ich wohl am besten!" Thoke erhob sich, und ging um den großen Tisch, bis er vor Søde stand, der auf die Hrodwynn einredete. „So, Kleiner, du hast jetzt die kleine lange genug in Beschlag genommen. Jetzt bin ich mal dran." Er packte die Angelsächsin am Arm, und zog diese hinter sich her. Kichernd rief er: „Es wird Zeit, dass einer die Kleine richtig einreitet!" Dies aber wollte Søde nicht ertragen, und stürmte hinter dem Thoke her. „Lass sie in Ruhe, Thoke, oder ich werde dich…"

„Was wirst du mich, du kleiner Troll", entgegnete der völlig betrunkene Zimmermann lallend, riss die junge Sklavin an sich, und versuchte sie zu küssen. Da schlug Søde zu, und Thoke ließ von Hrodwynn ab. Böse sah er den jungen Krieger an. „Das war ein großer Fehler, du kleine Wanze." Thoke zog sein Schwert aus der Scheide. „Jetzt hacke ich dich in Stücke, und danach nehme ich mir die kleine Möse vor. Nur das du es weißt!"

Der Streit war natürlich nicht unbeobachtet geblieben. Und da Jarl Einar sowieso die ganze Zeit ein Auge auf Søde gehabt hatte, ahnte er was geschehen würde. Er erhob sich, und ging um den großen Tisch. Dies aber war dem zornigen Thoke entgangen. Er hob sein Schwert, und wollte den jungen Krieger erschlagen. Und Søde war wehrlos, denn sein Schwert hatte er auf dem Tisch liegen lassen, als er dem Thoke gefolgt war. Die Klinge sauste auf den Burschen nieder, und hätte ihm sicher den Schädel gespalten, wenn nicht ein anderes Schwert den Hieb abgelenkt hätte.

Die Klinge Thokes federte zurück, was für den Zimmermann sicher schmerzhaft war. Und dann traf ihn ein Fausthieb gegen den Kopf. „Du besoffener Narr, was fällt dir ein, auf meinem Fest das Schwert zu ziehen?" Jarl Einar stand vor dem Zimmermann, sah diesen wütend an.

In seiner Faust hielt er sein Schwert Blutauge, hoffte aber darauf, dieses ohne Blut zu vergießen wieder fortstecken zu können. Und dies sollte auch so geschehen. Denn Raban trat heran, und ohne zu zögern holte er aus, und schickte Thoke ins Reich der Träume. So fand das Blutauge den Weg zurück in die Lederscheide. Einar zeigte auf den Mann am Boden. „Bringt diesen Narren auf sein Schlaflager!" Zwei Krieger der Wache kamen, und packten Thoke unter seinen Armen. „Wir bringen ihn in das Langhaus. So besoffen sollte er nicht zu der Amke ins Haus. Sie müsste darunter leiden."

Verwundert sah Einar den Krieger an. „Was soll das heißen, Erik?" Unverständlich sah der Krieger den Jarl an. „Thoke, lebt doch schon lange in dem Langhaus der Krieger. Er war nur noch selten in seinem Haus. Das hat er Amke und ihrer Tochter überlassen." Davon hatte Einar nichts gewusst. „Ich gab sie dem Kerl, damit er eine Familie gründet."

„Hast du ihn gefragt, ob er das will?" Die männer stellten den Thoke auf die Beine. Dann schleiften sie ihn aus der Methalle.

*

Irgendwann in der Nacht hatte auch Einar mit seinem Weib den Weg in ein Bett gefunden. Es war das große Schlaflager im hinteren Teil des großen Gebäudes mit der Methalle an deren Wände die Schilde der Kriegerfamilien hingen. Durch einen Zugang direkt neben dem Podest kam man in die Räume, die für den Jarl erbaut worden waren. Diese wollte der Jarl für die Nacht nutzen, denn im Haus des Jarls, das einst Jarl Oyvind, sein Adoptivvater, für seine Familie erbaut hatte, schliefen ja noch Thorberg und Ferun.

Der Morgen kam, und es fiel wieder Schnee vom Himmel. Und obwohl Sif inzwischen wusste, dass der Jarl und sein Weib zurückgekommen waren, ließ die Magd die Kinder nicht zu ihnen. Der Jarl und sein Weib schliefen, und dies taten sie lange. Und darum wartete auch Thorberg auf seinen Jarl, denn es gab noch viel zu erzählen. So saß er gemeinsam mit seinem Schwager Hrani, am Tisch im Haus des Jarls, und aß dicken Brei. Und er musste, genau wie Ferun, immer wieder Thorvis Frage ertragen, wann sie denn zu ihren Eltern dürfe. Und dann plötzlich begann Freki zu bellen, und die Tür wurde geöffnet. Es war die schöne Ilva, die in den großen Raum des Langhauses trat. Ein Aufschrei entfuhr der Kehle des Mädchens. Sie warf ihre blonden Locken in den Nacken, und lief ihrer Mutter in die Arme. Und nun kam auch der vierjährige Ulf in den Raum gelaufen, um seine Mutter zu begrüßen. Die Freude der Kinder war groß, und auch Freki hüpfte freudig an der Ilva hoch. Und nicht nur die Kinder freuten sich, denn auch Sif kam näher und trug den kleinen Thord auf dem Arm. Und als Ilva den Kleinen sah, war sie nicht mehr zu halten.

„Mein kleiner Thord, was bist du gewachsen", rief sie, und nahm den Sohn aus dem Arm der Magd. Diese begrüßte Ilva. „Es ist schön dich gesund wiederzusehen, Herrin." Da lachte die schöne Ilva erfreut. „Das geht mir nicht anders, Sif!" Und dann kam auch Jarl Einar in sein Haus. Er setzte sich an den Tisch, und erwartete nun von Thorberg zu hören, was während seiner Abwesenheit geschehen war.

„Nun erzähle, gab es Probleme, als wir fort waren?", fragte der Jarl, und das Gesicht Thorbergs zeigte, dass irgendetwas nicht stimmte.

„Es gibt auf der Insel jemanden, der seit einigen Monden Ärger bereitet", sprach Thorberg. „Und habt ihr ihn gefangen?", fragte Einar. „Nein, das haben wir nicht", gestand Thorberg, und schüttelte mit dem Kopf. „Warum nicht, bei Odin?" Man sah Thorberg die Scham an, und dann sprach plötzlich Ferun. Sie war an den Tisch getreten.

„Er hat versucht Thorvi zu entführen, doch Freki hat ihm einen Finger abgebissen."

„Guter Hund", entfuhr es Einar. „Aber wer ist der elende Kerl?" Nun war es wieder Thorberg der die Antwort gab.

„Das wissen wir nicht, Jarl, aber es gibt jemanden der ihn gesehen hat."

„Du meinst außer dem Hund?" Einar gefiel nicht was er hören musste. „Nun, wir denken, es ist einer der Söhne des Röde gewesen. Und ein Fremder und sein Weib hat ihn gesehen", versuchte sich Thorberg in einer Erklärung.

„Ein Fremder? Was für ein Fremder?"
Da erhob sich Thorberg von seinem Platz. „Ja, jetzt wird es merkwürdig, Schwager. Denn der Kerl behauptet dein Oheim zu sein." Da zog Jarl Einar verwundert seine Augenbrauen hoch. „Mein Oheim? Was für ein Oheim?" Thorberg nickte, und Ferun sprach: „Er nannte dich Wulfger, den Sohn des Wulfram und der Walburga, und gab sich als Sachse zu erkennen."

„Aber Ferun, du weißt doch, dass ich keine Gesippen mehr habe, außer euch und Thordis." Da nickte die Tochter des Oyvind. „Ja, aber er sagte, er sei der Bruder deiner Mutter Walburga." Nun sah der Jarl zuerst sein Weib, und dann wieder seine Schwester an. „Wo ist denn dieser Fremde?"

„Wir dachten es wäre gut ihm ein Dach zu geben. Also gaben wir ihm erst einmal unser Haus in Nordbuktavik." Da nickte Einar zustimmend. „Dann holt ihn her, oder besser ich reite selbst auf die Nordinsel. Heute noch!"
Nach dem sich der Jarl gesättigt hatte, und ausgiebig mit seinen Söhnen gespielt hatte, ließ er sich sein Pferd satteln, und wollte sich auf den Weg machen. Doch als er in seinem grauen Klappenmantel gehüllt, aus dem Langhaus trat, warteten bereits drei Männer auf ihn. „Du denkst doch nicht, dass ich dich allein reiten lasse", sprach Raban zu seinem Jarl. Auch er war in einen knielangen Klappenmantel gekleidet, und auf seinem kahlen Kopf trug er eine Fellmütze. Neben dem Raban stand der junge Søde, und

Hrani, der Bruder der Ferun. „Na gut", sagte der Jarl grinsend. „Reiten wir gemeinsam!"
Sie hatten die Siedlung gerade erst verlassen, da stieß ein weiterer Reiter zu ihnen. Und diesen erkannte Einar sofort an dem Hund der ihn begleitete. „Ihr könnt doch nicht ohne mich in mein Dorf reiten", rief Thorberg, und schloss sich der Gruppe an. Sie folgten dem Weg der an der südlichen Küste entlang führte. Von hier gab es mehrere Wege die nach Norden führten. Der erste führte zu dem großen See, an dem Einar aufgewachsen war, denn Thord, der sein Ziehvater war, warf hier täglich seine Netze aus.
Auch zur Küstenseite, zu ihrer rechten Hand, passierten sie immer wieder die Höfe der Fischer, die es auf Meeresfisch abgesehen hatte. Und dann erreichten sie einen Weg der zu der Nordbucht führte. Dort lag auch der Hof des Bauern Röde, von dessen Aufstand, und dessen Tod der Jarl erst am Abend zuvor erfahren hatte. Nun sah es so aus, als wären dessen noch lebende Söhne auf Rache aus. Aber darum wollte sich der Jarl später kümmern. Sie ritten den Weg nach Osten, bis auf die Landbrücke, die auf die Nordinsel führte. Nun lag die Nordbucht zu ihrer Linken, und nach einer Weile, es begegneten ihnen immer wieder Leute mit Karren, die zur einen oder anderen Seite unterwegs waren, erreichten sie das Dorf Nordbuktavik. Einar war schon lange nicht mehr in diesem Dorf gewesen. Hier wo für den Jarl vor vielen Wintern alles begonnen hatte.
Langsam ritten sie durch das Dorf, und Einar sah zufrieden, dass auch hier die Zeit nicht stillstand. Neue Häuser und Höfe hatte man gebaut. Und ohne Einars wissen, hatten die Bewohner damit begonnen einen Tempel auf der Nordinsel zu bauen. Dieser stand zwar jetzt wie das Gerippe eines Wals in der Nähe des Dorfplatzes, weil der Winter die Arbeiten aufhielt. Doch man konnte schon erahnen, welche Größe das Gebäude einmal haben würde. „Wusstest du

davon?", fragte er seinen Schwager Thorberg, und dieser
schüttelte seinen Kopf. „Nein, davon wusste ich nichts! Als
Ferun und ich im letzten Herbst hier waren, war davon noch
nichts zu sehen."

„Thorberg, erinnere mich doch daran, dass ich unsere
Zimmermänner Brok und Thoke hierherschicke, damit sie
an dem Tempel arbeiten." Und dann erreichten sie das Haus
des Thorberg und der Ferun. Ein Haus von mittlerer Größe,
mit einem Stall und einem Gatter, in dem im Sommer die
Schweine suhlten. Die Reiter stiegen aus den Sätteln,
während Freki bereits an der Tür des Hauses kratzte, und
Einlass verlangte. Dies war schließlich sein Zuhause.
Und er wurde erhört, denn der Mann mit dem grau-braunen
Haar öffnete, und begrüßte den Hund, als sei es sein eigener.

„Freki, mein guter Freund, was tust du denn hier?" Er trat
einen Schritt vor, und dann sah er die Männer, die den Weg
entlangkamen. Winfried von Burke wandte sich um, und
rief ins Haus: „Gudrun, stell Becher auf den Tisch!" Und
dann ging er den Männern entgegen, und sein Blick lag
sofort auf dem Gesicht des Jarls. Er hob seinen Finger. „Du
bist mein Neffe Wulfger!" Erstaunt blieb Einar stehen. Der
Mann sprach fließend die nordische Sprache, und er hatte
ihn sofort erkannt. „Und wer bist du?" Einar trat vor den
Mann, und irgendetwas in seinem Gesicht, kam ihm bekannt
vor. „Ich bin dein Oheim, Wulfger. Ich bin Winfried von
Burke, der Bruder deiner Mutter Walburga." Und nun
wusste der Jarl, was ihm so bekannt vorkam, Obwohl dies
eigentlich gar nicht möglich war, denn er war ein Säugling,
als er seine Mutter verlassen musste. Unwahrscheinlich das
er sich an sie erinnerte. Und doch kam ihm das Gesicht
merkwürdig vertraut vor. Anders war dies bei Winfried,
denn er hatte die Gesichtszüge seiner Schwester sofort
wiedererkannt. „Bei der Frigga und den Göttinnen von

Asgard[47], Wulfger, du bist der Walburga aus dem Gesicht
geschnitten", lachte der einstige Graf von Burke. „Nun lasst
uns einen Becher Bier leeren. Kommt ins Haus." Und dann
sah er zu dem Hund hinunter, der neben seinem Bein saß.
„Du natürlich auch, mein vierbeiniger Freund."
Für Thorberg war es ein merkwürdiges Gefühl in sein
eigenes Haus eingeladen zu werden. Als er aber an seinem
Tisch saß, kam in ihm Heimweh auf, und er begann sich
nach dem Haus zu sehnen. Gudrun, die ihren Neffen
ebenfalls herzlich begrüßte, als würden sie sich seit seiner
Geburt kennen, füllte die Becher mit Bier, und die Männer
tranken. Plötzlich sahen sie sich verwundert an. Dies war
nicht das Bier, welches sie kannten. Und in dem Gesicht
eines Mannes begann die Sonne zu scheinen. Raban lehrte
den Becher in einem Zug. Wie lange hatte er auf diesen
Geschmack in seinem Mund verzichten müssen. „Du hast
Bier aus dem Saxland hergebracht?" Raban sah den
Winfried dankbar und erstaunt an. Und nun erkannte dieser,
dass der kahlköpfige, große Kerl ein Landsmann war. „Du
bist ein Sachse, Mann!" Raban nickte. „Ja, das bin ich. Und
ich bin der Schatten des Jarls." Da zog Winfried neugierig
die Brauen empor. „Wie kommt das?"
„Ich kam als Sklave, und doch gab mir Einar die Freiheit.
Und er rettete mir sogar mein Leben. Seitdem fühle ich
mich ihm und seiner Familie verpflichtet." Bewundernd
nickte der Sachsengraf, und schenkte dem Raban noch
einmal nach. „Es ist mein letztes Fass, dass ich mitgebracht
habe. Aber ich habe etwas, dass ist für mich ein kleiner
Schatz." Er erhob sich und ging in den Nebenraum. Dann
kam er mit einem hölzernen Kübel zurück. In diesem
standen drei Pflanzen. „Dies ist das Geheimnis meines

---

[47] Asgard – eine der neun Welten, Heimat der Göttergeschlechter der
   Asen und Vanen

Bieres", lachte der Mann mit dem langen, grau-braunen Haar. „Du hast dieses Bier gebraut?" Raban zeigte sich überrascht, und sein Gegenüber grinste. „Seit ich meine Heimat verlassen habe, begleiten mich diese Hopfenpflanzen. Und wenn es mich weitertreibt, nehme ich immer drei Pflanzen mit mir." Nun meldete sich auch Einar zu Wort. „Das ist ein gutes Bier, mit dem du uns bewirtest. Aber nun erzähle!" Und so begann Winfried seinem Neffen die ganze Geschichte zu erzählen, die Thorberg schon kannte. Und Einar staunte nicht schlecht.

*

Die Hälfte des Monats April war bereits vorüber, als der Gaute Varn Gulisson an Bord seiner Schnigge ging, auf der bereits die Eira unter der Plane des Zeltes saß. Man hatte ihr wieder die Hände und die Beine gefesselt, denn eine Flucht sollte ihr erschwert werden. Auch hatten einige Männer der Besatzung beschlossen in der Heimat zu bleiben. Dafür hatten sich andere dem Varn angeschlossen. Darunter waren dieses Mal auch drei Kriegerinnen, die von dem Anführer den Auftrag erhielten die Eira zu bewachen. Es hatte keine Verabschiedung durch den König gegeben, denn Hrotger war dem Varn immer noch gram. Er hatte den Befehl, den ihm der Dänenkönig Horik in Britannien erteilte zwar ausgeführt, wollte mit der ganzen Sache aber eigentlich nichts zu tun haben. Das Varn ihn durch sein Handeln mit der Verschwörung in Verbindung brachte, gefiel wiederum dem König der Gauten überhaupt nicht. Das Verhältnis zu König Ragnar war sowieso schon, wegen des Gebietes im Osten des Vänern, sehr angespannt. Und der Gaute konnte gut auf einen Krieg verzichten.

Der Stevenhauptmann trat vor den Varn. „Alles ist verstaut, Varn. Die Ladekammer ist voll. Holz, Proviant, Zelte, und die Wasserfässer sind an Bord. Das Ersatzsegel ist geflickt und verstaut. Wir können los!" Varn Gulisson war zufrieden. „Dann macht die Leinen los. Die Ruderpinne hoch." Bald standen die Ruderer mit aufrechten Ruderpinnen vor ihren Seekisten. Die Schnigge trieb langsam vom Anleger weg. Dann gab der Stevenhauptmann den Befehl die Ruder durch die Löcher in der Bordwand zu ziehen. Kurz darauf saßen die Ruderer, und begannen die Schnigge aus dem Hafen zu rudern. „Auf nach Hibernia", rief der Anführer, und alle jubelten.

Es schneite nur noch selten, dafür regnete es jetzt mehr. Und Thor schlug seinen Hammer, so dass Blitze den wolkenverhangenen Himmel erhellten. Solch ein Unwetter tobte, als der Flutenbrecher des Guntram die Küste des Gautenlandes erreichte. Und so bemerkte niemand, dass sich der Weg des Flutenbrechers und der Schnigge des Gauten Varn kreuzten. Guntram war ein erfahrener Seefahrer, und ihn schreckte das schlechte Wetter nicht.
So ließ er das Segel einholen, und den Flutenbrecher in den Hafen der Gautenstadt Västervik segeln. Er hatte die Hoffnung, die Gemahlin des Gisli von König Hrotger zurückzuerhalten, wenn er nur ausreichend drohen würde. Nachdem die Schnigge an dem Anlegesteg festgemacht worden war, teilte Guntram die Schiffswache ein. Für sich wählte er vier Männer als Wache, die ihn begleiten sollten. Alle anderen entließ er in die Siedlung.
Bald schon gingen die fünf Männer bei strömendem Regen den Weg vom Hafen in die Siedlung, die die Kreisburg umgab. Das Tor der Festung stand weit geöffnet, und die Wachen davor nahmen wenig Notiz von den Leuten die ein und aus gingen. So kamen sie unbeachtet in das Innere der Königsburg. Guntram kannte sich hier aus, denn es gab mal eine Zeit in der er als Hauptmann dem König gedient hatte.

Dann aber hatte es ihn in die Siedlung Halmsby zu Jarl Borka gezogen. Wegen eines Weibes!

Diese aber starb früh an einem glühenden Fieber. Guntram blieb jedoch in Halmsby in dem Haus, das er gebaut hatte, und wurde ein treuer Gefolgsmann des Jarl Borka.

Bald schon standen sie vor der großen Doppeltür der Königshalle. „Ich bin Hauptmann Guntram", sprach er zu dem Wächter. Der Bursche war noch jung, höchstens zwanzig Winter, und so kannte er den Guntram nicht. „Was willst du hier?"

„Ich will zu König Hrotger! Was wohl sonst", gab Guntram frech zur Antwort. „Es gibt etwas Wichtiges zu besprechen." Nun aber wurde der Wächter störrisch, was den Guntram ärgerte. Und so drohte jetzt ein Streit zu entbrennen, wobei der Zorn des Guntram bei jedem Wort des jungen Wächters stieg. Und plötzlich wurde die Tür geöffnet, und ein Mann trat heraus. Er sah den Wächter streng an, und beim Anblick des Guntram erhellte sich sein Gesicht. „Guntram! Hauptmann Guntram?", er erkannte den großgewachsenen Mann sofort, denn einst war dieser sein Hauptmann der Stadtwache. „Guntram, was führt die hierher?" Er konnte sich nicht zurückhalten, und umarmte den Mann sogar. „Sigurd", nannte Guntram den Namen seines Gegenübers. „Ich bin in einer sehr wichtigen Angelegenheit hier, doch dieser Bursche verweigert mir den Zutritt zu König Hrotgers Halle." Da sah der Mann den jungen Wächter böse an. „Was fällt dir ein? Warum verweigerst du meinem einstigen Hauptmann den Zugang?" Der Wächter wurde nun ziemlich kleinlaut. Und Sigurd trat mit den Gästen in die Halle ein. Guntram sah sich um, und ihn überkam ein seltsames Gefühl. So lange hatte er die Schnitzereien an den Pfeilern nicht mehr gesehen. „Warte hier, Guntram", sprach Sigurd, und begab sich vor den

Hochstuhl. Es dauerte ein wenig, bis er zurückkam, und den Guntram zum König führte. „Komm, der Hrotger empfängt dich."

Der fette König saß auf seinem Hochstuhl, diesmal ohne seine beiden Huren. „Guntram, mein alter Hauptmann", rief er fast erfreut. „Was führt dich in die alte Heimat? Ist es etwa Heimweh?" Er lachte laut auf, und sein Bauch zitterte unter der Tunika. „Wie lange habe ich dich nicht mehr unter meinem Dach gesehen? Wie ist es dir ergangen? Waren die Götter und Jarl Borka dir gewogen?" Guntram war schon ein wenig verwundert, dass Hrotger ihn so freundlich empfing. Eigentlich war der fette Gautenkönig als nachtragend bekannt. Und wenn ihn jemand verließ, sah er das oft als Verrat an. Guntram trat näher heran. „Es freut mich auch dich zu sehen, König Hrotger."

„Nun, was führt dich hierher, Guntram?"

„Es ist kein schönes Anliegen, dass mich nach so langer Zeit zu dir führt. Denn ich suche ein junges Weib", sprach Guntram, und versuchte es mit Freundlichkeit. „Sie ist die Gemahlin des Gisli, dem Sohn meines Jarls Borka." Der König nickte verständnisvoll. „So, aber warum suchst du sie hier?"

„Weil es einer deiner Männer war, der sie entführt hat. Sein Name ist Varn Gulisson, und er segelte unter deinem Banner." Da wurde König Hrotger böse. „Was willst du mir unterstellen, Mann?"

„Oh, ich unterstelle nichts, denn ich weiß ja, dass es dein Mann war. Und ich bin davon überzeugt, dass er dies auf deinen Befehl hintat. Darum bin ich hier, König Hrotger." Jetzt war auch für Guntram das Ende der Freundlichkeiten erreicht. „Sie ist nicht nur die Gemahlin Gisli Borkassons, sondern auch die Tochter des Trøndnerkönigs Grjotgard. Und dieser wird sicher wenig erfreut sein zu hören, dass du seine Tochter geraubt hast."

„Das ist eine Frechheit, Guntram. Was erlaubst du dir?",
wetterte der fette Mann. „Du beschuldigst mich und drohst
mir. Ich denke, du solltest mein Reich schnell verlassen,
bevor ich…!"

„Gut", stimmte Guntram sofort zu, und zog sich böse
Blicke seiner Begleiter zu. „Ich werde deinem Wunsch
Folge leisten, König. Aber glaube nicht, dass diese Tat für
dich nicht ohne Folgen bleibt!" Guntram wandte sich ab,
und ging mit schweren Schritten. Seine vier Begleiter
folgten ihm verwundert, während Hrotger fluchend seiner
Wut freien Lauf ließ.

„Warum hast du so schnell nachgegeben, Guntram?",
fragte einer der Begleiter etwas verärgert. „Weil ich den
König kenne, und nicht heute noch am Ast eines Baumes
enden will", antwortete der Hauptmann wissend. „Wir
sollten von hier verschwinden. Ich denke, die Eira ist längst
fort. Und darum war er so freundlich. Doch dies hat sich
nun geändert!" Die Männer nickten, denn dieses Gefühl
hatten sie auch. So beeilten sie sich, um den Hafen zu
erreichen. Die Dämmerung hatte eingesetzt, als sie den
Flutenbrecher erreichten. Eigentlich wollte Guntram sofort
auslaufen, doch es fehlten noch drei Männer seiner
Besatzung. Also mussten sie warten!
Es war stockdüster, als die fehlenden Besatzungsmitglieder
des Flutenbrechers betrunken an Bord zurückkamen. Da
entschied Guntram sofort abzulegen, und den Flutenbrecher
in die Bucht zu rudern, und mit der Schnigge dort zu ankern.
Hier wollten sie die Nacht verbringen, um bei Tagesanbruch
das Gautenland zu verlassen.

*

8. AN DER KÜSTE HIBERNIAS

Jarl Einar hatte nach dem Tag des Kennenlernens beschlossen, dass sein Oheim und dessen Weib ihn nach Sørhamna begleiten sollten. So konnten Thorberg und Ferun, mit ihrer Tochter Hrana und dem Hund Freki wieder nach Nordbuktavik zurückkehren. Und der Sachsengraf und sein Weib zogen in ein Gebäude am Rand der Siedlung. Es war der Hof einer Witwe, die einige Zeit zuvor zu den Göttern gegangen war, und nun hoffentlich einen guten Platz in Helheim[48] ihr Eigen nannte. Es gab zwar einen Mann der diesen Hof geerbt hatte, doch dieser ließ das Gebäude verfallen. Er war als Säufer und Faulpelz bekannt, trieb sich auf der Insel herum, und scheute jede Arbeit. Ein Mann, der noch nie an einer Raubfahrt teilgenommen hatte, und der von der Hand in den Mund lebte. Den einzigen Besitz den er sein Eigen nannte, war sein Haus inmitten von Sørhamna. Dieses hatte ihm sein Vater einst gebaut, und überlassen!

Geschwister hatte er keine, denn der Vater war ein Krieger Jarl Ivars gewesen, der einst der Jarl der Südinsel gewesen war, und er hatte keine Raubfahrt ausgelassen. Dabei hatte ihn ein Schwerthieb erwischt, der fortan die Zeugung von Kindern verhinderte. Die Beute, die dieser Mann erkämpft hatte, ließ sie lange in Wohlstand leben.

So hatte Einar den Mann in die Halle gerufen, und ihm den Hof abgekauft. Zwar hatte der Bursche versucht den Jarl zu überfordern, doch dieser verhandelte nur bis zu einem gewissen Punkt mit ihm. Als er merkte, dass der Erbe der Alten ihn übers Ohr hauen wollte, wurde der Jarl böse. „Oh,

---

[48] Helheim – eine der Welten Utgards, das Reich der Göttin Hel, der Tochter Lokis und der Riesin Angrboda, die Totenwelt derer die nicht als Krieger sterben

mein Freund", sagte er ruhig. „Du verlangst mir zu viel.
Darum werde ich verzichten." Da nickte der Mann ein
wenig beleidigt, und wollte gehen. Doch Einar war noch
nicht mit ihm fertig. „Ich habe nicht gesagt, dass du gehen
darfst", rief Einar dem Kerl nach. „Ich hätte dir noch etwas
zu sagen." Da traten zwei Krieger neben den Mann, und er
drehte sich wieder dem Jarl zu. „Dein Haus ist in keinem
guten Zustand", begann Einar streng. „Das stört nicht nur
deine Nachbarn!"

„Aber das Haus meiner Mutter steht doch fast allein, am
Rand von Sørhamna", verteidigte sich der Mann ärgerlich.
Da wurde Einar böse. „Willst du damit sagen, dass ich lüge,
Mann? Ich bin dein Jarl, vergiss das besser nicht. Also, du
wirst das Haus wieder herrichten, damit sich deine
Nachbarn daran nicht anstoßen." Da sah der Mann den Jarl
verärgert an. „Du willst mich wohl übers Ohr hauen, Jarl?"

„So wie du mich", sprach Einar herausfordernd. Da wurde
der Mann etwas blass um seine Nase. Er überlegte, was ihm
sichtlich schwerfiel, denn er war zu dieser frühen Stunde
bereits wieder betrunken. Plötzlich nickte er! „Ich schlage
ein, aber zu dem ausgemachten Preis, will ich ein Fass Bier
von deinem Oheim. Ich hörte, er braut ein hervorragendes
Bier." Da nickte der Jarl. „Ich werde es ihm sagen, aber du
wirst noch warten müssen."
So hatte der Jarl für seinen Oheim den Hof am Rande der
Siedlung gekauft. Mit Hilfe der Zimmerleute war der Hof
schnell wieder aufgebaut, so dass der Sachse und sein Weib
nach wenigen Tagen dort einziehen konnten. Und die erste
Handlung des Winfried war, einen guten Platz für seine
geliebten Hopfenpflanzen zu finden.

An vielen gemütlichen Abenden, erfuhr Einar von seinen
sächsischen Gesippen, wie es der Familie des Wulfram
damals ergangen war. Während Einars Sippe ihre Burg

Wulfshöhe verteidigten, erging es dem Grafen von Burke, weiter im Norden des Westfalenlandes, noch einigermaßen gut. Da der alte Graf von Burke den Göttern von Asgard abgeschworen, und sich dem Christentum zugewandt hatte, wurde der Vater der Walburga nicht bekriegt.

Die Feindseligkeiten brachen erst viel später wieder aus. Nach dem Tod des alten Grafen, wurde Winfried der Herr über die Burg von Burke. Doch dieser war, im Gegensatz zu seinem Vater, den alten Göttern treu geblieben. Sie hatten im geheimen dem Wodan und den Seinen geopfert, und sich nur zum Schein taufen lassen. Doch der Verrat ließ nicht lange auf sich warten. So musste sich auch der Schwager des Grafen Wulfram gegen die vereinten Heere der christlichen Grafen zur Wehr setzen. Dies gelang ihm mehrere Winter lang, bis er seine Burg verlassen musste. Es zog ihn und seine Gefolgschaft nach Norden, und im Laufe der Zeit wurde die Gruppe immer kleiner. Und als Winfried von Burke mit seinem Weib Gudrun das Danewerk[49] hinter sich gelassen hatte, waren sie allein. Und so lebten sie zuerst in der Nähe der Handelsstadt Hedeby[50], doch dann zog es sie weiter nach Norden. Plötzlich sprach Winfried von einer Begegnung mit einem alten Mann namens Thorstein, der sie eines Tages in Hedeby aufsuchte. Dieser alte Nordmann gab sich als treuer Gefolgsmann des Grafen Wulfram und seines Weibes zu erkennen. Und so erfuhren sie von dem Sohn der Walburga, der im Ladefjord[51] auf der Insel Tautra leben sollte.

Da horchte Einar auf! Ja, an den alten Thorstein, den väterlichen Freund erinnerte er sich natürlich. Viele Winter

---

[49] Danewerk – komplexe dänische Grenzbefestigung zur Sicherung der dänischen Südgrenze
[50] Hedeby, Haithabu - dänische Handelsstadt an der Schlei (Schleswig Holstein)
[51] Ladefjord – heute Trondheimfjord

waren bisher vergangen, die er auf eine Rückkehr des alten Kriegers vergebens gewartet hatte. Doch der Mann, der ihm einst das Schwert Blutauge brachte, und der ihm half ein Mann zu werden, kam nie mehr nach Tautra zurück. Und dann hatte der junge Mann den alten Thorstein irgendwann vergessen. So berichtete der Oheim davon, dass sich der Krieger Thorstein einem Wikinger angeschlossen hatte, um nicht den Strohtod[52] sterben zu müssen. Für den einstigen Sachsengrafen dauerte es nicht lange, und der Beschluss war gefasst, den Sohn seiner Schwester, den einzigen wohl noch lebenden Gesippen zu suchen.

Die Zeit verging schnell, und eines Abends trat Gisli an den Jarl heran. Es war bei einem gemeinsamen Abendessen, als er sprach: „Wann willst du mit mir nach Ranrike segeln? Sicher wird König Grjotgard auch bald von der Insel der Angelsachsen heimkehren. Bis dahin möchte ich, dass Eira bei mir ist." Ilva sah ihren Gemahl mit einem verärgerten Blick an. Doch es geschah, was sie befürchtet hatte. Jarl Einar nickte, denn es war auch für ihn an der Zeit, nach Ranrike zu segeln. So wie er es dem Gisli versprochen hatte.
  „Du hast Recht, mein Freund. Wir werden uns auf den Weg machen. Morgen gebe ich den Befehl den Wellenwolf seeklar zu machen."

*

Die Schnigge mit dem Wolfskopf am Vordersteven glitt sanft durch die Wellen des Skagerrak mit Kurs nach Osten. Entlang der Südküste von Hardanger, dem Reich König Halvdans, des Schwarzen. Vorbei an der Handelsstadt Kap Lindesnäs, segelten sie immer in Sichtweite der Küste. Bald erreichten sie den großen Fjord von Vestfold, und folgten

---

[52] Strohtod – Tod durch Altersschwäche und Krankheit

der Küste Richtung Süden, an den Ufern Vingulmarks entlang. Sie sahen am Ufer sogar die Wachtürme von Sotenäset, der Königsstadt. Und dann erreichten sie die Küste von Ranrike, und bald schon die Mündung der Götaälv. „Willst du den Breka in der Götaburg besuchen?", fragte Olaf, denn er wusste genau, dass dies dem Jarl immer ein Anliegen war, wenn er nach Ranrike kam. Doch diesmal schüttelte er seinen Kopf. Einar wusste nicht warum, aber er hatte kein Bedürfnis den Mann zu sehen, dem er das Leben rettete und der einmal sein Freund war. Vielleicht weil er ihn auf der Seite König Ragnars wusste. Und auch Gisli wollte seinen Bruder nicht sehen. Ihn zog es eilig in den Harefjord nach Borkasvik, wo Eira, sein schönes Weib, auf ihn wartete. Wie er glaubte.

Und so segelte der Wellenwolf an den Wehrtürmen und Häusern an der Mündung des Hafens vorbei, immer weiter nach Osten in Richtung Vänern. Doch dies taten sie nicht unerkannt, denn auf dem einen Turm stand ein Mann, der das Banner des Trøndners erkannte. „Das Schiff kenne ich doch", sagte er zu dem anderen Wächter. „Das ist der Wellenwolf Jarl Einars. Aber warum will er nicht in den Hafen? Ich hätte doch gedacht er sucht Jarl Breka." Der andere Wächter zuckte mit den Achseln. „Er wird schon wissen warum!"

„Dann zieht es ihn sicher direkt zu König Ragnar nach Älvsborg", vermutete der Wächter. „Aber der ist doch noch gar nicht von der Kriegsfahrt zurück", sprach der andere wissend. So fanden die beiden Männer keine Antwort auf ihr Rätsel.

Die große Halbinsel Varmland, die weit in den See reichte, hatten sie bereits hinter sich gelassen, und auch die kleinere Halbinsel Hammarö umsegelten sie, und nun nahmen sie Kurs auf den nördlich liegenden Harefjord.

Olaf ließ das Segel einholen, und die Männer setzten sich auf ihre Seekisten, um nun zu rudern. Und schon bald zog der Wellenwolf in den kleinen Hafen ein. Sofort kamen Leute herangelaufen. Sie grüßten die Ankömmlinge, boten beim festmachen ihre Hilfe an, und dann kam ein Mann aus Borkasvik, der ein Nachbar des Gisli war und diesen auf dem Schiff erkannt hatte. „Gisli, bist du das?", fragte der Mann, als der Sohn Borkas auf den Anlegesteg getreten war.

„Thorvald, wie du siehst haben die Götter mich wieder heimgeführt. Wie geht es deiner Familie?"

„Oh, meiner Familie geht es gut. Du solltest dich um deine Sorgen machen", sprach der Nachbar, der ein Fass vor sich her gerollt hatte, und dieses nun aufstellte. „Was soll denn das heißen, Thorvald?" Entsetzt sah Gisli den Mann an, während Jarl Einar neben ihn trat, und den Mann mit einem Kopfnicken grüßte. „Man hat dein Weib entführt", sprach Thorvald erklärend. Da wurde Gisli blass. „Was soll das heißen?", wollte nun Jarl Einar genauer wissen.

„Ich denke, darüber kann dir Jarl Borka mehr erzählen, Gisli. Geh nach Borkasvik, dort wirst du sicher bereits sehnlich erwartet."

„Raban, Thoke, Birk, Godwin, Leif und Ubbe, ihr begleitet mich nach Borkasvik", rief der Jarl, und machte sich sofort auf den Weg, um sich Pferde zu besorgen. Laufen konnten sie den Weg nicht, dazu war es viel zu weit.

An einer Koppel fanden sie, wonach sie suchten. Gegen das Gatter lehnte ein Mann, von dem sie die Pferde für eine unverschämt hohe Summe liehen. Und dann war Gisli nicht mehr zu halten. Während die anderen noch aufsattelten, preschte der Sohn des Jarls von Borkasvik bereits die Straße entlang nach Norden zu seinem Hof.

Dort angekommen wurde er von dem Knecht begrüßt, der auf dem Hof geblieben war. Mit betretenem Gesicht

empfing der junge Friese seinen Herrn. „Sie ist fort, Gisli!",
sagte er traurig. „Eira ist fort!"
Gisli schwang sich aus dem Sattel, und lief ins Haus. Dort
arbeitete die Magd, und als sie ihren Herrn hereintreten sah,
brach sie in Tränen aus. „Sie ist mit Wido zum Hafen
gefahren, um Fisch zu kaufen. Aber sie kamen nicht zurück.
Dies ist jetzt fast zwei Monde her", erzählte die Magd unter
Tränen. Ohne etwas zu sagen lief Gisli hinaus, schwang sich
wieder in den Sattel, und ritt wieder vom Hof.
Die sieben Reiter zügelten ihre Pferde auf dem Platz vor der
Methalle von Borkasvik, und sie wurden sofort begrüßt. Es
war Sigve, die rothaarige Völva, die aus der Halle getreten
war, und die ihren einstigen Jarl sofort erkannte. „Einar
Thordsson", rief sie, „dich schicken die Götter!"
Der Jarl stieg vom Pferd, und trat zu der Frau, die er gut
kannte, und immer noch sehr mochte. Er schloss diese in
seine Arme, denn er freute sich aufrichtig, wenn er Sigve
sah. „Nun, wir kommen, um die Eira zu holen. Doch hörten
wir im Hafen verstörende Nachrichten." Da nickte Sigve
traurig. „Oh, es ist so schrecklich. Warum straft uns Odin
so?" Einar hielt die Gemahlin des Borka fest in seinem Arm.
  „Ich glaube, die Götter haben damit nichts zu tun. Da
wirken andere Mächte. Aber wir werden ihnen kräftig auf
die Finger hauen. Das verspreche ich dir!"
  „Dann kommt erst einmal herein. Borka wird sich freuen
euch zu sehen." Sigve ging vor, und die sieben Männer
folgten ihr. Borka saß an einem der Tische, und nicht auf
seinem Hochstuhl. Als er die Männer bemerkte, erhob er
sich sofort, und lief ihnen entgegen. „Einar, mein Freund,
dich schicken die Götter", wiederholte er die Worte seines
Weibes, und als er den Jarl von Tautra erreicht hatte,
umarmte auch er ihn herzlich. „Ich muss dir Dinge erzählen,
die wirst du nicht glauben."

Und plötzlich stürmte auch Gisli in die Halle. Verärgert rief er: „Wo, bei Lokis behaartem Arsch ist mein Weib?" Borka war von dem Zorn seines Sohnes unbeeindruckt, zumindest tat er so. „Ja, auch ich freue mich dich zu sehen, mein Sohn", sagte er spöttisch. Sigve hatte inzwischen die Sklavinnen herangerufen, und diesen aufgetragen für die Bewirtung der Gäste zu sorgen. Und dann nahmen sie alle Platz.

„Es ist Unbegreifliches geschehen", sprach Jarl Borka, und während sie aßen, erzählte er von dem Gauten Varn Gulisson. Und als er geendet hatte, wurde er richtig böse.

„Das Weib des Ragnar hat uns die Hilfe versagt! Und selbst mein Sohn, der auf seiner Burg an der Mündung der Götaälv sitzt, hat uns nicht geholfen. Nun hat sich Guntram mit dem Flutenbrecher aufgemacht, um die Eira zu finden."

„Aber warum raubt ein Gaute die Tochter eines anderen Königs?", fragte Olaf den Borka. „Vielleicht auf Befehl König Hrotgers", antwortete der alte Jarl dem Krieger Einars. „Aber er weiß doch, dass dies für ihn großen Ärger bedeutet." Da nickte Einar zustimmend. „Es gab ziemlichen Ärger zwischen den Königen im Heerlager in Britannien. Vielleicht gab ja König Ragnar diesen Befehl, um Grjotgard…", mutmaßte Einar nun, wurde aber sofort unterbrochen. „Aber warum sollte der Ranriker dann einen Gauten schicken?", fragte Thoke kopfschüttelnd ungläubig dazwischen.

„Vielleicht ja um von sich abzulenken", vermutete Raban.

„Eine kleine Gefälligkeit des Gautenkönigs vielleicht", mutmaßte der Schiffszimmermann. „Wenn Guntram nur zurückkäme, vielleicht wüssten wir dann mehr", klagte Borka, doch Einar winkte ab. „Wir werden nach Eira suchen. Und wir werden sie finden. Morgen laufen wir aus!"

*

Die Schnigge des Gauten Varn Gulisson hatte das Kattegat
bereits durchsegelt, und erreichte bei klarem Himmel, die
nördliche Küste von Jütland. Nun segelte der Gaute nach
Westen in das Nordmeer hinein. Varn war überhaupt nicht
erfreut über die Behandlung durch den König. Was glaubte
der fette Hrotger eigentlich, wen er vor sich hatte? Doch
was, wenn er sich jetzt gegen den König wenden würde?
Sicher würde der fette Kerl sich an Varns Sippe rächen.
Nein, das Risiko war einfach zu groß, um die Seiten zu
wechseln. Er musste die Kröte wohl oder übel schlucken.
Und dann geschah es auch noch, dass Eira erkrankte. Sie
verzichtete auf ihr Essen, erbrach sich, und begann zu
fiebern. „Was sollen wir tun?", fragte der Stevenhauptmann,
denn er begann sich um die Gefangene wirklich zu sorgen.
   „Wenn sie stirbt, wird uns Hrotger vierteilen!" Da nickte
Varn, denn die Vermutung des Stevenhauptmannes war
sicher nicht verkehrt. „Vielleicht sollten wir nach einer
Völva suchen." Varn Gulisson überlegte kurz, und stimmte
dann zu. „Nehmen wir Kurs nach Norden, und suchen nach
einer Heilerin."
So änderte der Gaute den Kurs, und segelte zurück zur
Küste von Hardanger. Hier steuerten sie ihre Schnigge in
ein Gewirr von Fjorden mit unzähligen Inseln, auf der
Suche nach menschlichen Behausungen. Und nach einer
Weile deuteten Rauchsäulen, die in den blauen Himmel
stiegen, auf ein Dorf hin. „Dort! Nimm Kurs darauf", befahl
Varn Gulisson, und zeigte zu den Rauchsäulen. „In einer
Siedlung dürfte sich finden lassen, wonach wir suchen." Als
sie sich näherten, erkannte der Stevenhauptmann eine kleine
Bucht, in der Schiffe an mehreren Anlegestegen lagen. Da
trat Varn an den Vordersteven, und sah ebenfalls zu dem
Dorf. „Können wir es wagen?", fragte er seinen Hauptmann.
Dieser sah auf den Varn herab, denn er stand auf der Reling,

und hielt sich am Vordersteven fest. „Ich sehe nur Knarren, Skuder und kleine Boote. Alles nur Handelsschiffe. Keine Kriegsschniggen!"

„Dann versuchen wir es. Wir benötigen die Hilfe eines Heilers." Doch der Stevenhauptmann sah ihn fragend an, und sprang von der Reling. „Warum?"

„Was soll die Frage?" Varn wusste nicht worauf der Mann hinaus wollte. „Nun, wozu die Umstände? Ob sie lebt oder stirbt, ist doch völlig egal. Ihre Entführung soll doch einen Krieg zwischen Ragnar und Grjotgard auslösen, wenn ich das richtig verstanden habe."

„Woher weißt du das?", wunderte sich der Schiffsführer. Der Stevenhauptmann zuckte mit den Schultern. „Ich weiß es halt!" Da sah Varn den Mann, der sein Haar zu zwei Zöpfen geflochten trug, streng an. „Ich werde nicht für den Tod einer Prinzessin verantwortlich sein, nur um die Ränkespiele des fetten Königs zu decken. Wenn Eira stirbt, dann wird König Grjotgard erfahren, wer dahintersteckt, das schwöre ich, bei allen Göttern von Asgard!" Da nickte der Hauptmann.

Einige Zeit später hatte die Schnigge angelegt, und Varn hatte seine Männer ausgeschickt, um eine Heilerin heranzuschaffen. Und einer kam tatsächlich mit einem Kräuterweib zurück, die sich sofort an die Arbeit machte. Sie mischte Kräuter und braute ein Getränk, welches sie der Eira einflößte. Dann bereitete sie eine Salbe, mit der sie der jungen Frau die Brust und den Rücken einrieb. Einer der Wächterinnen übergab sie, was sie zubereitet hatte. „Du hast es gesehen. Morgens und abends wirst du ihr das Getränk geben. Bis auf den letzten Tropfen, hörst du?" Die Kriegerin nickte. „Und die Salbe wirst du ihr drei Mal auftragen, so wie ich es tat. Sorge dafür, dass sie nicht friert. Dann ist sie in wenigen Tagen wieder gesund." Jetzt trat sie vor Varn, und hielt ihm ihre Hand entgegen. Er legte ihr ein winziges

Stück Hacksilber in die geöffnete Hand, und dankte dem Weib. Bald darauf segelte das Schiff des Gauten durch die Fjorde auf das Meer zurück, und nahm Kurs nach Westen.

Wido hatte sich, obwohl er ein Sklave war, in der Besatzung des Guntram einen Platz behauptet. Hatte man ihn Anfangs noch schlecht behandelt, sorgte eine kräftige Ansprache des Hauptmannes für Klarheit und Ruhe. „Dieser Mann ist der Knecht des Gisli! Ihr solltet ihn behandeln wie einen Freien, denn dies tut der Gisli auch. Er hat sich uns angeschlossen, um seine Herrin zu finden, und zu befreien. Wer sich also meinen Anweisungen widersetzt, wird dies bereuen!" Und so ruderte Wido an der Seite der Krieger, ohne dass man ihn fortan schlecht behandelte.

Seitdem sie den Hafen von Västervik in Smaland verlassen hatten, wollte Guntram unbedingt den Vorsprung des Gauten verkürzen. So segelten sie Tag und Nacht, schliefen auf dem Schiff, und hofften, dass der Varn in der Nacht den Kurs halten konnte. Und ohne es zu wissen, hatte er tatsächlich Glück gehabt, denn Varn hatte die Heilung seiner Gefangenen ja zur Umkehr bewegt. Nun war aber die Gefahr groß, dass sie die Gauten bereits hinter sich gelassen hatten. Erst in der vierten Nacht steuerten sie einen Strand an, um endlich wieder einmal festen Boden unter den Füßen zu spüren. Es war die Südküste von Halland, an der sie den Flutenbrecher auf den Strand setzten. Von hier war es nicht weit, bis zu der großen Handelsstadt Kap Lindesnäs. Enttäuscht saß Guntram an der Feuerstelle, die sie auf dem Strand errichtet hatten. Der Sachse trat heran, und fragte den Hauptmann. „Ist es erlaubt?" Der Hauptmann nickte, und Wido ließ sich nieder. „Darf ich sprechen, Hauptmann?", fragte der Sachse. Guntram nickte. „Sprich, Mann!"

„Er ist fort!" Wido sah Guntram an. „Ich glaube, wir haben sie bereits hinter uns gelassen. Der Gaute ist irgendwo in

Schonen oder Halland." Guntram sah in die Gesichter seiner Männer, und diese sagten ihm, dass sie glaubten der Sachse habe Recht. „Dann müssen wir zurück", bestimmte der Hauptmann. Doch Wido winkte ab. „Ihn dort zu finden dürfte schwierig sein." Da meldete sich ein anderer zu Wort. „Der Sklave hat Recht. Wir sollten hierbleiben, und nach ihnen Ausschau halten. Vielleicht können wir den Gauten hier abfangen! Der Platz ist gut gewählt, und man kann weit sehen!"

„Aber du weißt doch gar nicht, wo der Kerl mit der Gefangenen hinwill", sprach ein anderer dagegen. Da nickten einige zustimmend. „Bei den Gauten war er nicht", stellte Guntram fest. „Nach Ranrike wird er nicht zurück gesegelt sein. Also gibt es die Möglichkeiten ins Reich am Nordweg oder zu den Dänen zu segeln." Nun nickten viele Männer die an dem Feuer saßen. „Wir müssen uns entscheiden!"

*

Die Worte aus dem Mund des Borka hatten den Jarl von Tautra entsetzt. Das war doch nicht der Breka! Was war aus dem Mann geworden, den er gekannt hatte, und der sein guter Freund war? Ein Kerl der seinen Gesippen die Hilfe verweigerte? Das sah nicht nach Breka aus!
Noch enttäuschter und wütender war Gisli über den Verrat seines Bruders. „Sollten wir uns noch einmal begegnen, werde ich Breka töten. Mein Bruder ist er nicht mehr. Er ist jetzt nicht mehr wert, als ein räudiger Köter." Eigentlich hätte Einar jetzt erwartet, dass ihn Jarl Borka zurechtweisen würde. Doch der alte Jarl schwieg, denn er selbst war ja äußerst zornig auf den ältesten Sohn, dem nun der König von Ranrike wichtiger war, als seine Gesippen. „Was kann dahinterstecken? Einar du warst mit Ragnar in Britannien,

ist dort etwas geschehen, dass den König erzürnt haben könnte?" Borka suchte den Grund für die Entführung seiner Schwiegertochter. Und Einar kam ein Einfall. Er sah zuerst Gisli, und dann Borka an. „Natürlich", sagte er plötzlich.

„Es war deine Entscheidung mit der Eira an den Hof von Lade zu gehen." Einar blickte den Gisli an, ohne zu ahnen, dass er einen Streit anfachte.

„Was?", rief der alte Jarl verärgert. „Was soll das dumme Geschwätz? Du willst zu diesem König Grjotgard nach Lade gehen! Warum? Hier bist du zuhause, und hier sollst du einmal der Jarl sein." Da wurde Gisli richtig böse. „Hier in Ranrike? Und wenn ich das nicht will?" Da mischte sich Einar ein. „Ihr solltet nicht streiten. Nicht jetzt!" Der Gisli beruhigte sich und nickte zustimmend, denn ihm war es doch unangenehm, mit seinem Vater zu streiten.

„Was habe ich nur für missratene Söhne", rief der Alte, sprang auf, und lief hinaus. Die Männer sahen ihm nach, und schwiegen für einen Moment. Es war Raban der das Schweigen brach. „Was, wenn König Ragnar wirklich die Eira entführen ließ? Vielleicht um den Gisli zu bestrafen!" Einige Männer stimmten dem Sachsen zu, doch Olaf hatte Zweifel. „Aber hat Borka nicht gesagt, es war ein Gaute, der euch die Eira raubte."

„Einfacher wäre es doch gewesen, wenn er seinen Jarl, den Breka hergeschickt hätte", sagte Thoke. „Mit Hilfe seines Weibes hätte der so die Eira zu sich in die Götaburg locken können. Und niemandem wäre etwas aufgefallen."

„Du hast wohl Recht", stimmte Einar zu. „Vielleicht wollte Ragnar aber unbemerkt bleiben, und hat daher den fetten Hrotger dazu gebracht, einen Kerl zu schicken, um die Eira zu holen." Da schüttelte Einar mit dem Kopf. „Oh nein, Hrotger würde dem Ranriker niemals einen Gefallen tun. Die sind sich nicht grün! Den Gauten müsste der Ragnar irgendwo angeworben haben."

„Du meinst, damit es danach aussieht, als stecke der Gaute Hrotger dahinter?", fragte Olaf nickend. „Ich glaube auch, das wäre dem Ragnar zu teuer. Der Hrotger würde für einen solchen Gefallen viel verlangen." Einar dachte sofort an den Wald im Osten des Vänern, der schon immer ein Streitgrund der beiden Könige war. Da fuhr sich Raban nachdenklich mit der Hand durch den Bart. „Ragnar hat in Britannien den Horik hintergangen", stellte der Sachse plötzlich fest, und die anderen wurden auf ihn aufmerksam. „In dem er mit König Egbert ein Abkommen geschlossen hat, welches ihm nicht nur die Beute sicherte, sondern auch gutes Land zum Siedeln einbrachte. Er hat sich daraufhin aus Horiks Heer zurückgezogen." Jarl Einar zog seine Augenbrauen hoch. All dies stimmte natürlich, aber er wusste noch nicht worauf der Kahlkopf hinauswollte. „Was, wenn gar nicht Ragnar den Gauten geschickt hat?" Fragend sah Raban in die Gesichter seiner Gefährten. Und nun wurden Einar und Gisli hellhörig. „Du meinst…?"
Raban nickte, und sprach: „Vielleicht will sich aber auch König Horik rächen, und sät nun Zwietracht zwischen den Königen."

„Ein Krieg zwischen Ragnar und Grjotgard käme dem Dänen sicherlich gerade recht", stellte Olaf zustimmend fest. „Das heißt, der Gaute bringt die Eira nicht zu König Hrotger…"

„…sondern zu König Horik in das Lager nach Britannien", vollendete Olaf den Gedanken des Gisli. „Nun gut, dann ist es entschieden. Wir segeln zurück nach Westen", entschied Jarl Einar.
Schon am nächsten Tag segelte der Wellenwolf aus dem kleinen Hafen im Harefjord. Und als sie durch die Götaälv in Richtung Mündung ruderten, trat Olaf zu seinem Jarl, der bei dem Kjelt am Heck des Schiffes saß. „Willst du jetzt vielleicht dem Breka einen Besuch abstatten?" Olaf konnte

sich ein Grinsen nicht verkneifen. „Oh nein, mein Freund, aber du kannst mir glauben, dieser Besuch kommt noch!"

Seit dem Ablegen des Wellenwolfes im Harefjord, waren einige Tage vergangen. Nun stand der Hauptmann der Ranriker Guntram, an dem Strand in Hardanger, und sah auf die See hinaus. Überzeugt davon, dass der Gaute doch noch kommen würde, warteten sie hier, und behielten die See im Auge. Und um sehr schnell die Verfolgung aufnehmen zu können, hatten sie auf ihre Zelte verzichtet. So schliefen sie direkt neben den Feuern im warmen Sand des Strandes. Und Guntram zeigte nach Süden. „Dort drüben liegt sie, die Küste von Jütland!" Der Sachse Wido hatte sich zu ihm gesellt, und nickte. „Ja, dort liegt das Reich König Horiks." Da sah der Hauptmann ihn verwundert an, und Wido erkannte diesen fragenden Blick. „Oh, ich war einst auch ein Seefahrer. Mir gehörte ein Schiff, und ich schaffte für einen Händler Waren aus der Friesenstadt Brimun[53], hinüber nach Osten ins Pommernreich. Bevor mich im Kattegat ein dänischer Wikinger aufbrachte. Ich war zuerst Gefangener in Jütland. Später brachte man mich nach Ranrike, wo mich Jarl Borka kaufte."

„So kamst du zu Gisli?"

„Ja, als ich auf Borkas Hof kam, zählte Gisli gerade acht Winter, und Breka hatte man kurz zuvor geraubt. Als Gisli den Hof kaufte, gab der Jarl mich seinem Sohn und dessen Weib als Geschenk", antwortete der Sachse. Guntram sah den Mann an, den er nun mit anderen Augen sah. Hatte er den Sklaven doch für einen einfachen Bauern oder einen gewöhnlichen Knecht gehalten. „Sage mir, Wido, was denkst du?"

„Ich habe darüber nachgedacht", begann der Sachse. „Ich erinnerte mich an Worte des Varn, als dieser uns auf dem

---

[53] Brimun - Bremen

Weg zum Hafen überfiel. Wahrscheinlich hielt er mich für tot, nachdem mich seine Axt getroffen hatte. Er sprach mit einem seiner Männer über die Insel der Angelsachsen, wo er für Horik kämpfte." Dann zeigte Wido nach Westen. „Ich glaube, dort will er hin. Zu König Horik nach Britannien!" Und dann zeigte der Sachse nach Westen auf das Meer hinaus. Doch wanderte sein Finger wieder zurück nach Süden. „Siehst du das Schiff?" In der Ferne war tatsächlich ein Schiff aufgetaucht. Es hatte ein großes, schwarzes Segel, und fuhr mit Kurs nach Westen.

„Könnte das der Gaute sein? Es ist ein nordisches Schiff!" Guntram nickte langsam. „Ja, er könnte es sein. Aber es könnte genauso auch ein völlig anderes Schiff sein. Dies weiß wohl nur Odin allein."

„Wie willst du erfahren, ob es der Gaute ist, Hauptmann?", fragte der Sachse mit einem verschmitzten Grinsen. „Was glaubst du denn, Sachse?" Der Hauptmann wandte sich um, zu dem kleinen Lager, wo seine Besatzung an den Feuern saß und miteinander sprach. „Los, hoch mit euch. Alle Mann an die Schnigge. Schiebt den Flutenbrecher in die Wellen, und dann an die Ruder." Sofort sprangen alle auf, und folgten den Befehlen des Hauptmannes. Obwohl ihnen die Hast des Anführers nicht gefiel. „Dann wollen wir dafür sorgen, dass dieser Hundsfott uns nicht entkommt!" Guntram ging zum Schiff, das noch mit dem halben Rumpf auf dem Strand lag. Er warf seinen roten Rundschild über die Reling, und ging zum Vordersteven, wo bereits Wido, und einige Krieger standen. Mit vereinten Kräften schoben sie die Schnigge zurück in die Wellen, bis der Kiel frei war. Danach drehten sie das mächtige Schiff, so dass sie den richtigen Kurs schnell einnehmen konnten. Und dann ging es schnell!
Die Besatzung kletterte eilig an Bord, und zwei Männer verteilten die Ruder, die sie von dem Gestell nahmen.

Es dauerte nicht lange, und der Flutenbrecher wurde in die offene See gerudert. „Die Rahe nach oben!" Die kräftige Stimme des Stevenhauptmannes schallte über das Schiff. Und die Rahe bewegte sich den Mast empor, während sich dabei das rotweiß gestreifte Segel abrollte. Der Wind fuhr in das Tuch, und blähte es auf. Mit einem heftigen Ruck nahm der Flutenbrecher Fahrt auf. Die Verfolgung des fremden Schiffes hatte begonnen. Und auf dem Strand brannten noch drei verlassene Feuer.

*

Es war ein schöner Frühlingstag, die Sonne stand hoch an einem blauen Himmel. Als eine kleinere Schnigge in die Mündung der Nidälv[54] einbog, und den Hafen von Lade ansteuerte. Das Schiff fuhr unter dem Banner König Grjotgards. Auf einem blau- und roten Grund prangte ein schwarzer Keiler mit einer Axt darunter. Dies war das Kriegsbanner des Trøndnerkönigs, und als man dies auf dem Wehrturm erkannte, brach große Freude aus. Dies konnte nur bedeuten, dass der König vom Schlachtfeld heimkehrte. Und so war es auch! Die Schnigge war der Flotte als Vorhut vorausgesandt worden, um die baldige Ankunft des Königs anzukündigen. Das Signalhorn verkündete die Ankunft der Schnigge, die in den Hafen einfuhr, der den Kriegsschiffen des Königs vorbehalten war. Dort legte es an einem der Anlegestege an, und wurde festgemacht. Diese Stege waren jetzt natürlich noch verweist, doch bald würde sich dies wohl ändern.
Man reichte dem Schiffsführer die Zügel eines Pferdes, und dieser machte sich sofort auf den Weg nach Lade, denn die Stadt lag ja etwas landeinwärts. Ohne zu zögern brachte

---

[54] Nidälv – Fluss westlich von Lade

man ihn vor die Königin, und er berichtete davon, dass die Kriegsflotte nur noch zwei Tage entfernt war. Die Freude bei der Andur war natürlich groß, denn es gab keine schlechten Nachrichten. Doch sie musste eben noch zwei weitere Tage warten, bis die Flotte vor der Küste auftauchen würde. Und als dann die Schiffe Grjotgards in die Mündung des Flusses Nid abbogen, segelten die Jarls mit ihren Flotten zurück in ihre eigenen Gaue am großen Fjord. Die Skaid[55] des Königs „Großer Wurm", lief als erste in den Hafen ein, und wurde an ihren Liegeplatz gesteuert. Danach folgten alle anderen Schiffe, und die Anlegestege füllten sich schnell. Sklaven kamen heran, und brachten Pferde für den König und sein Gefolge. Und während bei den Schiffen nun große Geschäftigkeit ausbrach, ritten der König, sein Sohn und seine Leibwache nach Lade hinauf.

Als sie über die Brücke des Grabens kamen, der um die Burg führte, erblickten sie sofort die neue Königshalle auf dem Hügel. Kurz zügelte der König sein Pferd, und sah zu dem Gebäude hinauf, aus dessen Dach der riesige Baum ragte. Stolz zeigte er hinauf, und lachte laut.

Grjotgard ging seinem Gefolge voran. Mit dem Brillenhelm auf dem Kopf, und dem Kettenhemd unter der Tunika und dem Mantel, stapfte Grjotgard mit schweren Schritten durch die neue Königshalle.

Noch während er durch die Reihen der Tische ging, zog er seinen Klappenmantel aus, und warf diesen einem Sklaven zu. Genauso reichte er sein Wehrgehäng einem seiner entgegenkommenden Sklaven. Er trat zu dem dicken Stamm des Baumes, den drei Männer nicht umklammern konnten.

---

[55]Skaid – Drachenschiff, Langschiff mit bis zu sechzig Riemen

„Mächtig wie Yggdrasil[56] selbst", sagte der König leise, und legte seine Hände fast feierlich auf die Rinde. In nur einem Sommer und Winter hatten die Zimmerleute die neue Königshalle um den mächtigen Baum auf dem Hügel herumgebaut.

Prinz Sigurd konnte nicht mehr abwarten, und trat seiner Mutter eilig entgegen. Eigentlich sollte er mit seinen siebzehn Wintern gar nicht an der Kriegsfahrt teilnehmen, so hatte es Königin Andur bestimmt. Doch ihr Gemahl hatte sie davon überzeugt, dass Sigurd besser mit ihm segeln sollte. Darüber war der junge Mann natürlich erfreut, doch die Bilder der Schlachtfelder hatten ihm die Augen geöffnet. Schnell machte man sich im Krieg auf den Weg nach Walhalla, um an Odins Gelagen teilzunehmen.

Nun aber war bei Andur die Freude groß, ihren Sohn lebend und gesund wiederzusehen. Eigentlich zeigte Sigurd nur noch selten offene Zuneigung, doch diesmal konnte er nicht anders. Er umarmte die Königin mit großer Freude.

„Wir hofften so darauf, dass wir bald heimkehren würden, Mutter", rief er erfreut. „Es wurde Zeit, denn es war schwer mit König Horik auszukommen. Wir bekamen, was wir wollten, und zogen uns zurück." Grjotgard trat den Podest hinauf, wo sein Weib ihn erwartete. Sie umarmte ihren Gemahl, und küsste ihn innig, denn zwischen ihnen herrschte immer noch eine große Liebe. Dann nahmen sie Platz, und eine Sklavin kam heran, sie reichte dem König und seinem Sohn die gut gefüllten Becher mit Bier. Und nun sprachen sie lange, bis Grjotgard fragte: „Ist Gisli schon hier gewesen?" Da stutzte die Königin. „Gisli? Nein, Gisli war nicht hier. Warum sollte er auch?" Da begann Grjotgard zu lächeln. Er konnte seine Freude kaum verbergen, hoffte er doch sein Weib überraschen zu können. Spitzbübisch sprach

---

[56] Yggdrasil – die Weltenesche, die im Mittelpunkt der Schöpfung steht, und alle Welten miteinander verbindet

er: „Ich habe eine Überraschung für dich, mein Weib. Denn Gisli wird uns unsere Tochter zurückbringen." Andur sah den König fragend an. Sie verstand nicht, worauf dieser hinauswollte. Und Grjotgard erkannte das. „Es war wieder einmal der von dir so geliebte Jarl Einar, der seine Finger im Spiel hatte. Er brachte Gisli zu mir, und bat mich ihn in meinen Reihen aufzunehmen."

Dass es der Jarl von Tautra war, der den König und seinen Schwiegersohn zusammenbrachte, wunderte Andur in keiner Weise. Sie sah den Jarl als guten Freund, und ihrer Familie sehr stark verbunden. Obwohl ihm König Grjotgard schon sehr übel mitgespielt hatte. Doch nun waren die Streitigkeiten zwischen dem König und seinem Jarl schon lange beigesetzt. Und Grjotgard hatte Einar sogar seinen Gau Tautra zurückgegeben.

„Ich musste mich geschlagen geben, denn dieser Gisli ist wahrlich kein so schlechter Kerl. Und er bat mich, mit Eira an unserem Hof leben zu dürfen." Da sprang Andur von ihrem Hochstuhl auf, und eine Träne rollte ihr über die Wange. Sie fiel Grjotgard um den Hals, und freute sich über diese Nachricht. Plötzlich sah der König sein Weib mit nachdenklichem Blick an. „Ich hatte damit gerechnet, dass sie bereits hier in Lade sind, wenn ich heimkehre. Denn schließlich ist er mit Einar lang vor mir heimgesegelt." Der König nahm einen Schluck von seinem Bier. „Hat sich Einar nicht in Lade gemeldet?" Da schüttelte Andur den Kopf. „Nein, ich glaubte, dass der Jarl von Tautra noch bei dir sei." Da stellte Grjotgard den Becher ab, nahm die Hand seiner Königin, und zog diese hinter sich her. „Das klären wir später!"

*

151

9. DIE VERFOLGUNG BEGINNT

Es war Kjelt, der Steuermann, dem der Verfolger aufgefallen war. „He, Einar, wir haben Gäste", rief er über das Deck, denn der Jarl saß auf dem Mastfisch seiner Schnigge. Dort redete er mit Thoke und dem blonden Olaf.

„Es war wirklich schwer, die Aelthdreda zu verlassen", sprach der große Blonde grinsend. „Ja, ich weiß auch warum", konnte sich Thoke eine Bemerkung über Olafs Liebesleben nicht verkneifen. „Du dummer Hund", knurrte Olaf, während Einar sich amüsierte. „Es ist ihre Angst, Mann. Sie in Sørhamna allein zu lassen war nicht einfach."

„Ach was", winkte der Jarl ab. „Ilva wird sie schützen!" Da lachte Olaf kurz auf. „Glaubst du das wirklich? Die Schildmaiden sind doch die Schlimmsten. Gerade vor ihnen hat sie Angst." Da nickte Thoke zustimmend, und zog den Mundwinkel hoch. „Da hat er wohl recht, Jarl. Die Weiber deiner Sippe waren nicht sehr freundlich zu den Sklaven. Obwohl diese bereits einen Besitzer hatten!"

Da trat Birk heran. „Jarl Einar, der Kjelt ruft nach dir. So wie es aussieht, werden wir verfolgt." Da erhob sich der Jarl, und begab sich zum Heck des Wellenwolfes. „He, Thure, komm mit", befahl er dem Mann mit den guten Augen, der an der Reling hockte und schlief. Er trat ihm gegen den Fuß, und Thure erwachte. „Was?", schreckte er auf. „Folge mir, ich brauche deine Augen." Nachdem Thure wieder genesen war, war er natürlich wieder ein Teil der Besatzung des Wellenwolfes. Er erhob sich, und ging hinter Einar her.

„Was gibt es, Kjelt?" Einar sah den kräftigen Steuermann
an. Dieser zeigte mit dem Daumen über seine Schulter. „Wir
bekommen Besuch!"

„Bist du dir sicher?", fragte Einar, und sah an dem Krieger
vorbei. Er beugte sich seitlich des Steuermannes weit über
die Reling, und sah in die Richtung des fremden Schiffes.

„Hältst du mich für blöde, Einar? Der folgt uns schon eine
Weile!" Nun trat Thure auf der anderen Seite an die Reling,
und blickte ebenfalls in die Richtung des Schiffes. „Also, es
ist eine Schnigge mit rotweißem Segel", sagte er, und kniff
die Augen zusammen. „Irgendwie kommt mir dieses Schiff
sogar bekannt vor." Erstaunt sah Einar den Mann an. „Gut,
lassen wir sie herankommen." Er wandte sich dem Olaf zu.

„Olaf, das Segel! Mach langsamer!" Der Blonde verstand,
und rief seine Leute an die Seile. Und dann drehten sie das
Segel so, dass der Wellenwolf seine Fahrt verlangsamte.

Der Stevenhauptmann des Flutenbrechers stand vorne am
Vordersteven, und behielt die Schnigge, der sie folgten, im
Auge. „Das gibt es doch nicht", grunzte er zu sich selbst.
Dann wandte er sich um, und machte sich auf den Weg zum
Heck. Dabei rief er: „Macht eure Waffen bereit, es wird
ernst!"
Am Heck der Schnigge standen Guntram und der Sachse
Wido. Irgendwie hatte der Hauptmann an dem Sklaven jetzt
Gefallen gefunden. Der Kerl war ganz und gar nicht der
tumbe Bauernknecht, für den er ihn zuerst gehalten hatte.
Das seemännische Wissen des Sachsen beeindruckte den
Hauptmann durchaus.

„Hauptmann Guntram", sprach der Stevenhauptmann, als
er das Heck erreichte. „Sie werden jetzt viel langsamer!"
Erstaunt sah der Schiffsführer den Mann an. „Langsamer?"
Der Stevenhauptmann nickte. „Entweder das ist der
schlechteste Steuermann, oder die lassen uns absichtlich

näher herankommen!" Nun machte sich der Schiffsführer eilig auf den Weg zum Vordersteven. Und er musste feststellen, dass sein Stevenhauptmann die Situation richtig eingeschätzt hatte. Die Schnigge, der sie folgten, wurde tatsächlich langsamer. Er sah sich um, und wollte den Befehl geben zu den Waffen zu greifen, doch da sah er, wie die Krieger bereits ihre Schilde von den Bordwänden nahmen. Die Vorbereitung der Krieger für den Kampf hatte bereits begonnen.

Thure hatte es vorgezogen den Mast hinaufzuklettern, und stand nun auf der Rahe, wo er sich an den Tauen festhielt.

„Ihr werdet es nicht glauben", rief er hinunter, und begann lauthals zu lachen. Olaf und die anderen sahen hinauf, und dachten der Thure wäre verrückt geworden. „Was gackerst du denn wie ein Huhn herum? Sag was du siehst!"
Die Männer lachten, und Thure verzog sein Gesicht. „Hol mir den Jarl her!" Doch Einar brauchte nicht geholt zu werden, denn er kam von allein zum Mast. „Was gibt es, Thure?"

„Das glaubst du nicht", rief er hinunter. „Das ist der Flutenbrecher der uns da verfolgt!"

„Bist du sicher, Mann?"

„Vertraust du meinen Augen oder nicht, Jarl Einar?"
Nun sahen sich alle verwundert an. Konnte es so etwas wirklich geben? Dies war doch mehr als ein Zufall. Da mussten die Götter ihre Finger im Spiel haben. „Los, holt das Segel ein. Wir warten!"
Auf der Rahe stehend, sauste Thure am Mast herunter. „So was gibt es doch nicht?" Einar schüttelte immer noch mit dem Kopf. Die See war riesig, und ausgerechnet sein ehemaliges Schiff Flutenbrecher begegnete ihm hier im Skagerrak. Der Wellenwolf verlor schnell an Fahrt, und

sollte nun von den Männern gerudert werden, damit Kjelt das Schiff noch steuern konnte.

Auf dem Flutenbrecher war es den Männern natürlich nicht entgangen, dass der Abstand nun schnell geringer wurde, da man auf dem anderen Schiff das Segel eingeholt hatte. Und Wido war es, der den Wellenwolf erkannte. „Das schwarze Segel kenne ich doch", sagte er und sah dabei den Guntram an. „Wie viele Schniggen mit einem schwarzen Segel kennst du, Hauptmann?" Nun verstand der Guntram.

„Das ist doch nicht möglich. Das kann nicht sein!" Da lachte der Wido auf. „Die Götter gehen seltsame Wege, wie du siehst. Dies ist der Wellenwolf des Einar Blutauge!"
So kam der Flutenbrecher dem Wellenwolf immer näher, bis auch Guntram das Segel einholen ließ, und sie die Schnigge Backbord neben den Wellenwolf ruderten. Dann warfen sie Leinen von Schiff zu Schiff, hoben die Ruder an Bord, und zogen an, bis die beiden Schniggen Reling an Reling in den Fluten dümpelten. Und nun begrüßte man sich ausgelassen. Wie oft kam es schon vor, dass man sich mitten auf dem Meer begegnete? Besonders Gisli Borkasson war erstaunt seinen Sklaven Wido auf dem Schiff zu sehen. „Was tust du hier?", fragte er, obwohl es offensichtlich war, was er hier tat. „Ich denke, dass selbe wie du. Wir versuchen die Eira zu finden." Und dann erzählte Einar dem Guntram von ihrer Vermutung, und dem Kurs den sie darum ausgewählt hatten.

„Nach Britannien?" Guntram überlegte kurz, und Einars Vermutung erschien ihm Sinn zu ergeben. „Gut, Jarl Einar, wir werden euch nach Britannien folgen. Dieser Gaute muss doch zu finden sein."

„Oh, wir werden ihn finden, Guntram", sprach der Gisli drohend. „Und dann werden ihn nicht einmal die Götter vor mir schützen können!"

155

„Gut, wollen wir uns auf den Weg machen", schlug Einar vor, und nickte dem Olaf zu. Dieser verstand seinen Jarl natürlich, und gab den Befehl die Leinen zu lösen. Da sah Guntram den Wido an, denn eigentlich hätte dieser auf den Wellenwolf überwechseln müssen. Dort war schließlich sein Herr. „Gisli, lass mir den Wido auf dem Flutenbrecher. Er ist ein hervorragender Seemann, und war mir bisher eine große Hilfe." Erstaunt sah Gisli Borkasson den Hauptmann an, und dann wanderte sein Blick zu dem Sklaven. „Wir müssen uns unterhalten, Wido, wenn wir wieder auf dem Hof sind." Lachend und kopfschüttelnd sprang er auf die Reling, und dann auf den Wellenwolf.

*

Die Schnigge des Gauten hatte die Shetland Inseln passiert, und segelte nun weiter nach Westen. Waren es die Götter oder doch die Kräuter der alten Völva, jedenfalls ging es der Eira wieder gut. Sie behielt ihr Essen bei sich, und auch ihr Fieber war zurückgegangen. Nun durfte sie sich auch wieder frei an Bord bewegen. Wohin sollte sie auch fliehen?
Und irgendwann sprach man auch mit ihr. Zuerst eine der Wächterinnen. Ihr Name war Britta, und sie war eine, im Grenzgebiet zum Saxland geborene Dänin. Sie schien gefallen an der Eira zu finden, denn sie sprachen viel. Oft handelten ihre Gespräche von Kindern, die beide noch nicht hatten. Dann gesellten sich die beiden anderen Kriegerinnen hinzu. Und so kam es, dass man Eira plötzlich wie ein Besatzungsmitglied behandelte. Und schon bald, dass auch der Varn nicht mehr so herablassend war. „Wie kommt eine Trøndnerprinzessin nach Ranrike?", wollte er irgendwann wissen, als sie neben dem Mastfisch saßen. „Ist es nicht so, dass Könige ihre Töchter anderen Königen zur Hochzeit anbieten?" Da nickte Eira. „Der Sohn eines armen Jarls ist

doch sicher nicht der geeignete Heiratskandidat", fügte er noch abfällig hinzu. „Genau das wollte ich dich auch schon fragen", schloss sich Britta neugierig der Frage an. Da grinste Eira. „Genau dies ist der Grund, der mich zu meinem Gemahl führte", gab die Trøndnerin Antwort. „Ich wurde einem alten Jarl verheiratet. Gegen meinen Willen!"

„Und da hast du den Kerl ermordet und bist geflohen", preschte Britta vor. „Nicht ganz! Aber die Götter waren mir gnädig. Der Alte war zu dumm, und so bin ich aus seinem Gau geflohen."

„Aber dein Vater kann doch niemals damit einverstanden gewesen sein", bemerkte Varn, und Eira nickte. „Darum hat mich auch Jarl Einar Blutauge aufgenommen, als dieser noch Herr über ein Dorf in Ranrike war. Dieser ist meiner Mutter in Freundschaft verbunden."

„Und dort hast du dann deinen Gemahl kennengelernt", mutmaßte die Dänin unter den Gauten. Eira nickte. „Und glaubst du, dass dein Vater wegen dir einen Krieg anzetteln würde?" Varn kamen plötzlich Zweifel an dem Plan des Hrotger. Was wäre, wenn der Grjotgard gar kein Interesse an seiner Tochter haben würde? Dann wäre der ganze Plan für die Katz!

Und während Varn Gulisson den Zorn auf König Hrotger kaum noch zurückhalten konnte, hatte er noch nicht bemerkt, dass man ihm dicht auf den Fersen war. Zwei schnelle Schniggen folgten ihm seit einiger Zeit. Um aber die Eira nicht in Gefahr zu bringen, hatten Guntram und Einar beschlossen, den Abstand groß zu halten. Wenn sie glaubten entdeckt zu sein, änderten sie für kurze Zeit den Kurs. Doch ihre Sorge war unbegründet. Es gab keinen Mann im ganzen Norden, der so weit sehen konnte wie Thure. Daher konnten sie einen sehr weiten Abstand halten. Und der Flutenbrecher folgte einfach dem Wellenwolf.

157

Kjelt, als Steuermann, war der Erste, dem es auffiel. „Der bleibt auf dem Kurs", berichtete er dem Jarl. „Und was soll das heißen?" Einar wusste nicht worauf der Steuermann hinaus wollte. Kjelt schüttelte den Kopf, hatte er doch von seinem Jarl mehr Wissen erwartet. Schließlich fuhr dieser lange genug zur See. „Der Kerl segelt nicht nach Britannien!"

Und Kjelt war nicht der Einzige, dem dies aufgefallen war. Auch Wido auf dem Flutenbrecher hatte bemerkt, dass der Kurs nicht stimmen konnte, wenn Britannien das Ziel des Gauten sein sollte. Und dies teilte er dem Steuermann mit. Dieser aber war kein allzu guter Seemann. Und er fühlte sich von dem Sachsen beleidigt. So wurde er zornig, und begann den Wido zu beschimpfen. „Du bist ein Sklave, Mann! Nur Sklave, und ein Bauerntölpel! Also verschwinde hier. Ich brauche deine Ratschläge nicht!" Wido winkte ab, denn er wollte keinen Ärger heraufbeschwören. Doch Guntram hatte den Vorfall beobachtet. So rief er Wido zu sich. „Was hast du ihm gesagt, dass er so wütend wurde?" Nun erklärte der Sachse seine Beobachtung. „Bist du sicher? Der Varn segelt nicht nach Britannien?" Wido schüttelte mit dem Kopf. „Wir werden bald die Küste des Piktenlandes sehen, wenn wir den Kurs beibehalten."

Der Hauptmann verzog sein Gesicht. „Lassen wir uns von dem Gauten überraschen, und folgen wir weiter dem Wellenwolf." Gesehen hatten sie die Schnigge des Gauten schon lange nicht mehr, denn der Abstand war zu groß geworden. Sie folgten Jarl Einar und verließen sich auf die Augen des Thure. Genau diese Augen hatten bereits die Küste erblickt, an der sie bald vorbeisegeln würden.

Sie hatten nun einige Tage auf See verbracht, und eigentlich jeder an Bord hätte sich eine Nacht an Land gewünscht. Das lag aber nicht in ihrer Hand.

Der Göttervater Odin war ihnen bei der Überfahrt gewogen, und es schien, als verhinderte er, dass die Ran mit ihrem Netz nach ihnen fischte. Dazu hatten sie auch noch bestes Segelwetter. Und Odin schien ihren Wunsch zu kennen, oder vielleicht dachte der Gaute Varn auch nur dasselbe, denn plötzlich rief Thure: „Sie steuern die Küste an! Der Gaute geht an Land!"

Hatte Eira in den letzten Tagen auf dem Schiff Freiheit genossen, so fand diese nun abrupt ein Ende. Varn gab den Befehl die Gefangene wieder zu fesseln, und zum Heck der Schnigge zu bringen. Die drei Kriegerinnen gingen Eira nun nicht mehr von der Seite. Und auch der freundliche Ton gehörte der Vergangenheit an. Einzig die Dänin ließ sich nicht mehr dazu hinreißen, die Trøndnerprinzessin schlecht zu behandeln.

Varn ließ die Schnigge näher an die Küste steuern, so dass er nach einem geeigneten Platz suchen konnte, um an Land zu gehen. Steinernen Riesen gleich, ragten Steinformationen aus dem Wasser. Hinter diesen erhob sich eine Küste, deren Rand aussah, als hätte Thor sie mit seinem Hammer Mjölnir abgeschlagen. Der blanke Stein schimmerte in vielen grau und braun Tönen. Doch oben auf dem Kamm leuchtete das satte Grün von Wiesen, die bis zur Abbruchkante wuchsen. Und dann sahen sie eine kleine Bucht zwischen diesen riesigen Steinmonumenten. Varn zeigte sofort dorthin. „Da, dort drüben gehen wir an Land!" Und so nahm die Schnigge direkten Kurs in die Bucht, und grub wenig später seinen Kiel in den Kiesstrand.

„Sie sind weg", hallte es vom Mast herunter. „Verdammt, die Schnigge ist weg!" Thures Blick suchte nervös das Meer ab. Doch die Schnigge des Gauten Varn Gulisson sah er nicht mehr. „Olaf, sie sind nicht mehr zu sehen."

Der Stevenhauptmann trat an den Mastfisch, und legte seinen Kopf in den Nacken. „Was redest du da?", rief er hinauf. Auf das Geschrei des Ausgucks war natürlich auch jeder andere an Bord aufmerksam geworden. So auch der Jarl am Heck des Wellenwolfes.

„Die Schnigge ist weg, sagt Thure", klärte Olaf den Jarl auf. Einar nickte. „Dann sind sie wohl an Land gegangen!" Nun legte auch er den Kopf in den Nacken. „Thure, suche nach einem Platz zum Anlegen! Hast du verstanden?" Doch es dauerte lange, und sie segelten bereits an der Bucht vorbei, in die der Gaute abgebogen war. Und dies blieb den Verfolgten auch nicht verborgen. Doch zu Einars Glück, waren sie auf Abstand zur Küste geblieben, so dass es unwahrscheinlich war, dass man den Wellenwolf oder den Flutenbrecher erkennen würde.

Der Mann, der die beiden Schiffe am Horizont entdeckt hatte, lief mit seinem Wissen auch direkt zu seinem Schiffsführer. Varn hörte sich an, was der Mann zu sagen hatte, wandte sich zum Meer, und fragte: „Ist dir an den Schiffen etwas aufgefallen? Konntest du sie erkennen?" Der Mann schüttelte seinen Kopf. „Nein, es waren nur zwei Schiffe. Zu weit entfernt!"

„Wenn sie keinen Kurs auf uns nahmen, waren es wahrscheinlich Händler auf dem Weg nach Hibernia", war sich Varn sicher. „Wohin?", fragte der Mann, denn diesen Namen kannte er nicht. Varn hob seine Augenbrauen, und grunzte überheblich. „Zur Insel der Vestmannen", nannte er den Namen, der unter den Nordleuten geläufig war. Dann schickte er den Mann zurück auf seinen Posten.

„He, ich muss mal pinkeln", sagte Eira zu der Wächterin, die sich gerade um sie kümmerte. Es war eine der beiden Gautenfrauen, die ihr Gegenüber saß, und gelangweilt an einem Stück Holz herumschnitzte. Doch so gelangweilt schien sie nicht zu sein, als dass sie aufstehen wollte, um mit der Gefangenen zum Wasser zu gehen. „Hörst du nicht? Ich muss mal pissen", wiederholte Eira ihr dringendes Bedürfnis. Da sah sie die Kriegerin frech an. „Na und, dann Pinkel doch", forderte sie die Eira auf. Da hob diese ihre gefesselten Hände, und zeigte auf ihre ebenfalls gefesselten Beine. Genervt erhob sich die Kriegerin, und löste die Fesseln der Beine. Dann erhob sich auch Eira, und ging, gefolgt von der Kriegerin, zum Strand, wo das Wasser über den Sand rollte, und wieder zurücklief. „Los, mach schon, ich denke du musst so dringend!" Dabei schubste sie die Eira, so dass diese fast auf die Knie fiel. Und plötzlich stand Britta neben der Gautenkriegerin. „He, Hildur", nannte sie den Namen der Frau. Sie trat nah an sie heran. „Weißt du, was mir nicht gefällt?" Da sah die Hildur die dänische Kriegerin fragend an. „Nein, und es interessiert mich auch nicht." Da grinste die Frau mit dem hellblonden Haar. „Das sollte es aber, denn es betrifft dich, Hildur. Wenn du die Eira noch einmal respektlos behandeln solltest, dann stoße ich dir mein Schwert in den Bauch, und weide dich aus, wie ein Schaf. Hast du mich verstanden?" Mit großen Augen sah die Gautin die Dänin erstaunt an, wollte zuerst eine Kampfansage erwidern. Sie ahnte aber, dass sie im Kampf wohl unterliegen würde. Da wandte sie sich ab. „Dann kümmere du dich doch um deine Freundin." Beleidigt zog sie sich zum Feuer zurück.

„Ekelhaftes Weib", grunzte Britta ihr hinterher. „Komm, bevor es zu spät ist." Und vom Drang getrieben, stellte sich Eira in die Fluten, und hob das Kleid empor. Nachdem sie sich in die Wellen entleert hatte, saßen die beiden Frauen nun an einen großen Felsbrocken gelehnt. Neugierig sah Eira die Dänin an. „Ich danke dir, Britta", sagte sie leise, und diese nickte nur. „Ach was, ich kann Hildur sowieso nicht leiden." Die Fesseln hatte die Dänin der Eira wieder angelegt, doch waren sie längst nicht mehr so eng wie

vorher. „Wie kommst du eigentlich zu den Gauten?" Eira hatte diese Frage bisher nicht gestellt, doch nun hatte sich diese Dänin für sie eingesetzt. Es schien ihr, als sei diese hier ihre einzige Verbündete. Jedenfalls war Britta ihr gewogen. „Nicht anders, als ein Sklave", sagte sie mit trauriger Stimme. „Ich lebte auf einem Hof in der Nähe von Hedeby, nicht weit des Walles. Mein Vater war nicht nur Bauer, sondern auch Wächter an einem der Tore zum Saxland. Da er keinen Sohn hatte, lehrte er mich und meine Schwestern, schon früh den Umgang mit den Waffen. Doch eines Tages überfielen Obodriten[57] den Wall, und mein Vater machte sich auf den Weg nach Walhalla. Da zählte ich elf Winter! Nun war es mein Großvater, der mich an den Waffen ausbildete. Doch schon im Sommer darauf, nahm meine Mutter sich einen neuen Mann auf den Hof, und meine Mutter bekam noch einmal ein Kind. So blieb ich mit meinen Schwestern bei meinem Großvater. Doch auch dieser starb!
Und der neue Mann verabscheute mich. Nahm nur meine Schwestern wieder auf. Meine Mutter hinderte ihn daran, mich als Sklavin zu verkaufen." Gefesselt von den Worten, und den Seilen an Arm- und Fußgelenken hörte Eira zu.
  „Ich zählte fünfzehn Winter, als der neue Gemahl meiner Mutter mich zu einem Jarl in Schonen brachte. Dieser wollte mich zu seiner Hure machen. Allerdings war ich sehr wehrhaft!" Da lachte Britta auf, und Eira lachte mit ihr, obwohl ihr danach gar nicht war. „Nun ja, er wollte mich dann auch nicht mehr, und schickte mich zu seinem Schwager, einem Gautenkrieger des König Hrotger in Västervik."

---

[57] Obodriten - elbslawischer Stammesverband, der vom 8. bis zum 12. Jahrhundert auf dem Gebiet Mecklenburgs und des östlichen Holstein siedelte.

„Und dieser nahm dich zu den Kriegern auf?", mutmaßte
Eira richtig. „Ja, so war es!" Britta sah Eira an. „Er ist ein
guter Mann, und so sorgte er dafür, dass man mich nicht
mehr bedrängte. So wurde ich immer wieder in die
Besatzungen der Gautenschiffe aufgenommen. Doch meist
bin ich in Västervik in der Burg des Hrotger."
Sie sah die Eira grinsend und auch nicht ohne Stolz an.

„Doch als der Varn den Auftrag des Königs bekam, rief er
mich auf sein Schiff."

„Dann hast du wohl einen guten Ruf. Ich verstehe nicht,
warum man mich entführt hat", sprach Eira plötzlich. „Ich
habe keinen Streit mit König Hrotger, und soweit ich weiß,
mein Vater auch nicht."

„Ach Eira, du bist nur ein Werkzeug der Mächtigen",
erwiderte Britta wissend. „Soviel ich weiß, geht es um einen
hinterhältigen Plan, den sich aber nicht König Hrotger
ausgedacht hat." Da sah Eira die Britta erstaunt an. „Nicht?"

„Nein! Der fette König ist doch viel zu dumm für so eine
Gemeinheit." Da lachten beide Frauen auf. Und dies viel
dem Varn auf. Er trat zu den beiden, und fragte, was so
lustig sei. „Oh, es sind Geschichten aus unserer Kindheit",
log Britta frech. Da nickte Varn und zog sich wieder zurück.
Doch er rief die beiden anderen Kriegerinnen zu sich. „Es
gefällt mir gar nicht, wie Britta mit der Gefangenen umgeht.
Hildur, behaltet sie im Auge. Ich traue der Dänin nicht." Die
Schildmaiden nickten nur gehorsam.

*

Kaum hatten die beiden Schniggen die Bucht passiert, gab
Einar den Befehl näher an die Küste zu segeln. Und dann
sahen sie, wonach sie suchten. Die hohen Steinklippen
flachten mehr und mehr ab, bis die grünen Wiesen hinunter
an die Wasserkante reichten. Dorthin ließ Einar den

Wellenwolf steuern. Und an einer geeigneten Stelle gruben sich die Kiele in das grüne Gras der Wiesen. „Na, dann machen wir es uns mal bequem", sprach Thure, doch er bekam einen Dämpfer von seinem Jarl. „Mach es dir nicht zu bequem, mein Freund. Du musst für uns das Meer im Auge behalten. Wenn der Gaute auftaucht, muss es schnell gehen!" Ein bisschen beleidigt zog Thure ab, und suchte sich einen Platz, von dem aus er die See gut überblicken konnte. Mit dem Holz aus der Ladekammer machten sie Feuer, denn hier gab es weit und breit kein Holz. Nur grüne Wiesen soweit das Auge reichte!

Die beiden Schniggen lagen nebeneinander, von den Pfosten gestützt, und Olaf kam, um zu fragen, ob sie Zelte aufbauen sollten. „Ich will nicht nass werden", antwortete Einar grinsend. „Stellen wir also die Zelte auf!" Da mischte sich Gisli ein. „Und wenn die Gauten wieder in See stechen?" Da legte Einar ihm seine Hand auf die Schulter. „Dann werden auch wir in See stechen. Halt nur etwas später, mein Freund!"

Noch bevor jene Späher, die Einar ausgeschickt hatte, in das Lager zurückkamen, zog der Duft gebratenen Fleisches über die Wiesen. Doch dieses verschwand in einem großen Topf, gefüllt mit einem dicken Hirsebrei, den Ubbe kochte, weil er dies gut konnte. Und alle sammelten sich um das Feuer, in der Hoffnung nicht leer auszugehen, wenn der Brei verteilt würde. Bald schon herrschte verfressene Ruhe im Lager, und außer dem klappern der Löffel in den Schüsseln hörte man kaum jemanden sprechen. Doch dann war es Gisli, der mit vollem Mund schmatzend sprach. „Wir sollten vielleicht versuchen die Eira zu befreien. Wer weiß schon, ob dieser Gaute nicht Hilfe bekommt, wo er hinsegelt." Die Männer sahen sich an, löffelten aber weiter ihren Brei in die Münder. Olaf hatte sich erhoben und trat zu dem Feuer, um sich noch einmal Brei in die Schüssel zu schöpfen. „Wie weit mag es wohl von hier aus sein, bis zu dem Lager des Gauten?", fragte er den Gisli streng. Dieser zuckte aber nur mit den Schultern.

„Sollen wir uns auf den Weg machen, und riskieren, dass der Gaute inzwischen weitersegelt?" Da nickte Gisli, und verstand was ihm der Stevenhauptmann damit sagen wollte.

„Mache dir keine Sorgen, mein Freund, wir werden Eira finden. Und wir werden sie befreien!" Jarl Einar sah Gisli mitfüllend an. Da sagte Birk das Dümmste, was ihm überhaupt hatte einfallen können. „Wenn sie überhaupt noch lebt, Mann!" Mit großen Augen sah der Ranriker den Mann mit den roten Locken an. Einige verdrehten nur die Augen, andere gaben grunzende Laute von sich, und Olaf schlug dem Birk fest gegen die Schulter. „Halt dein Maul, elender Narr!" Dann sah er den Gisli an. „Sie wird leben! Das wagt der Gaute nicht!"

Es schien hier weit und breit keine menschliche Behausung zu geben, denn die Späher konnten in keiner Richtung irgendetwas finden, dass auf eine Piktensiedlung hinwies. Und so sollte die Nacht ruhig bleiben, die sie in den Zelten verbrachten.

Anders erging es den Gauten, denn dummerweise hatte Varn darauf verzichtet Späher auszuschicken. Auch hatten sie keine Zelte aufgestellt, sondern schliefen an den Feuern. Die Dänin Britta hatte für sich beschlossen, die Gefangene nicht mehr aus den Augen zu lassen. Auch wimmelte sie die beiden anderen Kriegerinnen ab, wenn diese sich als Wache für die Eira anboten. Nein, sie hatte ein ungutes Gefühl, und so lagen die beiden Frauen eng beieinander an einem der wärmenden Feuer. Eira knurrte der Magen, denn ihre Ration war natürlich die kleinste gewesen. Und geschmeckt hatte es auch nicht. Irgendwann war sie mit Hunger im Bauch und frierend eingeschlafen. Es war der Schrei eines Vogels, der die Britta weckte. Sie hob nur kurz den Kopf, und versuchte etwas im Dunkel zu erkennen. Da sich aber immer wieder die Wolken vor den Mond schoben, war es für sie schwierig irgendetwas zu erkennen. Doch einen Vogel hatte sie hier nicht erwartet. Hier gab es doch nur Felsen. Vielleicht einige Möwen oder Trottellummen die ihre Nester in den Felswänden bauten. Gesehen hatte sie aber keine, und deren Rufe kannte sie. Dies war aber der Ruf eines Waldvogels, den sie vernommen hatte. Langsam zog sie ihr Messer aus der Lederscheide und begann die Fesseln durchzuschneiden. Da erwachte Eira. Britta hielt ihr sofort den Mund zu. „Still! Wir haben Besuch", flüsterte die Dänin leise.

„Aber wer…", fragte Eira ein wenig erschrocken, während ihr Britta langsam ihre kurzstielige Axt zuschob, und dann selbst ihr Schwert aus der Scheide zog. Dieses legte sie neben sich. Jetzt erst bemerkte Eira, dass ihre Fesseln von den Gelenken gefallen waren. „Kannst du kämpfen?" Britta sah sie fragend an.

„Natürlich", kam die Antwort ein wenig beleidigt. „Egal was geschieht, wir bleiben beisammen", flüsterte die Dänin, und Eira nickte. Einzig die beiden anderen Kriegerinnen lagen in Brittas Reichweite. Was konnte sie jetzt tun, um die anderen zu warnen? Also stieß sie Hildur vorsichtig mit der Hand an. Diese drehte sich allerding nur grunzend um. Und dann erklang wieder der Ruf des Vogels in der Nacht. Und als dann die Wolken für einen kurzen Moment den silbernen Schein des Mondes freigaben, sahen sie die Schatten näher herankommen. Und plötzlich brach der Sturm los! Britta sprang auf, und rief laut: „Wir werden angegriffen! Los, hoch mit euch!" Einige der Krieger sprangen sofort auf, und rissen ihre Schwerter aus dem Wehrgehäng, andere brauchten einen Augenblick, um zu begreifen, was vor sich ging. Wie ein Rudel Wölfe fielen die Pikten nun über die Gauten her. Sie waren an Zahl der Schiffsbesatzung weit überlegen, und sie hatten die Überraschung auf ihrer Seite. Doch die Gauten waren keine leichte Beute, wie die Krieger mit den blauen Zeichnungen in ihren Gesichtern bald feststellen sollten. Der erste Schreck war überwunden, und die Gauten setzten sich erfolgreich zur Wehr. Auch Britta und Eira kämpften, und dies taten sie äußerst geschickt zusammen. Rücken an Rücken hielten sie sich die Angreifer vom Hals. So trieften die Schwertklinge und das Eisen der Axt schon bald vom Blut der Feinde.

Und ihr Zusammenwirken sorgte dafür, dass die beiden Kämpferinnen unverletzt blieben. Doch dieses Glück hatten nicht alle, weder auf der einen, noch der anderen Seite. Varn Gulisson hatte es geschafft zum Schiff zu gelangen, und war über die Reling geklettert. Nun warf er einen Schild nach dem Anderen von Bord auf den Strand.

Wer konnte, versuchte so an seinen Rundschild zu kommen. Langsam wurde der Kampf der Nordleute gegen die Blaugesichter immer ausgeglichener. Und dann, nachdem Eira einem Schwerthieb ausweichen konnte, und mit der Axt nach dem Angreifer schlug, erkannte sie eine gute Möglichkeit zu verschwinden. Doch Britta erkannte, was Eira wollte, und so schlug sie kräftig zu. Eira verlor die Besinnung, und fiel zu Boden. Eine Angreiferin stürmte heran, wollte die auf dem Boden liegende mit ihrem Schwert erschlagen. Doch Britta drehte sich und schwang ihr Schwert. Die Klinge erwischte die Piktenfrau, und riss ihr eine tiefe Wunde über der Brust. Sie schrie auf, und sackte zusammen. Das Schwert der Dänin beendete das Leben der Angreiferin mit einem zweiten Streich. Dann griff sie die Eira, und zog diese hinter einen großen Felsbrocken. Hier blieben sie, und warteten den Ausgang des Kampfes ab.

Irgendwann zogen sich immer mehr der Pikten zurück, bis sich nur noch Verletzte vom Schlachtfeld schleppten. Ihre Toten ließen sie zurück!

Nun erwachte auch Eira aus ihrer Besinnungslosigkeit. Böse sah sie die Britta an. „Warum hast du mich nicht gleich getötet, du falsche Schlange?", fauchte sie die Dänin böse an. Doch diese blieb ruhig. „Ich musste dich doch vor einer großen Dummheit bewahren, Trøndnerweib. Du willst fliehen? Hier? Wo willst du hin? Zu den Pikten in die Sklaverei?" Langsam schien Eira zu begreifen. „Du hast Recht, Britta. Mein Gemahl wird kommen, um mich zu holen. Und auch Einar Blutauge!" Da sah die Dänin die Eira fragend an. „Jarl Blutauge? Der Jarl von Askby? Warum sollte er dich holen?" Britta dachte natürlich, die Eira würde nur aufschneiden. „Weil der Jarl mit dem Blutauge meiner Mutter treu ergeben ist. Ja, er ist sogar ein guter Freund der Familie! Und jetzt, da er wieder der Jarl von Tautra ist, wird er nach mir suchen." Da grinste die Dänin. „Dann musst du ja nicht fliehen, wenn ein berühmter Krieger sowieso nach dir suchen wird."

Varn hatte fünf Krieger zu betrauern, darunter die Kriegerin die mit Hildur und Britta, die Eira bewachen sollten. Sie warteten die Dämmerung ab, und versorgten die Wunden. Dann gab Varn den Befehl viele Steine zu sammeln. Einen würdigen Scheiterhaufen konnten sie nicht errichten, denn es gab kein Holz. So formten sie aus den Steinen einen Schiffsrumpf. In diesen legten sie die Toten, mit ihren Seekisten, mit Schwert und Schild. Dann bedeckten sie das Grabmal mit Steinen, so hoch, dass kein Tier an die Leichen herankam. Diesen bedeckten sie dann mit Erde. Es dauerte bis die Sonne am höchsten Stand, dann erst konnten sie ihr Schiff in die Fluten schieben.

Der Ruf des Thure hatte für Aufregung im Lager gesorgt, denn er hatte gesehen, wie eine Schnigge vorüber segelte. Und er war sicher, dass man ihr Lager gesehen hatte. Doch ob sich der Varn auch verfolgt fühlte, konnte niemand wissen. Einige, allen voran der Gisli, liefen nun herum, und begannen schon die Zelte abzubauen. Doch Jarl Einar blieb ruhig. Er ging zur Wasserkante, und sah der Schnigge des Gauten hinterher. Da trat Raban neben ihn. „Was denkst du?"

„Er will zur Insel der Vestmannen, das denke ich", antwortete der Jarl, und Raban nickte. „Ja, das ist sehr wahrscheinlich."

Er wandte sich ab, und rief laut: „Baut das Lager ab, und macht den Wellenwolf seeklar!" Hauptmann Guntram nickte, und schloss sich dem Ruf des Jarls an. Nach dem die Zelte in den Laderäumen unter den Planken verstaut, und die Feuer gelöscht waren, schoben sie die Schiffe zurück in die Fluten. Bald darauf waren die Besatzungen auf ihren Schiffen, und ruderten in die offene See hinaus.

„Thure, los auf den Mast!"

Der Befehl des Stevenhauptmannes ließ den Krieger auf die Rahe steigen. Dann griffen die Männer die Seile und zogen die Rahe nach oben. Das schwarze Segel mit dem roten Wolf darauf, rollte sich ab, und der Wind griff in das Tuch. Olaf ließ die Ruder einholen, und Kjelt brachte den Wellenwolf auf Kurs. Der Flutenbrecher war bereits um einige Schiffslängen voraus, und so segelten die beiden Schniggen Seite an Seite Richtung Westen. Es dauerte einen halben Tag, und noch bevor die Dämmerung einsetzte, rief Thure vom Mast herunter: „Segel voraus!"

*

10. BAILE ÁTH CLIATH

Es war der fünfte Monat des Jahres 837, und während der Dänenkönig Horik weiterhin in Britannien heerte, hatte sich König Ragnar zum Rückzug entschlossen. Sein Abkommen mit König Egbert von Wessex hatte seine Schatullen zur Genüge gefüllt. Vom ständigen Streiten mit Horik müde, ließ er seine Schiffe seeklar machen, und so segelte nach Osten über das Nordmeer. Der Zorn des Dänen war groß, denn er hatte sich von Ragnar natürlich vorher schon hintergangen gefühlt, und den Ranriker des Verrats bezichtigt. So hatte sich das Bündnis der Könige schon bald in Luft aufgelöst. Der Ärger über den König der Ranriker verfolgte den Dänen. Einzig seine Hinterlist, die er sich ausgedacht hatte, und die bereits in der Heimat erste Blüten trug, versöhnten ihn ein wenig.

Irgendwann erreichte die Nachricht von König Ragnars Rückkehr auch das Dorf des Jarl Borka. Und dieser wartete nicht lange, holte sich ein Pferd aus den Stallungen, und ritt nach Westen. Als er in Älvsborg ankam, lief er sofort zur Königshalle, um vor den Ragnar zu treten. Doch er musste sich in die lange Schlange der Wartenden einreihen. Nur sein hoher Stand sorgte dafür, dass der Jarl von Borkasvik eher in die Halle geführt wurde. Denn es war Thorsten, der Krieger des Königs, der den Jarl erkannte, und diesen mit sich nahm. Ein fetter Kerl, der wohl ein reicher Händler war, wollte seinem Ärger Luft machen, und schnauzte den Thorsten an. Da trat dieser ganz nah an den Kerl heran.
„Willst du meine Faust in deiner Fresse spüren?"
Die Frage ließ den fetten Händler sofort verstummen, und Thorsten wandte sich wieder ab. „Komm, Jarl Borka!"

Die beiden Männer traten in die Halle, und gingen fast bis vor zu dem Podest, der den König erhöht sitzen ließ. Der König sprach gerade mit einem Mann, den Borka als einen Jarl aus dem Süden erkannte. Und erst als dieser fertig war, wurde Ragnar auf den Gauten aufmerksam, der nun die Wälder des Ostens von Ranrike gegen seine eigenen Landsleute verteidigte. Schließlich war Borka ein Gaute!

„Jarl Borka, dich habe ich ja lange nicht gesehen", rief Ragnar freundlich. „Mein König", sprach Borka jedoch mit strengem Blick. „Es ist nicht leicht für mich, doch ich muss dir etwas erzählen, dass mich in Wut versetzt hat." Erstaunt und neugierig sah der König den Alten an. „Dann sprich dich aus, Borka. Erzähle mir, was dich wütend macht." Und dann begann Borka zu berichten, was geschehen war. Und ihn seiner großen Wut, ließ er seinen eigenen Sohn Jarl Breka nicht aus.

Die ganze Geschichte erstaunte den König schon sehr. „Du sagst, ein Gaute hat die Eira entführt." Borka nickte. „Eira, die Tochter König Grjotgards?" Wieder nickte Borka. „Die Tochter des Trøndnerkönigs wird aus meinem Reich entführt, und niemanden stört es!" Nun war es der König der Ranriker der wütend wurde. Dann erzählte Borka noch, dass sein Hauptmann Guntram die Verfolgung aufgenommen hatte, obwohl dieser gar kein Seemann war. „Geh in dein Dorf, Jarl Borka. Ich werde mich darum kümmern!"

„Warum entführt ein Gaute, die Tochter des Grjotgard aus meinem Reich?" Diese Frage stellte sich Ragnar laut, nachdem Borka fort war. Hauptmann Thorsten sah seinen Herrn wissend an. „Was würde wohl geschehen, wenn König Grjotgard dies erfährt?" Und König Ragnar verstand sofort, worauf sein Hauptmann hinauswollte.

„Und wer würde daraus einen Nutzen ziehen?", bohrte Thorsten weiter. Und da fiel dem Ranriker ein, dass ihm der

Dänenkönig Horik in Britannien gedroht hatte. „Dieser elende, rothaarige Misthaufen muss schon in Britannien seine hinterhältigen Pläne auf den Weg gebracht haben." Thorsten nickte. „Da steckt der fette Hrotger dahinter. Der leckt dem Dänen doch die Eier!"

„Hätte Horik seine eigenen Krieger geschickt, wäre es sofort aufgefallen", sprach Ragnar überzeugt. „Also schickt er seinen Vasallen, der sich vor Angst in die Beinkleider scheißt, wenn Horik erscheint! Darum schickt der Gaute Hrotger seine Entführer zu uns."

„Und die sollen es so aussehen lassen, als hätten wir die Tochter des Grjotgard entführt", fügte Thorsten hinzu.

„Dazu waren sie allerding zu dumm!" Und nun wurde Ragnar richtig wütend. „Und meine Jarls tun nichts!"
Er erhob sich, und sah den Hauptmann streng an. „Schick sofort einen Boten zu Jarl Breka", rief Ragnar Sigurdsson.

„Ich will ihn sehen. Hier in Älvsborg."

König Ragnar saß auf seinem Hochstuhl, als Breka in die Königshalle von Älvsborg trat. Und der Blick der ihn traf war nicht freundlich. Wenn Breka geglaubt hatte, dass dieser Besuch bei seinem König gut für ihn enden würde, hatte er sich getäuscht. Zwei Krieger traten heran, und führten Breka vor den König. Und Ragnar sah ihn für einen langen Augenblick schweigend an. In der Halle herrschte nun absolute Ruhe. Keiner der Anwesenden Männer und Frauen sprach ein Wort. Alle warteten darauf, dass der König etwas sagte. Doch Ragnar ließ sich Zeit. Dann trat sein Weib Aslaug in die Halle, grüßte kurz, und nahm Platz. Auch diese sollte sich noch wundern. Erst jetzt begann der König zu sprechen. „Jarl Breka, ich baute dir eine Festung an der Mündung der Götaälv. Und ich gab dir den Auftrag, den Fluss zu überwachen, damit sich kein Lumpenpack in den Vänern verirrt." Ragnar erhob sich, ging nach links,

172

drehte sich und ging nach rechts. „Was treibt ihr eigentlich
in der Götaburg, Breka? Wie ich höre, ist eine Gautenbande
mit ihrem Schiff in den Vänern gesegelt, hat die Tochter
König Grjotgards entführt, und ist unbeachtet zurück in das
Kattegat gesegelt." Nun wusste Breka woher der raue Wind
wehte. Diese Suppe konnte ihm nur Borka eingebrockt
haben. Und damit hatte er wirklich nicht gerechnet, dass
ausgerechnet sein Vater ihn beim König anschwärzen
würde. Doch nun schien sich zu rächen, dass er seine Sippe
vernachlässigt hatte. Und der König war sichtlich zornig!

„Gibt es einen Grund, den du mir nennen kannst, warum
du die Gauten hast entkommen lassen, Breka?", fragte
König Ragnar mit einer gefährlichen Ruhe in seiner tiefen
Stimme. „Ist es wahr, dass der Hauptmann… äh, wie war
noch sein Name?"

„Guntram", antwortete Thorsten dem König, und half ihm
seine Frage zu vollenden. Der König nickte. „Ja, richtig,
Guntram, war sein Name. Also, hat dein Vater Borka den
Hauptmann zu dir geschickt?"

„Äh ja, aber…", stotterte Breka etwas verlegen.

„Nichts aber", rief Ragnar zornig, und sprang von seinem
Hochstuhl auf. „Du wurdest also auf die Gautenbande
aufmerksam gemacht, und hast nichts getan! Nichts!" Die
Stimme Ragnars donnerte lautstark durch die Halle. Und
dann wandte er sich seinem Weib Aslaug zu. „Und du, mein
Weib? Warum haben meine Schiffe nicht die Verfolgung
der Eindringlinge aufgenommen?" Aslaug blickte zuerst
verschämt auf den Boden. Hob aber dann den Kopf, und
blickte ihren Gemahl stolz an. „Ich bin die Königin, und ich
hatte zu entscheiden!" Ragnar sah sein Weib an, überlegte
kurz, und nickte dann.

„Der Däne will sich an mir rächen", sprach Ragnar immer
noch verärgert. „Ich bin mir sicher, dass dieser Dreckskerl
dahintersteckt. Wollt ihr, dass die Pläne dieses Hundsfott

Horik aufgehen, und wir mit den Trøndnern in einen schwächenden Krieg eintreten?" Er setzte sich wieder auf seinen Hochstuhl. In der Halle hätte man eine Nadel fallen hören können. Und dann zeigte Ragnar auf Breka. „Du, Jarl, solltest mein Reich schützen! Doch du hast mich schwer enttäuscht. Danke den Göttern, dass ich deinen Kopf auf deinem Hals lasse! Du wirst deine Familie nehmen, und die Götaburg verlassen. Ich nehme dir den Jarlstitel, so wie ich ihn dir gab, Breka Borkasson. Und dann will ich, dass du Ranrike sofort verlässt!" Ein Raunen ging durch die Halle von Älvsborg. Dann wandte er sich dem Thorsten zu. „Du bist mir dafür verantwortlich, dass dieser unfähige Kerl aus meinem Reich verschwindet!" Der Hauptmann nickte zwar, aber ihm gefiel der Befehl keineswegs.

Nachdem Breka, begleitet von Thorsten, die Halle verlassen hatte, trat Aslaug zu ihrem Gemahl, und reichte ihm ein Bündel. Erstaunt sah Ragnar die Aslaug an. „Was ist das?" Sein Weib nahm auf dem Hochstuhl Platz. „Als du fort warst, mein Ragnar, träumte ich von Schlangen!" Der König sah die Aslaug fragend an. „Schlangen? Was denn für Schlangen, Aslaug?"

„Sie trachteten nach deinem Leben, mein Gemahl. Und du kennst meine seherischen Fähigkeiten. Darum habe ich dir diese Hose genäht."

Da fühlte der König die Hose, die tatsächlich aus einem schweren und festen Stoff genäht war. König Ragnar nickte zustimmend, und lobte die Arbeit seines Weibes. Fortan trug er die Hose der Aslaug. Und so kam es, dass man ihm den Beinamen Lodbrok[58] gab.

*

---

[58] Ragnar Sigurdsson, genannt Lodbrok (Lodenhose)

Die Tage auf See plätscherten dahin, und irgendwann gingen die Schiffe auf Südkurs. Vorbei an großen und kleinen Inseln, folgten sie dem Schiff des Gauten. Weitere drei Tage waren vergangen, als Thure endlich vom Mast herunterrief: „Land in Sicht!"

Auf der Steuerbordseite war eine Küste aufgetaucht, auf die sie zu steuerten. Einar, Raban und Gisli standen am Heck des Wellenwolfes. Der Jarl sah den Steuermann an. „Ich war noch nicht hier, aber meines Wissens nach, sollte das die Insel der Vestmannen sein."

Die Gautenschnigge nahm nun Kurs nach Süden, immer an der Küste entlang. Und der Wellenwolf, sowie auch der Flutenbrecher folgten ihr weiter in großem Abstand. Und dann schien es, als würde der Gaute das Land ansteuern. Thure sah, wie die Schnigge in eine Bucht abbog. Und als sie dieser näher kamen, verrieten die Rauchsäulen, die in den Himmel stiegen. „Dort drüben", rief er. „Dort ist ein Dorf!"

„Da wollte dieser Scheißkerl also hin", stellte Gisli unfreundlich fest. „Wenn er meinem Weib auch nur ein Haar gekrümmt hat, wird er Schmerzen erleben, von denen er niemals gedacht hätte, dass es sie gibt." Einar war an den Vordersteven getreten, wo bereits Olaf Ausschau hielt. Bald würde auch er die Küste der Bucht sehen können. „Willst du direkten Kurs auf die Siedlung nehmen?", fragte Olaf, der Stevenhauptmann, seinen Jarl. Doch dieser schüttelte den Kopf. „Nein, wir suchen uns ein schönes Plätzchen, und schauen uns erstmal an, wo wir hier sind." So hielten Olaf und Thure nach einem geeigneten Platz Ausschau. Und sie fanden an Steuerbord eine kleine Bucht, die den beiden Schiffen genügend Platz bot.

Das Schiff des Gauten steuerte nach Backbord, und legte an dem großen Anlegesteg an, der in die Bucht ragte. Hier herrschte reges Treiben der Händler und Fischer. Und dann kamen plötzlich Krieger zu der Anlegestelle. „Wer seid ihr?", rief einer der Männer streng, und nicht besonders freundlich. Da trat Varn an die Reling, und antwortete dem Mann: „Ich bin Varn Gulisson, und komme direkt aus der Heimat. Ich suche meinen Oheim Thurgeis."

„Du gehörst zu Thurgeis Sippe?" Der Mann sah den Seefahrer erstaunt an. Varn nickte. „So ist es! Kannst du mir sagen, wo ich Thurgeis finde?" Da lachten die Krieger.

„Und ob ich das kann. Was glaubst du, wer uns geschickt hat?"

„Na, dann bring mich zu ihm", forderte der Schiffsführer, und sprang auf den Steg. „Ihr wartet hier auf mich!" Mit den Kriegern verschwand er über den Weg, der zum Dorf führte.

Der Flutenbrecher und der Wellenwolf lagen hintereinander an einer Böschung, die sich mit der Reling auf gleicher Höhe befand. Weiden, Birken und Eichen standen bis zur Wasserkante, und daran banden sie die Schiffe an. Viel Platz zum lagern bot dieser Platz nicht. So verzichteten sie darauf ihre Zelte aufzubauen, und zogen lieber die Planen auf den Schiffen fest. Aber es gab hier Holz im Überfluss, und sie konnten ihre Holzvorräte wieder aufstocken. Bald brannten die Feuer in den Feuerstellen, und ein großer Kessel stand auf der einen. Es gab schließlich viele hungrige Mäuler zu stopfen.

„Und wie willst du jetzt vorgehen, Jarl?", fragte Guntram den Einar, und dieser zuckte mit den Achseln. „Ich glaube, wir schicken zuerst einmal unsere Späher aus. Es wäre gut zu wissen, wo wir hier sind. Und mit wem wir es zu tun haben."
Und als die Späher zurückkehrten erfuhren sie, dass sich in der Nähe ihres Lagers nicht nur das Dorf der Nordleute,

sondern auch ein Keltendorf befanden. „Ein Keltendorf und eine Wikingersiedlung so nah beieinander?" Olaf zeigte sich ziemlich verwundert. Doch scheinbar war es so!

Es stellte sich nun also die Frage, wie standen die beiden Parteien zueinander? „Ich werde es herausfinden", sagte Einar mit fester Stimme. Und als endlich Ruhe in das Lager am Ufer eingekehrt war, trat er zu dem einen Späher hin.

„Wo ist das Dorf?"

Der Krieger, es war Birk, zeigte die Küste entlang. Geh dort hin, dann kommst du direkt zu dem Keltendorf. Einar nickte, und wollte sich auf den Weg machen, doch da trat Raban neben ihn. „Du gehst nicht allein, Einar!" Der Jarl sah an dem Sachsen hinauf. „Nein, Raban, du bleibst hier", befahl der Jarl, doch er hatte nicht mit Rabans Sturheit gerechnet. „Du wirst nicht allein gehen!" Da gab er nach, und ließ zu, dass der Sachse ihn begleitete.

Einar nahm das Wehrgehäng von seiner Schulter, und reichte dem Gisli sein Schwert. „Bist du sicher?", fragte der Sohn des Borka beunruhigt. Da zog Einar seine kurzstielige Axt aus dem Gürtel. „Das muss reichen. Ich will mit den Kelten sprechen, und nicht kämpfen!" Da überreichte auch Raban dem Gisli sein Wehrgehäng.

Einar nickte, und machte sich auf den Weg. Raban folgte ihm. Sie waren eine Weile an der Küste entlanggelaufen, als sie auf einen Weg stießen, der aus dem Wald an die Küste führte. Sie folgten fortan dem Weg, und irgendwann kam ihnen ein Mann entgegen. Auf dem Kopf trug er die Kapuze einer Gugel, welche über seinen Schultern lag. Als er die beiden Fremden sah, blieb der Alte kurz stehen, ging dann aber auf die Fremden zu. „Cé hé tusa? (Wer seid ihr?)", fragte er, doch Einar und Raban sahen sich nur fragend an.

„Ní thuigeann tú mé (Ihr versteht mich nicht)", erkannte der Alte grinsend. „Ich glaube, ihm Fragen zu stellen ist sinnlos", sprach Einar zu seinem Begleiter. Doch er sollte sich wundern. „Nun, Junge, versuche es doch einfach“, sprach der Alte in reinster nordischer Sprache. Da sahen sich Raban und der Jarl überrascht an. „Du sprichst ja doch unsere Sprache“, stellte Einar fest, und nannte seinen Namen, sowie den seines Begleiters. „Mich nennt man Oisin (gespr. Oschin), und ich lebe in einer Hütte, dort drüben am nördlichen Rand des Waldes.“

„Sage mir Oisin, sind die Leute in dem Dorf feindlich gesinnt?“ Einar sah den Alten, mit dem grauen, langen Bart fragend an. „Eigentlich nicht“, antwortete der Ire. „Der Häuptling des Dorfes Baile Áth Cliath (schwarzer Teich) hört auf den Namen Cillian (gespr. Kiljan), und ist eigentlich ein friedlicher Kerl. Er hält ja auch Frieden mit dem Thurgeis. Der ist ein Mann von deinem Volk, und kam vor einigen Wintern hierher. Er errichtete eine Siedlung nicht weit von der keltischen entfernt. Bisher lebt man hier tatsächlich in Frieden.“

„Weißt du, ob dieser Cillian meine Sprache spricht`“, fragte Einar, und Oisin nickte. „Ja, das tut er. Aber er tut es nicht gern, und daher wohl auch nicht gut!“ Da griff Einar an seinen Gürtel, und nahm seine Geldkatze[59] in die Hand. Er zog ein kleines Stück Hacksilber heraus, und sah den Alten an. „Begleite uns in das Dorf, und sprich für uns.“ Da schüttelte Oisin den Kopf, „Nordmann, das ist nicht nötig. Man wird euch verstehen!“ Dann nahm der Mann seine Kiepe wieder hoch, die er zuvor abgesetzt hatte, nahm diese auf den Rücken, und setzte seinen Weg fort.
Die beiden Nordmänner sahen ihm nach, und Einar ließ das Silberstück wieder in dem Lederbeutel verschwinden.

„Dann wollen wir sehen“, sprach Raban, und lief los. Einar zog die Schultern hoch, und folgte dem Kahlkopf.

---

[59] Geldkatze – kleines Ledersäckchen, meist am Gürtel befestigt

Bald darauf sahen sie das Dorf, eine Ansammlung von reetgedeckten, eckigen Hütten, hinter einem hölzernen Palisadenzaun. An einem offenen Tor standen zwei Krieger. Sie trugen seltsam buntkarierte Hosen, und hüftlange, einfarbige Tuniken. Wehrgehänge mit einem Schwert darin, und lange Speere. Nach innen gebogene, ovale Schilde standen an den Wall gelehnt.

„Fan, cá bhfuil tú ag dul? (Halt, wohin wollt ihr?)", sprach der eine der Keltenkrieger, lehnte aber weiterhin auf seinem Speer. Und der andere sprach: „Má tá tú ag lorg lonnaíocht Thurgeis, tá tú tar éis teacht go dtí an áit mícheart (Wenn ihr die Siedlung des Thurgeis sucht, seid ihr hier falsch)." Raban riet einfach, was der Mann gesagt haben konnte, und zeigte in das Dorf. „Wir suchen deinen Häuptling Cillian", sprach Jarl Einar. „Ah, tá Cillian á lorg agat (Ah, Cillian sucht ihr)!" Der Wächter hatte die Worte des Nordmannes verstanden. Er zeigte den Weg hinauf. „Siúil leat ansin go dtí go bhfeiceann tú Belenos[60]. ansin gheobhaidh tú Cillian (Geht dort entlang, bis ihr Belenos seht, dort findet ihr Cillian)." Die beiden Männer hatten kein Wort verstanden, also folgten sie dem Fingerzeig des Mannes. Und nach einer Weile, das Dorf war größer als gedacht, erreichten sie einen Platz, auf dem ein Baum stand. Dieser war feinsäuberlich mit der Figur eines Kriegers ausgeschnitzt worden. Und der Anblick dieses Baumes erinnerte Einar an den Götterbaum auf Tautra, den Thoke und Brok am Südstrand erschaffen hatten. Einige Frauen, in Kleidern aus kleinkariertem Stoff, in verschiedenen bunten Farben, liefen mit Körben umher. Und auch Männer in ähnlicher Kleidung, wie zuvor die Wächter am Tor, standen vor den Hütten oder liefen umher. Doch was sofort auffiel, waren die Nordleute die hier im Dorf herumliefen und Geschäfte machten. Diese waren

---

[60] Belenos – keltische (Heil)Gottheit, von den Römern mit Apollon gleichgesetzt.

Einar sofort in sein rotes Auge gefallen. Die beiden Männer aus dem Trøndelag gingen zu dem Baum, und besahen sich die Arbeit des Schnitzers. Und der Wächter hatte Recht. Es dauerte nicht lange, da wurden sie angesprochen. „Dies ist Belenos, einer unserer Götter", sprach ein Mann, der hinter ihnen aufgetaucht war. Über der halben Stirn, und um das rechte Auge herum, zog sich eine kreisförmige Tätowierung in blauer Farbe. „Er ist ein Gott der Heilung." Die Trøndner sahen an der übermannsgroßen Figur empor, der streng auf sie herabsah. „Es gibt scheinbar sehr gute Handwerker in dem Dorf", sagte Raban lobend zu dem Kelten. Auch dieser trug eine karierte Wollhose. „Oh ja, die haben wir, denn Belisama[61] schenkt ihnen ihr Talent. Doch dieses Monument, war die Göttin des Lichts selbst", erklärte der Mann. Da sahen die beiden Trøndner ihn ungläubig an. Und dies erkannte der Kelte. „Es war in der Nacht von Beltane[62], da brannte plötzlich der Baum, und am Morgen sah er so aus." Nun wollte Einar den Mann nicht beleidigen, und tat erstaunt. Und dann sah der Kelte die beiden mit strengem, durchdringendem Blick an. „Man nennt mich Cillian! Ich bin vom Volk der Gaeilen[63]! Kommt!" Er ging voraus, und Einar folgte ihm. Raban stand noch vor dem Gott, der auf ihn herabsah. Doch dann folgte auch er dem Keltenhäuptling.

Dieser lud die beiden Nordmänner in ein Haus, und sie setzten sich um ein Feuer. „Wer seid ihr?", fragte der Mann mit den blauen Tätowierungen im Gesicht. „Ich bin Jarl Einar, und dieser Mann ist Raban, mein Schatten. Wir kommen aus dem großen Ladefjord im Trøndelag."

---

[61] Belisama – keltische Göttin, Göttin des Feuers und des Lichts, die Göttin des Handwerks
[62] Beltane – Sommeranfang im irischen Kalender
[63] na Gaeil – Gälen

Fragend sah Cillian den Jarl an. Er wusste natürlich nicht im geringsten wovon Einar da sprach. Da betrat eine junge Frau den Raum, und brachte das Bier und die Becher, nachdem Cillian verlangt hatte. „Dies ist meine Tochter Caragh." Sie hatte langes, bräunlich-rotes Haar, zählte vielleicht zwanzig Winter, und war von schlanker Statur. Und ihr Blick fiel sofort hoch interessiert auf den Mann mit dem roten Auge. Sie füllte die Becher, stellte den Krug ab, und setzte sich dem Jarl gegenüber. „Tá aghaidh mhín ort, a Nordmann", sprach sie mit ruhiger Stimme. Einar verstand natürlich nicht, und Cillian übersetzte die Worte seiner Tochter. „Sie findet, dass du ein sanftes Gesicht hast."

„Ach cuireann do shúile eagla orm."

„Doch dein rotes Auge erschreckt sie", sprach der Häuptling lächelnd. Da beugte sich Raban zu seinem Jarl hinüber, und flüsterte: „Sei vorsichtig, ich glaube, sie sucht einen Gemahl." Er begann zu grinsen. Caragh blickte den Raban böse an. Jarl Einar wiederrum sah die Tochter des Häuptlings an. „Es war ein Kampf, der mir dieses Andenken hinterließ", erklärte der Jarl lächelnd, und Cillian übersetzte für ihn. Doch dann fragte der Häuptling: „Was treibt euch hierher? Nicht weit von hier, ist die Siedlung des Thurgeis, und doch kommt ihr zu uns."

Eigentlich wollte Einar den Grund ihrer Anwesenheit lieber verschweigen. Doch sein Gefühl sagte ihm, dass er dem Kelten vertrauen konnte. „Wir verfolgen einen Mann, der genau diese Siedlung angesteuert hat."

Mit dieser Antwort gab sich der Häuptling aber natürlich nicht zufrieden. „Und dieser Mann, was hat er euch angetan, dass ihr ihm folgt?"

„Er raubte die Tochter meines Königs", antwortete Einar, und Cillian war zufrieden. „Und dieser Mann ist jetzt bei Thurgeis?" Einar nickte, und Raban stieß ihn an. Er war der Meinung, dass Einar zu gesprächig war.

Es kam so, dass der Keltenhäuptling die beiden Männer einlud, die Nacht in seinem Haus zu verbringen. Und so machten es sich Einar und Raban neben der Feuerstelle, auf dem Boden gemütlich.

Es war weit nach Mitternacht, als Einar plötzlich erwachte, da ihn etwas berührte. Jemand hatte sich auf ihn gesetzt. Er wollte gerade hochfahren, da sprach eine weibliche Stimme im Flüsterton: „Ná bíodh eagla ort, Nordmann, is mise, Caragh (Erschrecke nicht, Nordmann. Ich bin es, Caragh)." Sie ergriff seine Hand, und legte diese auf ihre nackte Brust. Nun verstand Einar was vor sich ging. Was sollte er nun tun? Sollte er sich wehren? Doch ehe er sich versah, stellte sich diese Frage nicht mehr. Die flinken Finger der jungen Gaeilin hatten schnell gefunden, wonach sie suchte, schließlich war es warm, und Einar schlief fast unbekleidet. Er spürte wie sie sich bediente, und nun überkam ihn ein Gefühl größter Lust, gegen das er sich nicht wehren konnte. Es war ihm jetzt auch egal, ob Raban erwachen könnte. Mit angespannten Muskeln und festen Stößen seiner Lenden, verschaffte er sich Erleichterung. Das leise Stöhnen der Caragh wurde nun lauter, und plötzlich schoss dem Jarl der Gedanke durch den Kopf, dass auch Cillian und sein Weib in diesem Haus schliefen. So zog er die junge Frau zu sich hinunter, und küsste sie innig, um ihr den Mund zuverschließen. Doch wenn Einar geglaubt hatte, dass dies nächtliche Treiben unbemerkt geblieben war, täuschte er sich gewaltig. Nicht nur Raban lag mit offenen Augen an der Feuerstelle, sondern auch dem Häuptling Cillian war der Überfall seiner Tochter auf den Gast nicht unbemerkt geblieben.

Als Einar am nächsten Morgen erwachte, lag Caragh in seinem Arm und schlief fest. Er versuchte sich aus ihrer

Umklammerung zu lösen, dabei grunzte sie kurz wie ein junges Schwein, und drehte sich von ihm weg. Nun war er frei, und konnte aufstehen. Jetzt sah er, dass die Schlafstelle seines Begleiters leer war. Raban war längst erwacht, und aufgestanden. Einar überkam ein schlechtes Gefühl, und er sah nach seinen Sachen. Das Messer und die Axt waren noch da. Der Gedanke entwaffnet worden zu sein, hatte sich also nicht bestätigt. Er schlüpfte in seine Beinkleider und verließ das Haus. Etwas seitlich stand, neben einer Bank auf der Raban saß, ein großes Fass mit Regenwasser. An dieses trat der Jarl und versenkte seinen Kopf darin. Tropfend sah er den Sachsen an. „Was?" Einar blickte streng fragend, und Raban antwortete ausweichend. „Ähm…, nichts." Einar ließ seine langen Haare durch seine Finger gleiten, und quetschte so das Wasser heraus. Dann kämmte er sich die Haare mit den Fingern durch. „Ich konnte nichts dafür. Sie hat mich überfallen." Da lachte Raban auf. „Und dein Pimmel ist nur ausversehen in die Keltin gerutscht", grinste der Sachse vor sich hin. Und plötzlich trat Cillian aus dem Haus. Er sah sich um, und erblickte die beiden Gäste. Was würde nun geschehen? War Einar zu weit gegangen, als er es mit der Tochter des Kelten trieb? Doch eigentlich war er ja unschuldig, und da sich keine Krieger vor dem Haus des Häuptlings gesammelt hatten, fühlte er sich sicher.
Und tatsächlich verlor Cillian kein Wort über das nächtliche Gestöhne seiner Tochter Caragh. „Ich hoffe, ihr habt gut geschlafen", sagte er, und sah dabei Einar an. Und der Jarl nickte zufrieden. „Aber ja, hervorragend." Da begann Raban zu kichern, und zog sich einen zornigen Blick seines Jarls zu. „Dann wollen wir ein Morgenmahl zu uns nehmen, denn mit Hunger im Bauch, verlebt sich der Tag nicht gut", schlug der Häuptling vor, und setzte sich zu Raban auf die Bank. „Was gedenkt ihr nun zu tun, Einar?"

183

„Wir werden diesem Thurgeis einen Besuch abstatten“, sagte der Jarl. „Dann werden wir sehen, ob wir Eira ohne Kampf zurückbekommen. Wenn nicht, wird er es bereuen!“

„Du bist dir sicher, dass deine Landsleute gegen euch kämpfen wollen?“ Der Kelte war ein wenig erstaunt, über Einars Worte. „Sie sind nicht unsere Landsleute“, begann der Jarl zu erklären. „Sie sind Gauten, und wir sind Trøndner. Unsere Könige sind alles andere als Freunde. Die Entführung unserer Prinzessin gehört zu einer üblen Hinterlist, und soll uns in einen Krieg führen. Dies will ich verhindern.“ Der Keltenhäuptling nickte. „Das ist ein gutes Ansinnen, Einar!“ Da trat Carragh aus dem Haus. „Dia dhuit ar maidin, Einar (Guten Morgen, Einar)“, sprach sie mit einem reizenden Lächeln, und sah dabei den Jarl an. Da traf sie ein böser Blick ihres Vaters, und Einar war sich sicher, dass er es wusste, und nicht billigte.

Nach dem sie ein üppiges, und durchaus schmackhaftes Morgenmahl zu sich genommen hatten, bedankten sich die beiden Männer bei dem Häuptling, und machten sich auf den Weg. Doch bevor sie das Dorf nach Westen verließen, wartete Carragh auf dem Weg. „Tá súil agam go bhfeicfimid a chéile arís, Nordmann (Ich hoffe, dass wir uns wiedersehen, Nordmann).“ Sie küsste Einar innig, und lief davon.

„Mann, du hast ja großen Eindruck hinterlassen“, sagte Raban grinsend. „Ist das so? Ich habe kein gutes Gefühl bei der Sache“, erwiderte der Jarl, und äußerte seine Bedenken.

„Ich habe seine Tochter gefickt, und ihn schien es nicht zu stören. Da ist doch etwas faul!“

„Naja, sie ist eine erwachsene Frau, die weiß was sie tut. Vielleicht wollte sich Cillian nicht einmischen.“ Diese Mutmaßung des Sachsen schien Einar die Vernünftigste zu sein. „So ist es wohl. Hoffe ich. Denn ich würde nur ungern gegen diesen Mann kämpfen." Es war natürlich nicht Angst, die den Jarl trieb, sondern eher Achtung vor dem Häuptling. Der Weg aus dem Dorf führte wieder in einen Wald, und zur Küste der Bucht. Und nach einem längeren Marsch, sahen sie das Dorf der Nordleute.

*

Die Begrüßung des Thurgeis war eher unfreundlich und kühl, als Varn Gulisson vor seinen Oheim trat. „Wer seid ihr, und was führt euch hierher?", fragte er mit strenger Stimme. Thurgeis war ein stattlicher Mann, und näherte sich bereits den fünfzig Wintern an Lebenszeit. „Aber erkennst du mich nicht, Thurgeis? Ich bin dein Neffe Varn, der Sohn deiner Schwester Ingrid." Hatte Varn geglaubt, dass Thurgeis nun freundlicher werden würde, hatte er sich getäuscht. „Soso! Und wer sagt mir, dass dies stimmt?"

„Ich sage es dir! Mein Vater ist Guli, und meine Mutter Ingrid. Ich komme aus dem Smaland, deiner Heimat. Dein Vater, der mein Großvater war, hieß Björn, und wurde "der Kalte" genannt. Reicht dir das?" Varn war nun ein bisschen aufgebracht. „Na gut, na gut, du bist also der Sohn meiner Schwester. Was willst du hier?" Da wandte sich Varn um, und winkte seinen Kriegerinnen, die die Eira heranführten.

„Mein Oheim, ich bringe dir ein Geschenk", versuchte Varn sich einzuschmeicheln. „Ihr Name ist Eira, aber du kannst sie natürlich nennen wie es dir beliebt. Sie wird dir eine gute Sklavin sein."
Thurgeis fuhr sich nachdenklich mit der Hand durch seinen langen Bart. „Wer ist sie?", fragte der Mann misstrauisch.

„Du kommst hierher, um mir eine Sklavin zu bringen?"
Da wurde Varn ein bisschen blass um seine Nase.
Er wusste, dass Eira ganz sicher nicht schweigen würde. So versuchte er es mit der Wahrheit. „Sie ist die Tochter König

Grjotgard Herlaugssons, und König Hrotger gab mir den Befehl sie verschwinden zu lassen." Wieder fuhr sich der Häuptling mit der Hand über seinen grauen Bart. „Das ist also die Tochter des Trøndnerkönigs", stellte Thurgeis fest. „Und die hast du geraubt?" Varn nickte wahrheitsgemäß.

„Und da fiel dir nur dein Oheim Thurgeis ein, um sie zu verstecken?" Noch war die Stimme ruhig, aber dies sollte sich jetzt ändern. „Wann werden denn deine Verfolger hier eintreffen, Varn Gulisson? Sohn meiner Schwester Ingrid!"

„Die gibt es nicht, Thurgeis!" Varn war sicher nicht verfolgt worden zu sein. Woher sollten die Verfolger auch wissen, wohin es ihn zog. Nein, hier waren sie sicher. Doch da meldete sich Eira zu Wort. „Mein Vater wird kommen, und jeder der an meiner Entführung beteiligt ist, wird es bitter bereuen!" Da lachte Thurgeis auf, doch es war kein ehrliches Lachen. „Wir werden sehen!" Er rief nach einem Mann, der Eira fortbringen sollte. „Gehorche, und es geht dir gut. Wenn nicht, verkaufe ich dich an die Kelten!!"

„Halte durch, Eira", flüsterte die Dänin Britta, bevor der Krieger die Sklavin mit sich zog. Sie hatte beschlossen, so schnell wie möglich in Erfahrung zu bringen, wohin man die neue Freundin bringen würde.

Noch am selben Abend erfuhr der Varn einiges über dieses Land. „An der Ostküste gibt es einige Jarls, die sich hier angesiedelt haben. Die einheimischen Kelten haben sich in das Landesinnere zurückgezogen. Einzig hier bei mir gibt es ein Keltendorf an der Küste", berichtete der Jarl Thurgeis seinem Neffen. „Wenn du also einen eigenen Gau haben willst, wirst du ihn wahrscheinlich erkämpfen müssen. Ich rate dir in den Süden zu gehen." Doch Varn schüttelte den Kopf. „Ich habe nicht vor hier zu bleiben. Mich zieht es in die Heimat zurück. Es wartet der Lohn des Königs auf mich."

Einar und Raban gingen den Weg entlang direkt in das Dorf des Thurgeis. An manchen Stellen arbeiteten Männer an einer Palisade, doch geschlossen war diese noch lange nicht. Raban sah den Jarl an. „Man ist hier von sich aber ziemlich überzeugt, oder ganz schön dumm, wenn man sich mit dem Schutz der Siedlung so viel Zeit lässt." Einar nickte, denn er verstand. Nun ging es jedoch darum, sich hier umzusehen. Es galt herauszufinden, wie groß die Kampfkraft der Gauten war. Und vielleicht auch, wo sie Eira finden konnten. Der Weg führte über den Hafen in das Dorf. An dem Anlegesteg lagen nur vier Schiffe. Eines war die Schnigge des Varn. Eine Schnigge gehörte sicher dem Jarl Thurgeis, und dann waren da noch zwei Skuder. Alle anderen, waren kleinere Boote, die wahrscheinlich Fischern aus der Umgebung gehörten. Hier am Hafen gabelte sich der Weg, und führte weiter geradeaus am Ufer entlang nach Westen, und um die Bucht herum. Der andere Weg führte nach Norden in das Dorf. Diesen Weg, an grünen Wiesen vorbei, schlugen sie ein, und sahen auch schon die ersten Hütten. Sie waren gar nicht weit gegangen, da befanden sie sich schon im Dorf. Es war ein typisch nordisches Dorf. Ein großer Platz, von dem Stern förmig Wege abgingen. An diesen Wegen standen die Hütten der Bewohner. Und an dem Platz stand das Haus des Thurgeis. Ein weiterer der Wege führte zur großen Methalle, in der der Jarl seine Gefolgschaft zusammenrief. Nun sah Raban den Jarl an, und zeigte dann auf sein rotes Auge. Einar verstand, und öffnete seine Geldkatze. Aus dieser zog er eine lederne Augenklappe hervor. „Glaubst du, man kennt mich hier?" Raban verzog sein Gesicht. „Jarl Blutauge? Oh, ich bin mir sicher!" Einar verbarg das rote Auge unter der Klappe, und sprach zu dem Sachsen: „Dann suchen wir mal nach der Eira!"

*

187

11. ÜBERFALL AUF DUBH LINN

Brekas Schnigge folgte dem Schiff des Hauptmannes Thorsten in die Götaälv, und segelte den Fluss entlang zu der Burg, die nicht mehr seine Burg war. Die Wut des Ragnar hatte ihn mit aller Wucht getroffen, und ihm die Schuld an der ganzen Geschichte gegeben. Nun musste er die Bestrafung des Königs ertragen!

Einige Männer auf dem Schiff sprachen sich dazu aus, den Breka zu begleiten, und weiterhin zu ihm zu stehen. Andere wandten sich von ihm ab, und sagten dies auch offen. Gefolgschaft, die seinen Verrat an der eigenen Sippe nicht verstand, und ihn deshalb nun verabscheute. Es stellte sich dem Mann, der am Anfang dieses Tages noch der Jarl der Götaburg war, die Frage, ob er überhaupt eine Besatzung für seine Schnigge zusammen bekommen würde.

Und nun stand der Sohn des Borka an der Reling neben dem Vordersteven, und sah das Ufer an sich vorbeiziehen. Wo sollte er nun hin? Ganz sicher nicht nach Borkasvik, in das Dorf seines Vaters. Soviel wusste Breka!

Die Zeit verging, und es wurde dunkel. So steuerten sie die Schnigge an das Ufer des Flusses, um dort die Nacht zu verbringen. Und während alle schliefen, saß Breka auf der Reling, und sah die seichten Wellen des Flusses im Mondlicht glänzen. Hauptmann Thorsten hatte gar nicht richtig mitbekommen, dass Breka sich entschlossen hatte, die Nacht an der Böschung zu verbringen. So segelte er durch die Nacht Richtung Götaburg.

Erst nach der Tagesdämmerung bemerkte der Hauptmann, dass die Schnigge ihm nicht gefolgt war. Und als dann später der große Segler des Breka in den Hafen einfuhr, lag die Schnigge des Hauptmannes bereits am Anlegesteg. Mit verärgertem Antlitz stand Thorsten auf dem Steg, und überzog Breka sofort mit Vorwürfen. Erstaunt verfolgten viele den Streit des Gauten mit dem Thorsten. Und sie wunderten sich, denn schließlich wusste niemand von dem Befehl des Königs. Breka hatte aber keine Lust mit dem Thorsten zu streiten, so ließ er ihn einfach stehen, und begab er sich sofort auf den Weg zu seinem Hof. Dieser lag etwas außerhalb der Götaburg. Astrid war erfreut, als Breka auf den Hof geritten kam. Er band sein Pferd an das Gatter des Schweinepferchs, und ging mit strengem Blick, vorbei an seinem Weib, schweigend ins Haus. Astrid folgte ihm, und fragte: „Breka, was ist geschehen? Was wollte der König von dir?"

„Oh, das kann ich dir sagen. Ich bin von Ragnar verstoßen worden. Er hat verlangt, dass wir sein Reich verlassen." Da war Astrid entsetzt. „Aber warum das?", fragte Astrid noch ungläubig. „Was kann so schlimm sein, dass dich der König verstößt?"

„Weil mein Vater Borka mich bei Ragnar angeschwärzt hat."

„Aber Breka, wie kannst du so etwas sagen? Was kann es denn schon Schlimmes gegeben haben, um dich beim König anzuschwärzen?", fragte sie aufgeregt. „Was hast du ihm getan?"

„Man hat die Eira entführt, und ich habe es zugelassen", gab Breka zu. „Was? Man hat die Eira entführt?" Nun war es die Astrid die nicht verstehen konnte, warum ihr Gemahl dies zugelassen hatte. „Aber Breka, warum hast du nicht geholfen? Wie konntest du dies tun? Sie ist doch deine Schwägerin!"

„Rede nicht herum, Astrid! Wir müssen Ranrike verlassen. Pack also all unseren Hausstand ein", befahl er seinem Weib. Nun aber überkam die goldblonde Astrid doch große Aufregung, und sie verstand endlich, dass ihr Gemahl es ernst meinte. „Aber Breka, dies ist doch unser Heim", jammerte Astrid. „Nicht mehr, Astrid! Der König hat uns verstoßen, wir müssen fort von hier. Wir sind heimatlos!" Dann rief er nach dem Knecht und der Magd. „Du holst Donnerhuf und Silberschweif aus dem Stall. Ich lasse die Pferde nicht hier!" Der Sklave nickte. „Und was wird aus dem anderen Vieh?"

„Wir müssen es zurücklassen." Der Knecht nickte und verließ das Haus. „Du kümmerst dich um die Kinder", befahl er der Magd. Die Kinder Asbjörn und Asta zählten bereits fünf und sechs Winter. „Eine Überfahrt mit den Kindern?", fragte Astrid entsetzt. Doch Breka ließ sich nicht mehr beirren. „Versteh doch, Weib, der König ist zornig auf mich. Wenn wir nicht freiwillig gehen, wird er uns mit Gewalt verjagen. Ich weiß nicht, was in Ragnar gefahren ist. Aber er will, dass wir sofort verschwinden." Jetzt konnte Astrid ihre Tränen nicht mehr zurückhalten. „Aber wo sollen wir denn hin?"

„Wir finden ein neues Zuhause, warte es ab. Doch jetzt müssen wir hier weg", sprach Breka beruhigend, strich ihr über das goldblonde Haar, und Astrid nickte. „Ihr werdet Silberschweif vor den großen Wagen spannen, und diesen mit allem beladen, was wir mitnehmen können. Dann macht ihr euch auf den Weg zum Hafen. Aber vorher holst du mir Donnerhuf vor das Haus. Und vergiss nicht ihn zu satteln." Der Knecht nickte und verschwand. Eilig begab sich Breka in die Schlafkammer seines Hauses. Eigentlich war diese nur von einer dünnen Wand, geflochten aus Weidenästen, vom großen Raum abgetrennt. Hier stand auch nur das Bett des Paares, und eine breite Wiege, die Breka von einem Zimmermann in der Götaburg hatte bauen und schnitzen lassen. Er packte sich das Bett, und nahm seine Kurzstielige. Mit gezielten Schlägen flogen die Keile, die das Gestell zusammenhielten, durch den Raum. Die einzelnen Teile des

Bettes, stellte er hochkant an die Wand. Dann begann er den hölzernen Boden aufzunehmen.

Unter den Bodenbrettern kam eine Kiste zum Vorschein, die Breka heraufzog. Dabei musste er sich anstrengen, denn die Kiste war schwer und unhandlich. Breka wusste, dass seine Schätze, die er in der Götaburg versteckt hatte, für ihn nun verloren waren. Man würde ihn sicher nicht mehr in die Halle der großen Rundburg lassen. Doch in dieser Kiste, hatte er genug Gold und Silber gehortet, um ohne Sorge irgendwo anders ein neues Leben beginnen zu können. Er nahm die Kiste, und zog diese hinter sich her aus dem Haus.

„Los, hilf mir!" Er packte sie mit Hilfe des Sklaven auf den Wagen, der bereits vor dem Haus stand. Da kam der Knecht mit Brekas Lieblingspferd Donnerhuf aus dem Stall zurück, band dieses an einem Pfosten an, und verschwand wieder. Breka holte seine Waffen aus dem Haus, um diese auf dem Sattel anzubinden. Kurz darauf kam der Knbecht mit Silberschweif aus dem Stall, den er vor den Wagen spannte, so wie der Befehl seines Herrn lautete. Da kam Breka mit seinem Rundschild, den er an eine Schlaufe des Sattels hängte.

Nach einer Weile hatte Breka die einzelnen Teile seines Bettes, sowie die Matratze auf dem Wagen verstaut. Dazu kamen zwei Truhen in denen sich der größte Teil der Kleidung befand. Die Frauen brachten die Eisenwaren auf den Wagen, sowie Teller, Schüsseln und Löffel. Die Kinder brachten ihr Spielzeug, denn dieses wollten sie auf keinen Fall zurücklassen. Alles wurde sorgsam verstaut, und befestigt. „Hol die Säcke mit dem Saatgut, und dann die Vorräte."

Es begann bereits zu dämmern, als sie sich auf den Weg zum Hafen gemacht hatten. Dem Knecht hatte Breka den Befehl gegeben, das Vieh freizulassen, damit es nicht verhungern musste. So verschwanden Schafe, Kühe, und Schweine im nahen Wald.

Schnell hatte sich die Nachricht vom Befehl des Königs in der Hafensiedlung herumgesprochen, und alle, die mit der Führung des Jarls nicht einverstanden waren, würden es jetzt wagen dem einstigen Anführer entgegen zu treten. So bestand durchaus die Gefahr eines Angriffs. Und dies wollte Breka vermeiden. Darum war Eile geboten!

Es war schon dunkel, als der Knecht den Silberschweif mit dem Wagen auf den breiten Anlegesteg führte. Dort, bei der Schnigge, warteten sieben Männer auf den Breka. Nur diese waren dem einstigen Jarl treu und bereit ihm zu folgen. Diejenigen, die bereit waren Breka zu begleiten, hatten, falls sie diese besaßen, ihre Besitztümer bereits ebenfalls an Bord gebracht. Doch die meisten hatten ihr gesamtes Hab und Gut sowieso in ihren Seekisten.

„Es gab kurz Ärger", erklärte der Stevenhauptmann der Schnigge. „Vier Kerle suchten nach dir. Wir haben die sie verjagen können, aber je eher wir hier wegkommen, umso besser ist es!" Also begannen sie, mit vielen Händen das Schiff zu beladen. Brekas Besitztümer wurden über die Reling gehoben, und verschwanden in den Staukammern unter den Planken. Sie zerlegten den Wagen, und schafften auch diesen auf das Schiff. Dann gingen Astrid und die Magd mit den Kindern an Bord, wo bereits zwei junge Weiber warteten. Sie waren die künftigen Bräute zweier Krieger, die Breka folgen wollten. Und auch die beiden Pferde schafften sie über eine Planke auf das Vorderschiff, und banden diese an der Reling der Schnigge fest. Breka wollte einfach nicht auf die geliebten Tiere verzichten. Seine wertvolle Kiste verstaute er im Laderaum unter dem Heckstand. Dann begab er sich an die Steuerstange, denn sein Steuermann war gegangen. Ohne großes Aufsehen zu erregen, legten sie noch in der Nacht ab, und ruderten aus dem Hafen. Sie setzten das Segel, und Breka steuerte die Schnigge in die breite Mündung der Götaälv. Es war schon lange her, doch einst hatte er das Steuern von Einar und Kjelt gelernt. Und an Mut fehlte es dem Breka nicht. Zwar war es gefährlich in der Nacht zu segeln, doch der einstige Jarl wollte Ranrike so schnell wie möglich verlassen.

*

In dem Dorf des Thurgeis hatte sich bereits die Nachricht herumgesprochen, dass der Jarl eine Königstochter als Sklavin hielt. Und dies erfuhren die beiden Trøndner auch gleich auf dem Markt. Und zwar von einem Gauten, der vor einigen jungen Weibern den Mund recht voll nahm. Einar und Raban stellten sich einfach dazu, und hörten wie der Kerl seine Lügen erzählte. „Es war ein großer Kampf, gegen den Trøndnerkönig, bis wir ihm seine Tochter entrissen", log der Mann mit größter Inbrunst. Und die jungen Frauen sahen ihn bewundernd an. „Ich selbst, habe dieses Weib aus der Burg von Lade geraubt. Und keiner der Trøndner konnte mich aufhalten."

Da konnte sich Raban nicht mehr zurückhalten. „Sage mir, wie konntest du das Weib denn in Lade entführen? Ich hörte, dass sie die Gemahlin eines Mannes in Ranrike sei."

Da wurde es unruhig. Einige lachten, andere schimpften über den Aufschneider. Und der Gaute mit dem großen Maul sah Raban wütend an. „Was redest du da, Mann? Warst du dabei oder ich? Hau besser ab, bevor ich…"

„Oh, lass uns besser gehen, bevor er…", sprach Raban lachend, und zog Einar mit sich. Der Gaute schimpfte ihnen hinterher, folgte ihnen aber nicht. „Das war ein netter Spaß, aber erfahren haben wir von dem Angeber leider nichts", sagte Einar grinsend.

Auf dem großen Platz standen einige Stände, an denen Bauern und Fischer ihre Waren anboten. Es gab aber auch Frauen die ihre Handarbeiten verkauften, und einen Zimmermann, der Holzarbeiten anbot. Überall hier standen Leute, die miteinander sprachen. „Wie viele Krieger hast du bisher gesehen?", fragte Einar den Sachsen. Er zuckte mit den Schultern. „Vielleicht zehn oder so. Mehr waren es nicht!"

„Und davon waren drei mit Sicherheit Krieger aus Varns Besatzung", stellte Einar fest. „Wahrscheinlich sitzen die alle in der Methalle und saufen", vermutete Raban grinsend.

„Dann sollten wir doch einfach mal nachsehen", schlug Einar vor. Doch daraus wurde nichts. Sie waren gar nicht mehr weit von der Methalle entfernt, da kam ihnen eine junge Kriegerin entgegen. Sie war von schlanker Statur und recht hübsch. Und plötzlich fiel ihr Blick auf Einar. Sie blieb stehen, und starrte ihn an. Dies war dem Jarl natürlich aufgefallen. Er blieb ebenfalls stehen, und sprach die junge Frau an. „Warum starrst du mich an?"

„Bei Odin, sie hatte also tatsächlich recht", sprach das Weib, und Einar verstand nicht. Sie sah den Mann mit der Augenklappe an. „Du bist es!"

„Ich bin wer?"

„Du bist Einar Blutauge!" Die Dänin war sich sicher, den Mann vor sich zu haben, den Eira beschrieben hatte. Da sah sie Einar streng an, und wollte etwas sagen. Doch die Dänin war schneller. „Ich bin Britta, die einzige Freundin die Eira hier hat. Und ich war ihre Wächterin!"

„Wo ist Eira", fragte Einar streng, und Britta sah ihn etwas traurig an. „Sie ist nun die Sklavin von Jarl Thurgeis. Varn Gulisson schenkte sie dem Jarl von Dubh linn."

„Schau nicht so traurig, denn dies werden wir zu ändern wissen", sprach Einar ruhig, denn er erkannte, dass es der Britta nicht gefiel, dass sie der Eira nicht helfen konnte.

„Dann lass mich an deiner Seite kämpfen, Einar Blutauge",
bat Britta den Mann mit der Augenklappe. Einar sah den
Raban an, und dieser nickte zustimmend.

„Gut, komm mit uns", sagte er, und nahm die Augenklappe
ab. „Du bist es wirklich", staunte die Dänin beim Anblick
des roten Auges. Fragend sah Einar die junge Kriegerin an.

„Ja, ich bin es, und wir werden die Eira retten."
Einar wandte sich dem Raban zu. „Ich werde zu diesem
Thurgeis gehen. Und du sorgst dafür, dass er nicht auf
dumme Gedanken kommt." Raban verstand sofort, was
Einar wollte.

„Und nimm Britta mit dir! Sie wird dir helfen, wenn es
nötig wird." Raban nickte. So machte er sich auf den Weg
zu dem Haus des Jarl Thurgeis. Und dieses war nicht
schwierig zu finden. Britta sah den Jarl fragend an, folgte
aber dem Sachsen zum Haus des Thurgeis. Einar dagegen
machte sich auf den Weg zur Methalle.
Die Halle war nicht besonders groß, genau wie das ganze
Dorf nicht sehr groß war. Einar trat an den Eingang, wo ein
Wächter stand. „Wohin willst du?", fragte er, und Einar
schüttelte ungläubig den Kopf. Er zeigte in die Halle. „Da
rein! Wohin sonst?" Der Wächter blickte ihn an, und starrte
auf das rote Auge. „Das sieht schmerzhaft aus, Mann."

„Ist es aber nicht. Nicht mehr!" Dann schob er den Mann
beiseite und trat ein. Dies war eigentlich ein ganz normales
Langhaus, mit Tischen und Bänken darin, einer länglichen
Feuerstelle, und einem Hochstuhl an der langen Wand.
Nicht so riesig wie in Tautra Einars Jarlshalle oder gar die
Königshalle von Lade. Ohne zu zögern trat Einar vor den
Hochstuhl, wo Thurgeis saß, und mit einigen Männern
sprach. Ohne abzuwarten erhob Einar seine Stimme. „Ich
bin weit gesegelt, um zurück zu holen, was dir nicht gehört,
Thurgeis!" Einar sprach laut, und so erlangte er sofort die

Aufmerksamkeit der Männer. Sie sahen sich verwundert um, und blickten den Mann mit dem roten Auge an.

„Wer bist du, Mann?", fragte der Jarl der Gauten in Hibernia. „Oh, man nennt mich Einar Blutauge, und ich bin hier, um die Tochter meines Königs abzuholen. Also, wenn du keinen Ärger willst, gib mir Eira heraus, und niemandem wird etwas geschehen!" Da stürzte sich plötzlich ein Kerl auf den Jarl aus dem Trøndelag. Doch dieser riss seine kurzstielige Axt vom Rücken, wo diese im Gürtel steckte. Einar schlug zu, während er dem Angreifer auswich. Das scharfe Axtblatt traf den Mann im Nacken, und er fiel zu Boden. Sein Blut sprudelte aus der Wunde, wie aus einem Geysir, und Einar beugte sich herab, und reinigte seine Axt an der Kleidung des Sterbenden. Es wurde nun richtig laut, doch einen Angriff wagte niemand mehr. Thurgeis sprang von seinem Stuhl auf, und hob beide Hände, damit sich die Anwesenden beruhigen sollten. Schreie und Aufruhr legten sich wieder. Einar sah Thurgeis an. „Warum wollen deine Männer sterben, Gaute?"

Thurgeis sah auf den Toten und begann zu grinsen. Dann sah er zwei seiner Krieger an. „Los, schafft den Narren hinaus!" Diese packten den Toten, und schleiften ihn aus dem Langhaus. Da trat Varn Gulisson auf Einar zu. „Du bist der Narr? Du wagst dich allein hierher?" Thurgeis nickte zustimmend, denn der Kerl mit dem roten Auge war ihm nicht geheuer. „Genau, bist du völlig verrückt, Blutauge?" Nun begannen einige in der Halle sogar zu lachen. Doch Einar blieb völlig ruhig. Er sah Varn Gulisson streng an.

„Du bist sicher dieser Varn, von dem mir Hauptmann Guntram erzählte. Du hast Eira entführt!" Da trat Varn einen Schritt zurück, und schwieg. Zu groß war sein Respekt vor der Axt des Einar Blutauge. Dieser hatte ja schon bewiesen, dass er wenig Respekt hatte. Doch Einar hielt sich zurück, obwohl er den hinterhältigen Kerl nur zu gerne in das Reich der Hel geschickt hätte.

„Nun, Thurgeis, wo ist Eira? Gib sie heraus, und es wird nichts geschehen, dass dein Leben hier in Hibernia stören wird."

„Warum sollte ich dir meine Sklavin geben, und warum sollte ich dich nicht auf der Stelle töten, Jarl Blutauge?" Thurgeis grinste frech, und überlegen. „Nun, wenn du keinen Wert auf das Leben deiner Familie legst, Jarl Thurgeis Björnsson, dann versuche es ruhig. Aber du solltest bedenken, wenn ich bei Sonnenuntergang nicht mit meinen Gefährten zusammentreffe, werden dein Weib und deine Kinder den Tag nicht überleben. Ich hoffe, du hast mich verstanden." Doch der selbsternannte Jarl wollte Einar keinen Glauben schenken. „Es ist genug, du Narr! Los, tötet ihn! Sofort!" Da stürzten sich umgehend mehrere Männer auf den Trøndnerjarl. Einar sah sich kurz um, und sah, wie sich einige Krieger am Eingang sammelten. Doch er sah auch zu seiner Linken eine Tür. Da schlug ein Mann mit dem Schwert nach ihm. Einar wich ihm aus, ging in die Knie, und schlug ihm die Axt in das Bein. Der Kerl schrie auf. Der Angegriffene sprang wieder auf die Beine, um auf die Tür zuzulaufen. Da stand ihm Varn im Weg, und hob sein Schwert zum Schlag. Doch Einar warf ihm seine Axt entgegen, die sich dem Varn in die Brust grub. So fand der Gaute sein Ende!

Im Vorbeilaufen zog er seine Waffe aus dem Toten, und verschwand durch die Tür. Es war ein Küchenraum, in dem sich eine Feuerstelle mit einem Dreibein darauf befand. Und wie der Jarl es vermutet hatte, gab es hier eine Tür nach draußen. Durch diese verschwand er hinaus, gefolgt von mehreren Kriegern. Doch als sie ins Freie stürmten, war Einar bereits hinter einigen Büschen verschwunden. Jetzt lief er zum Haus des Jarls, wo wahrscheinlich auch die

Krieger des Thurgeis hinlaufen würden. Als er in das Haus stürmte, lagen bereits drei Tote auf dem Boden, das Weib des Thurgeis saß mit ihren Kindern auf einer Bank und heulte. „Ich vermute, er wollte die Eira nicht herausgeben", sprach Raban, und zog gerade seine Axt aus dem Körper eines Angreifers. „Los, verschwinden wir von hier", rief Einar. „Und was wird mit denen?", fragte Raban und zeigte auf das Weib und die Kinder des Thurgeis. „Lass sie leben", rief der Jarl, und Raban zuckte mit den Schultern. Er sah Britta an. „Dann komm!" Die drei verließen das Haus, um in den nahen Wald zu verschwinden.

*

Mit der Hilfe des Stevenhauptmannes hatte es Breka geschafft, den Kurs entlang der Küste zu halten. Er segelte die Nacht hindurch, und auch den folgenden Tag, durch das Kattegat, nach Norden. Breka verließ Ranrike, und erreichte die Küste von Vingulmark. Und als am nächsten Tag die Dämmerung einsetzte, fanden sie einen Lagerplatz nicht weit der Königsstadt Sotenäset. Sie errichteten ihre Zelte, und entzündeten ein Feuer. Astrid weinte immer noch viel, ihre Kinder aber, hatten sich schnell an die Schaukelei gewöhnt, und schliefen meist auf See. „Was gedenken wir nun zu tun, Breka?", fragte der Stevenhauptmann, dessen Name Olf war. „Wir segeln nach Norden, rauf in den Ladefjord", eröffnete Breka der Gefolgschaft seine Absicht. Diese Nachricht wurde jedoch mit geteilter Begeisterung aufgenommen. Da meldete sich Astrid zu Wort. „Du willst zu Jarl Einar? Und du glaubst tatsächlich, dass er dich freundlich aufnimmt. Dich, der du die Verschleppung der Tochter seines Königs zugelassen hast?" Erstaunt sah Breka sein zorniges Weib an. Er schüttelte mit dem Kopf und sprach: „Hältst du mich für einen Narren, Weib. Natürlich

zieht es mich nicht zu Einar. Ich will zu Asbjörn nach
Levanger!" Da erschrak Astrid. „Du willst zu meinem
Vater?" Breka nickte grinsend. „Genau! Wir segeln nach
Levanger, und bitten deinen Vater um Aufnahme in seinem
Reich!"

„Aber Breka, er hasst uns. Er hasst besonders dich",
warnte Astrid ihren Gemahl. Da lachte der Mann mit dem
dunkelbraunen Haar auf. „Unterschätze nicht die Macht
deiner Kinder", grinste er über sein Gesicht. „Sie werden
das Herz des Asbjörn schnell erweichen. Du wirst es
sehen!" Da sah Astrid ihre Magd an, und diese nickte. Zwei
volle Tage blieben sie an dem Strand, an dem sie gelandet
waren. Und sie wurden dort nicht behelligt. Das Wetter
zeigte sich von seiner unschönen Seite, denn es war bewölkt
und etwas kühl. Doch es blieb trocken!
Breka ließ Donnerhuf satteln, und auch Silberschweif, das
zweite Pferd, bekam seinen Sattel. Denn Asgrim, sein
Vertrauter aus den Zeiten in der Götaburg, sollte ihn bei
dem Ausritt begleiten. „Wir reiten nach Sotenäset, und
kaufen dort all das, was wir in Levanger nicht bekommen
werden." Dann schwangen sie sich auf die Pferderücken,
und verließen das Lager.
Erst am nächsten Tag, kamen die Reiter zurück in das Lager
am Strand. Und sie hatten Säcke über die Sättel gebunden,
in denen sie allerlei Einkäufe mit sich brachten. Schon von
weitem, hatten die Kinder die Reiter gesehen, und waren
diesen entgegengelaufen. Denn sie hofften natürlich darauf,
dass ihnen der Vater etwas mitgebracht hatte. An den
Feuern sitzend, reichte Breka den Kindern Spielzeug, dass
er in der Königsstadt gekauft hatte. So erhielt Asta ein
geschnitztes Pferd, und ihr Bruder Asbjörn erhielt ein
hölzernes Schwert. Und nachdem sie den restlichen Tag in
Ruhe verbracht hatten, und die Pferde sich am grünen Gras
sattfressen konnten, wurde am Morgen die Schnigge wieder

seeklar gemacht. Und nicht lange nach der Dämmerung, ruderten sie die Schnigge hinaus in die See. Nun segelten sie durch das Kattegat, direkt in das Skagerrak hinein, an die Südküste von Hardanger. Auch hier machten sie öfter eine Rast, und an der Küste vor Kap Lindesnäs fanden sie einen geeigneten Platz an einem Strand, den Breka ansteuerte. Auch hier errichteten sie die beiden Zelte, und ließen die Pferde auf die Wiese um zu grasen. Hier aber gab es, was ihnen bisher nicht begegnet war. Eine wilde Horde von Strandräubern!

Es war noch hell, und langsam begann es zu dämmern, da kam ein Mann über den Strand gelaufen. Seine verdreckte, zerlumpte Kleidung ließ auf große Armut schließen. Asgrim erhob sich von seinem Platz am Feuer, und ging dem Fremden entgegen. Der Kerl versuchte zu lächeln, und seine Zahnlücken, und die schlechten Zähne waren kein schöner Anblick. „Was willst du, Mann?", fragte Asgrim, und trat auf den Mann zu. „Oh, mein Freund", begann der zahnlose Grinser, „das kann ich dir noch gar nicht sagen. Ich müsste mich erst einmal umsehen. Aber ich werde sicher etwas finden!" Asgrim glaubte seinen Ohren nicht zu trauen. Und so holte er aus, und schlug zu. Der fremde Kerl spuckte seine Zahnstumpen aus, und fiel auf den Boden. Doch er kam schnell wieder auf die Beine. Und er riss sein Schwert aus dem Gürtel, dabei stieß einen tierischen Laut aus. Plötzlich stürzten Krieger über eine Böschung hinunter. Die Magd, die kleine Asta und auch ihre Mutter Astrid schrien auf. Der Knecht hatte seine hölzerne Heugabel gegriffen, und war zu den Pferden gelaufen. Asgrim konnte gerade noch sein Schwert aus dem Wehrgehäng ziehen, und es dem zahnlosen Gegner entgegenschlagen. Die Klingen trafen sich klirrend, und Asgrim hatte eine weitere Scharte in das rostige Schwert des Strandräubers geschlagen. Doch dieser war kein einfacher Gegner, und er war wohl auch jünger, als Asgrim gedacht hatte. Er hatte ihn unterschätzt!

Nun waren auch die anderen aufgesprungen, hatten ihre Schwerter und Äxte in die Hände genommen, und sich dem Raubgesindel entgegengestellt. Die Frauen und Kinder, hatte Breka auf das Schiff geschickt, und er hoffte sie dort in Sicherheit. Der Anführer selbst stürmte den Kerlen entgegen, die sich von den vermeintlichen Händlern große Beute erwarteten. Doch die Männer waren keine Händler, sondern erfahrene Krieger eines ehemaligen Jarls. Mit dieser Gegenwehr hatten die Räuber jedenfalls nicht gerechnet. Wie ein Berserker[64] schlug der Zahnlose auf Asgrim ein, doch dieser parierte jeden Schlag. Und dann geschah es ganz schnell. Asgrim riss sein Schwert empor, und fing den Schlag des schartigen Schwertes ab. Dann drehte er sich, und schlug beidhändig zu. Der Schrei des Zahnlosen hallte über den Strand. Er saß auf dem Boden, und vor ihm lag sein rechter Unterschenkel. Blut strömte aus der Wunde, und Asgrim suchte bereits einen neuen Gegner. Auch Breka hatte einen der zerlumpten Kerle auf den Weg nach Nàströnd[65] geschickt. Und nach kurzer Zeit waren bereits vier von ihnen tot, und eine weiterer war kampfunfähig. Plötzlich hatte einer der Kerle den Verdacht, dass die Reichtümer sicher auf dem Schiff verstaut waren. Und so suchte er den Weg zur Schnigge. Als aber sein Gesicht hinter der Reling erschien, hatte er nicht mit einer Mutter gerechnet, die ihre Kinder verteidigte. Das scharfe Blatt einer Axt grub sich dem Mann in sein Gesicht, und ließ einen Teil seines Bartes, mit dem Unterkiefer daran, in

---

[64] Berserker – wie im Rausch kämpfender Krieger, der keine Schmerzen verspürt. Meist wurde dieser Zustand durch die Einnahme giftiger, rauschfördernder Pilze erreicht.
[65] Nàströnd – ein Teil des Totenreiches Hel, in dem Meineidige, Mörder, Verräter und Ehebrecher bestraft werden

die Fluten des Skagerrak fliegen. Das Gesicht hinter der Reling war fort, doch Astrid sprang wütend hinterher, und ließ die langstielige Axt herunterfahren. Diese grub sich in den Kopf des Angreifers, und ließ sofort Blut und andere Flüssigkeiten hervortreten. Die verdrehten Augen des Kerls, ließen bereits vermuten, dass kein Leben mehr in ihm war. Doch dies war der Astrid egal. Immer wieder fuhr die Axt nieder, denn sie hatte der Blutrausch gepackt.

Währenddessen trat einer dem Knecht entgegen, und rief etwas von einem schmackhaften Braten, womit er wohl Brekas Pferde meinte. Er stürzte mit einer erhobenen Axt auf den Knecht zu. Doch dieser zögerte nicht, und hob die Heugabel. Ein Schritt zu viel des Angreifers, brachte ihm schnell den Tod. Die Heugabel, mit ihren drei hölzernen Zinken, fuhr dem Kerl tief in den Bauch. Er röchelte, und spuckte Blut. Dann starb er grunzend. „Du frisst unsere Pferde nicht, du Dreckskerl!" Warum der Mann ihm direkt in die Heugabel gelaufen war, war dem Knecht ein Rätsel, denn anstrengen musste er sich bei diesem Kampf nicht.

Die Angreifer packten nun ihre Verletzten und schleppten sie mit sich. „Überlegt euch beim nächsten Mal besser, wen ihr überfallt", rief Olf, der Stevenhauptmann, lachend hinter ihnen her. Die Götter waren mit ihnen, denn zum Glück hatten sie keine Toten oder Verletzten zu beklagen. Einzig der Tote, der in einem furchtbaren Zustand vor der Schnigge lag, ließ sogar Breka etwas erschaudern. Die Antwort auf die Frage, wer den Mann so zugerichtet hatte, verschlug ihm die Sprache. Einige Männer packten den Kerl, und schleppten ihn in die Fluten, wo er von den Wellen schnell mitgerissen wurde. Bis zu den Knien standen sie im Wasser und sahen dem Leichnam hinterher. „Den sollen die verdammten Fische fressen!"

Sie zogen es nun vor, über die Nacht mehrere Wachen aufzustellen. Doch sie blieben unbehelligt, und am nächsten

Tag machten sie sich wieder auf den Weg. Sie folgten der Küste von Hardanger, bis sie endlich nach Norden segelten.

*

Nicht weit des Keltendorfes machten sie eine Rast. Schwer atmend ließen sie sich nieder. Verfolgt wurden sie wohl nicht mehr. „Der Plan ist gescheitert", stellte Raban äußerst verärgert fest. „Kehren wir also ohne Eira zu den Schiffen zurück." Doch Einar grinste. „Wir wissen jetzt, dass Eira in der Gewalt des selbsternannten Jarl Thurgeis ist. Außerdem hatte ich das Vergnügen dem Varn meine Axt in den Leib zu schlagen. Also, was willst du mehr?" Da lachte Raban. „Siehst du, wie wir solche Dinge anfassen?" Britta nickte. „Du weißt, dass du jetzt nicht mehr zurück gehen kannst", stellte der Jarl fest. „Du wirst bei uns bleiben müssen." Wieder nickte die Dänin. „Diese Entscheidung ist schon längst getroffen worden. Schon auf dem Weg hierher, als ich mich für Eira einsetzte!" Jarl Einar nickte. „Und wie wird es nun weitergehen?" Britta zeigte sich neugierig. „Wir begeben uns auf den Weg ins Lager. Und dann greifen wir dieses Dorf an. Jarl Thurgeis hatte die Wahl, und er hat sich für den Kampf entschieden." Nach einer kurzen Rast, machten sie sich wieder auf den Weg. „Gehen wir zu den Kelten zurück?" Einar schüttelte seinen Kopf.

In großem Bogen umgingen sie das Dorf des Cillian, und erreichten spät am Abend das Lager. Es waren Wächter aus Guntrams Besatzung, die nach ihnen riefen. „Wer da?" „Jarl Einar", antwortete der Jarl. Man ließ die Drei sofort passieren. Und diese suchten sich ein wärmendes Feuer, an dem sie Platz nahmen. Viele lagen neben den Feuern und schliefen längst. Doch einer wachte, und wartete auf den Jarl. Es war Gisli, der sich die Nächte um die Ohren schlug.

„Wo hast du Eira?", fragte er, als Einar an das Feuer trat.

„Sei nicht so ungeduldig mein Freund", erwiderte der Jarl kopfschüttelnd. „Freue dich, dass wir noch leben." Raban hatte Gisli böse angesehen, doch er ließ ihn in Ruhe, und suchte nach dem Bierfass, an dem sich Gisli festgehalten hatte. „Wer ist die da?" Er zeigte auf die Britta. „Oh, sie schließt sich uns an. Und sie hat Eira beigestanden." Da lachte der Gaute kurz auf. „Das ist ihr aber nicht gut gelungen!" Da reichte es Raban, er beugte sich vor, und schlug zu. Der betrunkene Gisli fiel nach hinten um, und schlief. „Er hat mich aufgeregt", sagte Raban trocken, und schüttete sich einen Becher Bier ein. Ein wenig erschrocken sah Britta den Jarl an, und dieser zog seine Schultern hoch. Dann legte er sein Wehrgehäng ab, zog seine Schuhe aus, und machte sich an der Feuerstelle breit. Langsam schlossen sich seine Augen, und er war eingeschlafen!
Raban reichte der Britta einen Becher mit Bier, legte einen dicken Holzscheit auf das Feuer, und folgte dem Beispiel seines Jarls und Freundes. Er grinste die junge Kriegerin an.

„Mach es dir bequem!"

Am nächsten Morgen kam schnell wieder Leben in das Lager, und auch Gisli war zu sich gekommen. Er sah Raban zwar böse an, doch wagte er nicht sich zu beschweren. Einar hatte sich in den Wellen der Bucht gewaschen, und Britta tat es ihm gleich. Sie hatte sich ohne Scheu entkleidet, und an der Seite des Jarls im Wasser gestanden. Als beide erfrischt an das Feuer traten, saßen dort schon einige Gefährten. Unter ihnen war auch Guntram, und dieser grinste, als Einar mit der blonden Britta herankam. „Ich sehe, du kamst ohne Eira zurück", stellte auch Guntram fest. „Das wohl! Doch ich weiß nun wo sie ist. Und nun werden wir sie holen!"

„Du willst angreifen?" Guntram war überrascht von Jarl Einars Entscheidung. „Ja, wir greifen an." Einar setzte sich an das Feuer. „Übrigens ist Varn nach Walhalla gegangen, oder nach Nàströnd. Beides ist mir recht." Der Jarl befahl das Morgenmahl zu bereiten, und ließ seine Gefolgschaft noch ihr Essen zu sich nehmen. Danach nahmen alle ihre Waffen in die Hände, und schliffen die Klingen mit Steinen. Und dann begannen sie das Lager abzubauen, und beluden ihre Schiffe.

Bald darauf ruderten der Wellenwolf und der Flutenbrecher durch die Bucht, unter den neugierigen Blicken der Gaeil, vorbei an dem Dorf des Cillian, auf den Hafen des Dorfes Dubh linn zu. Guntram hatte vorgeschlagen, den Angriff auf die Morgendämmerung zu verschieben, doch Jarl Einar wollte nicht warten. Beide Schiffe näherten sich der Siedlung des Thurgeis. Signalhörner schallten ihnen aus dem Hafen entgegen, der nur eine Einbuchtung war. Die beiden Hauptmänner standen an den Vordersteven und bliesen ebenfalls ihre Signale. Auf jedem Schiff ruderten nur noch sechs Männer. Alle anderen waren kampfbereit, und warteten darauf, auf den Steg überzusetzen.

„Thurgeis! Thurgeis!" Ein Mann kam aufgeregt rufend in die Halle gelaufen. „Zwei Schiffe halten auf uns zu! Der Jarl mit dem Blutauge kommt zurück."

„Elender Mist", rief Thurgeis. Er hatte doch tatsächlich geglaubt, die Fremden hätten sich zurückgezogen. „Los, holt das Weib, und bring es zu den Kelten. Cillian soll auf sie Acht geben. Und er soll nichts Dummes aushecken!" Der Mann nickte und lief aus dem Langhaus. Nun rief Jarl Thurgeis seine Männer zusammen, wenn diese sich nicht schon am Hafen gesammelt hatten.

Und als der Anführer im Hafen erschien, legten die beiden Schiffe gerade an. Die Krieger sprangen auf den Steg, und rissen ihre Rundschilde empor, um sich gegen heranfliegende Pfeile zu schützen. Doch auch Einar hatte seine Bogenschützen aufgestellt, und diese schickten ihre

Wundbienen über die Köpfe der Angreifer. Der Jarl, sein Schatten Raban und Gisli standen ganz vorne, denn Einars Plan war es in das Dorf vorzudringen, um Eira zu suchen. Und dann begann der Angriff!

Die Verteidiger hatten sich vor dem Anlegesteg aufgebaut, und hier die Angreifer empfangen. Schilde prallten gegen Schilde, Schwertklingen schlugen auf Schwertklingen. Speere wurden nach Körpern gestoßen, und manche fanden auch ihr Ziel. Drei Krieger hatten bereits beim Sturm den Tod gefunden. Doch dann fielen auch die Verteidiger!

Die Krieger des Jarl Einar und die des Guntram schlugen eine Bresche in die Reihe der Verteidiger, und begannen einzelne Gegner heraus zu suchen. Nun kämpfte sich Einar durch die Gegner, und sein Frankenschwert Blutauge forderte Fleisch und Knochen. An seiner Seite kämpfte die Dänin Britta, und diesmal gegen die Krieger, mit denen sie hergekommen war. So stand ihr plötzlich Hildur gegenüber.

„Hildur, suche dir einen anderen Gegner! Ich will nicht gegen dich kämpfen." Diese aber ließ sich nicht von ihrem Vorhaben abbringen. „Du elende Verräterin, hast du etwa Angst?" Und schon flog Britta die Klinge entgegen, die ihr eigenes Schwert gerade noch vor ihrem Gesicht auffing.

„Ist es das, was du willst, Hildur?", rief Britta verärgert, und nahm dann den Kampf gegen die Gautin an.

Jarl Einar suchte nach Thurgeis, doch dieser zeigte sich nicht auf dem Schlachtfeld. Aber er wusste, wo er diesen Kerl suchen musste. Und so lief er kämpfend in Richtung der Methalle, gefolgt von Gisli und Raban.

Nicht alle Krieger beteiligten sich an der Verteidigung von Dubh linn. Die meisten der Besatzung der Gautenschnigge, hatten nach Varn Gulissons Tod beschlossen, sofort in die Heimat zurück zu segeln. Der Stevenhauptmann hatte das Kommando übernommen, und zeigte sich nicht bereit, dem Thurgeis zu dienen. So waren es nur drei Krieger der

Gauten, die an der Seite des Thurgeis kämpften. Eine von ihnen war eben diese Hildur!

Und sie kämpfte immer noch gegen Britta, und fand keinen Weg die Dänin zu besiegen. Britta dagegen scheute sich immer noch die einstige Kampfgefährtin zu töten. Und so dauerte der Kampf der beiden Schildmaiden weiter an.

Die drei Krieger stürmten in die Halle des Thurgeis, wo der Anführer sie mit einigen Männern erwartete. Mit dem Schwert in der Hand stand er da, und grinste. „Blutauge, du kommst zu spät. Sie ist fort!" Er lachte laut auf, und ahnte nicht, dass dies keine gute Idee war. Gisli stürzte sich, wie besessen auf den Mann, und belegte ihn mit kurzen, aber kräftigen Schlägen. Doch Einar trat dazwischen, und ließ sie einhalten. „Gisli, du Narr, hör auf. Runter mit dem Schwert!" Verstört sah Thurgeis den Jarl der Trøndner an.

„Was soll das, Mann?"

„Ich kam nicht hierher, um dich zu bekämpfen, Thurgeis. Den Varn wollte ich töten, ja, aber wir sind hier um Eira zu holen." Nun verstand Thurgeis gar nichts mehr. Einar sah den Raban an. „Geh, und beende die Kämpfe!"

Der Kahlkopf nickte, und ging. „Und nun sage mir, ob du noch weiterkämpfen willst?" Da sah der selbsternannte Jarl von Dubh linn seine Krieger an, die nicht wussten, was sie von der Sache halten sollten. Dann blickte er zu Einar hinüber. „Sie ist nicht mehr hier. Das war keine Lüge, Jarl Blutauge." Da sah ihn Einar streng an. „Wo ist sie?", fragte er kalt. „Sie ist bei den Gaeil", antwortete Thurgeis. „Ihr findet sie im Keltendorf!"

„Dann hole sie zurück", forderte der Jarl der Trøndner verärgert. Doch Thurgeis schüttelte den Kopf. „Das musst du selbst tun, Blutauge!"

*

12. CARRAGHS LIST

Die Sonne schien schon früh mit großer Wärme vom Himmel über Tautra. Es sollte der erste richtig heiße Sommertag werden. Und es sollten in diesem Sommer noch viele folgen.

Winfried von Burke tat was er an jedem Tag machte, wenn es ihm die Zeit erlaubte. Er baute an dem Haus herum. Und das Haus der alten Witwe sah auch schon wieder ansehnlich aus. Löcher in den Wänden waren geschlossen worden. Und mit Hilfe von Brok, dem Zimmermann, hatte Winfried das Dach repariert. Das Feld, welches zu dem Hof gehörte, hatte er bestellt, und auch die Hopfenpflanzen hatten den Weg in die Erde gefunden. Hohe Stangen hatte er aufrecht gesetzt, und mit Schnüren verbunden. Daran wuchsen die Pflanzen empor. Und dies taten sie sehr schnell!

Viel Ertrag würden sie in diesem Jahr sicher nicht bringen, doch einen Sack mit getrocknetem Hopfen hatte Winfried noch in seinem Boot gelagert. Björn der Schmied hatte dem Sachsen einen Kessel geschmiedet, und zwar nach dessen genauen Anweisungen. Auch dies gehörte schließlich zu Winfrieds Biergeheimnis. Als Gudrun verschlafen aus dem Haus trat, saß ihr Gemahl auf der Bank in der Morgensonne und genoss die Ruhe.

Sie trat an den längs durchgeschnittenen, und ausgehöhlten Baumstamm, der mit Wasser gefüllt war. Meist füllte er sich von selbst durch den Regen, doch in diesen Tagen, wo es warm wurde, musste der Hausherr den Bottich eigenhändig befüllen. Dazu musste er mehrmals zur Quelle laufen. Gudrun trat an den wassergefüllten Stamm, zog ihr Kleid von den Schultern und wusch sich.

Als sie wieder angezogen war, setzte sie sich zu ihrem Gemahl auf die Bank. „Heute nehmen wir das Boot, und segeln hinüber nach Lade", sagte er, und Gudrun sah ihn erstaunt an. „Ja, wir werden uns heute zwei Ferkel kaufen. Das Gatter ist gestern fertig geworden, und das Wetter ist gut. Bis ich den Stall repariert habe, können sie draußen bleiben."

„Und wovon willst du die Schweine bezahlen?" Gudrun war etwas skeptisch, doch ihr Gemahl grinste nur. „Ich habe genug verdient, dass es für die Ferkel reichen wird." Winfried war nicht mehr der Jüngste, doch er war in all den Sommern und Wintern ihrer Wanderschaft, ein gelehriger Handwerker geworden. Und so fand er immer irgendwo Arbeit. Bei den Zimmermännern oder auch bei Björn dem Schmied. Manchmal half er im Hafen, und so verdiente er sich etwas zusammen. Natürlich hatte Jarl Einar ihm alles angeboten, was der Oheim zum Leben brauchen würde, schließlich gehörte er zu seiner Sippe. Dies aber hatte Winfried abgelehnt. „Du gabst mir das Haus! Ich denke, dies ist genug", waren seine Worte gewesen.

„Na gut, mein Mann, aber zuerst werden wir etwas essen." Gudrun erhob sich, und verschwand im Haus. Und auch Winfried stand auf, und ging zu dem neuen Gatter. Er nahm, aus einem hölzernen Eimer einen Hammer und einige Nägel, und vollendete sein Werk.

Nachdem sie gut gegessen hatten, machten sie sich auf den Weg zum Hafen. Dort lag das Boot am Anlegesteg vertäut. Gudrun stieg zuerst in das Boot, und nahm Platz auf der Bank. Ihr Gemahl warf das Seil an Bord, und kletterte hinterher. Er ließ das Segel herab, und setzte sich an die Steuerstange. Bei schönstem Segelwetter machte sich das Paar auf den Weg nach Lade.

An der Küste weit vor der großen Stadt, gab es nur kleinere
Anlegestege, denn der eigentliche Hafen, war lediglich über
den Fluss Nid zu erreichen. Denn die Königsstadt Lade lag
etwas landeinwärts. So suchte sich der Sachse einen
passenden Liegeplatz am Ufer des Fjordes, und machte dort
sein Boot fest. Der Weg in die Königsstadt war weit, und
dauerte eine ganze Weile. Doch sie waren das Laufen ja
gewohnt, und stöhnten nicht.
Der Weg von der Küste führte an einigen Hütten vorbei
nach Süden, und irgendwann traf auch der Weg vom Hafen
herauf, auf die Straße nach Lade. Es war warm und sehr
anstrengend, und der wassergefüllte Lederbeutel war bereits
geleert, als sie endlich die Häuser in der Ferne sahen. Wie in
den meisten großen Siedlungen, befand sich die Burg des
Königs ziemlich mittig in der Stadt. Sie folgten der Straße
bis zum großen Wall und dann hinein nach Lade, und
erreichten bald den großen Marktplatz der Königsstadt. Auf
diesem Platz standen in mehreren Reihen, große und kleine
Tische, auf denen die Waren lagen. Dazwischen hatte man
immer wieder Gehege errichtet, in denen Tiere zum Kauf
angeboten wurden. So gab es allerlei Geflügel, Ziegen,
Schafe, Kühe, und Pferde, so wie auch Schweine. Und dann
kam man in den Bereich, in dem die Sklaven zum Kauf
angeboten wurden. Pfähle mit Ketten daran, hinderten die
Gefangenen an der Flucht, und boten diese zur Beschau.
Kräftige Kerle und junge Frauen waren die beliebteste
Ware. Doch es gab natürlich auch Kinder, die in die
Sklaverei hineinwachsen würden.

Es war ziemlich voll, und die Menschen schoben sich
gegenseitig voran. Spielende Kinder liefen zwischen all den
Leuten umher. Sklaven schleppten Kisten und Fässer. Ohne
es zu beachten, steuerten Winfried von Burke und sein Weib
auf eine große Ansammlung von Menschen zu. Der Sachse

wollte jedoch lediglich vorbei, um an die Ferkel zu gelangen, die er für seinen Hof kaufen wollte. Und dann geschah es!

Es ging alles recht schnell, denn Winfried blieb keine Zeit um zu überlegen. Er zog sein Messer und stach zu. Der Kerl, der den jungen Burschen von hinten erwischen wollte, hatte gerade seine Klinge gehoben, um zuzustoßen, als ihm das Messer des Sachsen in den Arm fuhr. Klirrend fiel sein Saxmesser auf den steinernen Boden. Und sein Schrei sorgte für Aufmerksamkeit. Jetzt sah auch der junge Bursche was geschehen war, und plötzlich waren Krieger da, die den Angreifer packten. „Ist dir etwas geschehen, Junge?", fragte Winfried von Burke ruhig. „Junge?", maulte der Gerettete plötzlich. „Du nennst mich Junge?" Da lächelte der Mann mit dem grau-braunen Haaren. „Nun, ich bin bereits nicht mehr der Jüngste, und somit bist du für mich ein Junge." Und auch Gudrun ergriff das Wort. „Er hat dir dein Leben gerettet, und du bist beleidigt?" Da nickte der junge Bursche einsichtig. „Gut, ich danke dir. Wie ist dein Name, Alter?" Diese Spitze hatte er sich nicht nehmen lassen. „Ich bin Winfried von Burke. Kennst du den Jarl der kleinen Insel dort drüben?" Er zeigte in den Fjord hinaus, und der junge Mann nickte. „Das ist mein Gesippe! Er ist mein Neffe!"

„Du bist der Oheim von Einar", staunte der junge Kerl, und begann zu lachen. Der Sachse wusste nicht warum der junge Kerl lachte, doch er lachte mit. „Na gut, Oheim von Jarl Einar", sprach der junge Bursche. „Dann komm mit mir!" Da winkte Winfried von Burke ab. „Oh, wir wollten Ferkel kaufen, und bevor es keine mehr gibt…"

„…ach was, rede nicht. Du wirst deine Ferkel sicher noch bekommen. Ich habe jedoch etwas gutzumachen." Was sollte der Sachse noch sagen, also gab er sich geschlagen.

„Na, Weib, dann komm. Wie es scheint will sich der junge Mann unbedingt bei uns bedanken."

Als sich die Menschenmenge endlich ein wenig aufgelöst hatte, erkannte Winfried die vier Krieger, die um den jungen Mann herumschwänzelten. „Sag mal, Mann, wer ist der Junge?" Winfried fragte einen der Krieger, der neben ihm ging. Nun wurde er etwas neugierig, doch seine Fragen bekam er nicht beantwortet.

Irgendwann erreichten sie die Burg. Ein Palisadenzaun mit Wehrtürmen, hinter einem tiefen Graben. So gingen sie über eine Brücke mit einem großen Doppeltor, unter einem Wehrgang hindurch. „Wohin führst du uns, Junge?", fragte nun Gudrun den Burschen. Dieser wandte sich grinsend um, und sagte: „So warte es doch ab. Du wirst es noch erfahren." Das Innere der Burg war groß. Langhäuser für die Krieger, und Koppeln für die Pferde. Das große Haus des Königs und seiner Familie. Und seitlich auf dem hohen Hügel, stand die große Königshalle, in deren Mitte eine riesige Esche aus dem Dach wuchs. Nun hielten Winfried von Burke und sein Weib inne. Der Anblick der Königshalle auf dem Hügel machte die Sachsen tatsächlich stumm. „Der König hat es bauen lassen, während er in Britannien auf Kriegszug war", erklärte der junge Bursche, und drängte die Gäste zum weiter gehen. Er führte die beiden in das Haus des Königs, und in den großen Wohnraum. Dort liefen viele Sklavinnen herum, und bewirteten den König und sein Weib. Und als sie die Gäste sahen, zeigten sie sich erfreut. „Sigurd, wen bringst du da?", rief Grjotgard seinem Sohn zu. „Man hat versucht mich zu töten, Vater. Doch dieser Mann hier hat es verhindert! Er war schneller mit dem Messer, als der Angreifer." Da lief Andur besorgt zu ihrem Sohn. „Sigurd, geht es dir gut? Oh, dank den Göttern", rief sie, und sah den Sachsen an. „Und dank auch dir, Fremder!" Winfried nickte nur, denn er verstand, sowie auch sein Weib dies tat. Da ergriff wieder Sigurd das Wort. „Doch das ist noch nicht alles. Mutter, besonders dich wird es interessieren, was ich

zu erzählen habe." Fragend sahen nun der König und seine
Königin ihren Sohn an. „Dieser Mann hier, ist der Oheim
von Jarl Einar!"

Es war ein ganzer Tag vergangen, und König Grjotgard
hatte diesen mit dem Sachsengraf verbracht. Gemeinsam
hatten alle an einem Tisch gesessen, und Winfried von
Burke musste seine Geschichte erzählen. Danach sprach
Grjotgard mit dem Sachsen, und Königin Andur sprach mit
Gudrun. Und bei den Frauen schien es, als wären sich zwei
Menschen begegnet, die sich seit langem suchten. Schon
nach kurzer Zeit lachten sie gemeinsam, und der Vorhang
der Fremdheit fiel. Wie alte Freundinnen gingen die beiden
Frauen miteinander um, so dass es dem Winfried bereits
peinlich war. Und irgendwann sah Gudrun die Königin
eindringlich an. „Du weißt es?", fragte sie leise. Andur
verstand nicht. „Was weiß ich?"
Da lächelte die Frau mit dem graumelierten Haaren, welches
einst die Farbe des Rabengefieders hatten. „Das du ein Kind
erwartest, Königin Andur." Die Königin lachte laut auf,
denn ihre Tochter Eira war achtzehn, und Sigurd zählte auch
schon siebzehn Winter, somit war er fast ein Mann.
„Oh Gudrun, was ist das denn für eine Narretei?" Doch die
Frau aus dem Saxland schüttelte ernst ihren Kopf. „Dir geht
es am Morgen nicht gut, stimmt es nicht? Du musst oft
kotzen, und scheust dich zu essen." Da nickte die Königin
verschämt. „Glaube mir, Andur, du gehst mit einem Kind.
Es wäre gut, wenn du dich fortan schonst!" Die Königin
legte ihre Hand auf den Bauch. „Aber man sieht nichts,
Gudrun." Da lachte die Sächsin auf. „Das kommt noch!"
Auch bei Einars Oheim und dem König war plötzlich eine
merkwürdige Vertrautheit zu spüren. „Du bist ein guter
Mann Winfried von Burke, und ich stehe in deiner Schuld.

Obwohl du Sigurd nicht kanntest, hast du ihm das Leben gerettet", sprach der König, als es schon spät geworden war.

„Es scheint mir wirklich so zu sein, dass deine, und die meine Sippe, durch die Götter verbunden sind."

Als die beiden Sachsen das Haus des Königs verließen, hatten sie einen Tag verbracht, der ihnen am Morgen nicht in den Sinn gekommen wäre. „Es war ein schöner Tag", sagte Gudrun, und Winfried stimmte ihr zu. „Ja, wir lernten den König des Trøndelag kennen. Nur leider fahren wir mit leeren Händen heim. Die Ferkel dürften nun alle verkauft sein." Die Sonne senkte sich dem Horizont entgegen, und wie erwartet, hatte sich das Treiben auf dem Marktplatz in Wohlgefallen aufgelöst. „Gut, dann versuchen wir es in einigen Tagen erneut", schlug Gudrun vor, und so machten sie sich auf den langen Weg zurück zur Küste.

Auch hier lagen nur noch wenige Boote an den Stegen. Doch neben ihrem eigenen Boot standen ein Mann, und ein junger Bursche, welcher aber sicher nicht dem Stand des Dicken mit dem Ziegenbart angehörte. Denn diesen hatte Winfried bereits im Haus des Königs gesehen, der Bursche dagegen war eher ein Knecht. „Winfried von Burke, ich bin Ingolf der Leibsklave und Berater des Königs", sprach der Mann, der von Geburt ein Hibernier war. „Diese drei kleinen Schweine schickt dir Prinz Sigurd zum Dank." Im Boot waren drei Ferkel angebunden, und grunzten fröhlich im Chor. „Sage dem Prinzen meinen Dank, Ingolf!"

Der Mann mit dem roten Haarkranz nickte und ging, gefolgt von dem Knecht.

*

Als Jarl Einar und Gisli die Methalle des Dorfes Dubh linn verlassen hatten, und zum Hafen zurück gingen, hatte Raban den Kampf tatsächlich beendet. Nun wurden die Verletzten versorgt, und die Toten fortgeschafft. Sie begegneten der Dänin Britta, die damit beschäftigt war, der Hildur ihre Wunden zu verbinden. Dazu hatte sie die Ärmel ihrer Tunika geopfert. „Kommst du mit uns?", fragte Einar, und die Dänin erhob sich. „Natürlich, komme ich mit euch!" Olaf blies in das Horn, und so zogen sie sich auf die Schiffe zurück. So schnell sie gekommen waren, so schnell zogen sie sich auch wieder zurück. Einar stand am Vordersteven, als die Männer den Wellenwolf zurückruderten. Er sah auf das Dorf, und Ärger überkam ihn. Gisli trat heran, und schien genau so verärgert zu sein, wie Einar. „Was tun wir denn nun?"

„Wir holen Eira bei den Kelten ab", antwortete der Jarl dem Schwiegersohn des Trøndnerkönigs. „Dieser Cillian schien mir ein vernünftiger Mann zu sein, und wird sicher keine Schwierigkeiten machen!"
Gisli nickte, doch der Blick des Raban war wenig überzeugt. Und so ruderten die beiden Schniggen zurück nach Osten, und nicht weit des Keltendorfes legten sie die Schiffe an die Böschung. Jarl Einar bestimmte sechs Männer, die ihn begleiten sollten. Und am nächsten Morgen machten sie sich auf den Weg. Doch ihnen fiel sofort auf, dass etwas nicht stimmte. In dem Dorf gab es viel mehr Krieger, als beim letzten Besuch des Jarls. Dazu kamen die vielen Waffen, die überall im Dorf herumstanden. Bündel mit Pfeilen, Speere, und auch Äxte lehnten an Hauswänden, bereit ergriffen zu werden. Raban sah den Jarl misstrauisch an. „Einar, hier stinkt es nach Krieg!" Der Jarl nickte nur. Und dann kamen einige Krieger auf sie zu.

„Seasann go fóill (Bleibt stehen)!" Der Mann hob seine Hand. „Imíonn arís (Verschwindet wieder)!"

„Hole mir Cillian her", verlangte Jarl Einar ruhig. Doch der Mann reagierte nicht auf seine Worte. Da wollte ihm Raban nachhelfen, doch Einar hielt ihn zurück. Langsam sammelten sich immer mehr keltische Krieger um den Mann. „Es sieht nicht so aus, als würde dieser Cillian die Prinzessin herausgeben wollen", stellte Thoke verärgert fest.

„Ja, es scheint, dass Thurgeis wusste was er tat. Nun gut", sprach Einar. „Ziehen wir uns erst einmal zurück in unser Lager." Er hob seine Arme, und die sieben Männer gingen zuerst langsam rückwärts, wandten sich dann um, und verließen das Dorf der Kelten.

Als sie wieder an Bord waren, entschieden sie sich für einen anderen Lagerplatz. So ruderten sie an die Stelle, an der sie viele Tage zuvor schon einmal gelagert hatten. Und dieses Mal ließ Jarl Einar Vorsicht walten. Wachen wurden aufgestellt, und niemand sollte sich unbemerkt dem Lager nähern können.

Einige Tage vergingen, und es geschah nichts. Sie blieben in ihrem Lager unbehelligt, obwohl sie natürlich wussten, dass man sie beobachtete. Ein Angriff blieb aber aus!

„Vielleicht sollten wir einen dieser blauen, keltischen Vögel einfangen und zum singen bringen", schlug Olaf vor, und Guntram stimmte zu. „Es wird uns nichts anderes übrigbleiben, als Eira da raus zu holen. Da wäre es gut zu wissen, wo man suchen muss!"

Am vierten Tag, den sie an dem Ufer lagerten, kam über den Uferweg eine Horde Kelten auf das Lager zu. In einiger Entfernung blieben sie stehen und warteten. Søde kam zum Feuer gelaufen, an dem Jarl Einar mit Gisli, Olaf, Ubbe und Guntram saß, und berichtete von dem Erscheinen der Feinde. Die Männer erhoben sich, und machten sich auf den Weg. „Wollen wir sehen, was geschieht", hatte der Jarl gesagt, und beim erheben sein Schwert gegriffen.

Im Vorbeigehen nahm er auch den schwarzen Rundschild mit sich. Gefolgt von zehn Kriegern, ging Einar den Weg an der Küste entlang, bis er den Kelten gegenüberstand.

Der Mann mit den blauen Tätowierungen in seinem Gesicht, stand ebenfalls wartend mit Schild und Speer an dem Ufer.

„Ihr wartet", befal der Jarl, und seine Männer hielten an. Allein ging er auf den Cillian zu. Der Gaeile tat gleiches. Als sie aufeinandertrafen grüßte der Häuptling freundlich, als sei nichts geschehen. Doch Einar fragte nur: „Was willst du, Cillian?"

„Was ist das für eine Frage, Jarl Einar?"

„Du weißt genau warum wir hier sind. Ich weiß, dass die Geisel nun in eurer Hand ist. Gib sie raus, und niemandem wird ein Leid geschehen", forderte der Trøndner streng. Da grinste der Kelte frech. „Mein Freund, ich habe einen fetten Wels an meiner Angel, und du verlangst, dass ich ihn vom Haken lasse?" Er schüttelte mit dem Kopf. „Nein, Einar!"

„Gut! Was verlangst du?" Einar war zwar verärgert, doch er wollte immer noch einen Kampf vermeiden. Vorerst!

„Nun, was mag eine Prinzessin wohl wert sein?" Er tat so, als würde er überlegen. „Ich glaube, wir können uns auf eintausend Stück Silber einigen. Du wirst zu deinem König segeln, und holen was ich verlange. Die Prinzessin wird solange mein Gast sein." Der Zorn, der in dem Jarl aufstieg, hätte seinen Speer den Kelten durchbohren lassen. Doch der Jarl war kein aufbrausender Mann, und hielt sich im Zaum.

„Eintausend Stück Silber willst du? Und du hast keine Angst, dass ich mit einer Kriegsflotte zurückkehre?"

„Oh, dies würde sicher den Tod der Prinzessin bedeuten", drohte der Kelte offen. „Da magst du recht haben, Cillian. Aber es wird in deinem Dorf dann nichts lebendes mehr geben. Kein Mann, kein Weib oder Kind, kein Vieh, kein Hund oder Katze. Nicht einmal eine Maus wird noch leben, wenn wir hier wieder abziehen", drohte Jarl Einar nun seinerseits. Da wurde Cillian ein wenig blass.

„Ich ziehe mich zurück, und werde mich mit meiner Gefolgschaft beraten, Häuptling Cillian. Schicke deine

Boten zu Thurgeis, und lass dir erzählen, was in Dubh linn geschehen ist." Einar wandte sich ab, und ging.

Leise knisterten die Holzscheite in dem Feuer, an dem der Jarl und seine engsten Vertrauten saßen. „Morgen in der Dämmerung, greifen wir sie an", befahl der Jarl ein wenig verärgert. „Du solltest dich nicht grämen, Jarl", erkannte Guntram den Verdruss des Jarls, denn dessen Enttäuschung über den Kelten war groß. „Ich weiß nicht, warum du mit dem Angriff zögerst, aber du wirst deinen Grund haben." Einer der Männer an dem Feuer kannte diesen Grund, und dieser Grund hatte rotbraunes, langes Haar. Und als ob es die Götter so bestimmt hätten, kamen plötzlich zwei Krieger an das Feuer. Sie schleppten eine Gefangene mit sich. „Jarl Einar, sieh mal was wir hier gefunden haben", rief der eine der Wachposten dem Jarl entgegen. Die Gefangene wurde vor dem Jarl auf die Knie gezwungen. Einar streckte seine Hand aus, und griff sie am Kinn. Er hob ihren Kopf, und sah in ihr Gesicht. Dieses war mit blauen Zeichen bemalt, und ihr Haar war zu Zöpfen geflochten. „Carragh, was tust du hier?", fragte der Jarl. „Bhí mé ag iarraidh tú a fheiceáil, a Northman (Ich wollte dich sehen, Nordmann)", sagte sie leise. „Wir", sie zeigte mit dem Finger zuerst auf sich, und dann auf Einar. „Viele sterben werden! Nicht gut, Einar!" Erstaunt sah der Jarl die Bemühungen der jungen Frau seine Sprache zu sprechen, und er erkannte, dass Carraghs auftauchen kein Zufall war. „Du mir als Geisel nehmen."
   „Sie will einen Geiselaustausch erzwingen", sprach nun Raban, denn er hatte sofort verstanden, was Carragh wollte. Und nun begriffen auch die anderen, warum diese Kriegerin im Lager aufgetaucht war. „Ihr kennt dieses Weib?", wollte Guntram wissen, und Raban nickte. „Ja, besonders Einar", konnte er sich eine Bemerkung nicht verkneifen, und wurde mit einem strengen Blick bedacht. „Wer ist sie? Und woher

kennt ihr sie?" Der Hauptmann und Schiffsführer des Flutenbrechers war nun nicht weniger neugierig, als die anderen, die an dem Feuer saßen. Zuerst schickte Einar die Wächter wieder auf ihre Posten, und sprach dann: „Ihr Name ist Carragh, und sie ist die Tochter des Häuptlings Cillian." Da grinste Olaf frech, und versuchte sich zurückhaltend auszudrücken. „Und du hast dich mit ihr bereits verbrüdert!" Nun begannen die Kerle laut zu lachen, doch Einar war nicht nach Lachen zu mute. Und Carragh wurde sogar rot in ihrem Gesicht, denn sie schien zu verstehen, worüber sich die Kerle lustig machten. „Ich will keinen Frieden", sagte plötzlich Gisli, und sein Knecht Wido stimmte ihm zu. „Ich will, dass sie büßen, und es bereuen!"

„Du willst Rache, Gisli", sagte Raban vorwurfsvoll. „Doch dann gehen morgen viele gute Krieger nach Walhalla. Und wer sagt dir, dass Eira den Kampf überleben wird?"
Nun sah Gisli den großen Sachsen zornig an. „Wenn du zu feige zum kämpfen bist, dann bleib doch hier, Sklave." Nun sahen sich alle schweigend an, denn sie wussten, dass dies noch nicht alles war. Raban erhob sich, und trat vor den Gisli. Dieser reichte dem Kahlkopf gerade bis zu den Schultern. Doch da stellte sich Wido drohend neben seinen Herrn. Jetzt war es an der Zeit dem Streit ein Ende zu bereiten. Jarl Einar erhob sich und stellte sich zwischen die Streithähne. „Willst du Raban zum Kampf fordern, Gisli?", fragte der Jarl streng. Da wurde der Sohn des Borka ruhiger, und schüttelte seinen Kopf. „Gut, dann halt den Mund! Ich bin hier der Anführer, und du wirst meinen Befehlen folgen. Hast du das verstanden?"
Fortan sollte Gisli sich dem Guntram anschließen, denn er zeigte sich wegen Einars Worten zu tiefst beleidigt. Einen offenen Streit, wollte er mit Einar allerdings nicht.

Die Nacht verbrachte Jarl Einar mit der Gefangenen auf einer Lichtung im nahen Wald. Natürlich wurde darüber getratscht, doch dies war dem Jarl egal. Und der Carragh wohl auch!

Die Nacht war warm und trocken, und so liebten sie sich auf dem weichen Moosbett unter einer Eiche, bis zum Morgen. Am nächsten Tag rief der Jarl den Birk zu sich. Und dies tat er, weil er darüber nachgedacht hatte, wen er ohne Reue nach Walhalla gehen lassen könnte. Da fiel seine Wahl auf Birk. Dieser war nicht dumm, und konnte den Jarl sicher vor den Kelten vertreten. Würden diese ihn töten, hätte er einen Platz an Odins Tafel durchaus verdient.

Einar und die Keltentochter hatten den Birk zur Seite genommen, und ihm erklärt, was er tun und sagen sollte. Die Carragh lehrte ihn die Worte, die er sagen sollte. Und Birk zeigte sich als sehr begabt, was die Sprache der Kelten anging. Jeder in der Gefolgschaft des Jarl Einar, und der des Gisli, dieser hatte nun den Befehl über den Flutenbrecher übernommen, wunderte sich über die Tochter des Keltenhäuptlings. Warum tat sie das? Warum stellte sie sich freiwillig als Geisel zur Verfügung? Vielleicht sollte sie die Feinde in eine Falle locken, und Einar, dieser liebeskranke Narr, fiel auf das Weib herein. Es gab nur wenige die den wahren Grund ahnten.

Früh am Morgen machte sich der Krieger mit den roten Locken auf den Weg zum Gaeilendorf. Auf dem Weg in die Siedlung kamen ihm mehrere blaugesichtige Krieger entgegengelaufen, und drohten ihn anzugreifen. Doch Birk hob den weißen Fetzen Stoff, den man ihm an einen Ast gebunden hatte. Da führten ihn die Krieger unsanft vor den Häuptling.

„Tá an rud atá againne agat, tá an rud atá agatsa againn (Du hast was uns gehört, wir haben was dir gehört)", sprach Birk mit strengem Blick. Und die Sprache der Kelten bewies Cillian, dass der Nordmann nicht log. „Was soll das heißen, Mann?", fragte Cillian, und ahnte was nun kommen würde.

„Mein Jarl schlägt dir ein Tauschgeschäft vor. Denn nun haben wir deine Tochter Carragh in unserer Gewalt", begann Birk zu erzählen, was ihm Einar eingebläut hatte.

„Willst du sie zurück, Keltenhäuptling?"

Diese Worte gefielen dem Cillian überhaupt nicht. „Téigh ar lorg Carragh. Ba cheart di teacht anseo (Los, sucht nach Carragh. Sie soll sofort herkommen)!" Zwei Krieger nickten, und begannen sofort mit der Suche nach dem Weib.

„Du kannst sie suchen lassen, aber du wirst sie nicht finden", erriet Birk die Worte des Kelten. „Sie ist der Gast meines Jarls. Und du kannst mir glauben, so wenig er gegen euch kämpfen will, so wenig will er deiner Tochter ein Haar krümmen!" Verärgert sah Cillian den Nordmann an.

„Vielleicht holst du die Eira her, damit ich mich überzeugen kann, dass es ihr gut geht", verlangte Birk, und blieb dabei freundlich. Denn dies hatte ihm der Jarl geraten. Er sollte keinen Streit entfachen. Da nickte Cillian, und befahl tatsächlich die Eira zu holen.

Die Krieger kamen in das Haus des Häuptlings zurück, und berichteten, dass Carragh nirgendwo zu finden war. Und kurz darauf, brachte ein anderer Krieger die Gefangene. Eira zeigte sich hocherfreut, als sie Birk erkannte. „Ich wusste, dass mich Jarl Einar suchen würde. Ich wusste es!"

„Natürlich, und auch dein Gemahl Gisli ist hier", sprach der Birk, und wandte sich dann wieder an den Kelten. „Nun, wie entscheidest du dich, Cillian? Willst du dich auf das Tauschgeschäft einlassen oder ist dir der Kampf und viele Tote in deiner Gefolgschaft lieber?" Man sah dem Kelten seine Wut durchaus an, doch er versuchte ruhig zu bleiben.

„Cén fáth a ndearna na déithe pionós a ghearradh orm leis an iníon seo (Warum haben mich die Götter mit dieser

Tochter gestraft)?", fluchte er leise. „Ich bin bereit die Geiseln zu tauschen", zeigte sich Cillian einverstanden. Da nickte Birk zufrieden.

„Du kennst den Weg, der zum Ufer führt?", fragte der Häuptling mit strengem Blick. „Höre Nordmann, sage deinem Jarl, morgen zur Tagesdämmerung, werden wir uns an der Weggabelung bei der Lichtung treffen, um die Geiseln auszutauschen." Er spuckte verächtlich auf den Boden. „Und dann werdet ihr verschwinden!" Da nickte Birk. „Ja, das werden wir. Es gibt für uns keinen Grund zu bleiben!"

*

Seit einem halben Mond war die Schnigge Brekas nun auf dem Weg in den Norden. Sie hatten den Gau Hardanger hinter sich gelassen, und in Stavanger spülte sie ein Unwetter dann an Land. Sie schafften es gerade noch rechtzeitig ihre Zelte zu errichten, und die Pferde von Bord zu schaffen, bevor Thor damit begann mit seinem Hammer zu schlagen. Bis tief in die Nacht prasselte der Regen nieder, und Blitze erhellten den schwarzen Nachthimmel. Und erst am Morgen des folgenden Tages, beruhigte sich der Donnergott wieder. Leider hatte das Unwetter die beiden Pferde in Panik versetzt, und sie hatten sich losgerissen. So mussten sich Breka und Asgrim aufmachen, und nach den Pferden suchen. Beide Pferde hatten nahe einer Koppel, die Gesellschaft anderer Pferde gesucht. Und als Breka seinen Donnerhuf sah, wurde er gerade auf die Koppel geführt.

„He, du", rief der Gaute unfreundlich. „Das ist mein Pferd!" Und Asgrim, an Brekas Seite, fügte hinzu: „Und das andere auch!" Doch der fremde Mann störte sich nicht an den beiden. Da wurde Asgrim ärgerlich, und sprang über das Gatter. „Bist du taub? Die Pferde gehören uns!"

„Sie waren auf meiner Koppel, und darum gehören sie mir", zeigte sich der Bauer wenig einsichtig. „Und jetzt verschwindet, bevor ich meine Söhne hole."
Breka sah seinen Vertrauten an. „Er will seine Söhne holen!" Asgrim nickte. „Ja, er will seine Söhne holen."
„Sage mir Asgrim, was macht man mit Pferdedieben?"
„Oh, Breka, das ist einfach. Die hängt man auf oder erschlägt sie", antwortete Asgrim grinsend. „So ist es, mein Freund." Breka griff nach einem Seil, dass über dem Gatter hing. „Ich rate euch zu verschwinden", drohte der Bauer frech, und wollte bei Donnerhuf das Halfter lösen. Da rief Breka den Namen, und der braune Hengst riss sich los, um zu seinem Herrn zu laufen. Und Silberschweif folgte dem Hengst. Der Bauer sah dies aber nicht als Beweis dafür, dass ihnen die Pferde gehörten. „Es reicht jetzt", rief er. „Nehmt die Hände von meinen Pferden, und verschwindet oder ich werde es dem Jarl melden."
„Ja, nun reicht es, Mann", rief jetzt Breka seinerseits, und trat vor den Bauern. „Es ist genug, fordere dein Glück nicht zu sehr heraus, Bauer." Da lachte der Mann auf. „Ihr seid Rumtreiber, und wagt es tatsächlich mir zu drohen?"
„Weil du ein Dieb bist, Bauer! Und weil du wie ein Dieb sterben wirst", sagte Breka zornig, zog sein Messer aus der Scheide, und ließ dieses ohne zu zögern durch den Hals des Bauern fahren. Das Blut floß sofort aus der Wunde. Der Kerl begann zu röcheln, und fiel auf die Knie. Asgrim nahm beide Pferde an den Halftern und führte diese aus der Koppel heraus. „Eigentlich schade, dass wir keinen Platz haben." Doch Breka wiegelte ab. „Oh nein, dann wären wir nicht besser als der da." Er zeigte auf den Bauer, der immer noch zuckte. Mit Donnerhuf am Zügel sprach Breka: „Lass uns hier besser schnell verschwinden."
Sie sprangen auf die Pferderücken, und ritten den Hügel hinauf, um dann den Weg in den Fjord zu suchen.

Als sie den Wald auf dem Hügelkamm hinter sich gelassen hatten, blickten sie von oben auf den Fjord, in dem die Schnigge lag. Und dann durchfuhr sie der Schreck. An ihrem Lagerplatz grasten sechs Pferde, und die dazugehörigen Reiter hatten sich vor den Zelten gesammelt.

„Was, bei Odin…", rief Breka. „Die können den Bauern doch noch gar nicht gefunden haben", stellte Asgrim fest.

„Wir werden es bald sehen. Aber halte dich kampfbereit, Asgrim." Sie trieben die Pferde an, und ritten eilig den Hügel hinunter zu ihrem Lager. Von weitem sah Breka schon, wie Astrid auf die herannahenden Reiter zeigte. Noch schien alles friedlich zu sein.

Die beiden zügelten ihre Pferde, und sprangen von deren Rücken. „Dies sind Krieger des ansässigen Jarls", erklärte Astrid ihrem Gemahl, und Breka grüßte die Männer. Ihm war aber auch sofort aufgefallen, dass seine Gefolgschaft ihre Waffen in Griffnähe hatte. „Ich bin Jarl Breka", stellte sich der Gemahl der Astrid vor. „Ich bin Sigröd, Hauptmann Jarl Halvdans, dem dieser Gau gehört", erwiderte der Anführer der Reiterschar. „Ich hörte, euch hat das Unwetter an Land gespült." Breka nickte. „So ist es! Leider sind meine Pferde durchgegangen." Er zeigte den Hügel hinauf zu dem bewaldeten Kamm. „Doch sie sind nicht weit gelaufen. Dort oben in dem Wald suchten sie Schutz." Der Hauptmann nickte, doch sein Gesicht zeigte Misstrauen.

„Wann werdet ihr weiterreisen?"

„Noch heute", antwortete Breka. „Der Sturm ist vorüber, und uns zieht es weiter nach Norden." Da nickte der fremde Hauptmann zufrieden. „Gut", sagte er, und befahl seinen Kriegern aufzusitzen. „Reiten wir über den Kamm, und schauen wir auf dem Hof des Burki vorbei." Er grüßte noch kurz, und trieb dann seinen Geschleckten an.

Breka sah Asgrim an. „Wir sollten uns beeilen, wenn wir nicht kämpfen wollen." Asgrim nickte, und führte das Pferd zum Schiff. Dabei wandte er sich den anderen zu. „Los, beeilt euch, und schafft alles an Bord. Wir müssen fort von hier!"

Die Schnigge segelte bereits auf die Mündung des Fjordes zu, als Sigurd und seine Krieger über den Kamm geritten kamen. Doch sie waren zu spät, denn der Liegeplatz war leer, und das Lager war verschwunden.

„Warum hatten wir es plötzlich so eilig?", fragte Astrid den Breka, während sie damit beschäftigt war, eine der Zeltplanen zusammenzulegen. Sie hatten alles auf das Schiff geworfen, und hatten abgelegt, bevor die Krieger des Jarls Halvdan zurückkamen. „Da erzählte Breka von dem störrischen Bauern, und seinem Ende. Jetzt verstand Astrid!

In den folgenden Wochen zeigte sich die Ran gütig, und ließ die Seefahrer in aller Ruhe reisen. Und so erreichten sie am letzten Tag des fünften Monats des Jahres 837 die Mündung des Ladefjordes. Diese zog sich, vorbei an hohen, kahlen Felswänden und den drei Wasserfällen, die zwischen vereinzelten in alle Richtungen gewachsenen Kiefern, in die Fluten stürzten. Bald erreichten sie die Biegung, welche um eine hohe Felskante führte. Danach öffnete sich der Blick auf den großen Fjord. „Wir haben es geschafft", sagte Breka zufrieden, zu seinem Weib. Sie standen an der Reling am Bug der Schnigge, und sahen auf den Fjord hinaus. Da trat Olf neben den einstigen Jarl. „Wo führt uns der Weg hin?"

„Wir segeln in den Gau Levanger, dort herrscht Jarl Asbjörn", sprach Breka zu seinem Stevenhauptmann. „Er ist Astrids Vater!" Olf sah die Astrid verwundert an, und nickte sogar etwas beeindruckt.

Sie hatten jetzt Kurs nach Nordosten genommen, und segelten bald an der Königsstadt Lade vorbei. Nun standen sie an der Steuerbord Reling, und sahen zur Küste hinüber.

„Siehst du den breiten Weg, der über die große Wiese hinaufführt?" Breka zeigte zum Festland. „Dort geht es nach Lade. Hinter dem Wald dort oben beginnt die Königsstadt." Dann durchsegelten sie die Enge zwischen der Südküste von Tautra und der Halbinsel Frosta. Und auch hier erklärte Breka dem Asgrim sein Wissen. „Diese Insel gehört Einar Blutauge!" Da staunte Asgrim doch sehr. „So einen kleinen Fleck Erde nennt der Jarl mit dem roten Auge sein Eigen? Ich hätte gedacht, dass König Grjotgard mehr für den Jarl übrighat. Man erzählt sich doch ständig, dass Einar der Sippe des Königs so nahesteht."

„Ach, weißt du, dies ist mal so, und dann wieder so", sprach Breka rätselhaft. „Vielleicht reicht ihm ja auch, was er sein Eigen nennt!"
Der Wind blies aus Osten, und verlangsamte die Reise der Schnigge. Und als sie der Küste folgend, nach Steuerbord segelten, wurde Astrid plötzlich ganz aufgeregt. „Dort, dort drüben", rief sie, und zeigte auf eine Felskante die in den Fjord ragte. „Dort beginnt das Land meines Vaters." Da trat Breka der Astrid nahe, und sah auf die Küste. „Dort werden wir uns einen Lagerplatz suchen." Er wandte sich um. „Olf, siehst du den Kiesstrand dort drüben? Sage Thorbart er soll uns dorthin steuern." Thorbart war derjenige, der sich beim Steuern der Schnigge besonders hervorgetan, und so Brekas Vertrauen als Steuermann errungen hatte.
Der Kiel der Schnigge schob sich mit großer Wucht in den Kies, denn sie hatten das Segel etwas spät eingeholt. Die Wiese, die sich an den Kiesstrand anschloss, war als Lagerplatz gut geeignet. Also bauten sie die beiden Zelte auf, und pflockten die Pferde an.

Lange waren sie nicht unbeobachtet geblieben, und so kamen am nächsten Morgen einige Reiter in das Lager. Die beiden Kinder spielten auf dem Strand, und die Frauen kochten über dem Feuer ein Morgenmahl. Einer der Reiter war ein Mann mit graumeliertem Haar. Vom Pferd herab, fragte er, mit wem er es zu tun habe. „Mein Name ist Breka Borkasson, und ich komme aus Ranrike. Ich bin auf der Suche nach einer neuen Heimat."

„Dies ist das Land Jarl Asbjörns, auf dem du dein Lager aufgeschlagen hast", sprach der Mann, der sicher mehr als vierzig Winter hinter sich gebracht hatte. In seinem einst blonden Bart, waren zwei kleine Zöpfe eingeflochten, und sein Haar, von grauen Strähnen durchzogen, reichte ihm bis auf die Schultern. „Das ist mir bekannt", antwortete Breka, und der Reiter wunderte sich. „So, warum das?"
Da trat Astrid aus einem der Zelte. Sie trat zuerst an das Feuer, doch dann fiel ihr Blick auf den Reiter. Sie trat heran, und sah dem Mann in sein Gesicht. Da kniff dieser seine Augen zusammen. „Astrid", sagte er leise. „Astrid! Du bist Astrid Asbjörnsdottir!" Da begann Astrid zu lächeln. „Ja, Hauptmann Sven, Sohn des Thorger." Brekas Weib hatte den Hauptmann sofort wiedererkannt.

„Aber... aber Astrid, warum liegt euer Schiff nicht im Hafen von Levanger?" Zwar hatte der Hauptmann das Drama um Astrid und Breka miterlebt, doch es war ihm nicht mehr gegenwärtig. Denn er war damals nicht sehr nahe an der Jarlsfamilie. Dies war heute anders, und er zeigte wirklich Freude über das Wiedersehen. „Wann können wir euch in Levanger erwarten?", fragte der Hauptmann, denn er hielt es wohl für selbstverständlich, dass Astrid mit ihrem Gemahl in die Jarlshalle kommen würde. Während Astrid mit dem Hauptmann sprach, lud Breka die Krieger des Asbjörn zum Morgenmahl. Und dies tat er nicht ohne Hintergedanken. Die Krieger schienen sich jedenfalls wohlzufühlen. Sie unterhielten sich angeregt, und spielten auch mit den Kindern. Und so stand die Sonne hoch im Zenit, als sich Hauptmann Sven verabschiedete, und mit seinen Männern in die Siedlung zurückritt.

„Du weißt, dass er meinem Vater von uns erzählen wird", sprach Astrid, während der kleine Asbjörn sich auf den Schoß seiner Mutter setzte. Breka nickte. „Aber natürlich wird er das! Und es wird nur Gutes sein!" Breka grinste und Asta zog es zu ihrem Vater. So saßen sie an dem Lagerfeuer und redeten. Der Tag verging!

Doch bevor am Abend die Sonne ganz hinter dem Horizont verschwunden war, kamen erneut Reiter in das Lager des Breka. Den Hauptmann Sigurd erkannte Breka sofort, doch die Identität des Mannes an seiner Seite konnte Breka nur ahnen. Die Anzahl der Krieger, die ihn begleiteten, ließ darauf schließen, wer dieser Mann war. „Du wirst gleich deinem Vater gegenübertreten", hatte Breka zu Astrid noch gesagt, als die Pferde auf sie zu preschten. „Nehmt eure Waffen", rief der Gaute, und griff nach seinem Rundschild. Dann zog er sein Schwert, und ging den Ankommenden entgegen.

Jarl Asbjörn zügelte sein Pferd vor dem Breka. „Ja, du bist es", sagte der Jarl böse. „Ich erkenne dich, Tochterdieb!"

„Kannst du nicht verzeihen, Asbjörn?" Breka sah den Jarl herausfordernd an. Asbjörn schwang sich von seinem Pferd, und ging auf seinen Schwiegersohn zu. Da trat Astrid aus dem Zelt, und der Jarl erstarrte. „Astrid", hauchte er leise. Sah dann aber wieder den Breka an. „Was wollt ihr hier?"

„Jarl Asbjörn, es ist so, dass wir eine neue Heimat suchen." Breka wollte nicht lang um den heißen Brei herumreden.

„Astrid, bring uns Bier", bat Breka sein Weib, und diese lief zurück in das Zelt. „Nimm an unserem Feuer Platz, Jarl Asbjörn, und lass dich bewirten." Hauptmann Sigurd wollte sich schon auf einen der Steine setzen, bemerkte aber dann, dass sein Jarl keinerlei Anstalten machte, die Einladung seines Schwiegersohnes anzunehmen. Also bremste auch er sich. „Warum sollte ich mich an dein Feuer setzen. Du hast uns viel Unglück gebracht", fauchte der Jarl. Da trat Astrid wieder aus dem Zelt, und mit ihr ihre Tochter Asta. Astrid sah sofort, dass ihr Vater schlechtester Laune war. „Asta, gib deinem Großvater einen Becher", sagte sie so laut, dass Asbjörn dies auf jeden Fall gehört hatte. Und das Kind gehorchte. Sie trat vor den vollbärtigen Mann mit dem dunkelblonden Haar, und reichte diesem einen Becher.

„Hier Großvater", sagte die Asta mit der kindlichen Stimme einer Fünfjährigen, und hielt Asbjörn den Becher entgegen. Der Jarl sah die Kleine an, griff nach dem hölzernen Becher, und setzte sich auf einen Hocker, den Breka ihm hingestellt hatte. Asta ließ sich den Krug reichen, und füllte dem Asbjörn das Bier in den Becher. „Wie ist dein Name, Kind?", fragte er die Kleine. „Asta", antwortete die Tochter der Astrid. Da nickte der Jarl zufrieden. Und zum ersten Mal seit er in dem Lager erschienen war, huschte ihm ein Lächeln über sein Gesicht. Da traf Brekas Blick die Astrid, und auch diese musste lächeln. Der einstige Jarl der Götaburg hatte sofort verstanden, dass sein Plan aufgehen würde.

„Wie alt bist du, Asta?", wollte nun der Jarl wissen, und das Kind sagte: „Ich bin einen Winter jünger als mein Bruder. Ich bin fünf Winter alt." Da stutzte der Jarl von Levanger. „Ein Bruder?" Er sah seine verstoßene Tochter an, und Astrid nickte. Sie erhob sich, und trat in das andere Zelt ein. „Asbjörn, komm", rief sie, und der Jarl wollte sich erheben, doch Breka stoppte ihn. „Nein, sie meint unseren Sohn."

„Euer Sohn heißt Asbjörn?" Der Jarl musste schlucken, und Breka wusste, dass er ihn besiegt hatte. Wieder einmal!

„Ihr habt euren Sohn nach mir benannt?" Asbjörn von Levanger war überwältigt, denn damit hatte er im Leben nicht gerechnet. Er, der seine Tochter vor acht Jahren verstoßen hatte, musste nun erleben, dass genau diese Tochter ihren einzigen Sohn nach ihm benannt hatte. Den Jarl überkam Stolz! Und selbst seine Männer bemerkten dies. Dann trat der junge Asbjörn aus dem Zelt, und trat an das Feuer. „Sohn, dieser Mann ist dein Großvater", sagte Breka, und zeigte auf Asbjörn. Da trat der junge vor den alten Asbjörn. Und dem Jarl rann eine Träne der Freude über die Wange.

Sie aßen und tranken bis der Jarl fragte, wohin die Reise noch gehen solle? Und Brekas Antwort zeigte durchaus Bereitschaft, endlich den Familienfrieden herzustellen. Und irgendwann beugte sich Sigurd dem Breka zu. „Er wird euch bitten hier zu bleiben. Warte es nur ab."

Und als die Dämmerung einsetzte, machten sie sich zum Aufbruch bereit. Und da sprach Asbjörn von Levanger zu seinem Schwiegersohn. „Ich will, dass ihr in die Stadt kommt. Auch mein Weib Gunnfrigg muss ihre Enkelkinder kennenlernen." Da nickte Breka und war einverstanden.

*

Noch bevor die ersten Sonnenstrahlen über den Horizont krochen, kehrte Leben in das Lager der Nordleute zurück. Am Tag zuvor war der Birk mit der Botschaft ins Lager zurückgekehrt, dass der Keltenhäuptling mit dem Austausch der Geiseln einverstanden war. Birk hatte seine Aufgabe gut gemacht, und Einar war zufrieden mit ihm. Besonders die Mitteilung, dass Eira lebte und wohlauf war, machte schnell die Runde. Und Gisli konnte seine Aufregung kaum noch verbergen. So hatten einige im Lager die Nacht mit offenen Augen verbracht.

Jarl Einar hatte mit einem Eimer an einem Seil, frisches Wasser an Bord gezogen. Nun wusch er sich sein Gesicht und den Oberkörper. Carragh tat es ihm an seiner Seite gleich. Die blaue Farbe der Zeichnungen in ihrem Gesicht war schon längst verschwunden, denn es waren bei ihr noch keine Tätowierungen gewesen, wie bei den Männern des Stammes. Die vergangene Nacht mit dem Jarl, hätte ihr durchaus den Leib gefüllt haben können. Und darüber zeigte sich Carragh äußerst zufrieden.

Und dann plötzlich wurde es laut. Stimmen hallten durch den Wald, und dann erschallte ein Schrei. Ein Späher der Kelten hatte sich zu weit vorgewagt, und war einem der Wächter begegnet. Dieser hatte nicht gezögert, und den Späher nach kurzem Kampf mit der Axt erschlagen. Nun stand er vor dem Jarl, und musste über die Tat berichten.

„Wir wollen mit den Kelten die Geiseln austauschen, und du tötest einen ihrer Männer", zeigte sich Einar wenig erfreut. Doch Thoke, der als Wache eingeteilt war, hatte eine Erklärung für seine Tat. „Was, wenn der Kerl dich beobachtet hat? Mit ihr?", fragte er und zeigte auf Carragh. Da verstand Einar den Zimmermann. „Gut, du hast recht. Es musste sein! Ich danke dir, Thoke!"

Die Besatzung des Flutenbrechers sollte zur Bewachung der Schiffe im Lager bleiben. Dazu zählte auch Gisli, der über diese Entscheidung gar nicht begeistert war. Doch Jarl Einar blieb bei seiner Entscheidung, denn er konnte auf eine unüberlegte Reaktion des Gauten beim Tausch der Geiseln gerne verzichten.

Mit der Besatzung des Wellenbrechers machte er sich auf den Weg. Obwohl einige der Männer darauf bestanden, dass die Keltin gefesselt werden sollte, entschied sich der Jarl dagegen. Nein, diese Schmach wollte er Carragh nicht antun. So blieb sie, flankiert von zwei Kriegern, an Einars Seite. Diese Behandlung blieb der Eira verwehrt. Sie war gefesselt, und lag sogar auf einem Karren. Cillian und vier seiner Krieger standen auf der Lichtung. Den Rest seiner Krieger hatte er zurückgelassen, genau wie Jarl Einar es tat.

Auch er trat auf die Lichtung, gefolgt von der Carragh, dem Raban, Olaf, Thoke und Birk.

Nun standen sie sich gegenüber, und die Blicke trafen sich. Der Kelte gab den Befehl die Fesseln zu lösen, und seine Männer führten Eira zu dem Häuptling. Er sah die Tochter des Grjotgard an. „Geh, deine Götter waren mit dir!"

Jarl Einar blickte Carragh traurig an, und sein Herz wurde ihm schwer, weil er sie gehen lassen musste. „Geh, und sei frei! Lebe ein gutes Leben, Carragh." Nur zu gerne hätte die Gaelin den Nordmann zum Abschied geküsst, doch dies musste sie sich verkneifen. Also ging sie los, und Eira kam ihr entgegen.

„Rud dúr tú! Conas a d'fhéadfá ligean duit féin a bheith gafa (Du dummes Stück! Wie konntest du dich fangen lassen)?" Cillian überschüttete seine Tochter mit heftigen Vorwürfen. „Ach athair, ní raibh sé mo locht (Aber Vater, es war nicht meine Schuld)", versuchte sie sich zu verteidigen, doch es nutzte nichts. „Come on, ar shiúl léi (Los, fort mit ihr)!"

Eira umarmte den Jarl mit größter Freude. „Oh, ich habe es gewusst, dass du mich finden wirst. Wo ist mein Gemahl?"

„Eira, wie gut dich gesund wiederzusehen. Es gibt viele die deine Rückkehr sehnsüchtig erwarten", sagte der Jarl, und gab Befehl zum Rückzug.

Die Aufbruchsvorbereitungen waren fast abgeschlossen, das Lager war abgebrochen, und alles war auf den Schiffen verstaut, als die Krieger zurückkamen. Und auch im Lager war die Freude groß, doch besonders Gisli war in seiner Freude nicht mehr zu bremsen. Und dann rief Jarl Einar hocherfreut aus: „Lasst uns endlich von hier verschwinden!" Beide Besatzungen gingen an Bord, sie zogen die Planken herauf, und legten ab. Doch plötzlich stürzte eine Person aus dem Unterholz des Waldes. Es war Carragh, und diese lief wie ein junges Reh, gehetzt von Füchsen hinter den Schiffen her. „Fan liom! Tabhair leat mé (Wartet auf mich! Nehmt mich mit)!" Sie sprang mit einem mächtigen Satz von der Böschung in die Fluten, und schwamm dem Wellenwolf hinterher. Und sie erreichte tatsächlich die Reling, wo man sie an Bord zog. Der Abstand zum Ufer wurde nun immer größer, und die beiden Segel wurden aufgezogen, da rief Olaf dem Jarl etwas zu, und zeigte zum Ufer. Es waren die Kelten, die auf den Lagerplatz der Nordmänner stürmten, und die sich über Carraghs tun, wenig erfreut zeigten. Doch die Pfeile, die sie den Schniggen hinterher schoßen, landeten im Wasser, und konnten den Nordleuten nichts mehr anhaben.

Der Jarl trat mit seinem Umhang zu der Carragh, und hüllte sie in diesen. Er trocknete ihre Haut, und schüttelte seinen Kopf. "Warum hast du das getan?"

„Mar ba mhaith liom a bheith in éineacht leat, Einar Blutauge (Weil ich bei dir sein will, Einar Blutauge)", antwortete die hübsche Gaelin lächelnd. „Ich kommen mit du, Einar. Ich gute Frau für dir. " Da begann Olaf zu grinsen. „Ob das der Ilva gefällt?" Da mischte sich Raban ein. „Er ist der Jarl, und kann sich eine Konkubine nehmen. Wo ist da das Problem?" Da nickte Olaf zustimmend, begann zu lachen, und ging zum Bug der Schnigge.

*

13. ZURÜCK IM LADEFJORD

Die Schnigge des einstigen Jarls der Götaburg segelte in den Hafen der Siedlung, die dem Gau seinen Namen gab. Die Mündung eines schmalen Fjordes führte sie direkt in die Hafenanlagen von Levanger. Der Fjord selbst aber führte weiter in das Inland, und weitete sich dann zu einem großen Salzwassersee, dem Eidbøtn aus.

Viele Plätze im Hafen von Levanger waren nicht mehr frei, denn hier herrschte meist viel Trubel. Das Wetter war schon seit vielen Tagen gut, und so kamen die Händler mit ihren Knarren über das Meer, und die Bauern über die Straßen und Wege in die Siedlung, um ihre Waren, ihre Sklaven und ihr Vieh anzubieten. Doch dann geschah womit niemand rechnen konnte. An einem der Anlegestege erschien plötzlich der Hauptmann Sigurd und gab Befehle, woraufhin eine Schnigge und ein Skuder die Leinen lösten, und in das Hafenbecken gerudert wurden. Dann sah er zur Schnigge des Breka hinüber, und winkte dem Olf zu, der am Vordersteven stand. Dieser gab dem Breka am Steuer die Anweisungen wohin er steuern sollte. Das Segel hatten sie eingeholt, und vier Mann bewegten das Schiff mit den Ruderpinnen fort. Bald schon trieb die Schnigge des Breka an die Stelle des Anlegers, und die Männer verstauten die Ruder. „Der Jarl hat von euch berichtet. Und er war hoch erfreut", rief Sigurd der Astrid zu, und fing eines der Seile, um es einem Sklaven zu reichen, der es um einen Poller band. „Ich hätte es wirklich nicht geglaubt, aber ihr werdet sehnsüchtig in Asbjörns Schildhalle erwartet."
Astrid schien nicht die gleiche Freude zu verspüren. „Was sagt meine Mutter?" Da zuckte der Hauptmann mit den Schultern. „Dazu kann ich nichts sagen, Astrid."

234

„Na, dann werden wir es sehen", sprach die Tochter des Asbjörn. Die Familie des Breka machte sich sofort auf den Weg in die Siedlung. Diese war recht groß, und Wege zweigten von einem großen Platz, sternförmig nach außen ab. Hier standen die Häuser und Hütten dicht gedrängt. Doch je weiter man nach außen kam, umso größer wurden die Abstände der Häuser, bis hin zu den Höfen der Bauern. Eine Befestigung gab es in Levanger nicht. Vereinzelt standen Wehrtürme an den Wegen, doch auf einen Wall hatte der Jarl bisher verzichtet. An dem Platz stand eine große Schildhalle, in dessen hinterem Teil die Familie des Jarls auch lebte. Ähnlich der Halle von Tautra, mit dem Unterschied das Asbjörn kein zusätzliches Jarlshaus besaß. Als Sigurd die Gäste in die Schildhalle führte, war diese bis auf einige herumlaufende Sklavinnen menschenleer.

„Kommt, der Jarl erwartet euch." Sie folgten dem Sigurd durch die Halle bis zu einer doppelflügeligen Tür. Dort klopfte der Hauptmann kräftig gegen das Holz. Die Tür wurde geöffnet, und ein Mann erschien. „Aelfere, der Jarl erwartet uns", sprach Sigurd zu dem Mann, und dieser trat zur Seite. „Dies ist Aelfere, der Leibsklave des Jarls", erklärte Sigurd der Astrid, die den Mann fragend ansah. „Er kam vor fünf Wintern zu uns." Doch das Interesse der Astrid lag nun auf dem Antlitz ihrer Mutter Gunfrigg.

„Mutter", sagte sie leise, und verspürte Freude. Doch die Gemahlin des Asbjörn zeigte sich kalt. „Astrid", sagte sie ohne eine erfreuliche Regung, und wandte sich ab. Und Astrid verstand!

Da kam Asbjörn auf die Familie zu, und dieser zeigte sich umso erfreuter. „Kommt, es gibt viel zu bereden", rief er lächelnd, und Astrid erkannte den Mann kaum wieder. Brekas Vermutung war voll und ganz eingetroffen, denn die Kinder hatten den Jarl seine Meinung grundlegend ändern lassen. Da Astrid sein einziges Kind geblieben war, hatte er nicht damit gerechnet, einmal Enkelkinder zu haben. Oder zumindest diese kennenzulernen. Umso mehr dankte er nun den Nornen[66] für diese Schicksalsfügung. Anders schien dies bei seinem Weib zu sein. Gunfrigg zeigte sich wenig erfreut über die Rückkehr ihrer Tochter. Und die Kinder Asta und Asbjörn schienen sie gar nicht zu interessieren. Trotzdem stellte Astrid ihr die Kinder vor.

Nun kamen die Sklavinnen, die sie zuvor in der Halle gesehen hatten, in den großen Raum, und begannen den Tisch einzudecken. Aus einem Küchenraum trugen sie Schüsseln und Platten mit Braten darauf in den Wohnraum, um diese auf dem Tisch abzustellen. Bald schon saßen alle an dem Tisch, und ließen sich bewirten. Während Gunfrigg meist schwieg, zeigte sich Jarl Asbjörn wie ausgewechselt. Es schien, als würde er sich tatsächlich über die Rückkehr seiner Tochter freuen. „Breka, erzähle mir, was euch hierher nach Levanger geführt hat."

„Nun ja, ich war der Jarl der Götaburg", begann Breka zu erzählen. „Die Götaburg des Ragnar Sigurdsson?", fragte der Jarl. „Du warst ein Jarl König Ragnars!" Breka nickte.

„Ich fiel in Ungnade, als der König aus Britannien heimkehrte. Es war mein eigener Vater, der mich beim König anschwärzte", beschwerte sich Breka verärgert. „So zogen wir es vor Ranrike zu verlassen."

„Und da zog es euch in den Norden?", fragte Gunfrigg fast vorwurfsvoll. Wieder nickte Breka der Jarlsgattin zu. Doch mit einem gehässigen Lächeln sprach Gunfrigg spitz. „Ach ja, ich vergas, du bist ein Freund des Tautrajarls Einar." Darauf antwortete Breka nicht mehr, denn er wollte nicht erzählen, dass er bei diesem höchstwahrscheinlich genauso

---

[66] Nornen – Urd, Verdandi und Skuld, die drei Göttinnen bewachen den Brunnen des Schicksals an den Wurzeln der Weltesche. Sie bestimmen das Schicksal der Götter und das der Menschen

in Ungnade gefallen war. Da er ja den eigentlichen Grund für seinen Ärger verheimlichte. Doch Jarl Asbjörn hatte die Bemerkung seines Weibes völlig falsch gedeutet, und rief: „Oh nein, ihr kommt mir nicht fort von hier! Dies ist die Heimat meiner Tochter, und ich bin dankbar, dass die Götter sie zu mir zurückbrachten. Nein, ihr geht nicht zu Einar nach Tautra!" Er stopfte sich ein Stück Braten in den Mund, spülte mit einem großen Schluck Bier nach, und sprach dann: „Ich will dir etwas zeigen, Breka. Ich denke, es wird dir gut gefallen."

Nach dem sie gegessen hatten, führte der Jarl seine Tochter und ihren Gemahl hinaus, wo bereits drei gesattelte Pferde warteten. „Kommt, wir müssen ein Stück reiten!"

Er schwang sich in den Sattel, und Astrid und Breka folgten seinem Beispiel. Dann ritten sie los.

Der Weg führte sie fast vollständig durch die Siedlung, und dann bogen sie auf einen schmalen Weg ab. Diesen ritten sie eine ganze Weile entlang, bis er sie an einem breiten Feld vorbeiführte. Dann an einer großen Weide, bis hin zu einem Langhaus mit vielen Nebengebäuden. „Das ist ein großes Anwesen", stellte Breka fest. „Ja, das ist es! Weitere Felder sind auf der anderen Seite. Und es steht bald leer", rief Jarl Asbjörn, und zeigte nach Süden. „Dann kann ich es dem Besitzer abkaufen?" Breka gefiel gut was er sah. „Es gehören fünf Felder zu dem Hof. Was ihm auch den Namen Fünf-Felder Hof eingebracht hat. Dazu Weiden und Koppeln. Ein guter Besitz!"

„Aber warum gibt man so einen Besitz ab?" Astrid war die Geschichte nicht geheuer. „Das würde sicher auch niemand tun", begann der Jarl zu erzählen. „Doch der Besitzer hat sein Weib ermordet, und morgen werden wir über ihn richten", rief Asbjörn seiner Tochter zu. „Ich bin davon überzeugt, dass dieser Hof morgen Abend einen neuen Besitzer hat." Dann sah er seinen Schwiegersohn Breka an.

„Wenn du das willst, Schwiegersohn!"
Dieser zeigte sich durchaus gewillt, den Besitz des Mörders zu übernehmen. Astrid dagegen war nicht davon erfreut. Doch Breka hatte schon weiter darüber nachgedacht, denn der Hof hatte neben dem Langhaus noch zwei weitere Gesindehäuser, und mehrere Ställe für Schweine, Schafe und Ziegen. Würden die Männer und die beiden Frauen in Brekas Gefolgschaft bleiben wollen, hätte er sogar bereits Unterkünfte für sie. Und die Felder waren groß genug, um alle zu ernähren. Dieser Hof war einem Jarl würdig.

Am nächsten Tag spürte man schon früh die Unruhe in der Siedlung. Von überall her kamen die Bewohner des Gaus. Bauern aus der ganzen Umgebung, und Fischer von der Küste. Männer, die sich für wichtig hielten, sammelten sich in der Jarlshalle, und so war diese mehr als gut gefüllt, als die Sonne im Zenit stand. Jarl Asbjörn und sein Weib Gunfrigg traten mit den Beratern in die Jarlshalle, und nahm auf den Hochstühlen Platz. Auch Breka zog es in die Halle, während Astrid mit den Kindern lieber im hinteren Teil des riesigen Langhauses blieb. Und dann brachte man den Gefangenen, dem vorgeworfen wurde, sein Weib getötet zu haben. Einer der Berater trat vor, und berichtete von der Tat die dem Großbauern zur Last gelegt wurde. Da kam Unruhe in der Halle auf, denn die Empörung über die Tat war groß. Die Sippschaft der Getöteten forderten lautstark die Hinrichtung des Mannes.

„Diese abscheuliche Tat, muss bestraft werden", rief Jarl Asbjörn zornig in die Menge, auf dass diese zu jubeln begann. „Doch die Götter würden uns strafen, wenn wir keine Beweise für die Tat hätten." Da brachte Sigurd einen Mann vor die Menge. „Ich bin ein Freund der Toten", rief dieser wütend. „Und ich sah mit eigenen Augen, wie er meine Schwester mit dem Hammer erschlagen hat." Und schon wurde es erneut unruhig in der Halle. Da trat Jarl Asbjörn mit erhobenen Armen vor die Menge. „Ist das der Beweis für seine Schuld? Los, Gunnar Hranisson, gibst du deine Schuld zu? Hast du dein Weib erschlagen?"

„Ich tat es, weil sie mich erstechen wollte! Mir blieb nichts anderes übrig", rief er laut. „Ich erwischte sie mit ihrem Geliebten, der feige vor mir geflohen ist!" Und dann zeigte er auf den Mann, der ihn beschuldigte. Zuerst ging ein Raunen durch die Halle, doch die Anwesenden glaubten ihm nicht, und dann buhten und johlten sie verärgert. Da erhob sich der Jarl und rief fragend: „Wer glaubt, dass Gunnar schuldig ist, der hebe seine Hand!" Und ausnahmslos alle Hände wurde gehoben. Warum Breka die Hand hob, wusste er nicht einmal. Er hielt den Mann zwar für schuldig, aber wenn es wirklich so war, wie er sagte, war die Aussage des Zeugen kein Beweis für seine Schuld. Zweifel waren wohl angebracht, doch es war die Aussicht auf den großen Hof, der ihn dazu trieb, den Arm zu heben.

„Es ist entschieden, Gunnar. Du bist des Mordes schuldig, und darum verlierst du deinen Kopf", fällte der Jarl das Urteil. „Hauptmann Sigurd, bring ihn hinaus." Sigurd sah zwei seiner Krieger an, und nickte. Diese packten den Bauern, und brachten ihn auf den Platz vor der Schildhalle. Und die Menschen folgten ihnen hinaus. Es dauerte nicht lange, da hielt Hauptmann Sigurd den Kopf des Verurteilten in die Höhe, und alle jubelten.

Obwohl Breka diesen Mann nicht kannte, hatte er doch ein schlechtes Gewissen. Er war aber sicher, dass der Hof frei war, und seine Pläne aufgehen würden. Doch er täuschte sich!

So kam es, dass sie am Abend in der Jarlshalle saßen, miteinander sprachen und tranken. Die Kinder hatte der Jarl um sich geschart, denn besonders der kleine Asbjörn schien dem Großvater ans Herz zu wachsen. Gunfrigg, sein Weib, blieb jedoch kalt wie ein Fisch, und zeigte, dass die Rückkehr ihrer Tochter ihr nach acht Wintern eher lästig war. Breka würfelte mit Asgrim und Olf, und Astrid sprach mit den beiden Frauen, die sich ihnen angeschlossen hatten. Alle hatten beschlossen, auch weiterhin in Brekas Diensten zu bleiben. Schließlich schien sein Heil groß zu sein! Dann aber trat ein Mann an den Tisch des Jarls, und sprach Asbjörn an. „Mein Jarl, ich bin der Bruder der ermordeten Gemahlin des Gunnar Hranisson. Und da diese keine Erben hat, erhebe ich Anspruch auf den Hof meines Schwagers." Jarl Asbjörn blickte den Mann an, und wandte sich dann dem Sigurd zu. „Er erhebt Anspruch auf den Hof!" Da nickte der Hauptmann wissend. „Ja, das tut er!" Da sah Asbjörn den jungen Asbjörn an, und lächelte. „Er will den Hof!" Der Jarl grinste den Hauptmann an, und erst jetzt wurde Breka auf den Mann aufmerksam. „Nun, ich bin der Jarl in diesem Gau, und wer die Höfe bekommt, bestimme ich." Da nickte der Mann zustimmend. „Ja, mein Jarl, darum sage ich dir, dass ich den Hof von meinem Schwager erbe."

„Dein Schwager ist als Mörder hingerichtet worden, und somit besitzt er nichts, dass er zu vererben hätte", sprach Asbjörn streng. „Doch ich will mal nicht so sein. Zahle die Schulden deines Schwagers, und du bist der neue Bauer auf dem Fünf-Felder Hof." Erstaunt sah der Mann den Jarl an.

„Schulden?", fragte er überrascht. „Mein Schwager hatte Schulden?" Da nickte der Jarl. „Ja, so ist es! Aber da du den Hof ja unbedingt willst, wirst du mir die dreihundert Stück Hacksilber zahlen, und der Hof ist schuldenfrei." Da wurde der Mann blass, und stotterte aufgeregt: „Dreihundert… dreihundert Stück Hacksilber:" Da nickte der Jarl, und sah den Mann mitleidig an. „Dein Schwager war mir über viele Winter die Abgaben schuldig geblieben. So ist es doch mein doppeltes Recht als Jarl, den Hof als mein Eigentum anzusehen. Also, hast du die dreihundert Stück Silber?"

Der Mann senkte seinen Kopf. „Nein, woher soll ich so viel Silber nehmen?" Da zuckte Jarl Asbjörn mit den Schultern.

„Dann sieht es schlecht für dich aus!" Der Mann wandte sich ab, und ging. Doch nach wenigen Schritten drehte er sich um, und kam zurück. „Der Hof gehörte meinem Schwager und meiner Schwester", rief er zornig. „Und nun ist er mein, denn ich bin der einzige Erbe. Du aber willst mir mein Erbe streitig machen, Jarl Asbjörn." Wäre der junge Asbjörn nicht an seiner Seite gewesen, hätte Jarl Asbjörn sicher einen Tobsuchtsanfall bekommen. Doch so blieb er ruhig. Gefährlich ruhig!

„Sigurd!" Er sah den Hauptmann an, und dieser winkte zwei Männer herbei. Diese packten den wütenden Mann, und schleppten ihn zeternd aus der Schildhalle. Drei Tage später war es ein Fischer, der nahe dem Schilf einen Toten aus dem Fjord zog.

*

Viele Tage zuvor hatten die beiden Schniggen Wellenwolf und Flutenbrecher die Küste Britanniens verlassen, und waren mit Kurs nach Osten in die offene See hinaus gesegelt. Die Nähe des Keltenlandes hatte ihnen noch Regen beschert, und geholfen die Fässer auf Deck zu füllen. Doch je weiter sie nach Osten vorankamen, umso mehr verzogen sich die grauen Wolken. Und dann brannte die Sonne vom Himmel hinunter. Eine ganze Weile waren sie schon unterwegs, als Thure von der Rahe rief: „Segel! Segel am Heck!" Kjelt erhob sich, und sah auf die See hinaus. Doch er konnte kein Schiff erblicken. Jarl Einar kam zum Heck des Wellenwolfes, und stieg auf die Reling, um sich am Steven festzuhalten. Doch auch er sah kein Schiff. „Ich sehe nichts."

„Ich auch nicht", bestätigte Kjelt die Worte des Jarls.

„Doch wenn Thure sagt, da ist ein Schiff, dann ist da ein Schiff!" Einar nickte. „Gut, warten wir ab, was geschieht." Sie hatten das Zelt auf Deck gespannt, und darunter suchten die meisten Schutz vor der Sonne. Britta, die Dänin, hatte sich der Carragh angenommen, obwohl diese natürlich die Nähe des Jarls suchte. Dieser saß mit freiem Oberkörper bei dem Steuermann und genoss den kühlen Fahrtwind auf seiner nackten Haut. Die dunkelblonden Locken wehten wild umher, und immer wieder stieg Einar auf die Reling, um nach dem Schiff zu suchen.

Nicht weit des Wellenwolfes fuhr der Flutenbrecher, ebenfalls mit gespanntem Zelt auf Deck. Und hier hatte Eira inzwischen erfahren, dass ihr Gemahl Gisli, und Jarl Einar nicht mehr einer Meinung waren. Und dies gefiel ihr gar nicht. Die Tatsache, dass der Jarl, mit dem Hauptmann Guntram und dem Sklaven Wido, der Einzige war, der die Suche nach ihr aufgenommen hatte, stärkte ihr Vertrauen und die fast töchterliche Liebe zu Einar noch. Der Streit ihres Gemahls mit Jarl Einar konnte diese Zuneigung keineswegs erschüttern. Sie vertraute dem Trøndner ohne Vorbehalte. Doch Gisli fühlte sich in seinem Stolz verletzt, und er vergaß, dass er sich dem Einar angeschlossen hatte, und somit seinen Befehlen unterstand. Und dann kam auch noch die Frage des Guntram, wohin die Reise gehen sollte?

„Was meinst du damit, Guntram", fragte Gisli den Hauptmann. „Na, wohin steuern wir? Nach Ranrike oder in das Trøndelag?" Da mischte sich Eira ein. „Wieso denn in das Trøndelag?" Und dann musste Gisli der Eira seine Pläne mitteilen, die sie an den Hof ihrer Eltern gebracht hätten. Die Tochter des Königs war jedoch wenig erfreut über die Pläne ihres Gemahls. Sie sah Hauptmann Guntram an, und sagte ruhig: „Wir segeln nach Ranrike, auf unseren eigenen Hof. Nichts bringt mich dazu, an den Hof meines Vaters zurückzukehren!"

Und dann erreichten sie die Shetland Inseln, und Einar gab den Befehl die Küste anzusteuern. Olaf griff zum Horn, und blies das Signal. Doch es kam kein Hornsignal als Antwort zurück. Olaf stand am Vordersteven, und sah wie der Flutenbrecher den Kurs beibehielt. „Wo will der denn hin?", grummelte der Stevenhauptmann, und machte sich auf den Weg zum Heck des Wellenwolfes. Er ging unter dem Zelt durch, und sah Britta, wie sie mit der Keltin die Sprache der Nordleute lernte. Er musste grinsen, und schüttelte seinen Kopf. Auf der Hinterseite verließ er das Zelt wieder, und trat zu seinem Jarl und Freund. „Der Flutenbrecher hat den Kurs beibehalten, und segelt nach Osten. Ich bin sicher, dass sie nach Ranrike wollen." Da erhob sich Einar und trat an die Reling. Er sah der Schnigge hinterher, die nun weiter mit Kurs nach Osten segelte, während der Wellenwolf auf die Küste zu steuerte. „Ich glaube, Gisli hat seine Meinung geändert. Das tut mir leid für Königin Andur. Ihr hätte es sicher gefallen, wenn sie die königliche Familie wieder beisammengehabt hätte." Olaf nickte. „Wo doch Grjotgard sogar eingewilligt hat!"

„Ja, es war nicht leicht, ihm den Gauten Schwiegersohn schmackhaft zu machen. Nun ist die Überraschung für die Königin wohl geplatzt." Einar zuckte mit den Schultern.

„Wir haben die Eira gerettet, das ist die Hauptsache. Wir gehen jedenfalls erstmal an Land, und ruhen uns aus!"

Während der Flutenbrecher auf den Horizont zu segelte, näherte sich der Wellenwolf der Küste einer der Inseln. Olaf und Thure suchten nach einem passenden Platz für die Schnigge, und dann sahen sie beide gleichzeitig einen hellen Strand. „Dort drüben", rief Thure, und Olaf nickte ihm zu. Dann machte sich der Stevenhauptmann auf den Weg zum Heckstand der Schnigge. Genau zum richtigen Zeitpunkt, gab er den Befehl das Segel einzuholen. Die Rahe, mit dem

Thure darauf, senkte sich den Mast herab. Und die Männer begannen das Tuch aufzurollen.

Mit größter Geschicklichkeit ließ Kjelt den Wellenwolf auf den Strand gleiten. Sechs Männer sprangen über die Reling, und schlugen die Stützen unter den Rumpf, damit das Schiff nicht kippen konnte. Wie sie es gewohnt waren, bauten sie ihr Lager auf, und nahmen sich vor, einige Tage hier zu ruhen. Birk und Søde nahmen Pfeil und Bogen, um auf die Jagd zu gehen. Ihnen gelüstete es nach frischem Fleisch, außerdem sollten sie sich in der Gegend ausgiebig umsehen. Alle anderen beschäftigten sich, und waren froh wieder festen Boden unter den Füßen zu haben. „Wir werden uns ein paar Tage ausruhen, bis wir weiter segeln." Da begann Olaf zu grinsen, denn er ahnte den wahren Grund für Einars Verzögerungen. Und auch Thoke konnte sich das Lachen kaum verkneifen. Der Grund hatte eindeutig rotbraunes Haar, und sprach in der Sprache der Kelten. Ihr machte die Überfahrt sehr zu schaffen. „Was wird wohl Ilva sagen", begann der Zimmermann zu sticheln. Da trat Raban seinem Jarl zur Seite. „Das geht dich gar nichts an, also halt dein Maul, Thoke. Freue du dich auf die Sklavin Amke und ihre Tochter. Diese warten doch sicher schon sehnsüchtig auf dich." Diese Worte trafen den Thoke tatsächlich heftig, und ärgerten ihn, denn er hatte die Anwesenheit des Weibes in seinem Haus bereits total verdrängt. Natürlich hatte Jarl Einar ihm etwas Gutes tun wollen, als er die friesische Sklavin in sein Haus schickte. Aber Thoke wäre eigentlich lieber ohne Familie geblieben. Jedenfalls hatte die freche Bemerkung des Sachsen dem Zimmermann den Mund verschlossen.

Doch all dies war dem Jarl momentan völlig egal. Er zog seine Kleidung aus, und stürzte sich in die kalten Fluten, um sich abzukühlen. Als die Carragh dies sah, folgte sie dem Beispiel des Jarls, und warf ebenfalls die Kleidung von sich, um dem Einar zu folgen. Und dann nahmen sich andere, wie die Britta ein Beispiel daran. So entstand ein erfrischendes Wassergeplansche im Schatten des Wellenwolfes. Doch dies sollte plötzlich gestört werden. Es war natürlich Thure, der auf der Reling des Wellenwolfes saß, dem das fremde Schiff aufgefallen war. Und er erkannte sofort, dass dies jene Schnigge war, die er als Verfolger ansah. „He, ich will euren Spaß ja nicht trüben", rief er dem Jarl zu, „aber ich glaube, wir bekommen Besuch!"

Einar wurde sofort hellhörig. „Bist du sicher?" Da lachte Thure auf. „Ich bin so sicher, wie ich die ganze Zeit schon sicher war, als ich sagte wir werden verfolgt."

„Dann sollten wir mal unsere Waffen ergreifen", rief der Jarl, und Olaf fügte hinzu: „Und zieht euch etwas an, unsere Feinde sollen sich ja nicht erschrecken."

Noch war die Stimmung sehr gut. Es wurde gelacht, und gescherzt. Sie verließen das Wasser, und begannen sich zu bekleiden. Thure stand nun auf der Reling neben dem Hintersteven und sah auf die See hinaus. Es war ein großes Knarr, dass sich ihnen näherte. Das Segel war aus rotem, und weißem Tuch, und am Mast wehte ein Banner, welches der Thure schon einmal gesehen hatte. Jarl Einar war nun auch an Bord geklettert, und ging unter der Plane hindurch zum Heckstand. „Nun, Thure, was siehst du?"

„Ich sehe ein Knarr, und ich sehe das Banner. Du wirst es nicht glauben, aber das ist Thurgeis. Ich sah dieses Banner im Hafen von Dubh linn."

„Was will der Scheißkerl?", fragte Raban verärgert, denn er war dem Jarl auf das Schiff gefolgt. „Was wird er wohl von uns wollen? Er will Eira zurück! Die ist für ihn von großem Wert. Er wollte unseren König doch erpressen." Jarl Einar war sich sicher, dass dies der Grund war, wenn denn dieses Knarr wirklich dem Thurgeis gehörte. „Oh, es gibt wohl noch einen Grund", sagte Thure plötzlich. Einar und

Raban sahen ihn fragend an. „Es sind viele Blaugesichter an Bord. Ich sehe sie genau!" Da blickte Raban seinen Jarl an. „Carragh!"

Einar verstand natürlich, was der Kahlkopf meinte. „Cillian will seine Tochter holen, und der Gaute seine Beute."

„Dummerweise weiß der aber nicht, dass Eira auf dem Flutenbrecher ist", sprach Raban. „Und wir werden die Verfolgung verhindern!"

Jarl Einar ging von Bord, und Raban folgte ihm. Thure begann damit die Rundschilde abzuhängen, und über die Reling zu reichen. Einige der Krieger kletterten an Bord, und zogen Kettenhemden aus ihren Seekisten. Nicht jeder besaß eine solchen Panzer, aber einige Krieger schon.

Einar sprach Carragh an. „Ich glaube, es ist dein Vater. Du kannst dich entscheiden ob…"

„Oh, nein, ich bleibe bei du", sagte die schöne Keltin aufgeregt. „Cillian mir töten. Ich Verräter in sein Auge! Er wollen Rache nehmen!" Einar verstand nicht, warum dieser Häuptling seine Tochter verfolgte, nur um sie dann zu töten, wenn er sie erreicht haben würde. Aber nun wusste der Jarl was Carragh wollte, und er wusste, dass er keine Rücksicht auf ihren Vater nehmen musste. „Du wirst mit Britta, Leif, Birk und Søde unter dem Zelt bleiben." Er zeigte zum Schiff hinauf. „Ihr bleibt dort, bis ihr das Hornsignal hört." Dann kletterte er an Bord, und suchte seine Seekiste. Er öffnete diese, und reichte der Carragh sein Kettenhemd. „Nimm es, und ziehe es über."

Und dann kam das Knarr schnell näher. Und es zeigte sich, dass Thure natürlich recht behielt. Auf dem Schiff waren blaue Gesichter und tätowierte Körper zu erkennen. Die Gaelen hatten sich tatsächlich dem Thurgeis angeschlossen, und waren mit diesem auf See hinaus gesegelt. „Los verteilt euch", rief Einar, und Kjelt trat heran zu ihm. „Sie sind zu schnell! Viel zu schnell! Der Stevenhauptmann ist

Versager!" Und der Steuermann des Wellenwolfes hatte tatsächlich recht. Das Segel war noch aufgebläht, und das Knarr war in voller Fahrt. „Geht zur Seite", rief er laut über den Strand. „Schnell weg!"

Nun erst holten die Angreifer das Segel ein. Übereilt, und scheinbar ohne das nötige Wissen, raste die Rahe krachend auf das Deck hinunter. Und dann schob sich das Knarr auf den Strand. Mit großer Wucht rutschte der Kiel über den Kies bis weit auf die Wiese, die sich dem Strand anschloss. Einige Mitglieder der Besatzung flogen in hohem Bogen von Bord. Andere wurden wild umhergeworfen, wie die Würfel in einem ledernen Knobelbecher. Dies war alles andere, als ein geordneter Angriff. Thurgeis kreischte wütend, und Cillian, der Häuptling der Gaelen, hing über der Reling und kotzte sich die Eingeweide aus dem Leib. All dies sah für die Verteidiger ziemlich belustigend aus. Und die Ersten hatten bereits damit begonnen, die von Bord gefallenen Gegner abzuschlachten. Ubbe, und auch Olaf, stürzten sich mit ihren Äxten auf die zum Teil bereits schwer verletzten Angreifer. Ohne auch nur einen Gedanken an Gnade zu verschwenden, ließen die beiden Krieger ihre Axtblätter auf die Gauten und Kelten niederfahren. Als Thurgeis dies sah brüllte er: „Los, greift sie an! Runter mit euch! Kämpft!"

Da sprangen die Angreifer über die Reling, und suchten den Kampf. Einige blieben allerdings zurück, denn gebrochene Knochen hinderten sie daran am Kampf teilzunehmen.

Jarl Einar suchte nach dem Anführer, doch an diesen kam er zuerst nicht heran. So musste sich Blutauge mit anderen Gegnern zufriedengeben. Und von denen waren es nicht wenige, schließlich suchten sie regelrecht nach ihm.

Es schien, als wollte man sich damit brüsten, den Jarl mit dem blutigen Auge erschlagen zu haben. Und dann geschah es tatsächlich, dass ihn sein Heil im Stich ließ!

247

Einar kämpfte mit einem Kerl, der ziemlich stämmig war, und ihn auch überragte. Dies war natürlich nicht schwer, denn Einar war ja nicht besonders groß. Der Gaute war aber sehr kräftig, und seine Schläge ließen Einars Rundschild erzittern. Auch war er ein geschickter Schwertkämpfer, und er hatte Glück dazu. Denn der Jarl hatte schon mit ihm alle Hände voll zu tun. Als dann aber noch ein zweiter Angreifer nach Einar schlug, war es nicht mehr zu vermeiden.

Er wandte sich ab, um mit dem Rundschild den Schlag des seitlich stehenden Gegners abzufangen. Diesen Moment nutzte der große Gaute aus, und schlug zu. Einar schoss ein glühender Schmerz durch die Glieder, und gleichzeitig verlor er das Gleichgewicht. Er knickte zur Seite weg, und fiel zu Boden. Im letzten Moment zog er den Schild auf seinen Körper, der einen Schlag des großen Kriegers gerade eben noch abwehrte. Zu einem zweiten Schlag kam er nicht, denn über die Breite des Halses strömte das Blut seinen Körper hinab. Raban hatte erkannt in welcher Notlage sich der Jarl befand, und eilte ihm sofort zu Hilfe. Dabei ließ er seinen Gegner einfach stehen. Er sprang drei Schritte zur Seite, und schlug ohne zu zögern mit seiner Axt nach dem Angreifer des Jarls. Das scharfe Blatt durchschlug den Hals zur Hälfte, und klappte den Kopf zurück in den Nacken. Eben noch siegessicher, und des Ruhmes gewiss, den Jarl mit dem Blutauge erschlagen zu haben, fiel der Mann aus Hibernia nun zur Hälfte enthauptet auf den Rücken. Und auch der andere Angreifer musste sich dem Kahlkopf stellen! Und Raban in Wut, war kein schöner Gegner. Dies bemerkte der Krieger sofort, und so zog er es vor, die Flucht zu ergreifen. Der Kerl gab den Kampf auf, und lief auf einen Wald im Landesinneren zu.

Die Schlacht war auch ohne den Jarl erfolgreich. Ihn hatte Raban zum Wellenwolf geschleppt, und auf das Deck

geworfen. „Los, kümmert euch um ihn", rief er denen unter der Plane zu. „Ihr müsst die Blutung versorgen!"
Sofort kamen Birk und Britta unter dem Zelt hervor, und auch Carragh stürmte hinaus, um Einar zu helfen. Da aber sah der Keltenhäuptling Cillian seine Tochter, und stürzte auf den Wellenwolf zu. Er zog sich an der Reling empor, und kletterte an Bord. „Tú a fhealltóir trua (Du erbärmliche Verräterin)!", rief Cillian wütend. „Níl tú mo iníon a thuilleadh (Du bist nicht mehr meine Tochter). Go nglacfaidh Dagda isteach ina ríocht thú (Möge Dagda[67] dich in sein Reich aufnehmen)!" Er riss sein Schwert in die Höhe und stürzte auf die Keltin zu. Da griff Carragh nach der kurzstieligen Axt in Einars Gürtel, und schleuderte diese dem Cillian entgegen. Und sie traf!
Das Axtblatt grub sich dem Cillian direkt in sein Gesicht, durchbrach die Nasenwurzel, und steckte nun tief in seiner Stirn. Die Wucht warf ihn zurück, und ließ ihn hart auf die Planken fallen. Als der Kelte das Holz berührte, war schon kein Leben mehr in seinem Körper. „Ó, Cillian! Ó, a athair (Oh, Cillian! Oh, mein Vater!)" Carragh warf sich weinen auf den toten Körper, und rief: „Ní raibh mé ag iarraidh sin (Das habe ich nicht gewollt)!"
Britta hatte dem Jarl seine Beinkleider ausgezogen, und angefangen die Wunde zu reinigen. Birk und Leif wehrten die Krieger ab, die versuchten auf das Schiff zu gelangen, und Søde suchte nach Verbandstoff, Nadel und Faden. Und es zeigte sich, dass die Dänin sich mit der Wundversorgung gut auskannte. Zwei weitere Krieger des Einar hatten sich verwundet aus dem Kampf zurückgezogen. Da hatten bereits vier Gaelen den Tod gefunden. Und der Axthieb des Raban, der den größten Krieger des Thurgeis zu den Göttern

---

[67] Dagda - war eine wichtige Gott- und Vaterfigur in der keltischen Mythologie. Er galt als der höchste Gott und hatte Macht über Leben, Tod, Fruchtbarkeit und Überfluss.

geschickt hatte, kostete einige Krieger den Mut. Sie flohen einfach in Richtung Wald.

Und dann war es Olaf, der dem Thurgeis gegenüberstand. Der Stevenhauptmann lachte fast vergnügt. „Wenn du die Eira suchst, dann bist du hier ganz falsch, Thurgeis", rief er dem Anführer der Hibernia-Gauten zu. „Die ist auf dem Flutenbrecher, und längst auf dem Weg nach Ranrike." Da sah der Anführer den Olaf verstört an. „Du lügst doch, Trøndner!" Da senkte Olaf sein Schwert. „Warum sollte ich dich anlügen? Sieh dich doch um! Ihr werdet unterliegen, und alle nach Walhalla gehen." Nun schien Thurgeis zu verstehen, dass seine Beute fort war, und dass er tatsächlich grundlos kämpfte. „Lass uns den Kampf beenden, Trøndner", bat Thurgeis da, und Olaf sah sich um. Es gab Verletzte, aber keine Toten auf Seiten der Trøndner, und da Jarl Einar verletzt war, zeigte sich Olaf einverstanden. Das Horn des Hibernia-Gauten ertönte über den Strand. Und nach einiger Zeit, kamen die geflohenen Männer aus dem Wald zurück. Auch das Horn des Olaf war erklungen, und beendete den Kampf. Viele der Krieger wunderten sich zwar darüber, dass der Kampf beendet war, doch sie legten ihre Waffen nieder.

Und die Geschichte wurde noch merkwürdiger. Thurgeis war gezwungen die Trøndner um Hilfe zu bitten, damit er sein Knarr wieder in die Fluten schieben konnte, um Wasser unter den Kiel zu bekommen.

Die Trøndner hatten nun einen Grund auf der Insel zu bleiben, denn sie wollten den Verwundeten etwas Zeit geben, um neue Kräfte zu sammeln. Besonders den Jarl hatte es ziemlich erwischt. Eine tiefe Schnittwunde, bis runter auf den Knochen, zog sich über seinen Oberschenkel. Doch Britta hatte die Wunde mit feinen Stichen genäht, und der Jarl hatte nun einen strammen Wundverband. Dies hatte wohl verhindert, dass sich die Wunde entzündete und Einar in ein Fieber fiel. Später hatte auch Raban seine Heilkunst an dem Jarl wirken lassen, und so ging es ihm bald den Umständen entsprechend gut. Er war bei Bewusstsein, und würde bald auch wieder seetüchtig sein. Die Gauten und Kelten waren längst wieder verschwunden, und hatten ihre Verletzten und Toten mit sich genommen. Warum Carragh sich seit dem Kampf recht merkwürdig gegenüber Einar benahm, war dem Jarl ein Rätsel. Und erst als sie wieder auf See waren, kam sie zu ihm, und sprach ihn an. Die junge Keltin hatte nun darauf verzichtet in der Sprache der Nordleute zu sprechen. „Bhí mé mícheart. Tá mo chlann geallta agam (Ich habe mich geirrt. Ich habe meine Sippe verraten)", sprach Carragh aufgeregt. „Bhí m'athair ag iarraidh mé a mharú agus chuir mé chuig Dagda é (Mein Vater wollte mich töten, und ich schickte ihn zu Dagda)." Der Jarl sah die schöne Frau an, und strich ihr das Haar aus dem Gesicht. Doch sie schlug seine Hand fort, und lief aus dem Zelt. Da sah Einar ihr fragend nach. Er verstand nicht! Nun war es Britta, die sich neben ihn kniete und ruhig zu ihm sprach: „Sie hat den Keltenhäuptling getötet. Du warst nicht bei Bewusstsein, als sie ihm die Axt in den Schädel schleuderte. Sie muss wohl erst darüber hinwegkommen, dass sie den Häuptling getötet hat."

„Sie hat Cillian getötet?", fragte der Jarl erstaunt. „Ja, das hat sie", sprach Britta nickend. „Ich dachte, dieser wollte dich töten. Da hat sie nicht gezögert ihn..."

„Oh, Britta, der Häuptling war ihr Vater!"

Da sah die Dänin den Jarl überrascht an. „Er war ihr Vater?"

„Ja, und der wollte nicht mich, sondern Carragh töten."

*

14. EINARS WUT

Der Monat Juni ging zu Ende, und er zeigte sich als schönster Frühsommer seit langem. Über mehrere Tage war es heiß und sonnig, um dann an einem Tag, unter den kräftigen Donnerschlägen des Hammers Mjölnir, die Wolken zu öffnen. Als sich Thor jedoch beruhigt hatte, lösten sich die grauen Wolken auf, und der Himmel wurde wieder blau. Und so zog es sich durch den ganzen Monat. Und dann geschah etwas Seltsames. Das Horn vom Wehrturm am Hafen kündigte ein Schiff an, und dies war ein Schiff von beachtlicher Größe. So eines kam nicht oft nach Sørhamna. Es war nicht nur das Drachenschiff selbst, sondern auch das Banner an ihrem Mast. Es war ein zu einer Hälfte rotes, und zur anderen Hälfte blaues Banner, mit einem schwarzen Keiler darauf. Es gab also keinen Zweifel, dass dies das Schiff des Trøndnerkönigs war. Sofort wurde der große Anlegesteg geräumt, damit das Drachenschiff des Königs Platz fand. Außerdem schickte man einen der Sklaven in die Siedlung, um der Ilva von dem hohen Besuch zu berichten. Und diese geriet in größte Aufregung.

„Der König kommt? Sofort alle Sklaven zu mir", rief sie laut durch die Halle. Sofort ließ sie für eine angemessene Verkostung der Gäste sorgen. Doch Ilva, und auch Thordis, sollten mehr als enttäuscht werden. Denn Grjotgard und sein Weib Andur hatten ein ganz anderes Ziel. „He, du", rief der König einen Sklaven, der ein Fass über den Platz am Hafen rollte. Der Mann erschrak, und blieb starr vor Schreck stehen. „Herr, meinst du mich?"

„Ja natürlich, siehst du sonst noch jemanden, den ich ansehe?", rief Grjotgard vergnügt. „Wo finde ich das Haus des Winfried von Burke?"

„Äh…, von wem?" Der Sklave schien völlig unwissend zu sein. Grjotgard sah sein Weib an, und Andur fragte: „Den Oheim des Jarl Einar!" Da nickte der Sklave. „Ach den!" Und dann erklärte er den Weg zu dessen kleinem Kotten am Rande der Siedlung, an der Straße nach Nordosten. Zwei Krieger des Königs begleiteten das Paar, der Rest der Besatzung konnte sich frei im Hafen bewegen. Es schien als würde dem König der Spaziergang durch Einars Siedlung gefallen, denn er blieb sogar öfter stehen, um mit den Menschen zu sprechen. Und dann standen sie vor dem kleinen Hof des Winfried. In einem kleinen, offenen Stall sahen sie die drei Ferkel, denen es scheinbar recht gut ging. Auf einer Weide standen zwei Kühe, und grasten. Und vor dem Haus, saß auf einer Bank, der Winfried selbst, und döste in der Sonne.

„Sie dir diesen faulen Kerl an, Andur. Während sein Neffe auf See ist, und sich Ruhm erkämpft, lässt es sich der Oheim gut gehen", rief der König grinsend. Da fuhr Winfried hoch, und wollte den Störenfried anmeckern. Doch dann sah er, wer da gekommen war. „König Grjotgard! Bei Odin, was führt dich zu mir?" Begeistert stürzte er auf die Gäste zu.

„Kommt herein, und lasst euch von mir bewirten. Gudrun!" Andur nahm sofort auf der Bank Platz, denn ihr war sehr warm. Grjotgard dagegen sah sich lieber etwas auf dem Hof um.

„Gudrun, komm, und begrüße unsere Gäste", rief Winfried in das Haus, und seine Gemahlin kam heraus. Sie hatte gar nicht richtig verstanden, was Winfried gesagt hatte. Und so war sie sehr überrascht, als sie die Gäste sah. „Oh, Königin Andur, welche Freude!" Sofort lief sie zurück in das Haus, und brachte einen Krug und Becher heraus. Hastig trank Andur das Bier, so dass Gudrun sie vor der Wirkung warnen musste. Da hob Andur ihre Augenbrauen. „Was ist das für ein Bier? Und so schön kalt", sagte sie erstaunt. Da lächelte

Gudrun, und führte die Königin in das Haus. „Es ist das Bier, das Winfried braut. Er hat ein geheimes Rezept, mit Kräutern, welches nicht einmal ich kenne." In einer Ecke des Wohnraumes befand sich auf dem Boden ein hölzerner Deckel, so groß, wie der eines Fasses. Gudrun hob den Deckel hoch, und Königin Andur blickte auf ein Loch im Boden. Kühle schlug der Andur in ihr Gesicht. „Oh, da unten ist es kalt", stellte sie fest. „Ja, das ist eines seiner Geheimnisse. Hier lagert er sein Bier, damit es immer kalt ist. Er hasst es warm!"

„Und wie gefällt es euch hier auf dem Hof?", fragte die Königin. Und Gudrun lächelte. „Wir lebten als Grafen auf einer Burg, bis uns die Christen fortjagten", sprach Gudrun ruhig, und ohne Ärger. „Genau so, wie es dem Grafen Wulfram, meinem Schwager, ergangen war."

„Das war Einars Vater?", fragte Andur, und Gudrun nickte.

„Als wir durch das Saxland nach Norden zogen, lebten wir in Zelten, und im Reich des Horik lebten wir in einem Stall, und einer Hütte. Du siehst, Königin Andur, dieser Hof ist für uns inzwischen wie eine Burg." Die Frauen traten wieder hinaus ins Freie, und setzten sich gemeinsam auf die Bank. Der König und Winfried waren inzwischen bei den Hopfenpflanzen angekommen. Diese wucherten über den hölzernen Gestängen, und ließen eine für diese kurze Zeit doch zufriedenstellende Ernte erhoffen. „Diesen Hopfen hast du aus dem Saxland mitgebracht?", fragte Grjotgard interessiert. Winfried nickte. „Die ersten drei Pflanzen habe ich von meiner Burg in Burke mitgenommen. Und diese habe ich in jedem neuen Heim eingepflanzt. Wenn wir dann weiterzogen, schnitt ich drei neue Setzlinge, die mich auf der Reise begleiteten. Und ich hoffe, dies sind die letzten Setzlinge, welche ich eingegraben habe." Da schlug ihm der König auf die Schulter. „Und kann ich das Bier auch mal probieren?" Stolz schenkte Winfried dem König sein Bier

ein, und erwartete dessen Meinung. „Oh, es ist kalt", stellte
Grjotgard fest, so wie es Andur auch getan hatte. Kaltes
Bier im Sommer war etwas Besonderes. Und dann trank der
König mehr, und auch ihn schien die Braukunst des Sachsen
zu beeindrucken. So ergab es sich, dass der König lauthals
sang, als er zum Hafen zurückging.
Niemand auf dem Drachenschiff wagte natürlich laut zu
lachen, doch so mancher kehrte dem König den Rücken, als
dieser an Bord stolperte.

Ilva hatte sich geärgert, als niemand in die Methalle kam.
Der König und sein Weib hatten ihre Gastfreundschaft
abgelehnt, und sie so gekränkt und beleidigt. Darum wurde
Ilva dem Oheim Einars und dessen Weib in den nächsten
Tagen gegenüber immer unfreundlicher. Und dies merkten
die Sachsen natürlich. Auch Thordis zeigte sich wenig über
die Anwesenheit der alten Sippe ihres Ziehbruders erfreut,
und gab diesen die Schuld an der Schmach durch den
König. So verbündeten sich die beiden Frauen gegen die
neuen Bewohner der Siedlung. Doch Ferun und ihr Mann
Thorberg blieben den Sachsen gegenüber freundlich, und als
sie vom Besuch des Königs erfuhren, wurden sie natürlich
neugierig. Und sie erfuhren von dem Gerücht, dass Ilva und
Thordis dem Grafenpaar nicht mehr wohl gesonnen waren,
und da überkam sie große Sorge. So setzte sich Thorberg
auf sein Pferd, und ritt, gefolgt von dem großen Hund, zum
Hof des Winfried. Dieser freute sich über den Besuch, und
besonders über den Hund, der ihn wieder liebevoll begrüßte.
Als Thorberg dann in dem Wohnraum des Langhauses saß,
machte er ein bedenkliches Gesicht. „Ich hörte davon, dass
ihr Besuch hattet", begann Thorberg zu erzählen.
Der Hausherr nickte stolz. „So ist es! Sogar besonderen
Besuch."

„Wie kommt es, dass der König und seine Gemahlin euch besuchen, Winfried?"

„Oh, er wollte wohl mein Bier kosten", sagte der Sachse lachend. „Nun ja, es gab einen Vorfall als wir in Lade waren. Dort rettete ich einem jungen Burschen das Leben. Man versuchte ihn im Gedränge der Menge abzustechen. Das habe ich verhindert. Dann stellte sich heraus, dass der junge Bursche Prinz Sigurd war, und so wurden wir dem König vorgestellt." Da staunte der Schwager des Einar nicht schlecht. „Du hast dem Prinzen Sigurd das Leben gerettet?" Winfried nickte, und Gudrun rief stolz: „Ja, das hat er!"

„Nun, dann hörte der König, dass ich der Oheim von Wulfger... äh, ich meine von Jarl Einar bin. Und so lud man uns ein, in Lade zu bleiben."

„Und nun hat dich der König besucht", sagte Thorberg, und verstand. „So, ist es! Wir verstehen uns gut, der König und ich!" Nickend sah Thorberg zuerst den Winfried und dann dessen Weib an. „Ich rate euch zur Vorsicht. Die Ilva hatte den Besuch erwartet, und wurde von König Grjotgard brüskiert. Sie gibt euch die Schuld, und ist nicht mehr gut auf dich zu sprechen."

„Aber was können wir dafür? Soll sie sich doch beim König beschweren", rief nun Gudrun erbost. „Es kommt noch schlimmer", fuhr Thorberg fort. „Denn die Thordis hat sich auf Ilvas Seite geschlagen. Mit den beiden Weibern ist nicht gut Kirschen essen."

„Ich danke dir für die Warnung, Thorberg", sprach der Sachse. „Doch wir halten uns von der Methalle fern, solange Einar fort ist." Wieder nickte Thorberg. „Ja, das ist anzuraten. Geht ihnen aus dem Weg!" Sie verbrachten den Tag zusammen, und Thorberg nächtigte im Haus des Sachsen. Erst am nächsten Morgen, bestieg er sein Pferd, und ritt über die Uferstraße nach Nordosten.

Doch der Neid und die Wut nagten an der schönen Ilva, und da der Sachse sich in der Siedlung nicht blicken ließ, ärgerte sie sich um so mehr, es ihm nicht heimzahlen zu können. Und dann kam der Markttag. Wie an jedem Markttag machte sich die Gudrun auf den Weg in die Siedlung, um frische Ware zu kaufen. Und die Gemahlin des Winfried konnte nicht ahnen, dass sie dort bereits erwartet wurde.

Der Marktplatz war gut gefüllt, und an den Ständen boten die Bauern ihre Erzeugnisse, und die Fischer ihre Fänge an. Sowie die Sklavenhändler ihre menschliche Ware. Doch es gab natürlich auch andere Händler, die Glasperlen und Eisenwaren, Schmuck oder Kleidung anboten. An einem der Stände stand die Gudrun, und besah sich die Ware. Und plötzlich traten zwei Männer aus der Wache zu der Gudrun.
„He du, Sachsenweib", griff der eine der Männer die Frau an der Schulter. „Du hast gestohlen!"
„Ich habe was?" Gudrun schien überrascht, wegen des Vorwurfs. „Stell dich nicht dumm, Weib", sagte der andere Mann. „Du kommst mit uns", befahl er, und hob eine Kette mit bunten Glaskugeln, und einen silbernen Thorshammer hoch. „Da drüben, der Händler hat dich beobachtet, wie du die Sachen eingesteckt hast. Also, gehen wir!"
Gudrun versuchte mit allen Mitteln die Krieger von ihrem Vorhaben abzubringen. „Ich bin Gudrun", sagte sie. „Ich bin eine Gesippin von Jarl Einar. Und ihr behandelt mich wie einen gewöhnlichen Dieb?" Da wollte der eine ausholen, um sie zu schlagen. Doch der andere Krieger hielt seine Hand fest. „Tue das besser nicht, Mann", warnte er seinen Kameraden. Der Krieger sah ihn wütend an, und zerrte an der Gudrun. „Los komm!" Und alle Beschwerden nützten nichts, die Krieger schleppten Gudrun zur Methalle. Der Vorfall war natürlich nicht unbemerkt geblieben, und man

hatte Gudrun auch erkannt. Es war Brok, der Zimmermann, der mit der Sklavin des Thoke alles beobachtet hatte.

„Amke, hier stinkt es zum Himmel", sagte er ruhig zu der Friesin, die allerdings nicht verstand, was er meinte.

„Komm, wir müssen zum Hof des Sachsen." Dies hatte Amke verstanden, denn auch sie lernte natürlich die Sprache der Nordleute. Und auch ihre Tochter lernte die Sprache, und diese lernte viel schneller als Amke. Alste zählte neun Winter, und inzwischen spielte sie oft mit der Thorvi und der Hrana, wenn diese in der Siedlung war. Und es war ihr ein leichtes, die Worte des Brok zu übersetzen.

Winfried war ziemlich überrascht, als der Zimmermann auf den Hof kam. Und als er hörte, was dieser zu erzählen hatte, wurde er wütend. „Was erlauben sich diese Weiber?", schimpfte der Sachse wütend. „Nun, es scheint sie wollen dich herauslocken", mutmaßte Brok, denn er kannte die Geschichte mit dem König natürlich. „Ilva will sich rächen. Also, sei besser vorsichtig, Winfried von Burke."

*

Das Signalhorn ertönte vom Wehrturm im Hafen, und die Menschen liefen aus der Siedlung zusammen, und hinunter zu den Anlegestegen. Ein junger Sklave von nicht mehr als vierzehn Wintern, lief zum Haus des Jarls. Er trat vor die Tür, und klopfte kräftig an. „Der Wellenwolf kehrt heim", rief er laut, bis der Polk die Tür öffnete. „Gut", sagte der Leibsklave des Jarls, und schloss die Tür.

Olaf hatte den Befehl gegeben, das Segel einzuholen, und so kam die Rahe den Mast herunter. Mit sechs Männern rollten sie das schwarze Tuch auf. Sie banden es fest, und dann verstauten sie die Rahe auf dem Gestell mittig des Decks. Das Augenmaß des Stevenhauptmannes hatte dafür gesorgt, dass die Schnigge ohne einen Ruderschlag bis an seinen

Anlegeplatz trieb. Sie warfen die Taue auf den Steg, die von Sklaven gefangen, und an die Pfosten gebunden wurden.

Der Jubel war anfangs noch groß, und immer mehr Leute sammelten sich auf dem breiten Steg. Doch als sich dann herumsprach, dass der Jarl bei der Ankunft nicht am Vordersteven gestanden hatte, wurde es immer ruhiger. „Wo ist Jarl Einar?", fragte Brok, der in den Hafen gekommen war. „Er hat sich im Kampf verletzt, aber es geht ihm gut. Wo ist Ilva mit den Kindern?" Olaf war sofort aufgefallen, dass niemand aus Einars Sippe in den Hafen gekommen war. Nicht sein Weib, und auch nicht die Kinder! Nicht seine Schwester Thordis! Dies empfanden viele der Anwesenden als Beleidigung.

Nun kam auch Thoke an die Reling, und grüßte den anderen Zimmermann, mit dem er gemeinsam ein großes Haus mit der Werkstatt bewohnte. Wenn Brok aber darauf wartete, dass sich Thoke nach der Amke und deren Tochter Alste erkundigen würde, täuschte er sich.

Da sah der Dorfzimmermann den Thoke ernst an. „Sei mir gegrüßt. Ich sehe die Götter waren dir gnädig."

„Na ja, mir schon, dem Jarl nicht so ganz", sagte Thoke, „denn den hat ein Schwert erwischt. Doch Odin schenkte ihm wieder einmal sein Heil." Brok nickte. „Das ist gut! Doch es wird Ärger geben." Olaf, der das Gespräch mitgehört hatte, sah den Zimmermann an. „Sei gegrüßt, Brok. Was soll das heißen?" Da erzählte Brok von dem was Winfried von Burke in Lade widerfahren war. Und was danach geschehen war, und welche Folgen der Besuch des Grjotgard hatte.

„Ilva und Thordis waren außer sich vor Wut, und wollten den Oheim des Jarls bestrafen", erzählte er, ohne zu bemerken, dass Einar bereits in Hörweite stand. Langsam trat er an die Reling. „Sprich weiter, Brok", forderte der Jarl mit ernstem Blick, und er spürte, dass er sich über die Worte ärgern würde. Brok sah zu dem Jarl. „Sei mir gegrüßt, Jarl Einar. Ich danke den Göttern, dass es dir gut geht." Brok hob zum Gruß die Hand.

„Jaja, sei gegrüßt, und jetzt rede weiter. Was ist weiter geschehen, als ich fort war?"

„Sie haben der Gudrun einen Diebstahl vorgeworfen. Und Ilva hat sie an den Schandpfahl gehängt."

„Sie hat was?", rief Einar zornig. „Ist dieses Weib verrückt geworden?" Da zuckte Brok mir den Schultern. „Es tut mir leid, aber die beiden Weiber Ilva und Thordis haben sich während deiner Abwesenheit keine Freunde gemacht. Sie haben hart geurteilt, wenn es etwas zu urteilen gab." Da besann sich Einar des Benehmens der beiden Schildmaiden auf der Kriegsfahrt nach Britannien. Und er wusste, dass Brok die Wahrheit sprach. „Was ist mit meinem Oheim geschehen?" Einar befürchtete noch Schlimmeres, wenn man seine Tante schon an den Schandpfahl hängte. „Nun, Winfried ist sofort in die Methalle gestürmt, doch da wurde er bereits erwartet. Die Wächter packten ihn auf den Befehl der Ilva, und sperrten ihn ein." Jarl Einar traute seinen Ohren nicht. „Aber er ist mein Gesippe, und wie es sich anhört scheinbar auch der Freund des Königs." Brok nickte.

„Wann ist das geschehen?", fragte der Jarl erregt, und konnte seine Wut kaum noch zügeln.

„Vor drei Tagen! So lange hängt die Gudrun bereits am Schandpfahl." Brok zeigte zur Siedlung hinauf. „Doch es kommt noch schlimmer, Jarl. Denn gestern hat Ilva bekannt gegeben, dass Winfried von Burke die Thordis töten wollte. Morgen soll über ihn zu Gericht gesessen werden. Ich habe keinen Zweifel daran, wie das Urteil lauten wird."

Da sprach Olaf äußerst verärgert. „Sie haben wohl nicht mit unserer Rückkehr gerechnet. Die beiden Sachsen wären sicher nicht mehr in Midgard[68], wenn wir später gekommen wären." Diese Vorstellung erzürnte den Jarl noch mehr.

Auf Krücken gestützt ging Jarl Einar, begleitet von Raban, Ubbe, Kjelt, Birk, Søde, Britta, Leif und Thoke durch die Siedlung, hinauf zur Methalle. Schon von weitem sah der Jarl, wie seine Tante mit den Händen über dem Kopf, an den Pfahl gekettet dastand. Oder besser sie hing, denn ihre Beine hatten längst nachgegeben. „Ubbe, Birk, Leif, Thoke! Los, holt die Gudrun von dem Pfahl. Britta sieh nach ihren Wunden!" Jarl Einar war fassungslos über die Behandlung, die seine Gesippen erleiden mussten. Die Angesprochenen waren natürlich schneller bei dem Pfahl wie der Jarl auf seinen Krücken. Und die beiden Wächter die an dem Pfahl dafür sorgen sollten, dass niemand die Gudrun befreien würde, waren äußerst erstaunt, als die Krieger des Jarls vor sie traten. „Ubbe, du hier?" Der Wächter sah den großen Krieger erstaunt an. „Findet ihr es lustig, dass die Tante des Jarls da hängt, und mit dem Tode ringt? Holt sie sofort darunter!"

„Äh… aber Ubbe, wir haben Befehl… von der Thordis!" Da brüllte der Ubbe den Mann wütend an. „Runter mit der Gudrun vom Schandpfahl! Befehle der Thordis haben hier keine Geltung!" Sofort machten sie sich daran, die Frau von den Ketten zu befreien. Man gab ihr Wasser, und Britta besah sich die Wunden an den Handgelenken. „Was hat man dir angetan?" Einar kam heran, und ihn überkam große Scham. „Wo ist mein Gemahl?", stöhnte die Frau, während die Dänin, die wundgeriebenen, und bluttriefenden Handgelenke versorgte.

„Das werde ich nun herausfinden. Sorge dich nicht, man wird dich in dein Haus bringen." Einar versprach auf den

---

[68] Midgard – die Welt der Menschen, eine der neun Welten

Hopfenhof zu kommen, wie der Kotten des Sachsen nun genannt wurde, sobald er seinen Oheim befreit hätte.

Mühsam, mit dem Raban an seiner Seite, erreichte der Jarl seine Halle. Und seine Krieger stießen wieder zu ihm, als er eintrat. Der Anblick, der sich dem Einar bot, ließ ihn noch mehr erzürnen, denn auf seinem Hochstuhl hatte es sich die Thordis bequem gemacht. Der Jarl humpelte durch die große Halle, und die Ilva war so mit der Thordis beschäftigt, dass sie Einar erst gar nicht bemerkte. Doch der kleine Ulf hatte den Vater erkannt, und war laut rufend auf diesen zugelaufen. Erst da wurden die beiden Schildmaiden auf den Jarl aufmerksam. Entweder hatte man sie über die Ankunft der Seefahrer gar nicht unterrichtet, oder sie hatten diese absichtlich ignoriert. Denn so benahmen sie sich auch jetzt noch. Doch als sie Einar sahen, da ahnten sie, dass es Ärger geben würde. Ilva sprang auf, und lief freudig auf ihren Gemahl zu. Sie wollte ihn umarmen, doch dann sah sie die Krücken und bremste sich. „Oh, Einar, was ist geschehen?"

„Genau, das wollte ich auch dich fragen, mein Weib?", sagte Einar spitz. Dann sah er seine Schwester an. „Und du? Gefällt dir mein Stuhl, Thordis?" Da erhob sich die Frau mit der Narbe in ihrem Gesicht. „Du wirst es überleben", sagte sie frech, doch Einar war nicht bereit sich Frechheiten gefallen zu lassen. „Verschwinde von meinem Hochstuhl, oder du bist die nächste am Schandpfahl!"

Er schritt mühselig, mit Rabans Hilfe auf das Podest, und nahm auf dem Hochstuhl Platz. „Wo ist mein Oheim?"

Da trat Ilva vor den Jarl, und wollte auf ihrem Stuhl Platz nehmen. „Nein!" Der Jarl zeigte auf den Platz vor dem Podest. „Da gehörst du hin." Einar hatte verstanden, dass Ilvas Freude über seine Heimkehr nur vorgespielt war. Sie war wieder die Kriegerin, die wenig Mitleid zeigte, und die mit aller Gewalt ihren Willen durchzusetzen wusste.

„Wo ist mein Oheim, Weib?"

„Höre mich an, Einar. Der alte Sachse hat die Thordis angegriffen, und wollte sie töten", behauptete Ilva, und Thordis stimmte ihr zu.

„Und ihr seid euch ganz sicher, dass er dies nicht tat, um sein Weib zu retten, welches ihr an den Schandpfahl gekettet habt?", schnauzte Einar wütend.

„Aber sie hat einen Händler bestohlen!" Ilva wollte sich rechtfertigen, doch Einar war nun in Rage. „Und wenn ich den Händler in die Halle hole, und ihn befrage, glaubt ihr, dass er eure Geschichte bestätigt?" Da nickten die beiden ehemaligen Schildkriegerinnen. „So auch, wenn ich ihm bei einer Lüge mit der Axt drohe?" Nun wurden die beiden Frauen sichtlich unruhig.

„Der Diebstahl ist genau so erlogen, wie der Angriff auf dich, Thordis", rief Einar bestimmt, und war sich ganz sicher, dass dies ein Komplott war. Währenddessen kamen Olaf und Winfried in die Jarlshalle. Der Stevenhauptmann hatte den Oheim des Jarls aus seiner Gefangenschaft befreit. Hätte der einstige Graf von Burke ein Schwert in seiner Hand gehalten, hätte er die beiden Frauen ohne zu zögern erschlagen. „Diese Weiber wollten mich töten, weil der König den Besuch bei mir vorgezogen hat. Aus diesem Grund haben sie mein Weib gefoltert, und mir vorgeworfen, ich hätte sie angegriffen." Winfried zeigte erbost auf Thordis und Ilva. Einar erhob sich, und trat an den Rand des Podestes. „Mein Oheim, ich bitte dich mir zu verzeihen. Der Gudrun wird beste Pflege zu Teil werden." Dann wandte er sich seinem Weib und seiner Schwester zu. „Ihr beiden habt mich vor meinem Gesippen beschämt, und das werdet ihr mir büßen. Du Thordis! Ausgerechnet du wagst es bei König Grjotgard in Ungnade zu fallen?"

„Was hat denn König Grjotgard damit zu tun?", fragte sie frech. „Was glaubst du, wie der König des Trøndelag darauf reagiert, wenn er hört, was ihr mit Gudrun und Winfried getan habt? Ich hörte bei meiner Ankunft, dass der König und mein Oheim durchaus freundschaftlich miteinander umgehen. Winfried rettete dem Prinzen von Lade das Leben. Darum war der König bei Winfried auf dem Hof. Tautra wird beim König wieder in Missgunst fallen. Und dies Euretwegen!" Er nahm wieder Platz. „Ich werde über eure Taten nachdenken, und jetzt geht mir aus den Augen", befahl er, und die beiden Schildmaiden zogen sich zornig zurück.

„Ich werde ihn eines Tages…", grummelte Thordis verärgert. „Er ist mein Gemahl, und hat er mich wie mein Gemahl begrüßt?", beschwerte sich Ilva. Diese Worte aber hörte Olaf. „Hast du ihn wie deinen Gemahl begrüßt, Weib? Wo warst du, als der Wellenwolf in den Hafen einlief?" Da verließen beide Frauen beleidigt und verärgert die Halle.

Nun füllte sich die Jarlshalle mit den Seefahrern, und diese hofften auf gute Bewirtung. Die Sklavinnen bekamen nun alle Hände voll zu tun. Sie schleppten Becher und Gläser, brachten Krüge und kleine Fässer. Und sogar Brot und eine Tunke aus Fischöl und Kräutern stellten sie auf die Tische.

„Du wirst dafür sorgen, dass der Händler in meine Halle kommt, den Gudrun angeblich bestohlen hat", sagte Jarl Einar zu Birk, und dieser versprach sich auf dem Markt umzuhören. Und dann sah er Thoke an, der mit ihm am Tisch saß. „Thoke, du wirst dich umhören, ob jemand etwas darüber weiß, dass mein Oheim die Thordis angegriffen hat." Auch er nickte, stopfte aber weiterhin Brot in seinen Mund. Und dann kam Britta mit der Carragh in die Halle. Die Keltin zeigte sich überrascht, und besonders imponiert von der großen Halle. Zwar hatte sie die Halle des Thurgeis in Dubh linn bereits von innen gesehen, doch die Jarlshalle von Sørhamna war riesig dagegen. Die mit Drachen und Götterfiguren beschnitzten Pfosten hatten sie besonders beeindruckt. Und die vielen bunten Rundschilde, die überall herumhingen, zogen ihre Blicke auf sich. Carragh sah bewundernd nach oben auf das Gebälk, bis die Dänin Britta sie voranschob. Der Platz neben dem Jarl war frei geblieben, so konnte die Keltin sich neben den Mann setzen, wegen dem sie in das Land am Nordweg gekommen war. „Ich habe die Frau versorgt, und nun schläft sie", berichtete die Dänin dem Jarl, und Einar war zufrieden. Später sollte dann Raban noch einmal zu der Gudrun gehen.

Langsam artete die Zusammenkunft zu einem Fest aus. Ein Skalde begann ein Lied über die Götter zu singen, ein Mann schlug dazu die Trommel. Dann dichtete er ein Loblied auf Jarl Einar. Und dann sang er ein Lied, welches alle kannten und mitsangen. So stieg die Stimmung!

Ilva saß dagegen in dem Jarlshaus, und weinte. Thorvi wollte wissen warum sie weinte, und Sif, die Magd, sagte: „Dein Vater ist wieder hier." Und dann packte sie den kleinen Ulf, der nun vier Winter zählte. „Du kommst mit mir, und lässt deine Mutter in Ruhe." Sif hatte natürlich gesehen, dass die Ilva weinte, und nach dem sie gehört hatte, dass der Jarl wieder auf Tautra war, konnte sie sich auch denken warum. Thorvi dagegen sprang auf, und lief zur Tür hinaus. Die Magd nahm den kleinen Thord auf den Arm. „Ich bringe die Kinder nach hinten."

Dann verschwand sie mit den beiden Söhnen des Jarls in den hinteren Bereich des Langhauses. Ilva nickte nur schluchzend. Und dann kam Thordis in das Langhaus des Jarls. Als sie die aufgelöste Ilva am Tisch sitzen sah, wurde sie böse. „Was heulst du hier rum? Bist wohl doch nur ein armseliges Mütterchen geworden. Hättest besser keine Kinder geboren." Da sprang Ilva auf. „Was redest du da? Ich bin eine Schildmaid, eine Kriegerin, so wie du!"

„Gut, dann komm mit mir", schlug Thordis vor. „Dein blöder Gemahl wird uns sowieso von Tautra verbannen! Wir holen uns ein neues Schiff, und wir suchen eine neue Besatzung. Dann segeln wir auf Wiking aus. Hörst du Ilva, wir werden uns Reichtum erkämpfen." Dann stand Thordis auf, und ging zu der großen Kiste, in der ihre Sachen lagerten. Sie öffnete die Broschen, und legte ihre Schürze ab. Dann begann sie sich zu entkleiden. Zog zuerst das rote Kleid aus, und dann das weiße Unterkleid. Nun öffnete die Rothaarige die Truhe und nahm ihre Kriegerkleidung heraus. Sie zog die Leinenhose an, begann die Wadenwickel anzulegen, und zog dann die Hirschlederschuhe über ihre Füße. Danach schlüpfte sie in ein weißes Leinenhemd, und zog die wollene Tunika darüber. Zwar war die Kleidung für diese Jahreszeit viel zu warm, aber sie wollte nichts mit sich tragen müssen. Dann nahm sie das Wehrgehäng, und legte es sich um. Darüber schnallte sie den Gürtel, mit dem Saxmesser. Zum Schluss griff sie nach ihrer Geldkatze, und knallte dann den Truhendeckel herunter. „Was ist nun? Kommst du mit mir, oder wartest du, bis Einar dich für deine Tat bestraft?", fragte Thordis drängend. „Wenn er dich auspeitscht, kommst du gut davon!" Da erhob sich Ilva, und ging in die Schlafkammer. Als sie ebenfalls in ihrer Kriegerkleidung angekleidet in den Wohnraum trat, hatte Thordis schon ihr Schwert, die Axt, und den Schild genommen. So griff auch Ilva nach den Waffen. „Aber was ist mit meinen Kindern?", fragte sie traurig. „Was? Willst du sie mitnehmen? Los komm!" Dann verließen die beiden Schildkriegerinnen das Haus des Jarls.

Die Amke erfuhr von Brok, dass der Wellenwolf zurück war, so kam auch die Friesin in die Halle, und gesellte sich zu ihrem Herrn Thoke. Dieser schien aber wenig interessiert an dem Weib. Er begrüßte sie nicht einmal. Und auch die anderen Sklavinnen rief man nun in die Halle. Aelthdreda fiel dem Olaf um den Hals, denn sie hatte ihn ja seit der Ankunft noch gar nicht gesehen. Ihre Freude war groß, und der Krieger war unverletzt, was sie besonders freute. Und Aelthdreda war ein anderer Anblick, als Olafs vorherige Sklavin, die dicke Susa. Diese war vor einigen Wintern im Fjord ertrunken, und Olaf hatte keine neue Sklavin gekauft. Aber mit Aelthdreda war es wohl etwas anderes. Er sah sie nicht als Sklavin, und spielte sogar mit dem Gedanken, das Weib zu ehelichen.

Mit ihr kamen die Ermintrude des Raban, und die Hrodwynn, die sofort nach dem jungen Søde suchte. Und auch die Seana und die Juna wurden in die Halle geholt. Da es noch früh war, liefen auch noch Kinder in der Halle herum. So traf Thorvi zuerst auf die Alste, die sie zu ihrem Vater führte. Und dieser war sehr erfreut seine Tochter zu sehen. Nach einer ausgiebigen Begrüßung, setzte sich das Kind auf den Vater. Und Thorvi stellte inzwischen viele Fragen. So war ihr Carragh natürlich aufgefallen. „Ist sie der Grund, weshalb Ilva weint?"

„Oh nein, Thorvi. Das ist sicher nicht der Grund", sagte Einar zu dem Kind. „Sie hat erkannt, dass sie eine große Dummheit begangen hat, für die sie eine Strafe zu erwarten hat. Außerdem ist sie bei mir in Ungnade gefallen."

„Aber was hat Mutter denn getan?"

„Sie hat aus Neid unsere Gesippen schlimmer Verbrechen beschuldigt, und diese auch dafür bestraft", erklärte Einar ruhig. „Und dafür wird sie bestraft werden." Da nickte das Kind, sprang von Einars Schoß, und lief mit der Alste fort. So nahm der Tag dann seinen Lauf, und ohne auch nur einen Blick in sein Haus zu werfen, verbrachte der Jarl mit seinen Kriegern den Tag, den Abend und die Nacht in der Jarlshalle.

Flöten, Schellen und Trommeln erklangen, und die Aethel sowie die beiden Keltinnen sprangen betrunken auf die Tische. Die drei tanzten wild, bis sie von all ihrer Kleidung befreit waren. Das Bier floss in die Kehlen, und auch der Met benebelte die Sinne. Und als es dunkel wurde, waren die meisten Anwesenden schon stockbesoffen.

Als Jarl Einar am nächsten Morgen erwachte, lag die Carragh nackt neben ihm, und auch die Aethel. Die Ilva und die Thordis hatten sich am gestrigen Tag nicht mehr in die Halle gewagt, und es war die Sif, die bemerkte, dass beide Frauen nicht mehr da waren. Die Magd sah Ilvas Truhe, deren Deckel geöffnet war. Da trat sie heran, und sah, dass die Truhe leer war. Sie ging in den großen Wohnraum, und erkannte, dass der Schild und die Waffen der schönen Jarlsgemahlin ebenfalls fehlten. Gleiches galt für die Sachen der Thordis.

„Die Ilva und die Thordis sind fort", sagte Sif. „Polk, du musst in die Halle gehen", sprach die Magd zu dem Knecht, der gerade mit Holz auf den Armen, von draußen in das Haus hereinkam, um das Feuer in der großen Feuerstelle zu entfachen. „Was soll das heißen?", wollte der Knecht wissen. „Du dummer Kerl, was wohl? Sie sind fort, mit all ihren Sachen. Also geh rüber in die Halle, der Jarl hat dort übernachtet, und er sollte wissen, was hier gestern vor sich gegangen ist." Polk nickte, legte die Holzscheite neben der Feuerstelle ab, und verließ das Langhaus.

In der Halle stank es fürchterlich. So wie immer nach den Gelagen. Er schob die beiden Türen weit auf, und trat ein. Auf einem Tisch lag Søde engumschlungen mit der jungen Hrodwynn, und schnarchte laut.

Polk schüttelte verständnislos mit dem Kopf. Doch er blieb kurz stehen, und betrachtete die Brüste der jungen Sklavin vom Stamm der britannischen Angeln. Als er dann in den hinteren Wohnbereich des großen Gebäudes trat, sah er den Jarl in dem breiten Bett liegen. Zu einer Seite lag ein nacktes Weib mit rotbraunen Haaren, die er nicht kannte. Zu seiner anderen Seite lag die Aethel, eine der Sklavinnen, die Einar von der Kriegsfahrt nach Britannien mitgebracht hatte. Polk räusperte sich extra laut. „Herr", sprach er, in der Hoffnung den Jarl zu wecken. Da schlug Carragh ihre Augen auf, und erschrak. „Wer du?", rief sie, und nun erwachte auch der Jarl. Er hob seinen Oberkörper. „Polk, muss das sein?"

„Verzeih mir Jarl Einar, aber die Sif schickt mich zu dir. Dein Weib Ilva und die Thordis sind fort." Einar erhob sich, und setzte sich auf den Rand des großen Bettes. Carragh tat es ihm gleich, und nun erwachte auch Aethel, welche der Jarl überrascht anstarrte. „Was machst du denn hier?"

„Weißt du das nicht mehr, Jarl? Du hast mich gefickt, was sonst", sprach Aethel und legte sich wieder nieder. Da sah Einar die Keltin an. „Dich auch?" Carragh nickte. Einar erhob sich, und trat vor seinen Leibsklaven. „Habe ich dich richtig verstanden, Polk? Mein Weib und meine Schwester sind fort?" Der Blick des Sklaven lag auf dem nackten Körper der Keltin, und er konnte sich vorstellen, was in der letzten Nacht hier so alles geschehen war. Bei dem Anblick der beiden Weiber war seine Aufmerksamkeit ein wenig gestört. „Polk!" Der Ruf Einars holte den Sklaven in die Gegenwart zurück. „Äh… ja, sie sind weg!"

Nur mit seiner Hose bekleidet, stürmte Einar in das Langhaus, und lief in die Kammer der Kinder. Dort lag Thord in seiner Wiege und schlief. Da kam Sif, und zog Einar zurück. „Was machst du denn, Einar? Ich bin froh, dass er schläft." Es war Mittagszeit, und die Sonne stand im Zenit. Der Knabe hatte bereits gegessen, und ruhte nun, was der Sif Zeit für ihre anderen Arbeiten gab.

„Wo sind Ulf und Thorvi?" Einar war sichtlich nervös.
Doch die Magd konnte ihn beruhigen. „Thorvi ist bei Alste,
und Ulf spielt draußen mit seinen Freunden."

„Ich dachte Ilva…"

„…hätte sie mit sich genommen", beendete Sif seinen
Satz. „Oh nein, die wären ihr wohl nur im Wege. Doch sie
hat ihre Waffen mit sich genommen. Und ihren Schild!
Genau wie die Thordis auch." Jarl Einar verstand sofort
woher der Wind wehte. Er setzte sich an den Tisch, und Sif
brachte ihm Wasser und einen Hirsebrei. Da trat Carragh in
das Langhaus. Sie war einfach dem Polk gefolgt, und nun
stand sie vor der Sif. „Wer ist das denn?", fragte diese
streng. „Oh, sie ist meine neue Konkubine", sprach Einar
und schaufelte den Brei in seinen Mund. „Bring ihr ein
Morgenmahl, Sif", befahl er, und der Carragh bot er einen
Platz an seiner Seite an. „Eine Konkubine?" Die Magd war
erstaunt, doch Einar sprach: „Nun, Ilva war einst meine
Konkubine, als Alma mein Weib war. Doch jetzt ändert sich
alles, denn mein Weib Ilva ist verschwunden."

„Soll das heißen diese da wird dein Weib?" Sif zeigte sich
ein wenig empört. „Ach Sif, mein Weib ist immer noch Ilva.
Was geschieht wissen nur die Nornen." Da trat Carragh vor
die Sif. „Ich Carragh", sagte sie freundlich lächelnd. „Ich
Frau für Einar!" Die Magd prustete los, und wandte sich ab.
Fragend sah die Keltin den Jarl an, doch dieser winkte sie zu
sich. Da kamen Thorvi, und Alste, die junge Friesin, in das
Langhaus. Streng sahen sie die Keltin an. „Wo ist Ilva?",
fragte Thorvi, und sah Einar an. „Das weiß ich nicht,
Thorvi", antwortete der Jarl seiner Tochter. Da kam auch
Ulf in das Langhaus. Er sah seine Schwester und den Vater
sprechen. Sofort lief er zu Einar und umarmte ihn. „Mein
Sohn, wie geht es dir?" Ulf lachte nur, sah die Carragh an,
und lief dann wieder nach draußen. „Alberner, kleiner
Schweinefurz", schimpfte Thorvi über ihren kleinen Bruder.

„Wird Mutter zurückkommen?"

„Das weiß ich nicht, mein Kind. Aber ich glaube sie hat jetzt ein anderes Leben für sich gewählt ", sprach der Jarl eindringlich. „Ich befürchte, wir werden nun ohne deine Mutter Ilva leben müssen." Da sah Thorvi ihren Vater traurig an. „Wie kann sie uns allein lassen?" Wieder rann eine Träne über das schöne Gesicht des Kindes. Sie wischte sich mit dem Ärmel ihres blauen Kleides über das Gesicht.

„Und wer ist das da?" Sie zeigte mit dem Finger, und einem bösen Blick auf Carragh.

„Sie kommt von einer Insel im Westen, die man die Vestmannen Insel nennt. Ihr Name ist Carragh, und ich brachte sie mit, denn sie hat sich uns angeschlossen", stellte der Jarl seine Konkubine vor.

„Wird sie meine neue Mutter werden?"

„Oh, ich weiß es noch nicht. Das ist gut möglich. Und du kannst ihr helfen unsere Sprache zu lernen", bat der Jarl seine Tochter, Da verdrehte Thorvi ihre Augen. Aber sie sollte es tun.

*

15. DIE RÜCKKEHR DER SCHILDMAIDEN

Ilva und Thordis hatten sich durch die Dunkelheit aus der Siedlung geschlichen, und sich bei den Schweineställen des alten Forken-Jørge verborgen gehalten. Der Krach aus der großen Methalle drang an ihre Ohren, und es dauerte lange, bis es leiser wurde. Und als endlich die Dämmerung eingesetzt hatte, machten sie sich auf den Weg zum Südufer. Dabei kamen sie an dem Hopfenhof des Sachsen vorbei.

„Wir sollten den Sachsen bestrafen", grunzte Ilva streng. Doch dieser boshafte Einfall gefiel der Thordis keineswegs. Eigentlich war sie dem Winfried ja sogar dankbar, denn so hatte sie eine Gefährtin bei ihrem Vorhaben gefunden. Thordis hatte längst den Plan gefasst, die Insel ihres Bruders zu verlassen.

„Bist du verrückt geworden", sagte die rotblonde Kriegerin mit der Narbe im Gesicht. „Sie werden uns jagen, und wenn sie uns kriegen, dann hängen wir am Schandpfahl. Oh nein, nein, wir werden von hier verschwinden. Ganz ruhig und heimlich." Sie schlich an der Koppel vorbei, und zog die Ilva mit sich. „Los komm, lass ihn!" Bald erreichten sie, wie sie glaubten ungesehen, die Straße nach Nordbuktavik. Doch diese gingen sie in die Siedlung aus der sie kamen zurück, bis hinunter zum Hafen. Hier waren jetzt nur noch wenige Menschen unterwegs, einige Schiffswachen bei den Händlerschiffen von Auswärts, und auch Sklaven die bereits ihren Arbeiten nachgingen. „Los, komm, der Sachse will uns noch etwas schenken", sagte Thordis grinsend, und ging voraus. Ilva verstand zwar nicht, was sie meinte, folgte ihr aber trotzdem. Und Thordis schien zu wissen was sie wollte, denn sie ging zielstrebig den Anlegesteg entlang. Und vor einem Skuder blieb sie stehen.

„Der bringt uns hier weg", sagte sie grinsend. „Aber das ist doch nur ein Skuder. Lass uns gleich eine Schnigge nehmen. Da vorne liegt der Wellenwolf." Thordis legte ihren Schild und das Schwert in das Boot. „Den Wellenwolf? Bist du verrückt geworden? Einar würde uns jagen, wenn es sein müsste bis ans Ende der Welt. Oh nein, wir werden diesen Skuder nehmen, und der bringt uns nach Frosta hinüber." Sie stieg in das Boot, und nahm den Rundschild der Ilva entgegen. „Und jetzt mach die Taue los", befahl sie, und kurz darauf segelte das kleine Schiff aus dem Hafen von Sørhamna.

Es war eine wolkenlose Vollmondnacht, als der Skuder mit den beiden Kriegerinnen nach Frosta segelte. Und im fahlen Mondlicht fuhren sie die Küste der Halbinsel Fylke entlang nach Süden, bis sie eine kleine Bucht erreichten.
Dort steuerten sie den Skuder in das Schilf, und holten das Segel ein. „Und was nun?", fragte Ilva. „Nun schlafen wir ein wenig, und wenn es hell wird, werden wir Tyrger einen Besuch abstatten."

„Tyrger, den Bootsbauer?", fragte Ilva erstaunt. „So ist es! Der Bootsbauer! Er wird uns eine neue Schnigge bauen, Und wir werden uns den alten Drachenhof ansehen."

„Das alte Ding! Der Hof ist doch sicher längst verfallen", zweifelte Ilva an dem Vorhaben. Doch Thordis hörte ihr nicht mehr zu, sie war eingeschlafen. Da legte sich Ilva auch auf eine der Ruderbänke, und versuchte zu schlafen.

Es war das Geschrei der Möwen, dass die beiden Frauen erwachen ließ. „Nun, Ilva, bist du ausgeruht?", fragte Thordis, rieb sich gähnend die Augen. Sie erhob sich von der Ruderbank, und kletterte aus dem Boot. Mit beiden

Händen schöpfte sie Wasser, und wusch sich das Gesicht. Dann stapfte sie durch das Schilf an Land. „Los komm", rief sie der Ilva zu. Müde folgte diese dem Beispiel der Thordis, und so gingen sie gemeinsam über eine große Wiese, bis sie die Straße erreichten, die an der Küste entlangführte. Und nach einer Weile sahen sie das Haus des Tyrger. „Warum sind wir eigentlich nicht mit dem Skuder gefahren?", wollte Ilva wissen, denn der Bootsbauer hatte inzwischen einen recht großen Hafen. Antwort bekam Ilva nicht, und darum trottete sie der Schwester Jarl Einars schweigend hinterher, bis sie auf dem Platz vor Tyrgers Hütte standen.

Ein gleichmäßiges Klopfen zog die Aufmerksamkeit der beiden Frauen auf sich. Seitlich der Hütte des Tyrger stand, unter einem großen Dach, ein hölzernes Gerippe. An diesem arbeitete der Bootsbauer mit einem Meißel. Er glättete die Spanten, und bemerkte die Frauen erst gar nicht. Es hatte sich nicht viel verändert bei dem Tyrger. Nur der Hafen war größer geworden, und es lagen einige Schiffe darin. Schiffe, die es zu reparieren galt, aber auch nagelneue Schiffe, die irgendwann bei dem Bootsbauer bestellt worden waren. Sogar eine Schnigge lag am Anlegesteg. Und diese war neu, denn es fehlte noch der Kopf am Vordersteven. „Verkaufst du jetzt schon halbfertige Schiffe, Tyrger", rief Thordis frech. Da erst wurde Tyrger aufmerksam. Er legte den Meißel auf das Holz, und trat unter dem Dach hervor.

„Thordis, die Schwester des Tautrajarls", erkannte der Bootsbauer die Kriegerin. „Hat dich dein Bruder von der Leine gelassen?"

„Was soll denn das heißen?" Thordis sah ihn streng an, ging aber nicht weiter auf die Anspielung des Bootsbauers ein. „Also, was ist mit der Schnigge dort?"

„Ach, das ist eine neue Marotte der Händler", erklärte Tyrger. „Die Isländer lassen sie nicht mehr mit dem Drachenkopf in die Häfen, wegen der guten Geister. Darum wollen sie die jetzt zum Abbauen haben." Thordis schüttelte mit dem Kopf. „Den Drachenkopf zum Abbauen, so eine Narretei."

„Man will die guten Geister nicht erschrecken, wenn die Drachen in den Hafen segeln." Der Bootsbauer zuckte mit den Schultern. „Aber was führt dich zu mir, Thordis?"

„Was denkst du denn? Ich brauche eine Schnigge, Tyrger Meißelfaust." Da sah Ilva die Thordis überrascht an. „Aber wir haben doch keine Besatzung", stellte sie fest. Da nickte Thordis zustimmend. „Noch nicht! Aber wir werden eine Besatzung finden."

„Also, was willst du, Schildmaid?", wiederholte der Schiffsbauer drängend. „Womit kann ich dir helfen?"

„Hörst du schlecht? Ich will ein Schiff von dir kaufen", sagte Thordis frech, und zeigte auf die Schnigge. „So eines wie dieses da." Da schüttelte der Bootsbauer seinen Kopf.

„Hörst du schlecht? Dieses Schiff ist bereits bestellt. Außerdem ist es teuer!"

„Na gut, dann bau mir ein anderes", verlangte die Thordis frech. „Wie stellst du dir das vor, Weib? So eine Schnigge baut man nicht mal eben in ein paar Tagen. Das dauert seine Zeit." Dann überlegte Tyrger einen Moment lang. „Naja, wenn du bezahlen kannst…, ich habe da hinten noch eine ältere Schnigge. Die könnte ich dir wieder seeklar machen." Da wollte sich Thordis schon aufregen, doch Ilva nickte heftig mit dem Kopf. „Dann zeig mal", forderte die blonde Kriegerin. „Gut, kommt mit zum Hafen runter." Tyrger ging vor, über den Platz hinunter zum Wasser. „Da an dem kleinen Anleger liegt der Windvogel", sagte Tyrger, und zeigte auf die Schnigge. „Das soll ein Windvogel sein?", rief Ilva belustigt. „Wenn der Vogel mal nicht flügellahm ist!" Ein ziemlich heruntergekommener Kahn lag an dem Anlegesteg. Es fehlten die Aufbauten und die Rahe, die an Deck lag, war angebrochen. Dazu war der Rumpf an mehreren Stellen über der Wasserlinie geborsten. „Und den Vogel willst du wieder zum Leben erwecken?"

„Du kennst doch meine Arbeit, Thordis. Wo ist eigentlich der Blutdrachen?" Tyrger erinnerte sich an die Schnigge die er einst für die Schildmaiden gebaut hatte. „Der liegt auf dem Grund des Meeres", antwortete Thordis wie beiläufig.

„Wie lange wirst du brauchen, Bootsbauer, um aus diesem lahmen Windvogel den Blutdrachen wieder zum Leben zu erwecken?"

„Oh, es wird schon einige Zeit dauern. Was bist du denn bereit zu zahlen?" Tyrger sah die Thordis fragend an. Und diese zog eine Geldkatze unter der Tunika hervor.
Da staunte Ilva nicht schlecht. „Das... das ist die Geldkatze von Einar! Hast du ihn etwa bestohlen?"

„Na und, der kann ruhig etwas von seinem Reichtum an uns abgeben. Er wird uns die Schnigge bezahlen", begann sie zu lachen. „Ich gebe dir zehn große Stücke Silber!" Da war es der Bootsbauer der lachte. „Bist du närrisch geworden? Du weißt doch was ein Schiff kostet, Thordis!"

„Ja, ja, ich gebe dir noch fünf mehr", sagte sie, zog das Silber aus der Geldkatze, und reichte es dem Bootsbauer.

„Aber sorge dafür, dass das Schiff fertig wird. Ich will ein rotes Segel, und male den Drachenkopf rot an."

„Einen roten Drachen?" Der Bootsbauer schüttelte den Kopf. „Na, wenn es mehr nicht ist!" Sie reichten sich die Hände, und das Geschäft war beschlossen.
Dann machten sich die Frauen auf den Weg zurück zu ihrem Skuder. Mit dem Boot segelten sie weiter die Küste entlang, bis zu der kleinen Bucht, in der ein, wie Thordis glaubte, verwaister Hof stand. Doch sie sollte sich täuschen, denn aus dem Haus stieg Qualm in den Himmel auf. „Ich glaube in dem Haus lebt jemand", stellte Ilva fest. Thordis nickte.

„Aber nicht mehr lange", sagte sie böse. „Hol das Segel ein", befahl Thordis, und war schon fast wieder die Alte.

Ilva trat zum Mast, und tat was die Schwester des Einar befohlen hatte. Diese hatte ihre alte Stellung wieder eingenommen, ohne das Ilva sich dagegen sträubte. Thordis steuerte den Skuder an den Strand, und der Kiel glitt auf den Kies. Da trat auch schon jemand aus dem Haus. Es war eine Frau, und diese war nicht unbekannt. „Thordis, das glaubst du nicht. Das ist ja Arla!" Ilva hatte die einstige Schildmaid sofort erkannt. Auch wenn Arla nun auch schon dreiunddreißig Winter zählte.

„Ilva, bist du das?", fragte die dunkelhaarige Frau, und kam zum Strand gelaufen. „Ja, ich bin es", rief die hübsche Blonde erfreut. Die beiden Frauen gingen der Arla entgegen. „Was machst du hier, Arla?", fragte Thordis wenig freundlich. „Was wohl? Eine von uns musste doch auf den Hof achten. Nachdem wir diesen Kampf verloren hatten, und der Blutdrache sank, war ich Gefangene bei diesem Jarl auf Fyn."

„Auf Fyn? Und wie bist du da weggekommen?", fragte Ilva grinsend. „Ach, es hat mir da nicht gefallen, und der Jarl hatte einen viel zu kleinen…"

„Rede nicht dumm herum", fuhr Thordis humorlos dazwischen. „Wie konntest du entkommen?" Da grinste Arla. „Der Jarl hatte einen Wächter für die Sklavinnen, der mich mochte. Ich habe ihm ein bisschen schöne Augen gemacht, bis er nicht mehr so aufmerksam war. Und dann bin ich abgehauen. Musste nur einen Kerl abstechen."

„Und dann bist du weg?" Ilva war neugierig, und bohrte weiter. „Bin mit einem Händler nach Hedeby, und von da nach Ribe[69]. Da habe ich ein Pferd geklaut, und bin nach Jütland geritten. Habe fast einen ganzen Sommer und den Winter gebraucht, bis ich im Ladefjord war."

---

[69] Ribe – alte dänische Königsstadt, später von Roskilde auf Seeland abgelöst

„Hast du einen Kerl zum Gemahl genommen?", wollte Ilva wissen, doch Arla winkte ab. „Irgendwie hat sich nur einer her getraut. Aber der ist nicht gut genug zum Vermählen."

„Jetzt brauchst du keinen Mann mehr", sagte Thordis grinsend. „Wir sind wieder hier, und wir werden wieder auf Wiking ausfahren." Da lachte Arla auf. „Du willst auf Raubfahrt gehen? Thordis, bist du närrisch?"

„Oh nein, der Blutdrachen wird von Tyrger bereits seeklar gemacht." Arla sah die Ilva ungläubig an, doch diese nickte.

„Dann lasst uns mal ins Haus gehen", schlug Arla vor, und sie gingen den Strand hinauf.

„Kennst du vielleicht einige Kriegerinnen, die sich uns anschließen würden?", fragte Thordis, als sie gemeinsam an der Feuerstelle saßen. Da meinte Ilva plötzlich: „Gunnhild!"

„Was, Gunnhild?"

„Wir hätten Gunnhild mitnehmen sollen", sagte Ilva überzeugt. „Na, die ist doch im Langhaus der Wache, und bringt sich als Kriegerin ein. Sie hätte uns sicher begleitet." Dies überzeugte die Thordis. „Gut, Gunnhild, also! Wir schicken einen Sklaven nach Tautra, der sie holt."

„Einen Sklaven?" Arla sah die Thordis erstaunt an. „Es gibt hier keinen Sklaven."

„Na, dann kaufen wir einen", platzte es aus der Ilva lachend heraus. „Mein Gemahl Einar, wird uns einen kaufen." Das verstand die dunkelhaarige Arla überhaupt nicht. Da zog Thordis die Geldkatze hervor, und hielt diese hoch. „Eigentlich müssten wir meinen Bruder überfallen, bei dem gibt es genug zu holen!" Thordis begann laut zu lachen.

*

Gudrun öffnete die Tür, denn ihr Gemahl lag schlafend auf seinem Bett. Sein Schnarchen drang hinaus bis an die

Pforte. „Einar, was führt dich zu uns?", begrüßte Gudrun
ihren Neffen in der Sprache der Sachsen. Besonders gut
verstand er die Sprache nicht, obwohl Raban mit ihm hin
und wieder die Sprache seiner Ahnen übte. Man konnte ja
schließlich nicht wissen, wozu man es mal benötigen
konnte. „Ich musste sprechen mit Winfried." Die holprige
Antwort, nötigte der Gudrun ein Grinsen ab. „Dann komm
herein", sagte sie, und trat zur Seite. Einar humpelte in das
Haus, denn ihm bereitete das Gehen immer noch große
Schwierigkeiten. Reiten hingegen, konnte er bereits wieder
gut. Sie gingen in den Wohnraum, und setzten sich an den
großen Tisch, den Winfried mit seinen geschickten Händen
gebaut hatte. Eigentlich hätte es solche Möbel in diesem
Haus nicht gegeben. Eine lange Feuerstelle in der Mitte des
Raumes, und Podeste an den Längsseiten, sowie ein Bett an
der kurzen Wand, wären die normale Einrichtung des
Langhauses gewesen. Doch Winfried hatte das Langhaus
kräftig umgebaut. Es gab jetzt einen Schlafbereich, die
lange Feuerstelle hatte er entfernt, und dafür einen Kamin
gebaut, an dem Gudrun auch kochte. Der Tisch stand nun
mit den Bänken in der Mitte des Raumes. Gudrun sah zur
Tür hinaus, und rief dem Raban zu, er möge auch in das
Haus kommen. „Bring die Pferde in die Koppel!"
Gudrun stellte dem Jarl einen Becher und einen Krug Bier
hin, und ging zu der Wand aus Weidenruten, die den
Schlafbereich abgrenzte. „He, Winfried, wach endlich auf.
Dein Neffe ist da." Man hörte den Sachsengrafen grunzen
und grummeln. Dann erschien er ziemlich verschlafen, und
grüßte seinen Gesippen, der sich sein Bier schmecken ließ.
  „Sei mir gegrüßt, Einar." Winfried hob die Hand, und
setzte sich zu seinem Neffen. Einar stellte den Becher ab.
  „Wie konnte es dazu kommen, dass Ilva und Thordis euch
angriffen? Ist etwas vorgefallen zwischen euch?"

„Warum fragst du mich das, Einar?", antwortete Winfried. Da trat Raban in das Haus, und setzte sich an den Tisch. „Seid gegrüßt", sagte er in der Sprache der Sachsen. Nun erzählte Winfried noch einmal die Geschichte des Königsbesuches auf seinem Hof. „Mehr war nicht!"

„Und mehr ist nicht vorgefallen?" Einar konnte kaum glauben, was sein Oheim erzählte. „Glaubst du etwa, mein Weib würde stehlen?" Winfried zeigte sich empört, und Einar musste ihn beschwichtigen. „Frage doch Thorberg! Der hat uns vorher schon gewarnt, dass die beiden Weiber etwas im Schilde führten." Winfried griff nach dem Krug, und setzte diesen an die Lippen. In einem Zug leerte er den Behälter. Und Raban sah ihn enttäuscht an, hatte er doch mit einem erfrischenden Trunk gerechnet. „Also, warum fragst du schon wieder?" Winfried hatte den leeren Krug auf dem Tisch abgesetzt, und Raban sah enttäuscht hinein.

„Weil Ilva und Thordis verschwunden sind!"

„Und soll ich jetzt trauern? Ja, ich weiß, die Ilva ist dein Weib, aber mein Neffe, ich kann dich zu der Wahl nicht beglückwünschen. Wärest du nicht an diesem Tag heimgekehrt, wären Gudrun und ich jetzt nicht mehr in Midgard." Dies glaubte Einar inzwischen auch, denn alles sprach dafür, dass Thordis seine Gesippen beseitigen wollte.

„Ich habe eine Befürchtung, und ich habe festgestellt, dass mir meine Geldkatze gestohlen wurde", erzählte Einar nun seinem Oheim. „War sie gut gefüllt?" wollte Winfried von Burke wissen. „Oh ja, sie war sogar sehr gut gefüllt. Es war meine Silberreserve darin. Und ich denke, dies ist der Tribut, den ich an mein Weib Ilva zahlen musste."

„Wie meinst du das?", fragte nun Raban, weil er nicht verstand worauf der Jarl hinauswollte. „Die Thordis, dieses Biest, vermisst die Zeit, als sie die Anführerin der Schildmaiden auf ihrer Schnigge Blutdrachen war. Die

Füllung meiner Geldkatze dürfte für ein neues Schiff ausreichen, und sicher für einiges mehr." Raban horchte auf.

„Du glaubst, sie gehen auf Wikingfahrt, und kommen nicht zurück?" Einar nickte. „Ja, das werden sie tun. Ilva ist fort, und hat ihre Kinder verlassen. Sie will wieder eine Seekriegerin sein."

„Sie fliehen vor deiner Strafe?", mutmaßte der Oheim des Jarls, doch Einar winkte ab. „Ich glaube, diesen Gedanken tragen sie schon länger mit sich herum. Es war der Kriegszug nach Britannien, da haben sie Blut geleckt."

„Dann ist dein Weib also fort?", wollte der alte Sachse wissen, und Einar nickte. „Das befürchte ich!" Da trat Gudrun an den Tisch, nahm den Krug, um ihn neu zu füllen.

„Wenn sie ihre Kinder in Stich lässt, ist sie nichts wert!" Sie ging zu der Hausecke mit dem Loch im Boden. Dort ging sie auf die Knie, öffnete den Deckel, und griff in das Loch. Darin befand sich ja Winfrieds Fass, dessen Deckel sie ebenfalls heraufzog, und dann mit einer Kelle das kalte Bier in den Krug füllte. Danach verschloss sie das Fass wieder, und legte auch den Deckel wieder auf das Loch im Boden. Nun erhob sich Gudrun, und trug den Krug zum Tisch. Sie stellte noch weitere Becher auf den Tisch, und schenkte ein.

„Du glaubst nicht, dass Ilva zurückkommt?", fragte sie ihren Neffen, und dieser sah sie traurig an. „Die Thordis hat sie in ihren Fängen, und gibt sie nicht mehr frei. Aber es ist sowieso die Sif, die sich um die Kinder kümmert. Ich denke, sie werden Ilva vergessen."

„Dann bist du jetzt ohne Weib, Einar?", fragte Gudrun ihren Neffen neugierig. „Aber du bist der Jarl! Du brauchst ein Weib!" Da sah der Jarl seine Tante kopfschüttelnd an.

„Ich brauche kein Weib. Ich habe bereits eines!"

„Du hast bereits eines?", fragend sah Gudrun den Jarl an. Aber Ihrem Gemahl reichte es. „Jetzt hör doch endlich mit den Weibern auf, Gudrun. Er wird selbst wissen, was zu tun ist." Raban sah seinen Jarl an und grinste.

„Sag mir, Oheim", wechselte Einar nun das Thema, denn die Fragerei seiner Tante war ihm unangenehm. „Ich will dem König einen Besuch abstatten, denn es gibt etwas zu klären. Du kannst mich begleiten, wenn du willst. Ich hörte, dass du dich mit Grjotgard gut verstehst." Da nickte Winfried heftig. „Oh ja, wir scheinen gut auszukommen. Es wäre mir eine Freude dich zu begleiten."

„Gut, dann sei morgen früh im Hafen!" Und dann begann Winfried von seiner Schwester Walburga zu erzählen, denn er war der Meinung, dass sein Neffe etwas über seine Eltern erfahren sollte.

*

In Lade hatte die Thordis auf dem Markt eine Sklavin gekauft. Sie kam vom Stamm der Obodriten, und hörte auf den Namen Freide. Sie zählte erst siebzehn Winter, und war bereits mit zehn Wintern geraubt worden. Es zeigte sich, dass Freide ein guter Griff war, denn sie war gehorsam und fleißig, aber auch frech und nicht auf den Mund gefallen. Und sie fanden in Lade auch eine Kriegerin die sich ihnen anschloss. Sie war aus Hardanger, und wurde dort gesucht, weil sie einen Neffen des dortigen Königs erstochen hatte. Dieser hatte sie gegen ihren Willen genommen, und dies dann mit dem Leben bezahlt. So aber war sie gezwungen aus Hardanger zu fliehen. Der Weg führte sie nach Norden in das Trøndelag. Und als Thordis auf dem Markt nach einer Sklavin suchte, erlebte sie, wie das Weib sich mit einem Händler stritt. Dieser war ihr an Größe und Kraft überlegen, doch dies schreckte die Kriegerin nicht. Und ehe es zum Schlimmsten kam, schritt Thordis ein.

„Was hast du für ein Problem?", fragte sie, und mischte sich in den Streit ein. „Dieser Scheißkerl will mich übers Ohr hauen!" Die schwarzhaarige Kriegerin, die es wagte in Hosen herumzulaufen, hatte ihre Hand bereits am Griff ihres Saxmessers. „Soll er sein Zeug behalten", schlug Thordis vor. „Komm mit mir, ich habe ein Angebot für dich." Und die Kriegerin zeigte sich einverstanden. Ihr Name war Grit, und sie zeigte sich einverstanden, auf dem Hof zu bleiben. Also schickte Thordis die Arla und die Grit mit dem Skuder nach Tautra. Sie brachten die Freide in den Hafen von Sørhamna, denn diese hatte den Auftrag die Gunnhild zu holen. „Also Freide, hör zu, tue es wie Ilva es dir gesagt hat. Du musst zu dem Langhaus hinter der Jarlshalle, wo die Krieger des Jarls wohnen. Dort findest du Gunnhild. Eine schöne braunhaarige Kriegerin."

„Jaja, ich habe Ilva verstanden", ärgerte sich die Sklavin, und sprang aus dem Boot. „Und denke daran, wo wir uns treffen", mahnte Arla noch einmal den Ort an, wo sie die beiden ins Boot holen wollten. Der Hafen war ihnen zu unsicher, denn niemand sollte sehen, wie Gunnhild in ein Boot stieg.

Als die Sklavin auf dem Platz vor der Jarlshalle ankam, ging sie zu einem Weib, dass gerade über den Platz schlenderte.

„Wo sind die Krieger des Jarls?"

„Du bist ganz schön neugierig. Natürlich in dem Langhaus, dort hinter der Halle des Jarls." Sie zeigte auf einen schmalen Weg, der an der Jarlshalle vorbeiführte. Freide bedankte sich, und ging diesen Weg, der, wenn man ihn weiter nach Norden ging, zu der kleinen Bucht am Nordufer führte. Und als sie vor dem Langhaus stand, versuchte sie einen Blick im Inneren des Hauses zu erhaschen.

Ihre Augen suchten nach einem braunen Schopf. Da trat ein junger Kerl auf sie zu. „Was glotzt du hier so rum?" Im ersten Moment erschrak Freide, doch sie fasste sich sofort wieder. „Ich will Kriegerin des Jarls werden!" Da lachte der junge Kerl. „Du…, du halbe Portion?"

„Äh ja…, ich! Meine Gesippin ist Gunnhild, und sie hat gesagt…"

„Na gut, wenn du eine Gesippin der Gunnhild bist, wird sie sich bestimmt um die kümmern." Der Kerl wandte sich ab, und ging durch die offene Doppeltür zurück in das Gebäude. Es dauerte, bis plötzlich die Gunnhild herausgestürzt kam.

„Wo ist meine Gesippin", rief sie erzürnt, und hielt eine kurzstielige Axt in der Faust. Und dann sah sie die junge Freide. „Du da! Hast du etwa behauptet mit mir verwandt zu sein?" Gunnhild ging auf Freide zu, und hob die Axt. Da sagte die Obodritin schnell. „Die Thordis schickt mich." Da bremste sich Gunnhild, denn der Name der Jarlsschwester machte bei ihr immer noch großen Eindruck. „Die Thordis? Wer bist du?"

„Ich bin die Sklavin der Thordis, und sie schickt mich, um dich zu holen." Scheinbar verspürte Freide keinerlei Angst. Den Angriff der Gunnhild hatte sie jedenfalls ausgestanden, ohne flüchten zu wollen. „Sie bekommt von Tyrger einen neuen Blutdrachen, soll ich dir sagen", sprach die Sklavin, wie es ihr die Thordis aufgetragen hatte. „Will sie etwa auf Wiking ausfahren?" Gunnhild hatte sofort Feuer gefangen, so wie es Ilva prophezeit hatte. „Ich soll dich zum Hof der Schildmaiden bringen", sagte Freide ruhig. „Die Arla wartet mit dem Boot am Südufer, bei der großen Weide."

„Die Arla, sagst du? Du meinst unsere Arla?"
Freide zuckte mit den Schultern, denn sie wusste nicht was Gunnhild damit meinte. Die Sklavin zuckte mit ihren Mundwinkeln. „Komm mit mir, dann wirst du es sehen." Gunnhild trat an das braunhaarige Mädchen heran. „Gut, aber wir müssen auf den Sonnenuntergang warten. Es ist besser, wenn niemand etwas bemerkt." Dann zog sie die Freide zur Seite, und stellte sich seitlich neben den Eingang

des Langhauses. „Warte hier", befahl sie, und verschwand in dem Gebäude. Es dauerte eine ganze Weile bis Gunnhild wieder erschien. Und sie brachte ihre Seekiste mit sich. Immer darauf bedacht, nicht gesehen zu werden, schleppte sie die Truhe heraus. „Hier nimm meine Seekiste. Aber sei vorsichtig, dass du damit nicht auffällst." Sie überreichte der Sklavin die Truhe, und diese sackte kurz zusammen, denn mit dem Gewicht hatte sie nicht gerechnet. „Treffe mich am Tor an der Straße nach Nordbuktavik, wenn die Sonne untergeht." Freide nickte, und verschwand mit der Seekiste der Gunnhild über den Weg an der Jarlshalle entlang. Sie vermied nun den Weg über den Platz, und ging hinter den Gebäuden die schmalen Wege entlang, bis sie, vorbei an Feldern und Koppeln, die Straße nach Nordbuktavik erreichte.

Dieser folgte sie durch das Tor, mit dem Schild des Jarls und den blauen Hirschköpfen, nach Nordosten. Schwitzend und pustend erreichte sie die alte Trauerweide, deren Blattpeitschen bis auf die Wasseroberfläche hingen, und von den Wellen hin und her bewegt wurden. Mit letzter Kraft schleppte sie die Seekiste der Gunnhild zum Ufer.

Das Gewicht der Truhe, und die Wärme des Sommertages, hatte die Sklavin an die Grenzen ihrer Kraft gebracht. An der Böschung saßen Arla und Grit, mit ihren Füßen im kühlen Wasser. Der Skuder war an dem mächtigen Baum angebunden. Freide stellte die Kiste ab, und ließ sich neben ihnen auf den Boden fallen. „Oh, was hat die bloß da drin?" Schnaufend zog sie ihre Schuhe aus, und ließ die Füße in das Wasser gleiten. „Wo ist Gunnhild?", fragte Arla, und sah die Sklavin streng an, denn deren dreistes Verhalten gefiel ihr gar nicht. „Ah, tut das gut", stöhnte die junge Obodritin, und sah die Arla an. „Bei Sonnenuntergang treffe ich sie am Tor zur Siedlung. Ihre schwere Seekiste durfte ich ja bereits hierherschleppen."

„Also wird sie uns begleiten?" Arla bemerkte die Überflüssigkeit ihrer Frage nicht, und bekam von der Sklavin die passende Antwort. „Nun, denkst du, sie hat mir ihre Seekiste geschenkt?" Grit begann zu lachen, doch Arla kämpfte gegen ihren Zorn an. Die Sklavin zu schlagen, was sie nun gerne getan hätte, konnte ihr Ärger mit der Thordis einbringen. Denn diese mochte es nicht, wenn man sich an ihrem Eigentum vergriff. Also schluckte Arla den Ärger lieber herunter, und sprang stattdessen in das Wasser, um sich abzukühlen.

Das Fehlen von Gunnhilds Seekiste war allerdings dem jungen Krieger aufgefallen, der zuvor schon mit der Freide gesprochen hatte. „Wo ist denn deine Gesippin hin?", fragte er die Kriegerin. „Ich wollte sie zu Thure schicken. Der würde sehen, ob sie für uns brauchbar ist."

„Äh… ja, ich habe gesagt, sie soll am Abend noch einmal herkommen", antwortete Gunnhild, und hoffte, dass sie nicht beim Lügen erwischt würde. Doch der Kerl bohrte weiter. „Und wo ist deine Seekiste, Gunnhild? Ich habe gesehen, dass sie fort ist. Sie steht nicht mehr an deinem Schlaflager."

„Sigthor, was geht das dich an?", fuhr Gunnhild den jungen Kerl an. „Aber damit du heute Nacht nicht vor Neugier wachliegen musst, verrate ich dir, dass Brok die Kiste repariert. Bist du jetzt zufrieden?" Sie wandte sich ab.

„Schlimmer als ein Marktweib", grunzte sie verärgert, und begab sich zu ihrem Schlafplatz. Dort befanden sich noch ihre Waffen, das neue Kettenhemd, welches sie in einer Schlacht in Britannien von einem Angelsachsen erbeutet und mitgebracht hatte, und ihr rot-gelber Schild. Nun galt es, diese Sachen aus dem Langhaus zu bringen, ohne dass der neugierige Sigthor etwas davon mitbekommen würde. Doch dieser schien nun zu glauben, er müsse die Gunnhild beobachten, was dieser natürlich auffiel. Doch Gunnhild war nicht dumm, und sie war lang genug eine Kriegerin im Schildwall, die wusste wie man mit solchen aufdringlichen Kerlen umgehen musste. Gunnhild ging zur Rückseite der Jarlshalle, wo etwas Abseits das Holz gelagert wurde, welches man in der großen Feuerstelle verbrannte. Zwischen den beiden hohen Holzstapeln war eine Lücke entstanden, in die eine Person durchaus hineinpasste, ohne gleich gesehen zu werden. Und es gab dort auch eine Bank, die der Gunnhild für ihren Plan gerade recht erschien. Die Braunhaarige nickte zufrieden, und machte sich wieder auf den Weg zum Langhaus. Dort rief sie nach dem Sigthor, und dieser ließ nicht lange auf sich warten. „Was kann ich für dich tun, Gunnhild?"

„Oh, Sigthor, du kannst mir behilflich sein", bat die Kriegerin scheinheilig. „Du kennst die Bank hinter der Halle?" Der junge Krieger nickte. „Natürlich!"

„Hilf mir beim Tragen, ich will meine Waffen reinigen. Und zwar auf dieser Bank."

„Alle?", fragte er. „Ja, natürlich alle. Und auch den Schild", antwortete sie ruhig. „Was ist jetzt, hilfst du mir?" Da willigte Sigthor ein, und nahm den Schild, den Speer und den Bogen der Gunnhild entgegen. „Den Bogen auch?"

„Was bist du für ein Krieger? Natürlich den Bogen auch! Ich will die Sehne einfetten, und die Spitzen schärfen." Gunnhild nahm den Pfeilköcher über die Schulter, schob ihre kurzstielige Axt in den Gürtel, und griff nach dem Kettenhemd, welches sie sich ebenfalls über die Schulter legte. Dann nahm sie ihr Schwert und verließ das Langhaus. Der junge Krieger folgte ihr. Dass die Schildmaid all ihre Habe aus dem Haus schleppte, und er ihr sogar dabei half, bemerkte er nicht. Sie legten Gunnhilds Besitz auf die Bank, und da erst fragte Sigthor misstrauisch. „Wo hast du das Fett? Wo den Schleifstein?" Da blickte sich Gunnhild kurz um, und als sie sah, dass sie alleine waren, zog sie schnell die Axt aus dem Gürtel, und schlug zu. Sigthor verdrehte seine Augen, und fiel mit einer blutenden Wunde am Kopf zu Boden. „Das hast du nun von deiner Neugier", sagte sie abfällig, und zerrte den jungen Kerl in die Lücke zwischen den Holzstapeln. „Sei froh, dass ich die stumpfe Seite genommen habe, du Marktweib." Bepackt wie ein Maultier schlich sich Gunnhild nun durch die Siedlung, und versuchte dabei unbemerkt zu bleiben. Der Schweiß rann ihr am ganzen Körper herunter, als sie die schmalen Wege hinter den Hütten und Häusern ging, und nicht weit vom Hof des Winfried von Burke musste sie pausieren. Und da sah sie in der Ferne, wie der Jarl und sein kahlköpfiger Schatten den Hopfenhof verließen.

Obwohl es unwahrscheinlich war, dass man sie entdecken würde, ging Gunnhild hinter dem Zaun erstmal in die Knie. Als die braunhaarige Kriegerin die Straße nach Nordosten erreichte, war sie nicht weniger außer Atem und geschafft, wie zuvor die Freide. In den Büschen am Rand der Straße, hielt sie sich erstmal versteckt, bis sie ganz sicher war, dass niemand ihr begegnen würde. Sie legte sich auf den Rücken, und sah zum Himmel auf. Weiße Wolken zogen über den blauen Himmel, und Gunnhild erkannte einen Drachen in ihnen. Beinahe wäre sie eingeschlafen, darum erhob sie sich wieder. Der Blick zu beiden Seiten, ließ sie sicher sein, dass der Weg frei war, und so wagte sie herauszutreten, um den staubigen Weg zu überqueren. Sie ging einige Schritte die Straße entlang, bis sie wieder in den Büschen verschwand. Nun lag der Strand, und die Uferzone vor ihr. Doch bis zu der großen Weide war es noch ein ganzes Stück zu gehen.

„Bei Odin, wo sind die denn?", fragte sie sich selbst, und setzte einen Fuß vor den anderen. „Irgendwo hier, müssen die doch ihr Boot haben." Sie ging weiter, und schleppte neben dem Schild auf ihrem Rücken, den Waffen, auch das schwere Kettenhemd. Und so kam es, dass die Gunnhild plötzlich alles von sich warf, und in den Sand an der Uferböschung sank. Sie legte sich erneut auf den Rücken, und ließ sich die Sonne in ihr Gesicht scheinen. Was sie nicht ahnte, war die Nähe der anderen Frauen, denn zwischen ihr und ihnen, lag nur ein breiter, feuchter Streifen Schilfgras. Die Krone der alten Weide hätte sie auch sehen können, wenn sie sich danach umgesehen hätte. Ruhig lag sie da, und wäre fast weggedämmert, mit den wärmenden Strahlen der Sonne in ihrem Gesicht. Doch dann war ihr, als hätte sie Stimmen gehört. Sie öffnete ihre Augen, erhob sich und horchte aufmerksam. Da waren Stimmen, ohne Zweifel! Sie erhob sich, und trat an den Rand der Böschung. Dort sah sie über das Schilf, und erkannte die Krone der Weide. Und dazu den Mast eines Skuders. Nun zog sie ihre Tunika über den Kopf, und legte diese auf ihren Schild. Und auch von ihren Schuhen und der Hose trennte sie sich. Dann stieg sie langsam ins Wasser. Durch die Kälte des Wassers bekam sie eine Gänsehaut, und auch ihre Brust blieb nicht ungerührt von der Kälte. Sie watete durch die Fluten am Rand des Schilfs entlang. Bis sie endlich auf der Böschung die drei Frauen sah, und die Freide erkannte. Gunnhild ließ sich ins Wasser fallen, und schwamm zurück zum Ufer. Sie kletterte die Böschung hinauf, und schlüpfte in ihre Kleidung. Dann nahm sie ihre Sachen, und ging weiter zu der alten Weide.

„Erheb dich, und hilf mir, Freide", forderte Gunnhild die Sklavin auf. Erstaunt erhob sich die Obodritin, und ging der Gunnhild zur Hand. Da sprang Arla erfreut auf. „Gunnhild, da bist du ja." Sie umarmte die braunhaarige Kriegerin, und ihre Freude war groß, die einstige Gefährtin wiederzusehen.

„Ich dachte, du kommst erst nach Sonnenuntergang."

„Ach, da war ein junger Kerl, der war mir zu neugierig. Darum sollten wir besser von hier verschwinden", sprach Gunnhild grinsend. „Ist er…?", versuchte Arla zu fragen, und Gunnhild antwortete bevor sie geendet hatte. „Ach was, er schläft nur. Denke ich!"

„Na, dann verschwinden wir besser", schloss sich Grit der Gunnhild an. Gemeinsam brachten sie den Besitz der Kriegerin an Bord des Bootes, und legten sofort ab.

Auch Thordis und Ilva waren nicht untätig, und hatten sich in der Umgebung des Hofes auf der Halbinsel Fylke nach Kriegerinnen umgesehen. Doch gefunden hatten sie niemanden, der nach Thordis Meinung geeignet wäre. Da begaben sie sich nach Lade, wo ihnen auf dem Markt, ein Händler auffiel, der ein junges Weib an seinem Stand immer wieder übel anschnauzte. Dies gefiel der Thordis überhaupt nicht. Natürlich ging es sie nichts an, doch sie hatte Mitleid mit der jungen Frau. So standen die beiden Frauen etwas Abseits und sahen sich den Streit an. Der Händler maulte die junge Frau weiter an, und diese maulte zurück. Da hob der Mann seine Hand, und deutete einen Schlag an. Doch er schlug nicht zu. Die junge Frau aber zeigte sich wehrhaft, und forderte den Mann auf zuzuschlagen. Ilva sah Thordis an. „Vater und Tochter?" Thordis zuckte mit den Schultern.
„Vater und Tochter!"
„So schlag doch zu", rief die junge Frau. „Du hältst dich doch sonst nicht zurück, Vater!" Da sahen sich Ilva und Thordis an. „Der Vater", sagte die Thordis überzeugt.
„Schweig, Ulla! Ich warne dich!" Der Vater war recht erbost, doch die junge Frau gab nicht nach. Und dann schlug der Vater zu. „Geh mir aus den Augen, du undankbares Stück!" Da lief sie wutentbrannt fort, und ließ den Vater stehen. „Komm", sagte Thordis, und folgte dem Mädchen. Mit schnellen Schritten näherten sie sich dem jungen Weib, und als sie nah bei ihr waren, sprach Thordis sie ruhig an:
„Behandelt er dich immer so schlecht?" Da drehte sie sich um, und suchte nach der Stimme. „Was geht das dich an?",

fragte sie frech. „Oh, angehen tut es mich tatsächlich nichts", antwortete Thordis ruhig. „Aber vielleicht kann ich dir helfen." Da wurde die junge, blonde Frau hellhörig. „Du bist doch kein Kind mehr, warum behandelt er dich so?", wollte Ilva wissen. „Er ist nicht gut auf mich zu sprechen, und ich ebenso auf ihn. Denn Vater hat mir meinen Liebsten vergrault." Da blickte die Thordis die Ilva an, und nickte leicht. „Du wolltest dich vermählen?"

Da nickte die junge Frau, und erklärte denn beiden fremden Frauen: „Vater war er nicht gut genug! Er hat ihm seine Knechte auf den Hals gehetzt, und ihn fortgejagt. Bjarni suchte sich daraufhin einen Wikingfahrer und verschwand."

„Er hat sich verjagen lassen?", sprach Ilva. „Dann war er es nicht wert!" Ulla nickte. „Ja, so ist es wohl!"

„Würdest du gerne eine Kriegerin werden?", ließ Thordis nun die Katze aus dem Sack. „Eine Kriegerin?" Die junge Frau war erstaunt über die Frage, musste aber lachen, weil sie die Frage nicht ernst nahm. Doch Thordis nickte. „Ja, eine richtige Kriegerin! Eine, die mit uns auf Wiking ausfährt."

Nachdenklich sah Ulla die beiden Frauen an, und erst jetzt fiel ihr auf, dass diese Hosen und Waffen trugen. Dies beeindruckte sie nun schon. „Aber, ich habe nie gekämpft. Ich bin im Umgang mit Waffen völlig unerfahren."

Da lachten die beiden Kriegerinnen. „Mach dir darüber mal keine Sorgen."

Noch zur selben Stunde kauften sie ein Schwert, und ein Messer für die junge Ulla. So begleitete diese die Schildmaiden nach Fylke.

*

16. YTTEROYA

Breka hatte tatsächlich nicht gezögert, und den großen Fünf-Felder-Hof, für sich und seine Leute in Besitz genommen. Seine eigene Schnigge lag jetzt im Hafen von Levanger an einem der Anlegestege.

Und als Schwiegersohn des Jarls, was sich natürlich schnell herumgesprochen hatte, brachte man ihm Respekt entgegen. Der Hof zeigte sich als guter Griff, und so war auch Astrid zufrieden. Im Gegensatz zu ihrer Mutter Gunfrigg, zeigte sich ihr Vater Jarl Asbjörn oft auf dem Hof, und suchte die Nähe seiner Tochter. Und inzwischen zeigte er sich auch mit der Wahl ihres Gemahls einverstanden. Doch besonders die Kinder hatten es dem Jarl angetan!

Er spielte mit ihnen, und brachte Geschenke mit. Der kleine Asbjörn besaß inzwischen einen glänzenden Helm, den der Großvater für ihn hatte schmieden lassen. Und auch einen Schild und ein Schwert aus Holz waren sein Eigen. Und er verbrachte viel Zeit damit, dem Kind den Umgang mit den Waffen zu lehren. Doch an einem Tag kam der Jarl, und wollte zu Breka. „Großvater", rief der Junge, als der Jarl aus dem Sattel stieg. „Kommst du, um mit mir zu kämpfen?"

„Oh nein, mein Enkel, heute nicht." Er strich dem Jungen über den Kopf, und ging auf das Haus zu. „Breka, kann ich mit dir reden?" Der Herr des Hofes stand im Schlamm des Schweinekobens, und ließ das Futter der Tiere aus einem Eimer in den Trog fallen. Breka sah seinen Schwiegervater an. „Warte im Haus! Ich komme sofort!" Er trat aus dem Koben, stellte den Eimer ab, und zog die hölzernen Schuhe aus. Dann schlüpfte er in seine Hirschlederschuhe, und band diese zu.

Als er in das Haus trat, saß der Jarl auf einer der Bänke an der Längswand. Er sprach mit Astrid, die ihm einen Becher Bier gebracht hatte. „Nun, was gibt es, Asbjörn?" Breka setzte sich zu dem Jarl mit den angegrauten Locken.

„Kennst du die Insel Ytteroya?", fragte der Jarl seinen Schwiegersohn. „Du meinst die Insel vor der Nordküste, dort drüben", antwortete Breka, und zeigte nach Norden, obwohl man von seinem Hof den Fjord gar nicht sehen konnte. Es hätte ihm besser gefallen, wenn der Hof am Wasser gelegen wäre, doch dem war nun mal nicht so. Darum lag seine Schnigge ja auch im Hafen von Asbjörns Siedlung, und nicht an seinem eigenen Anlegesteg. „Es gibt einen Streit um die Insel, der sich jetzt schon viele Winter zieht. Kolbjörn, der Jarl von Stiklestad, mein Nachbar, macht Ansprüche auf die Insel geltend. Und sogar der Dreckskerl Jarl Stendal aus dem Beitstadfjord glaubt, er könne seinen Fuß auf die Insel setzen, ohne dafür bezahlen zu müssen. Aber Ytteroya gehört mir!" Die Stimme des Asbjörn veränderte sich, und wurde streng. „Die elenden Mistkerle haben kein Recht darauf die Bauern der Insel zu schröpfen." Da zuckte Breka mit den Schultern. „Dann sag es doch dem König", schlug er vor. Da lachte Asbjörn kehlig auf. „Was Grjotgard? Nein, der wird seinen Arsch nicht für mich bewegen!" Asbjörn erhob sich von der Bank.

„Heute Morgen kam ein Bote in meine Halle. Stendal ist mit zwei Schiffen auf Ytteroya gelandet, und hat die ansässigen Bauern überfallen. Er ist der Meinung, er könne dort ungestraft Steuern eintreiben."

„Dann sind sie noch auf der Insel?", fragte Breka, und Asbjörn nickte. „Das nehme ich doch an. Er wird die ganze Insel fleddern wollen. Also hat er ein Lager auf Ytteroya errichtet!" Der einstige Jarl der Götaburg nahm einen Becher, füllte ihn mit Wasser und sah den Jarl wissend an.

„Da gibt es wohl nur einen Weg ihm beizubringen, dass er auf der Insel nichts zu suchen hat." Asbjörn sah mit Freude, dass Breka nicht lange um den heißen Brei redete, und dass er bereit war, für den Jarl zum Schwert zu greifen. Hatte er sich damals so in dem Breka getäuscht? Er war nur ein Gefolgsmann des Jarls von Tautra.

„Du erhältst den Befehl über drei meiner Schiffe! Jage diesen Lumpen von der Insel. Aber lass Stendal am Leben. Ich will keinen Streit mit dem König." Da sah Astrid ihren Mann besorgt an. Waren sie hierhergekommen, um für ihren Vater in den Kampf zu ziehen. Breka hatte sich jedoch längst entschieden. „Gut, ich werde tun, was du willst. Also bereite alles vor, Asbjörn. Doch ich brauche natürlich eine gute Mannschaft für meine Schnigge!"

„Du sollst zwanzig meiner Krieger für dein Schiff bekommen, Breka. Komme in zwei Tagen in den Hafen." Damit war Breka einverstanden, obwohl er ja lieber eine eigene Mannschaft gehabt hätte. Aber dafür war er noch nicht lang genug im Ladefjord. So nahm er das Angebot seines Schwiegervaters gerne an.

Als der Jarl dann den Hof verlassen hatte, sprach Astrid böse: „Warum lässt du dich von ihm einfangen, Breka? Wenn er keine guten Hauptmänner hat, muss er halt selbst das Kommando übernehmen." Doch Breka sah es anders. Er war ein Krieger, und ihn lockte der Kampf. Er musste sich in Levanger einen Ruf erkämpfen, um nicht nur der Schwiegersohn des Jarls zu sein. „Astrid, sieh dich um! Er gab uns diesen Hof, der uns ernähren wird."

„Ja, dass wohl, aber ein Mann musste dafür sterben", gab Astrid nicht nach. Es waren zwei, hätte Breka sagen wollen, doch er wollte seine Lage nicht noch verschlimmern.

„Meine Liebe, wir sind es ihm schuldig. Ich werde für ihn kämpfen, und diesen Jarl Stendal von der Insel vertreiben. Und jetzt ist Schluss mit dem Gerede!" Er erhob sich und verließ das Haus. Es galt die Männer zu benachrichtigen. Alle sechs Männer, die Breka nach Levanger gefolgt waren, zeigten sich sofort einverstanden ihm zu folgen. „Olf, du bist mein Stevenhauptmann! Also mach dich auf den Weg, und sorge dafür, dass die Schnigge seeklar ist, wenn wir kommen."

„So wie du es willst, Breka!" Olf nickte, und sah sich suchend um, bis er den Steuermann sah. „Thorbart, nimm deine Waffen, wir müssen zum Hafen."
Da Breka bisher nur zwei Pferde besaß, mussten die beiden Männer den Weg nach Levanger zu Fuß zurücklegen. Bepackt mit den Waffen, und dem Schild auf dem Rücken, machten sie sich auf den Weg.
Für die anderen war der nächste Tag zum Abmarsch vorgesehen, und sie hätten noch mehr zu schleppen, denn sie mussten zusätzlich zu den Waffen und dem Rundschild, auch ihre Seekisten zum Hafen bringen. So beschloss Breka, am nächsten Tag, eines der Pferde vor einen Wagen zu spannen. Astrid und die Kinder begleiteten sie in den Hafen, und sollten dann mit dem Wagen zurück zum Fünf-Felder-Hof fahren.

Wie von Asbjörn versprochen, warteten zwanzig Männer auf dem Anlegesteg vor Brekas Schnigge. Und dann kam eine kleine Gruppe mit einem Wagen und einem Pferd. Und sie gingen zielstrebig durch den Hafen zu dem Anleger. Es bewegte sich viel in dem Hafen, denn er füllte sich immer mehr mit Kriegern, und auch deren Familien. Und dann kamen Jarl Asbjörn und sein Weib Gunfrigg in den Hafen. Auf dem freien Platz vor den Anlegestegen blieben sie stehen. Sechs Krieger der Wache standen um das Jarlspaar, und Aelfere, der britannische Leibsklave, blies in das Horn, um die Aufmerksamkeit der Leute auf sich zu richten. „Hört die Worte Jarl Asbjörns!" Der Leibsklave rief laut, und die Gefolgschaft begann sich um den Jarl zu scharren.

*

Raban hatte eine Hütte nicht weit der Jarlshalle. So war er immer in der Nähe seines Jarls, und hatte doch ein eigenes Heim. Hierher hatte er die Ermintrude gebracht.
Die schwarzhaarige Angelsächsin hatte sich, mit Hilfe der Aelthdreda, doch noch recht gut eingelebt. Den Raban hatte sie ja nicht den ganzen Tag um sich, denn er verbrachte seine Zeit bei dem Jarl. Er war Einars Schatten, und daran hatte sich auch nichts geändert. So hatte sie die meiste Zeit des Tages für sich. Sie versorgte den Haushalt, die Ziegen und die wenigen Hühner. Und sie traf sich mit den anderen geraubten Frauen, die sich in der Siedlung frei bewegen durften. Doch wenn die Sonne versank, wurde Ermintrude nervös. Raban war ein guter Mann, doch zählte er fast vierzig Winter. Die Ermintrude dagegen, war gerade erst Neunzehn geworden. Und so ließ sie ihren Herrn spüren, dass sie ihn nicht in ihrem Bett wollte, obwohl die Sklavin des Olaf immer wieder auf sie einredete. „Sei vernünftig, Ermi! Er ist doch ein guter Mann. Er ist dein Herr, und doch tut er dir keine Gewalt an. Jeder andere Mann, hätte dich bereits mit Gewalt genommen."
„Oh, dann kratze ich ihm die Augen aus", drohte die junge Frau mutig. Doch Aelthdreda ließ nicht nach, sich für Raban einzusetzen. „Und dann hängst du am Schandpfahl, und bekommst die Peitsche zu spüren! Wenn dich nicht sogar die Krebse fressen!" Da trotzte die Schwarzhaarige: „Na und, der Tod ist sicher besser, als dieses Leben hier!"
Da schüttelte Aelthdreda verärgert ihren Kopf. „Du dummes Stück! Dir ist nicht mehr zu helfen! Mögen die Götter dich beschützen, ich tue es nicht mehr." Dann verließ sie zornig

296

die Hütte des Raban, und kehrte in ihre eigene zurück. Denn auch Olaf besaß eine Hütte an diesem Weg. Genau wie auch Thure, und einige andere Männer aus der Besatzung des Wellenwolfes. Dies hatte Jarl Einar so angeordnet. Jeder Kerl der ein Weib genommen hatte, sollte auch eine Hütte in der Siedlung haben. Am dritten Abend nach der Heimkehr, saßen die Männer in der Jarlshalle an einem Tisch. Einar war schon etwas angetrunken, und schwadronierte darüber, wie fade das Leben ohne ein Weib sein musste. Dabei saß Carragh auf seinem Schoß, und er erfreute sich an den Bewegungen ihres Hinterns. Dann begann er aufzuzählen, wer nun alles eine der Sklavinnen abbekommen hatte. „Da hätten wir den Olaf, der die Aelthdreda schon durch halb Britannien geritten hat", sagte er leicht lallend. Und alle begannen laut zu lachen. Auch die Genannten selbst! Dann sah er Raban an. „Mein Freund Raban hat die junge Angelsächsin bekommen. Wie war noch ihr Name?"

„Ermintrude", antwortete der kahlköpfige Sachse. Da schlug Einar auf den Tisch, so dass Carragh fast von seinem Schoß fiel. „Ja, ein junges Weib für meinen Freund, den treuen Raban!" Dieser nickte wenig erfreut, was dem Einar aber nicht auffiel. Dem Olaf aber schon!

„Dann haben wir noch unsere jungen Verliebten", rief Einar lachend, und zeigte auf Søde und Hrodwynn. „Und der Søde hat um sie gekämpft, und fast seine ganze Beute geopfert, um sie zu besitzen. Also, muss er raus aus dem Langhaus der Krieger." Einar erhob sich, und schubste Carragh von seinem Schoß. Dann ging er um den Tisch, und hinter dem jungen Krieger Søde blieb er stehen. „Wer ist noch der Meinung, dass der Søde ein eigenes Dach über dem Kopf benötigt?" Da stimmten alle lautstark zu. „Darum bekommst du eine der Hütten, die noch frei sind. Da könnt ihr in Ruhe…" Da wandte sich Einar um. „Na ihr wisst schon." Es wurde gejubelt, und angestoßen. Doch Einar war noch nicht fertig. Er sah die Aelthdreda an. „Stimmt es, dass eine der Sklavinnen keinen Herrn hat?" Da nickte das Weib.

„Ja, Jarl Einar, die Aethel gehört immer noch dir!" Da nickte Einar. „Dann hol sie mal her!" Aelthdreda nickte, erhob sich, und lief hinaus. Nach einer Weile kam sie mit der Aethel zurück. Diese war zwar keine Schönheit, aber ausgesprochen hässlich war sie auch nicht. Dafür war Aethel erst achtzehn Winter jung. Einar nahm wieder auf seinem Stuhl Platz. Er sah Aethel an, und grinste. „Ich bin der Jarl, und du gehörst zu meiner Beute! Ich kann mit dir also tun was ich will."

„Oh, mein Herr, das hast schon getan. Du vergisst hast?" Einar grinste, und für einen Moment kam ihm der Gedanke, er könnte dieses Weib später hinter dem Langhaus ficken. Doch noch wollte er sich dem Suff mit seinen Freunden widmen. Und dann war da ja auch noch Carragh.
Da hob Thure seine Hand. Einar sah eigentlich nur die Hand. Vor Thure saßen einige Leute, denn er saß am anderen Ende des langen Tisches. „Ich will sie!"
Thure erhob sich, und es dauerte einen Moment bis Ruhe eintrat. „Was hast du gesagt?", fragte Einar, denn er hatte bei dem Krach nichts verstanden.

„Ich will sie", rief Thure über den Tisch. „Wieviel willst du für sie?"

„Du willst sie?", fragte Einar noch einmal nach, und hob die Augenbrauen. „Ja, ich will Aethel, und ich will auch eine der Hütten", forderte Thure ruhig, aber bestimmt. Natürlich wusste der Jarl, was er an ihm hatte. Thure war wichtig, und Einar wusste, dass es besser war ihn bei Laune zu halten. „Bin ich dir weniger wert, als die anderen?", fragte der Mann mit den blauen Augen frech. Da sah Einar den Olaf an, und dieser nickte beipflichtend. Er beugte sich herüber zu dem Jarl. „Er hat den weitesten Blick im ganzen Fjord. Wir brauchen ihn. Das weißt du doch!" Da war es

Einar der zustimmend nickte, denn so war es. Dann erhob er sich erneut, trat zu der Aethel, und packte sie im Nacken.

„Da, sieh ihn dir gut an, Weib, er ist es der dich ab jetzt ficken wird. Du gehörst nun Thure!" Dann sah er den Ausguck des Wellenwolfes an. „Gut! Du gibst die gleiche Summe wie die anderen, und du sollst die letzte freie Hütte haben." Da nickte Thure ruhig, und war zufrieden. Er ging zu der Aethel, packte sie am Handgelenk und zog sie mit sich. Aethel wehrte sich zwar, aber ließ sich willig hinterher schleifen. Thure zog sie mit sich nach draußen, dorthin wo der kleine grasbewachsene Hügel war. Er warf sie vornüber auf den Hügel, schob ihr Kleid nach oben über den Hintern, packte sie mit einer Hand im Nacken, mit der anderen öffnete er die Schleife an seiner Hose, und ließ diese über die Hüften herunterfallen. Dann drang er in sie ein, und stieß kräftig zu. Aethel spürte den Mann natürlich in sich, und sie kämpfte dagegen an, dabei entzücken zu fühlen. Doch je mehr Thure zustieß, umso mehr begann es ihr zu gefallen was der Kerl tat. Die Abscheu begann zu weichen, und Aethel empfand plötzlich Lust. Bevor er fertig war, zog Thure heraus, denn schwängern wollte er die Sklavin nicht. Sie sank auf das weiche Gras, und stöhnte leise.

Nun überkam sie Scham. Größte Scham darüber, dass sie Lust empfunden hatte. Wie konnte sie nur? Er hatte sie doch mit Gewalt genommen. Doch der Mann war nicht hässlich, besonders seine blauen Augen zogen sie in ihren Bann, und sie war nun seine Sklavin. Was hätte sie dagegen schon tun können?

Das Leben als Sklavin war meist nicht besonders lang, es bestand aus harter Arbeit, und jeder Kerl konnte sich sowieso an ihnen vergehen, wie es ihm beliebte. Doch die Aelthdreda zeigte, dass sie auch als Sklavin ein gutes Leben haben könnte, wenn sie sich in ihr Schicksal ergab. Dreda lebte bei Olaf sogar das Leben einer normalen Ehegemahlin, und sicher würde er sie irgendwann noch zu seinem Weib machen. Diese Gedanken änderten plötzlich ihre ganze Einstellung. Denn auch ihre kleine Schwester Hrodwynn konnte mit dem jungen Kerl von Glück reden, und überhaupt schien es den Sklaven auf der Insel Jarl Einars gut zu gehen. Viele der Ehefrauen schienen als Sklavinnen hierhergekommen zu sein. Sie legte sich rücklings auf den Hügel, und sah dem Thure in seine blauen Augen.

Den Rest des Abends verbrachte Aethel an Thures Seite in der Halle, und sie tat es den anderen Weibern gleich. Die Sklavin betrank sich, und ließ sich auf ihren neuen Mann ein.

*

Mit fester Stimme hatte der Jarl von Levanger über den Platz am Hafen gerufen: „Stendal, aus dem Beitstadfjord hat sich mit seinen Schiffen wohl verfahren, denn er glaubt tatsächlich auf unserer Insel Räubern zu können. Doch dies werden wir dem Lumpensohn schon austreiben. Soll er heimschwimmen, damit es ihm eine Lehre ist! Da Odin ihn nicht bestraft, tun wir es!"

Die Umstehenden begannen zu jubeln. „Der Gemahl meiner Tochter Astrid wird diese Steinkjerbrut in den Ladefjord zurückjagen!" Und wieder wurde gejubelt, und Asbjörn hob Brekas Arm in die Höhe.

„Das bedeutet wohl, dass du hier nicht das sagen hast, Grimbart Rotnase!" Einer der Krieger, ein kleiner, recht kräftig gebauter Mann, mit breitem Vollbart, lehnte sich auf die Reling der Schnigge mit dem Banner von Levanger. Der angesprochene hatte ebenfalls einen prächtigen roten Bart, und lange, lockige Haare. Er sah recht wild aus, und seine Nase machte seinem Beinamen alle Ehre. Er war eigentlich einer der Hauptmänner von Levanger, und hatte damit gerechnet den Oberbefehl über die Flotte zu erhalten. „So ein hergelaufener Scheißkerl raubt mir mein Kommando", brummte Rotnase verärgert. „Glaubt Asbjörn, dass ich mir das bieten lasse?"

„Hör doch auf zu reden. Du kannst gar nichts dagegen machen. Hast doch gehört, dass es ein Gesippe des Jarls ist", warnte der kleine Mann. „Ist deine Sehnsucht nach Walhalla so groß, Grimbart?" Da wandte sich der Hauptmann von der Zwergengestalt ab. „Ach, halt doch dein Maul, und prüf besser die Taue!"

„Und nun geht auf die Schiffe, und zeigt dem Eindringling, wem Ytteroya gehört", rief der Jarl von Levanger laut, und die Krieger sammelten sich auf ihren Schiffen. So kamen auch die zwanzig Männer auch auf Brekas Schnigge. Sie stellten ihre Seekisten ab, und hängten ihre Rundschilde an die Bordwände. Breka hatte nun sechsundzwanzig Krieger an Bord, mit denen er in den Kampf ziehen konnte. Der Mann mit dem hellbraunen Haar sprang auf den Mastfisch, hielt sich am Mast fest und rief: „Ich bin Breka Borkasson, und ich war der Jarl der Götaburg. Nun aber bin ich hier im Trøndelag, und kämpfe für den Vater meines Weibes. Ich bin der Mann dem ihr folgen werdet!" Brekas Stimme dröhnte über die Schiffe hinweg.

„Wer dies nicht will, der soll hierbleiben!" Breka sah sich um, doch niemand verließ sein Schiff. „Gut", rief er laut.

„Dann, mit Odins Heil und für Jarl Asbjörn, jagen wir sie in ihren Gau zurück!"

*

Die Überfahrt nach Ytteroya dauerte nicht lang. Es war noch recht früh am Morgen, als die vier Schiffe des Jarls ablegten, und den Hafen von Levanger verließen. Und die Sonne stand noch lange nicht im Zenit, als sie vor der

Südküste der Insel ankamen. Die Insel war viel größer als Tautra, doch von der Form glichen sie sich. Es gab die große Hauptinsel, und eine kleinere Insel die man Hok nannte, und beide waren durch eine Landbrücke verbunden. Nun aber galt es das Lager der Eindringlinge zu finden. Einer der Krieger trat zu Breka, und sprach: „Ich bin Odi Broksson, und ich könnte mir vorstellen, wo der Stendal lagert."

„Nun Odi, das ist gut, denn ich habe überhaupt keine Idee, wo er sein könnte. Also sprich!"

„Er kommt aus dem Beitstadfjord, also wird er sich an der Nordküste einen passenden Platz gesucht haben. Wenn ich Stendal wäre, würde ich auf Hok, dem kleinen Teil der Insel, mein Lager aufschlagen. Dies wäre sicher ein guter Ausgangspunkt, um Ytteroya zu überfallen."

„Gut, segeln wir nach Osten um die kleine Insel herum", befahl Breka, und Olf gab den Befehl an Thorbart weiter. Asgrim blies das Signal, und so nahmen die Schiffe Kurs nach Osten. Die vier Großsegler mit dem Banner des Jarls von Levanger umschifften den kleinen Teil der Insel. An einem Kiesstrand direkt gegenüber der Einfahrt in die schmale Wasserstraße, die in den Beitstadfjord führte, befahl Breka die Schiffe an Land. Vom Lager des Stendal war hier nichts zu sehen, doch Breka hatte sowieso nicht vor, von den Schiffen aus anzugreifen. Denn hier, an diesem Punkt musste er auf jeden Fall wieder vorbei, wollte er in den Beitstadfjord heimkehren. Stendal, der Jarl von Steinkjer, sollte spätestens dann eine böse Überraschung erleben.

Der Strand war nicht breit, und ging direkt in eine sattgrüne Wiese über, die an einen Wald grenzte. Hier schlugen sie ihr Lager auf. Und dann schickte Breka seine Späher aus, um in Erfahrung zu bringen, wo sich die Eindringlinge aufhielten. Zuerst suchten sie die Bauern auf Hok auf. Hier war das

Gejammer und Wehklagen groß. Auf einem Hof hatten sie den Bauer aufgehängt, weil er sich weigerte ihnen zu geben was sie verlangten. Einem anderen hatten sie die drei Töchter verschleppt. Und der dritte Bauer auf der kleinen Insel, musste mit ansehen, wie sein alter Vater erschlagen wurde. All dies ließ in Breka Zorn aufkommen. Und auch die Späher die bereits in Ytteroya gewesen waren, brachten ähnliche Nachrichten in das Lager. Dann kam einer zurück, mit der Nachricht, er habe das Lager des Jarls von Steinkjer gefunden. Inmitten der Insel, am Rand eines Waldes, hatten die Eindringlinge es sich bequem gemacht. „Von dort aus, können sie schnell alle Höfe erreichen, um diese zu plündern", sagte der Mann verärgert, denn er selbst hatte Gesippen auf der Insel. „Gut, dann machen wir uns auf den Weg", entschied Breka sofort. Er gab den Befehl an Asgrim weiter, und dieser blies das Signalhorn zum Sammeln. Die Krieger kamen zusammen, und Breka wählte ein paar gute Männer aus, die als Schiffswachen zurückblieben. Dazu nahm er diejenigen, die kaum Rüstzeug hatten. Dies hatten nämlich nicht alle. Wer einen Helm oder ein Kettenhemd besaß, sollte kämpfen. Dazu kamen die, die man ihm als gute Kämpfer empfahl, denn er kannte die Männer ja noch nicht. So zog er mit mehr als sechzig Kriegern über die Landbrücke nach Ytteroya, um den Jarl Stendal zum Kampf zu fordern. Der Späher, der das Lager entdeckt hatte, ging voraus. Das kleine Heer Brekas folgte ihm. Der Anführer und sein Hauptmann Asgrim aber gingen neben dem Späher. „Wie lagern sie? Gibt es vielleicht eine Möglichkeit unbemerkt nah heran zu kommen?"
Der Krieger zuckte unwissend mit den Achseln. „Vielleicht von Norden durch den Wald", antwortete der Mann. Da begann Breka zu grinsen. Ja, er konnte auf der Wiese mit der geballten Macht auf den Feind zu stürmen. Aber er konnte dem Feind auch eine schöne Überraschung bereiten.

Diese Art von Kriegsführung hatte er einst von Jarl Einar gelernt, der meistens tat, was der Gegner nicht erwartete, und sich so Vorteile in der Schlacht schaffte. Also teilte Breka sein Heer in zwei große Horden auf!

Die eine Hälfte marschierte unter dem Befehl des Asgrim an der Nordküste der Insel entlang, bis sie den Wald erreichten. Die andere Hälfte folgte dem Breka über den Weg, der sich über ganz Ytteroya zog. Vorbei an Wiesen und Feldern, an Höfen, die menschenleer schienen, weil sich die Bewohner aus Angst irgendwo verbargen. Und als sich die Sonne dem Zenit näherte, dies war als Zeit des Angriffs ausgemacht, wurde Brekas Heer von Stendals Kriegern entdeckt. Ein Hornsignal ertönte, welches auch Asgrim vernahm. „Sie haben unsere Krieger wohl entdeckt", stellte Asgrim grinsend fest. „Dann wird es gleich losgehen! Bringen wir uns in Stellung, aber ruhig." Die Krieger verteilten sich, und betraten den Wald, um diesen zu durchqueren. Als sie den Rand des Hains erreichten, konnten sie das Lager des Jarls von Steinkjer sehen, und verbargen sich im Unterholz. Dort warteten sie auf den Angriff von Brekas Kriegern. Doch in dem Lager wurde es jetzt unruhig. Ein Späher hatte den Zug der Krieger um Breka, auf der Straße von Ytteroya erblickt, und Alarm geschlagen. Das Signal ertönte immer wieder durch das Lager! Der Jarl stürzte aus seinem Zelt, und lief aufgeregt umher. Er suchte seinen Hauptmann!

Der versuchte jedoch seine Krieger herbeizurufen, denn diese waren im ganzen Lager verteilt, und mit einem Angriff hatten sie nicht gerechnet. Sie waren der Fuchs im Hühnerstall, doch plötzlich stand dem Fuchs ein großer zähnefletschender Hofhund gegenüber!

Breka marschierte mit den Kriegern vor das Lager, und dort warteten sie darauf, dass der Feind reagieren würde.

„Warum greifen wir sie nicht an?", fragte Olf kampfgierig und bereit. „Noch nicht, mein Freund! Sie sollen sich erst sammeln." Dann zeigte er nach oben zum Himmel. „Erst wenn die Sonne am höchsten steht." Es dauerte nicht lange, und die beiden Heerscharen standen sich gegenüber. Breka trat vor, und mit ihm zwei Krieger. „Jarl Stendal", rief er den Namen des Anführers der Eindringlinge. „Ich bin Jarl Breka, der Schwiegersohn des Asbjörn. Kann es sein, dass du dich mit deinen Schiffen verirrt hast? Denn hier gehörst du nicht her!" Da kam ein Pfeil geflogen, doch Breka riss seinen Schild empor, und die Wundbiene schlug in das Holz. Breka aber blieb ruhig, denn er wusste ja welche Überraschung auf die Feinde wartete. Mit etwas mehr als vierzig Kriegern standen sie den zweiunddreißig Kriegern des Breka gegenüber, und wähnten sich natürlich in der Übermacht. Da sah Breka seinen Gefährten Olf an, und nickte. „Los, gib das Signal!" Olf setzte das Horn an seine Lippen, und blies das Angriffssignal. Doch damit waren nicht die Männer an seiner Seite gemeint, denn diese hörten auf Brekas Befehle. „In Reihe, Männer!" Die Krieger stellten sich nebeneinander, Schild an Schild, und rückten auf den Feind vor. Und Stendal wollte das Gleiche tun, doch da bemerkte er, dass sich hinter ihm etwas zusammenbraute. Es kamen Krieger durch das Lager gestürmt, die nicht seine Krieger waren, und diese fielen ihnen in den Rücken. Er war in eine Falle getappt!

Nun wussten die Krieger aus Steinkjer nicht mehr wohin sie gehen sollten, also gab Stendal den Befehl zum Angriff. Die Reihe der Krieger löste sich auf, und diese stürmten auf Brekas Männer zu. Erst prallten die Schilde aufeinander, und dann klirrte das Eisen. Breka kannte die Kampfkraft seiner Männer nicht, wusste nicht ob sie mutig waren oder doch eher gleichgültig zu Werke gingen. Doch was er sah, gefiel ihm gut! Sie kämpften für ihren Jarl, für ihre Heimat, und dies schienen sie zu wissen. Den Befehl Jarl Stendal zu schonen, hatte Breka wohl ausgegeben. Doch ob sich die

Krieger an die Befehle halten würden, konnte der Anführer nicht wissen. Nur hoffen!

Auch einen zweiten Pfeil konnte Breka mit dem Schild abfangen, bevor er ihm in den Körper schlug. Und dann riss er sein Schwert empor, und stürzte sich in den Tumult der Kämpfenden. Er sah einen seiner jungen Kämpfer in arger Bedrängnis, stand aber günstig für einen Hieb. Die Spitze seines Schwertes fuhr dem Gegner über den Rücken, und zerschnitt seine Tunika. Er schrie auf, und ließ von dem jungen Krieger ab, auf den er gerade einschlug. Und dieser junge Kerl wusste, was er tun musste. Er stieß mit dem Schwert zu, und Breka sah wie die Schwertspitze, aus dem Rücken des Mannes trat. Sofort suchte er sich einen neuen Gegner, und schlug auf diesen ein. Und dann sah Breka plötzlich, wie zwei seiner Krieger heftig auf Jarl Stendal einschlugen. Es war klar, dass dieser nicht mehr lange durchhalten würde. Hilfe von seiner Leibwache war nicht zu erwarten, denn diese waren mit anderen Gegnern im Kampf. Aber da gab es den Befehl des Jarl Asbjörn, den Jarl aus Steinkjer in jedem Fall zu schonen. Also stürmte der Anführer zwischen die Kämpfenden. „He, habt ihr den Befehl vergessen. Hört auf, Männer", rief Breka den beiden zu. Doch der große, und auch der viel kleinere Krieger hörten ihn nicht, und bedrängten den Jarl von Steinkjer immer weiter. Es kam soweit, dass Breka die Schläge mit seinem Schwert abfangen musste, denn dem feindlichen Jarl schwanden sichtlich die Kräfte. Da erst wurde der größere der beiden Krieger auf ihn aufmerksam. „Du elender Verräter! Ich habe mir sowas schon gedacht", rief der Kerl mit der roten Nase im Gesicht. Und dann schlug er auf Breka ein. Der Gemahl der Astrid riss seinen Schild in die Höhe, und die Klinge schlug ihm eine Kerbe in den Rand. Verärgert über den Angriff des eigenen Kriegers, schlug Breka nun gnadenlos unter dem Rundschild hindurch, und traf Grimbart Rotnase an der Hüfte. Seine Tunika färbte sich an der Stelle sofort dunkel, und er jaulte vor Schmerz auf. Der Kerl ließ seine Deckung sinken, und dies war sein letzter Fehler. Der Schlag mit der scharfen Klinge traf ihn nah am Hals in der Schulter. Blut sprudelte aus der Wunde, er riss seine Augen weit auf, und er fiel zu Boden. Dann blickte Breka den kleineren der Krieger streng an, so dass dieser auf seinen gefällten Gefährten hinabsah, und sich von Stendal zurückzog. „Los, komm schnell!" Breka fasste den Jarl bei seinem Ärmel, und zog ihn mit sich, heraus aus dem Kampfgetümmel.

Ohne darüber nachzudenken, folgte der erschöpfte Jarl von Steinkjer dem Mann mit dem Brillenhelm. Schließlich hatte der Kerl ihn gerettet! Sie zogen sich zu den Zelten zurück, während der Kampf weiter tobte. „Mann, ich danke dir", sagte Stendal schwer atmend. „Ich stand an Odins Schwelle, doch du hast mich gerettet!" Da nahm Breka seinen Helm vom Kopf, und schlug damit zu. Der Jarl von Steinkjer fiel sofort zur Seite, und rührte sich nicht mehr. „Du solltest dich nicht zu früh freuen." Er sah sich um, und suchte nach Seilen oder Lederriemen, um den Gefangenen zu fesseln. Und er fand wonach er suchte.

Kurz darauf lag der Jarl gut verschnürt auf dem Boden des Zeltes. Breka steckte kurz den Kopf heraus, und suchte nach Olf oder Asgrim. Und er fand den Stevenhauptmann, der in der Nähe des Zeltes kämpfte. „Olf", rief er hinüber. „Komm hierher!" Der Krieger hörte zuerst nicht, und schlug mit der Axt zu, so dass sein Gegner fast eine Hand verlor. Erst danach wandte er sich um, und sah den Kopf seines Anführers aus dem Zelt lugen. Axt schwingend bahnte er sich einen Weg zu dem Zelt, und trat ein. „Oh, wen haben wir denn da", bemerkte er grinsend, den Anführer der Feinde, der gut zusammengeschnürt, tief und fest schlief.

„Wir sollten ihn bewachen", sagte Breka. „Ich will nicht, dass der Mistkerl noch entkommt."

„Wie kommt der denn hierher?"

„Ich musste einen der unseren erschlagen, der nicht von ihm abließ", erklärte der einstige Jarl der Götaburg. „Und da hat der da geglaubt, du wärest sein Freund?", mutmaßte Olf richtig. „So ist es!" Breka konnte sich ein Grinsen nicht verkneifen.

Es dauerte nicht mehr lange, da wurde der Kampflärm leiser. Die Schlacht verlagerte sich nach Norden, denn die Krieger des Breka, drängten die Krieger des Jarl Stendal in den Wald, und bald darauf, versuchten die ersten von ihnen ihre Schiffe zu erreichen. Das Schicksal ihres Jarls schien ihnen dabei egal zu sein, denn bald schon schoben sie die Schiffe zurück in die Fluten des Fjordes. Asgrim und die Krieger standen lachend und jubelnd auf dem Strand. Doch der Hauptmann des Breka erkannte sofort, dass die Schiffe nach Westen segelten, obwohl der Beitstadfjord doch im Nordosten lag. „Die kommen wieder", sagte Asgrim. „Los zurück! Suchen wir Breka!"

Olf hatte den gefesselten Jarl bereits ins Freie gebracht, und wartete nun darauf, was geschehen sollte. Breka und zwei andere halfen den Verwundeten, bis die Krieger wieder im Lager ankamen. Dann gab der Anführer den Befehl abzurücken. Es war Asgrim, der neben den Breka trat. „Wir sollten uns beeilen, um unsere Schiffe zu schützen. Ich befürchte, sie wollen um die Insel segeln, und unsere Schniggen angreifen." Da horchte Breka auf. „Gut, nimm zwanzig Krieger, und lauft voraus. Schützt unsere Schiffe!"

„Wer, beim Arsch der Hel bist du?", machte sich nun Stendal bemerkbar, der wie ein Ochse von Olf an der Leine geführt wurde. Seitdem er erwacht war, hatte er beleidigt geschwiegen, und nun, nach dem sie fast die Landbrücke nach Hok erreicht hatten, brach er sein Schweigen. Breka wandte sich um, und grinste den Gefangenen an.

„Ich bin Breka Borkasson, der Schwiegersohn des Asbjörn, und dem hast du es zu verdanken, dass du noch atmest, Jarl von Steinkjer. Du kannst dich bald bei ihm persönlich dafür bedanken!"

Die Befürchtung des Breka schien sich zu bewahrheiten, denn als Asgrim mit den Kriegern den Lagerplatz erreichte, stand bereits eines der Schiffe in Flammen. Vom Wasser aus, beschossen die Feinde die Schiffe mit Brandpfeilen, während die Schiffswachen mit Eimern versuchten, dass schlimmste zu verhindern. Und nun, da Asgrim mit den Kriegern auf den Strand stürmte, konnten sie sich endlich zur Wehr setzen. Und die Schiffe mit den gesetzten Segeln boten natürlich eine größere Fläche für Brandpfeile. Und so erwiderten die Krieger von Levanger den Beschuss mit brennenden Wundbienen. Dies zwang die Angreifer zum Rückzug, und so nahmen sie Kurs auf die Seestraße in den Beitstadfjord.

*

Es war Winfried von Burke, der von einem Treffen mit König Grjotgard nach Tautra zurückkehrte, und der in die Jarlshalle kam, um seinem Neffen zu sehen. Er brachte Neuigkeiten auf die Insel, so wie es auch die Händler taten. Einar bat seinen Oheim Platz zu nehmen, und rief nach einer Sklavin, die etwas zu trinken bringen sollte. Es war Aethel, die heraneilte, und Becher sowie einen Krug auf den Tisch stellte. Verwundert sah der Jarl die junge angelsächsische Sklavin an. „Hatte ich dich nicht dem Thure gegeben?" Der Jarl verstand nicht, warum sie in der Jarlshalle war, da sie doch nicht mehr zu seinem Hausstand gehörte. Aethel

309

antwortete nicht, und verschwand wieder. Der Jarl schüttelte seinen Kopf. „Das kläre ich später!"

„Ich soll dir die Nachricht überbringen, dass Grjotgard dich zu sich rufen lässt", erzählte Winfried, und zog nun die Aufmerksamkeit seines Neffen auf sich. Dieser sah seinen Oheim fragend an, und wartete auf eine Begründung.

„Es gibt im Osten einen Streit zwischen drei Jarls des Fjordes. Es soll sogar schon zu Kämpfen gekommen sein." Jarl Einar war über diese Nachricht ziemlich überrascht, denn er hatte von Streitigkeiten bisher nichts gehört. „Es soll um die Insel Ytteroya gehen, die wohl zu Jarl Asbjörns Herrschaft gehört", fuhr Winfried fort. „Nun soll diese aber von Jarl Stendal überfallen worden sein." Da begann der Sachse zu lachen. „Der hat sich aber einen blutigen Kopf geholt. Der Schwiegersohn des Asbjörn, ein gewisser Breka, soll die Insel befreit haben!" Da horchte Einar auf. „Breka, sagst du! Bist du sicher?"

„Aber ja, ich bin doch nicht vergreist, Junge! Der Name war Breka, der Gemahl der Astrid!" Da staunte Einar nicht schlecht. „Breka ist in Levanger? Das wundert mich doch sehr."

„Du kennst diesen Breka?", fragte Winfried erstaunt. Jarl Einar nickte. „Oh ja, ich kenne ihn! Er war einmal wie ein Bruder für mich. Ich rettete ihn im Reich der Franken aus der Sklaverei, da war er fast noch ein Kind. Und ich nahm ihn auf und machte einen Krieger aus ihm. Doch in Ranrike trennte uns die Gunst König Ragnars. Er gab ihm sogar einen Jarlstitel, und nahm mir so meinen Freund." Die bitteren Worte zeigten dem Winfried, dass sein Neffe noch nicht mit dieser Geschichte abgeschlossen hatte.

„Na, jedenfalls ist dein Freund nun im Trøndelag, und kämpft für einen gewissen Jarl Asbjörn. Und wie du dir sicher vorstellen kannst, gefällt es Grjotgard überhaupt nicht, wenn sich seine Jarls gegenseitig ihre Schädel einschlagen." Einar nickte. „Aber was habe ich damit zu tun?"

„Na, was wohl? Der König vertraut dir, und will, dass du den Streit beendest", sagte Winfried von Burke, und schien stolz auf seinen Neffen zu sein. Denn er hatte viel von seiner Treue dem König gegenüber erfahren. Und von der Königin hatte er auch die Geschichten gehört, die Grjotgard und Einar einst entzweit hatten. Und dies gefiel ihm noch mehr, denn er sah, dass sein Neffe auch verzeihen konnte.

„Du solltest deinen Wellenwolf seeklar machen, und nach Lade reisen", schlug der alte Sachse vor. „Gut, wenn der König ruft, sollte ich dem Ruf wohl folgen", sprach Einar nickend.

Währenddessen befand sich der Jarl von Steinkjer nun seit acht Tagen in Jarl Asbjörns Gefangenschaft. Das Verlies befand sich etwas seitlich des großen Platzes, und war nicht besonders angenehm. Ein steinerner Ring, der nicht höher als bis zu den Knien reichte, wies auf den unterirdischen Kerker hin. Denn dies war lediglich ein tiefes Loch im Boden, verschlossen mit einem Gitter. Einst mühsam von Sklaven in den felsigen Boden gehauen. Hier ließ Asbjörn seinen Feind erst einmal schmorren. Am neunten Tag holten Krieger den Jarl aus dem Loch, und brachten ihn in die Kammer eines Langhauses. Diese wurde verschlossen, und zwei Wächter bezogen vor der Tür Stellung. Dann kamen Sklavinnen, die den Gefangenen wuschen, und ihm die Haare kämmten. „Du sollst aussehen, wie ein Mensch, wenn du vor unseren Jarl trittst", sagte der Hauptmann, der die Sklavinnen begleitete. Jede der Frauen hatte einen Eimer mit heißem Wasser bei sich. Diese stellten sie ab, und begannen den Stendal vollständig zu entkleiden. Die Tage in dem Loch hatten ihm sehr zugesetzt. Obwohl es noch Sommer war, waren die Nächte in dem tiefen, klammen

Felsverlies kalt und ungemütlich. Sie begannen ihn zu waschen, vom Kopf bis zu den Füßen. Danach schoren sie ihm den Bart. „Wage es nicht meinen Bart ganz abzuschneiden, Weib", drohte der Jarl, und der Hauptmann, den die Sklavin ansah, nickte nur. So schnitt sie den Bart nicht ganz ab, und fing an ihn stattdessen auszukämmen. Am Abend führten sie den Jarl von Steinkjer dann in die Halle, die gut gefüllt war. So dauerte es einen Moment, bis Asbjörn sprechen konnte. „Mir ist zu Ohren gekommen, dass der König über unseren Streit nicht sehr erfreut ist", begann der Jarl von Levanger zu sprechen. „Und ich will ihn nicht noch mehr erzürnen, nur weil du dreckiger Lump meine Insel überfallen hast." Der Jarl von Levanger war ziemlich erbost. „Mich wundert es nur, dass du feiger Hund dich nicht mit Jarl Kolbjörn von Stiklestad zusammengetan hast, um mich zu überfallen", rief er laut in die Halle. Da lachte Stendal auf. „Feiger Hund ist der richtige Ausdruck für den, denn er hat sein Versprechen gebrochen, mir zu folgen."

„Also doch", grunzte Asbjörn verärgert. „Und ihr habt tatsächlich geglaubt, ich lasse euch meine Insel plündern? Du elender Troll, glaubst du hättest einen Anspruch auf Ytteroya? Das Einzige worauf du hier in Levanger einen Anspruch hast, Jarl Stendal, ist die scharfe Schneide einer Axt. Und darüber werden wir zu Gericht sitzen!" Asbjörn erhob sich von seinem Hochstuhl, und rief laut: „In zwölf Tagen wird der Mond seine volle Rundung erreichen. Dann treffen wir uns zum Thing, und werden über die Strafe für unseren Feind entscheiden!"

*

17. FRIEDEN STIFTEN

Für die Carragh war es nicht einfach sich in Sørhamna zurechtzufinden. Sie war eine Fremde, und für viele nur eine Sklavin. Dass sie mit dem Jarl das Bett teilte, machte sie höchstens zu seiner Konkubine, nicht mehr. So wie es Ilva zu Zeiten der Jarlsgattin Alma war! Das Ilva verschwunden war, ließ zusätzliches Gerede aufkommen, und nicht wenige glaubten, der Jarl hätte die schöne Gemahlin vielleicht wegen der Sklavin getötet und dann beiseitegeschafft. Dass er dies als Jarl gar nicht musste, bedachten sie dabei nicht. So verbreitete sich der Tratsch wie ein Lauffeuer auf dem Markt und in den Hütten und Langhäusern von Tautra. Doch es gab niemanden in der Siedlung, der es wagte dies laut auszusprechen.

Der Jarl hatte den Verlust seines Weibes, und auch den seiner Schwester eher verärgert zur Kenntnis genommen. Und es schmerzte ihn der Verlust seiner großen Geldkatze wesentlich mehr, denn diese war zu dem Zeitpunkt des Diebstahls besonders gut gefüllt. Schließlich hatte der Kriegszug dem Jarl einiges eingebracht. Und ein Teil davon, befand sich in diesem Geldbeutel.

Raban hatte ihm gesagt, er solle den Verlust als Gabe für Ilva sehen, die ihm ja schließlich Kinder geschenkt hatte. So war er ihr nichts schuldig geblieben.

„Mein Jarl, sie hat dir die Kinder hiergelassen, so verlierst du nicht deine Familie", erklärte Raban, wie er die Sache sah. „Was sollte sie auch mit den Kindern auf See?", fragte Einar dagegen. Da verzog der kahlköpfige Sachse sein Gesicht, und musste dem Jarl zustimmen.

„Mein Freund, du kannst es sehen, wie du willst. Aber die Wahrheit ist, sie hat mich bestohlen. Sie oder meine üble Schwester!" Da meldete sich Olaf zu Wort.

„Du weißt, wo du sie suchen musst, wenn du zurückwillst, was sie dir gestohlen haben?" Jarl Einar sah ihn an. „Oh ja, das weiß ich, mein Freund. Aber ich will es nicht! Sollen sie es behalten, und nie wieder hierherkommen."

Mehrmals am Tag ging Einar in das Jarlshaus zu seinen Kindern, die bei der Sif in guten Händen waren. Carragh aber sträubte sich, sofort zu den Kindern ins Haus zu gehen. Schließlich war das Schlaflager in dem Raum hinter der großen Halle breit, und es war das Bett eines Jarls! Mit sehr bequemen, strohgefüllten Matratzen darauf. Und Jarl Einar gefiel die Zweisamkeit mit der Keltin recht gut. Er musste sich wirklich eingestehen, dass er Ilva in keiner Weise vermisste. Ihr Verhalten in Britannien hatte ihn doch sehr abgestoßen, und so hatten die Nornen wohl wieder einmal an seinem Schicksal gewebt.

Die Keltin war sehr geschickt in Liebesdingen, und kannte Sachen von deren Existenz der Jarl nicht einmal geträumt hatte. Bereits Ilva war eine gute Liebhaberin, über die sich Einar nicht beschweren konnte, doch Carragh übertraf sie bei weitem. So lag Einar wieder erschöpft in dem großen Bett mit den fein geschnitzten Bettpfosten. Die Flammen der Fackeln an den Wänden flackerten, und Kerzenlicht beleuchtete den Raum spärlich. Es war früh am Morgen, doch Einar war nicht mehr müde. Am vorausgegangenen Abend hatte der Jarl seine Gefolgschaft in die Halle gerufen, um der Besatzung von der Reise nach Lade zu erzählen. Und wie er es erwartet hatte, zeigten sich alle einverstanden, die kurze Reise mitzumachen. Doch die Worte des Winfried hatten den Jarl gewarnt, und so beschloss er noch einige von den jungen Kriegern mit an Bord des Wellenwolfes zu nehmen. Er bestimmte den nächsten Tag für die Abreise,

ließ sich die Nacht mit der Carragh aber nicht nehmen. Diese genoss er ausgiebig, denn er konnte ja nie wissen, ob es die letzte Nacht mit ihr sein würde, bevor er nach Walhalla gerufen würde. Daher musste der Jarl am nächsten Morgen auch geweckt werden. Es war Polk, der aus der Jarlshalle in den Wohnraum getreten war, wo das große Schlaflager jeden Blick auf sich zog. „Herr, du musst dich erheben", sprach der Obodrite laut. „Der Hafen füllt sich bereits mit der Besatzung des Wellenwolfes." Da schlug Einar die Augen auf, und sah seinen treuen, langjährigen Leibsklaven an. „Äh…", räusperte er sich, und hob seinen Oberkörper aus den Fellen, die das Bett und seinen nackten Körper bedeckten. Einar wischte sich die Augen, und sah auf den nackten Körper seiner Gespielin, die immer noch tief und fest schlief. Einar nickte dem Polk zu, und hob seine Beine aus dem Bett. Der Obodrite hatte ihm seine Kleidung und die Waffen bereits zurechtgelegt. Einar schlüpfte in seine Beinkleider, und ging aus dem Raum, durch die Halle ins Freie. Seitlich des mächtigen Gebäudes stand eine große Pferdetränke. In der wusch sich der Jarl gründlich, und tauchte seinen Kopf in das kühle Wasser. Danach begab er sich zurück in den Schlafraum, wo er sich abtrocknete und mit dem ankleiden begann. Inzwischen war auch Carragh erwacht, und hatte sich erhoben. Eigentlich machte ihr nackter Anblick dem Jarl schon wieder großen Appetit, doch die Blicke des Polk ließen den Jarl nach seiner restlichen Bekleidung greifen. So setzte er sich auf dem Bett nieder, und begann seine Wadenwickel anzulegen. Nach dem er diese verknotet hatte, zog er seine Hirschlederschuhe an. Carragh legte ihre Hände auf Einars Brust. „Du, meine Liebe, komm zurück zu mich!"
Sie küsste ihn, wandte sich um, und reichte ihm sein Hemd, welches Einar überzog. „Polk, bring meine Seekiste zum Schiff", befahl der Jarl, und der Sklave nickte.

Als Jarl Einar die Schildhalle von Sørhamna verließ, trug er sein Kettenhemd, auf seinem Rücken den schwarzen Rundschild mit der weißgerahmten roten Sonne, den Helm unter dem Arm, und seinen Speer in der Hand. Mit der schönen Carragh an seiner Seite ging er zum Hafen, wo zu seiner Verwunderung bereits die Sif mit den Kindern wartete. Freudig schloss der Jarl seine Tochter Thorvi in die Arme. Der junge Søde trat heran. „Gib mir deine Sachen, Jarl, ich bringe sie an Bord." Da reichte ihm Einar den Helm, seinen Schild und den Speer. „Danke Søde", bedankte sich der Jarl, und hatte nun seine Hände frei für die Kinder. Ulf umarmte seinen Vater, und bot an, ihn zu begleiten. Und auch Thorvi drängte sich ihm als Reisegefährtin auf. Da sah Einar die obodritische Magd Sif an. „Ich brauche bald keine Mannschaft mehr", er begann zu lachen. Doch Thorvi war es wirklich ernst, mit ihren zehn Wintern wollte sie unbedingt auf See. Fleißig übte sie mit ihrem Holzschwert den Kampf. Nicht mehr lange, und Einar würde ihr ein richtiges Schwert schmieden lassen müssen. Lehrmeister für die Thorvi gab es ja genügende! Einar war davon überzeugt seine Kinder in wenigen Tagen schon wiederzusehen, und so begab er sich guten Mutes an Bord des Wellenwolfes. Die Leinen wurden losgemacht und an Bord geworfen. Drei Sklaven stießen das große Schiff vom Steg ab. „Ruder!" Der Befehl des Olaf hallte über das Boot, langsam senkten sich die Ruderpinne in die dunklen Fluten. Die Ruderer setzen sich auf ihre Seekisten, und der Stevenhauptmann gab den Takt vor. Kjelt der Steuermann manövrierte den Wellenwolf aus dem Hafen. An Land wurde gejubelt, und an Bord wurde gesungen, denn Kjelt hatte mit seiner tiefen Stimme ein Ruderlied angestimmt.

Jarl Einar gab den Befehl an der Küste der Halbinsel Frosta entlang zu segeln, und dies nicht ohne Grund. „Warum diesen Umweg, Einar?", hatte Olaf gefragt, und Raban hatte ihm statt des Jarls geantwortet: „Kannst du dir das nicht denken, Olaf? Der Drachenhof!" Erst da verstand Olaf den Grund des Umwegs. Doch an der Küste von Fylke konnte der Jarl nicht erkennen, wonach er suchte. Einar stand an der Reling der Backbordseite, und sah zum Land hinüber. Jedoch waren die Kiefern auf der Landzunge so hochgewachsen, dass er den Drachenhof nicht erkennen konnte. Anlanden wollte er nicht, und so folgten sie der Küste von Frosta weiter nach Lade. Sie ließen die kleinen Anlegestege an der Küste hinter sich, und erreichten die Mündung der Nidälv.

Kjelt kannte den Weg zum Hafen, und Olaf ließ das Segel einholen. So ruderten sie den Fluss entlang, bis sie den Hafen der Königsstadt erreichten.

Der Hafen von Lade war mit unzähligen Schiffen gefüllt, und die Suche nach einem Anlegeplatz blieb ergebnislos. Olaf stand am Vordersteven, und rief einem Mann auf dem Steg zu, dass Jarl Einar Gast des Königs sei. „Bist du der Hafenhauptmann?", fragte Olaf den Mann. „Der bin ich", antwortete der Hafenhauptmann. „Dann sorge für einen Liegeplatz. Der König erwartet meinen Jarl!" Olaf wurde nun zornig.

„Hier ist kein Platz! Verschwindet!" Diese Antwort ließ Olaf fast platzen. „Gib uns einen Platz im Kriegshafen", rief Olaf wütend dem Mann entgegen. Dieser aber winkte ab, und verschwand. Und so musste der Wellenwolf den Hafen wieder verlassen, und im Fluss einen Liegeplatz suchen. An einer gerade abfallenden Böschung legte Kjelt die Schnigge an, und an zwei dicken Bäumen knoteten sie die Leinen fest.

„Olaf, du übernimmst das Kommando", befahl Einar, und blickte dann Raban an. „Du kommst mit mir. Und Thoke, Ubbe, und Søde. Baut das Lager auf, ich weiß nicht, wie lange wir hierbleiben werden."

Mit den ausgewählten Männern machte sich Jarl Einar auf den Weg nach Lade. Es war ein warmer Tag geworden, und zum Glück hatte Einar sein Kettenhemd, und das andere Rüstzeug zurückgelassen. Einzig sein Saxmesser am Gürtel, und das Schwert am Wehrgehäng hatte er bei sich.

Sie brachten die Wiese hinter sich, die an das Ufer grenzte, und erreichten einen breiten Weg, der in einen Wald führte. Und hinter diesem Wald begann die große Königsstadt. Thoke meckerte als erster herum. Über die Wärme, den langen Fußweg, und vor allem den Hafenhauptmann, der ihm diesen Fußweg eingebrockt hatte. Er versprach den Göttern, diesen Mann von seinem Kopf zu befreien, würde er ihm noch einmal über den Weg laufen.

„Höre endlich auf zu jammern, du stinkende Memme", tadelte ihn Ubbe, der aber nicht weniger schwitzte.

„Memme? Du nennst mich Memme?", keifte Thoke verärgert. „Hast du mal an dir gerochen, du Walross? Du stinkst wie ein Schwein in der Sule!" Da fand der Jarl, dass es an der Zeit war bei dem Streit einzuschreiten. „Nun hört endlich auf, wir schwitzen alle. Außerdem ist es nicht mehr weit!" Natürlich war das gelogen, denn sie erreichten zuerst einmal den Rand der Vorstadt, und Einar ahnte auch, dass dies die beiden Streithähne ebenfalls wussten. Und dann sahen sie die ersten Felder und Höfe, die Lade umgaben. Sie erreichten die Hütten der Vorstadt. Und irgendwann standen sie vor dem Hügelring der Burg von Lade. Entlang dem Graben, der den Hügelring mit der Palisadenwand darauf umgab, gingen sie bis sie eines der großen Tore erreichten. Das große Doppeltor mit dem Wehrgang darüber stand offen, und Fuhrwerke, Reiter und Fußgänger überquerten die Brücke und passierten es, ohne dass die Wachen sie kontrollierten. So konnten auch die fünf Männer die Burganlage König Grjotgards betreten. Vorbei an den Langhäusern in denen die Krieger des Königs lebten,

folgten die fünf Männer dem Weg der zu dem großen Platz
führte, auf dem Händler ihre Stände und Gatter aufgebaut
hatten. Hier war es wohl, wo Winfried dem Sigurd das
Leben rettete, dachte Einar, als sie den Markt passierten.
Und dann sah der Jarl einige Wächter, die etwas seitlich
standen, und miteinander sprachen. So trat er zu diesen, und
fragte: „Ich bin Jarl Einar von Tautra, wo finde ich König
Grjotgard?" Sofort unterbrachen die drei ihr Gespräch. „Der
König ist in der Halle, Jarl Einar." Er zeigte den Weg
entlang, der auf den Hügel führte, wo dass Meisterwerk der
Zimmermannskunst prangte. Aus dem Dach mit dem
Giebel, dessen Enden große Drachenköpfe zeigten, ragte die
grünbelaubte Krone des mächtigen Eschenbaumes in den
Himmel, um den sie das Gebäude errichtet hatten. Plötzlich,
ohne es selbst zu bemerken, gingen die Männer schneller,
als würde sie dieses Gebäude anziehen. Und bald schon
standen sie vor dem Eingang. Zwei Krieger hielten die
Fremden auf. „Was wollt ihr?" Sie kreuzten ihre Speere.
  „Ich bin Jarl Einar von Tautra, und König Grjotgard hat
nach mir gerufen", sagte Einar ruhig. „Wartet hier! Ich frage
nach", sprach einer der Wächter, öffnete die mit Bildern aus
der nordischen Mythologie beschnitzten Türen und
verschwand. Es dauerte nicht lange, da steckte er seinen
Kopf wieder heraus. „Kommt!"
Die fünf Männer aus Tautra, gingen vorbei an den vielen
Tischen und Bänken, an dem dicken Stamm der Esche, bis
zu dem Podest mit den Hochstühlen der königlichen
Familie. Hocherfreut begrüßte der König des Trøndelag
seine Gäste. „Einar, welche Freude, dass du meinem Ruf so
schnell gefolgt bist!" Grjotgard trat von dem Podest, und
reichte Einar die Hand. Und auch die Begleiter des Jarls
begrüßte er mit Handschlag. Ganz anders aber war die
Begrüßung von Andur und ihrem Sohn Sigurd. Diese beiden
umarmten den Jarl sogar, und begrüßten ihn wie ein

Familienmitglied. Da sah Einar die Andur genauer an, denn ihm war etwas aufgefallen. Er beugte sich heran, und flüsterte: „Sag, Königin Andur, wann ist es soweit?" Andurs Blick zeugte von Überraschung. „Du weißt es? Hat es dir die Gudrun erzählt?" Nun war es der Jarl der erstaunt dreinsah. „Die Gudrun? Nein, wieso? Weiß sie es?" Da nickte die Königin grinsend. „Was seid ihr bloß für eine Sippe? Habt ihr magische Blicke?" Sie legte den Arm um Einars Schulter. „Es wird noch dauern, mein Freund."

„Los, ihr Weiber, bringt Essen und Trinken auf den Tisch", rief König Grjotgard laut, und setzte sich an einen der Tische. Einars Männer folgten dem Beispiel, ließen aber Plätze zwischen sich und dem König frei.
Kurz darauf saßen auch Andur, ihr Sohn und der Jarl an dem Tisch. Die Sklavinnen brachten hölzerne Platten mit gebratenem Fleisch, Schüsseln mit Brei gefüllt und Brot. Andere stellten Becher und Krüge auf den Tisch. Wieder andere brachten Teller und Löffel. Andur nahm ein Messer, und stach in ein großes Stück Fleisch. Dieses legte sie dem Jarl auf den Teller, dazu tat sie ihm auch den Brei auf. „Iss dich satt, mein Freund", sagte sie lächelnd. Und so aßen und tranken sie erst einmal. „Was ist aus deinem Versprechen geworden, dass du mir in Britannien gabst?" Der König sah seinen Jarl streng an, und die Unbeschwertheit dieses Aufeinandertreffens war verflogen. Einars Begleiter sahen sich beunruhigt an. Und auch die Königin erkannte die Spannung in Grjotgards Stimme. Doch Jarl Einar blieb ruhig. „Ich kann es dir nicht sagen, König Grjotgard. Ich selbst warte auf eine Nachricht von Gisli, doch bisher blieb es ruhig. Er segelte mit dem Flutenbrecher zurück nach Ranrike, denke ich. Er will sicher seine Angelegenheiten regeln." Da nickte Grjotgard, und die Antwort schien ihn zu beruhigen. „Ja…, ja…, so wird es wohl sein!"

Man sah den Männern von Tautra an, dass sie aufatmeten. Und auch Einar war nicht wohl dabei, den König anzulügen. Er wollte ihn sich nicht wieder zum Feind machen. „Nun gut, Jarl Einar, eigentlich rief ich dich aus einem anderen Grund hierher", sprach Grjotgard. „Man trug mir die Nachricht zu, von einem Streit um die Insel Ytteroya. Es soll sogar schon zu Kämpfen gekommen sein. Dies gefällt mir nicht!" Er legte sein Messer beiseite, und sah den Jarl an. „Du bist ein schlauer Fuchs, Einar. Segele dorthin und beende den Streit, der zwischen den Jarls tobt. Drohe ihnen von mir aus mit meiner Heeresmacht, aber beende die Kämpfe!"

*

Die Männer von Tautra blieben nur eine Nacht in Lade, und bezogen ihr Quartier in einem der großen Langhäuser, nahe bei den Pferdekoppeln. Und schon am nächsten Morgen verabschiedeten sie sich von der königlichen Familie, nicht ohne das Grjotgard dem Einar einen Seitenhieb verpasste.

„Vielleicht denkst du auch an Gisli und meine Tochter, Jarl Einar. Du hast es mir versprochen!" So war der Jarl äußerst froh, als er an der Böschung des Flusses ankam, wo sein Schiff festgemacht war. Mit Anlauf sprang der Jarl an Bord.

„Macht die Leinen los", gab er Befehl. „Ich will hier weg! Kjelt bring uns in den Fjord. Es geht nach Levanger!" Als sie dann den Wellenwolf an der Einfahrt zum Hafen vorbeiruderten, fiel Einar der Hafenhauptmann wieder ein, und er ärgerte sich, dass er diesen Kerl nicht bei Grjotgard angeschwärzt hatte.

Der Wellenwolf nahm Kurs auf die Halbinsel Frosta, und segelte an deren Küste entlang. Und plötzlich rief Olaf, der am Vordersteven stand, nach seinem Jarl. „Einar, sieh dort drüben. Träume ich, oder bin ich betrunken? Das ist doch

der Blutdrachen der Thordis", rief der Stevenhauptmann, und zeigte auf eine Schnigge, die ihren Weg kreuzte. Eilig lief Einar über das Deck zum Bug des Schiffes.
Und tatsächlich, der Blutdrachen, die gesunkene Schnigge seiner Schwester, segelte mit Kurs auf Fylke.

„Das gibt es doch nicht", zweifelte der Jarl an seinen Augen. „Doch! Der rote Drachenkopf, das rote Segel. Dies ist der Blutdrachen", bestätigte Olaf, was sie sahen. „Aber das kann doch nicht sein", zweifelte nun auch Thoke an seinen Augen. Da ging Einar ein Licht auf. „Oh, doch, Thoke. Das kann durchaus sein. Erinnerst du dich an meine gestohlene Geldkatze?"

„Du meinst, die Thordis hat ein neues Schiff gekauft", mischte sich nun Raban ein, und Einar nickte. „Seht genau hin, dort segelt der Inhalt meines Geldbeutels."

„Du meinst sie wird die Schildmaiden wieder zum Leben erwecken", mutmaßte Olaf richtig. „Ich befürchte, dass hat sie schon!" Einar zeigte zu dem Schiff mit dem roten Segel hinüber. „Sollen wir dem Blutdrachen folgen?", fragte der Stevenhauptmann, doch Einar schüttelte den Kopf. „Nein, wir wissen ja, wo wir meine Schwester und mein Weib finden. Wir segeln nach Levanger, so wie es der König will!"

So segelten sie durch den Ladefjord, entlang der Südküste, bis sie die Halbinsel von Levanger erreichten. Hier bogen sie scharf nach Steuerbord ab, dem Verlauf der Küste folgend, und erreichten die schmale Einfahrt, die sich einem Fluss gleich, zum Hafen von Levanger und weiter in das große, seeähnliche Becken schlängelte. Doch soweit wollten sie nicht, denn ihr Ziel war der Hafen der Stadt.
Hier tummelten sich die Händler und ihre Sklaven. Schiffe wurden beladen, mit Eisen und Korn aus dem Jämtland im Schwedenreich, welches man über Land nach Lade transportierte. Gleichzeitig brachte man Trockenfisch,

Salzheringe, sowie Felle aus Lade, um diese auf dem Markt von Levanger wiederum nach Schweden zu verkaufen.

Jarl Asbjörn saß in seiner Halle, und wartete immer noch auf den Vollmond, um über Jarl Stendal Gericht halten zu können. Obwohl für ihn das Urteil bereits feststand. So musste sich der Jarl gedulden, und dies war gar nicht leicht, denn sein Weib Gunfrigg konnte es nicht lassen zu hetzen. Gegen den Gefangenen, gegen den Breka, und nicht zuletzt gegen ihre eigene Tochter. Dies ließ den Jarl oft auf den Fünf-Felder-Hof, oder in die Schildhalle gehen, wo er umgeben von seinen Beratern, seinem Weib entfloh.
Und wie er in ein Gespräch vertieft, auf seinem Hochstuhl saß, kam ein Mann in die Schildhalle gelaufen. Er verbeugte sich, und sprach zum Jarl: „Jarl Asbjörn, eine Schnigge mit dem Banner des Jarls von Tautra hat in unserem Hafen festgemacht." Der Jarl sah den Mann an, und musste bei seinen Beratern erst für Ruhe sorgen, denn diese stritten lautstark über die Bestrafung des Jarls aus Steinkjer. „So? Ist der Jarl an Bord?" Asbjörn sah den Mann fragend an.
„Mein Jarl, das weiß ich nicht. Aber das Schiff fährt auch unter dem Banner des Königs!" Da sprang Asbjörn auf.
„Dann kommt er als Bote Grjotgards! Aber was will der Kerl hier?" Der Name Einar Thordsson erweckte keine Freude in dem Jarl, denn auch wenn der Streich schon viele Winter her war, so hatte er ihm die Beteiligung an der Entführung seiner Tochter nicht verziehen. Die Beziehung der beiden Jarls war seitdem nicht die Beste. Also wartete er nun darauf, dass der Bote des Königs in seine Halle kommen würde. Und dies tat Jarl Einar natürlich auch! Mit sechs Männern als Leibwache trat er in die Halle von Levanger, wo er den Jarl vermutete. Und dort saß dieser auch auf seinem Hochstuhl. Die Männer traten, ohne zu warten, vor den Asbjörn. „Jarl Asbjörn, ich grüße dich, und

ich überbringe dir auch die Grüße deines Königs", sprach Jarl Einar freundlich. Doch Asbjörn zeigte wenig Freude über den Besucher. „Lass die Schleimerei, Jarl Einar! Sag was du willst, und verschwinde wieder!"
Da sah Einar den Raban an, der neben ihm stand, und hob seine Augenbrauen. „Hört, hört!" Der Glatzkopf begann zu grinsen. Da nickte Jarl Einar, und sah den Jarl nun mit strengem Blick an.

„Gut, lassen wir die Freundlichkeiten weg, Asbjörn von Levanger!" Da kamen mehrere Krieger in die Halle, und stellten sich seitlich der Gäste auf. Was dies zu bedeuten hatte, wusste Einar wohl. „Ein Kampf? Willst du das wirklich, Jarl Asbjörn? Bedenke, ich bin ein Bote des Königs!" Da schlug der Jarl von Levanger auf die Lehnen seines Hochstuhls. „Pah… Tautrajarl was bildest du dir ein? Ich sage hier was geschieht", brüllte Asbjörn wütend. Doch Einar blieb ruhig, und trat einen Schritt vor. Da wollten die Krieger auf ihn los, dies aber sorgte nur dafür, dass die sechs Krieger Einars ihre Schwerter zogen. Und so begann sofort der Kampf in der Schildhalle. Einar griff auf seinen Rücken, riss sein Saxmesser aus der Scheide, und stürzte sich auf Asbjörn, der gerade sein Schwert ziehen wollte. Doch er war zu langsam, und Einars Messer drang tief in Asbjörns Oberarm ein. Der Jarl von Levanger schrie auf, und sein Schwert glitt zurück in die Scheide an seinem Gürtel, denn die Hand löste sich vom Griff. „Du elender Narr, was glaubst du wie lange du noch der Jarl von Levanger sein wirst, wenn König Grjotgard mit seiner Flotte hierherkommt?" Er schubste den Jarl mit dem von Grau durchzogenem, dunkelblondem Haar zurück auf seinen Hochstuhl. „Du kriegst Stendal nie", zischte Asbjörn, in dem Glauben, dass die Befreiung des Jarls von Steinkjer der eigentliche Grund für das Erscheinen des Tautrajarls war. Das er nun selbst verraten hatte, was eigentlich ein

Geheimnis bleiben sollte, wusste Asbjörn nicht. Und Einar wurde hellhörig. In der Zwischenzeit hatte der Kampf in der Schildhalle ein Ende gefunden, denn die heimischen Krieger hatten gesehen, in welcher misslichen Lage sich ihr Jarl befand. So legten sie ihre Waffen nieder.

Thoke hatte eine kleine Wunde in seinem Gesicht, aus der das Blut über seine Wange lief. Und Ubbe hielt sich die rechte Hand. Und auch die Krieger des Asbjörn hatten bei dem Scharmützel leichte Verwundungen davongetragen. Einar stand ganz nah vor dem Hochstuhl, und sah den Herrn über Levanger streng an. „Was sagst du da?" Erst jetzt bemerkte Asbjörn, dass er selbst sein Geheimnis verraten hatte. Er hätte sich am liebsten seine Zunge abgebissen, doch nun war es raus. Der Tautrajarl sah ihn aus schmalen Augenschlitzen an, und das rote Auge funkelte wie ein Rubin. „Du hältst Stendal gefangen?", vermutete der Jarl der kleinen Insel. „Na und", begehrte Asbjörn nun auf. „Er hat es nicht anders verdient. Der Mistkerl hat meine Insel überfallen!"

„Gib ihn heraus", forderte Einar sofort, doch Asbjörn schüttelte seinen Kopf. „Nein, Stendal wird sterben!"

„Das wirst nicht du entscheiden, Asbjörn! Sei vernünftig, und gib den Gefangenen heraus." Plötzlich erschallte eine laute Stimme. „Was ist hier los?" Es war Breka, der mit Olf und Asgrim in die Schildhalle getreten war. Mit schnellen Schritten traten die Männer zu ihrem Jarl. Da wandte sich Einar um, denn er hatte die Stimme erkannt.

„Breka Borkasson", zog er den Namen seines einstigen Freundes in die Länge.

„Einar, was tust du hier?", fragte der Gaute mit dem hellbraunen Haar. „Dasselbe könnte ich dich fragen. Bist du nicht der Jarl des Ragnar, und herrscht über die Götaburg?"

„Oh, das war einmal. Nein, ich bin nun ein Gefolgsmann meines Schwiegervaters, und wüsste gerne was hier geschieht!"

„Nun, Breka, dein Schwiegervater hält einen Jarl gefangen, und weigert sich diesen freizugeben", erklärte Einar, was Breka längst wusste. „Oh, dieser Dreckskerl hat Ytteroya geplündert, und dafür erhält er jetzt seine Strafe. Ich selbst habe ihn gefangen. Also, sage mir wo da das Problem liegt?" Breka zeigte sich hochnäsig, und schien die Freundschaft zu Einar längst vergessen zu haben. Und Einar bemerkte dies natürlich. „So einfach ist es nicht! Ich bin im Auftrag des Königs hier, und werde den Gefangenen mit mir nehmen." Da begann Breka zu lachen. Laut und sehr respektlos. Und dies ärgerte Einar nun doch sehr, und er verstand, dass es keine Freundschaft mehr zwischen ihnen gab.

„Das wirst du sicher nicht, Einar", sprach Breka frech. „Er ist unser Gefangener, und hier entscheidet nur einer, was mit ihm geschieht.!" Da begehrte Ubbe wütend auf. „Du elende Rotznase, du! Wenn Einar nicht gewesen wäre, würdest du immer noch ein klägliches Dasein als Sklave fristen. Und nun spielst du dich hier auf!" Er zog sein Schwert aus der Scheide, doch Einar bremste ihn.

„Lass das, Ubbe", befahl er. „Breka wird tun was ich sage, sonst wird er es bitter bereuen. So dumm ist er nicht!" Dann sah er den Gauten streng an. „Oder, Breka Borkasson?" Da wollte Breka etwas erwidern, doch Jarl Asbjörn fuhr nun dazwischen. „Breka, halt dein Maul!" Schließlich stand Einar immer noch mit dem Messer vor ihm. „Du hast die Heeresmacht des Königs hinter dir, Tautrajarl", sprach Asbjörn, und Einar nickte. „Nimm ihn mit, aber versprich mir, dass er bestraft wird."

„Ich werde es von Grjotgard verlangen", willigte Einar ein.

„Gut, dann sollst du ihn haben. Ich will keinen Streit mit dem König", gab Asbjörn klein bei. „Glaube mir, Asbjörn von Levanger, es ist besser so. Der König wird dafür sorgen, dass Stendal die Hände von deiner Insel lässt."

„Du solltest jetzt besser verschwinden", sprach Breka drohend, doch Ubbe trat verärgert vor ihn. „Zügele deine Zunge, Breka, sonst könntest du es eines Tages bereuen." Da trat Asgrim vor den großen Kerl mit dem Vollbart. „Du wagst es meinem Freund zu droh…" Weiter kam er nicht. Die Faust des Ubbe traf ihn auf der Brust. Asgrim stürzte auf den Rücken, und röchelte, als würde er ersticken. „Was ist denn mit dir los, du kleiner Troll?", fragte der stämmige Ubbe den Asgrim, der ihn verwirrt ansah. Und bevor Olf gegen den Ubbe stürmen konnte, legte ihm Raban sein Schwert auf die Brust. „Wirst du jetzt deine Männer zügeln, Breka. Oder soll ich dies tun!" Jarl Einar sah den Gauten böse an. Er hatte genug von den Spielchen!

Er war der Bote des Königs, und wer sich ihm widersetzte, widersetzte sich auch König Grjotgard. „Und nun bringt mir Jarl Stendal her!" Da gab Asbjörn seinen Kriegern den Befehl, den Gefangenen zu holen. Und während diese aus der Halle verschwanden, trat Einar zu Raban, und legte ihm die Hand auf die Schulter. Der große Sachse verstand, und schob sein Schwert in die Scheide zurück. Doch seine Augen ließen den Olf nicht aus dem Blick. Da trat plötzlich Astrid mit den Kindern in die Schildhalle. Sie sahen die Männer vor dem Podest des Jarls, und plötzlich erkannte sie den Mann mit den dunkelblonden Locken.

„Einar!" Ihre Stimme dröhnte durch die Halle des Jarls von Levanger. Und nun ging sie schneller, und fiel dem Jarl von Tautra um den Hals. „Einar, es ist schon so lange her, dass wir uns sahen. Oh, wie ich mich freue." Einar lächelte die Gemahlin des Gauten an. „Das geht mir ebenso, Astrid. Es freut mich, dich zu sehen." Doch die zurückhaltende Art ihres Gemahls fiel der Astrid natürlich auf, genau wie sein ernster Blick. „Breka, was ist mit dir? Es ist doch Einar, dein Freund, dein Bruder!" Der freudige Ausbruch der Astrid, schien dem Breka nicht gefallen zu haben, denn er sah sein Weib erbost an. „Astrid, du solltest dich hier nicht einmischen. Einar ist nicht als Freund hier!" Da sah sie den Jarl von Tautra enttäuscht an. „Ist das wahr, Einar?"

„Leider hat Breka recht, denn ich bin als Bote des Königs hier. Und versuche einen Krieg zu verhindern!"

„Einen Krieg? Was geht hier vor sich? Breka? Vater?" Sie sah zuerst ihren Gemahl, und dann den Asbjörn an. Breka schwieg, doch der Jarl antwortete ihr. „Der Angriff Jarl Stendals auf Ytteroya hat den König aus seinem Schlaf geweckt. Und nun droht er mir mit Krieg, wenn ich Stendal nicht freigebe! Und dein Freund hier, ist der Überbringer dieser Nachricht." Da mischte sich Einar ein. „Nun, ganz so ist es nicht, aber ja, mich schickt der König."

In diesem Moment kamen die Krieger mit dem Gefangenen Jarl in die Halle zurück. Und nicht nur Einar erschrak bei seinem Anblick. Sofort trafen sich die Blicke der Krieger aus Tautra. Und Astrid schien ebenso zu denken. Sie schlug entsetzt die Hand vor den Mund. „Vater, was hast du getan?" Der Jarl aus Steinkjer sah schwer misshandelt aus. Kraftlos hing er in den Armen zweier Krieger, die ihn vor den Hochstuhl schleppten. „Stendal, du elender Hundsfott! Danke Odin für sein Heil, denn der Jarl von Tautra nimmt dich mit zum König. Soll der entscheiden, was mit dir geschieht!"

„Erwartest du Dank von mir, du Scheißkerl", sprach der Misshandelte leise, und musste Husten. „Ich verlange von dir, dass du stirbst", antwortete Asbjörn trocken. Da sah Einar den Ubbe an. „Ubbe! Raban! Nehmt ihn, und bringt ihn an Bord." Die beiden Männer folgten dem Befehl Jarl Einars, und nahmen den Steinkjerjarl in ihre Mitte. Sie griffen ihm unter die Arme, und führten ihn hinaus ins Freie. Da wandte sich Breka seinen Männern zu, und verließ ebenfalls wortlos die Jarlshalle von Levanger. Sein Weib wollte es sich aber nicht nehmen lassen, mit Einar zu sprechen. Der Jarl von Tautra blickte den Asbjörn an. „Jarl Asbjörn, ich verstehe deine Rachegelüste nur zu gut. Doch Stendal ist ein Jarl! Du würdest den Zorn des Königs auf dich ziehen, wenn du ihn tötest. Füge dich, und lass Grjotgard entscheiden, was mit ihm geschieht!"

Dann verabschiedete er sich, und wandte sich der Astrid zu, um mit ihr zu reden. Lange Zeit war vergangen, und so hatte Einar genug zu berichten. Von Ilva und Thordis, von seinen Kindern, und nicht zuletzt von Astrids Schwager Gisli, den es an den Hof des Königs des Trøndelags zog.

Dies erstaunte die Astrid sehr. „Aber warum will er ohne die Eira nach Lade? Sie wurde doch entführt und in die Sklaverei geschickt." Astrid wusste also nicht, dass Einar die Tochter des Ladekönigs gerettet hatte. Doch von der Entführung wusste sie, und wahrscheinlich auch, dass ihr Gemahl sich der Rettung seiner Schwägerin verweigert hatte. So überlegte Einar, ob er sie darauf ansprechen sollte, hielt sich aber zurück. Er wollte Astrid nicht in Verlegenheit bringen. Während sich Einar und Astrid an einen der Tische setzten, um zu schwatzen, zogen sich die anderen Krieger des Jarls zurück in den Hafen. Und irgendwann machte sich auch Einar auf den Weg. Und ihn erwartete dort eine böse Überraschung, denn schon von weitem, hörte er den Aufruhr. Und als er näherkam, sah er, dass bei seinem Schiff gekämpft wurde. Er zog sein Schwert Blutauge aus dem Wehrgehäng, und lief auf den Steg. Dort drängte er sich durch die Menge der Gaffer, und erblickte, was vor sich ging. Ausgerechnet Breka hatte seine Leute überfallen. Der Schwiegersohn Jarl Asbjörns hatte sich einige Krieger geholt, und war Ubbe und Raban gefolgt. Diese aber hatten es bis zum Anlegesteg geschafft. Dort hatten die Männer von Levanger das Schiff angegriffen. Ein Wutschrei entfuhr dem Jarl, denn er hatte gehofft, ohne einen Kampf von hier fortzukommen. „Breka, was soll das?", rief er und stürmte auf den Gauten zu. „Der Gefangene bleibt hier!" Mehr sagte Breka nicht, und schlug mit dem Schwert nach Einar. Der Jarl mit dem roten Auge musste sich zügeln, denn er wollte eigentlich keinen Kampf mit dem Mann, den er einst aus der Sklaverei befreit hatte. Dies aber sah der Gaute ganz anders. Mit aller Kraft schlug er zu, und seine Klinge versuchte Jarl Einars Fleisch zu schneiden. Und Breka war ein geschickter Kämpfer, schließlich hatte Einar es ihm beigebracht. Auch die anderen Krieger hatten genug zu tun. Zehn Männer schützten das Schiff und den Gefangenen. Alle anderen kämpften auf dem Steg, gegen die Krieger aus Levanger. Eines wollte der Jarl von Tautra ganz bestimmt nicht, und zwar den Breka töten. Andererseits musste er wachsam sein, denn dieser wollte ihm ohne Zweifel ans Leder. „Woher kommt dein Hass auf mich?", rief Einar dem Breka zu, doch dieser antwortete nicht. Und dann ging es schnell! Es kamen Reiter in den Hafen, die vor dem Steg ihre Pferde zügelten. Einar ärgerte sich, dass er nicht mehr Männer bei sich hatte, und befürchtete den Kampf zu verlieren. Doch er sollte sich täuschen. Einer der Reiter stieß in sein Signalhorn, und die Krieger von Levanger stellten den Kampf ein. Einige von ihnen flogen daraufhin ins Wasser, denn Einars Krieger waren über den Angriff äußerst verärgert. Und Thoke ging sogar noch weiter. Er ergriff einen Speer, den er einem Krieger abnahm. Drehte diesen um, und schlug ihn mit aller Kraft dem Breka auf den Rücken. Das Holz zerbrach, und der Gaute fiel vom Steg in die Fluten des Hafenbeckens.

„Du elender Verräter", brüllte der Zimmermann dem Gauten hinterher, und spukte aus. All dies bekam Breka natürlich nicht mit, denn er war bewusstlos. Die Männer, die sowieso im Wasser schwammen, packten ihn, damit er nicht ertrank. „Los, fort von hier", rief Einar, und sah sich zu den Reitern um. Die Männer aus Tautra bestiegen ihre Schnigge, und lösten die Leinen.

*

Wütend rief Grjotgard Herlaugsson durch seine Halle, so dass kaum einer der Anwesenden zu sprechen wagte. Er lief auf dem Podest hin und her. „Jarl Stendal, schau dich an. Du kannst Odin danken, dass du noch in Midgard weilst. Was hast du dir gedacht, als du den Frieden des Trøndelag gebrochen hast?" Wie ein Häufchen Elend, stand der Jarl von Stendal vor dem wütenden König.

„Reicht dir die Herrschaft im Beitstadfjord nicht aus, oder warum überfällst du deine Nachbarn, und stiftest einen Bürgerkrieg an?"

„Warum soll die Insel auf ewig zu Levanger gehören?", wurde der Gequälte plötzlich munter. „Die Insel ist nicht weiter von Steinkjer entfernt!" Da trat Grjotgard vor, an den Rand des Podestes. „Weil es so ist, Stendal! Wie würde es dir gefallen, wenn sich Kolbjörn von Stiklestad dieselbe Frage über Steinkjer stellen würde, und er eines Morgens mit seinen Kriegern vor deiner Stadt steht?"

„Das würde Kolbjörn niemals tun. Wir wollten uns die Insel schließlich teilen." Und schon hätte er sich am liebsten die Zunge abgebissen. „So, der Jarl von Stiklestad war dein Verbündeter?", fragte Ingolf, der dicke Berater des Königs. Da nickte Stendal betroffen. „Nun ja…, er ist aber nicht erschienen, der Feigling. Er sollte die Steuern von Hok für sich beanspruchen, während Ytteroya in meine Herrschaft übergehen sollte." Da war der König sprachlos, denn er hatte nicht mit einer Verschwörung gegen den Jarl von Levanger gerechnet. „Ich suchte noch immer nach der

Schuld Jarl Asbjörns bei dieser Geschichte. Doch es gibt sie scheinbar nicht", sagte der König überrascht. „Mein Bote hat dir wohl dein jämmerliches Dasein in Midgard gerettet, und nun ärgere ich mich darüber, Jarl Stendal." Grjotgard wandte sich um, und setzte sich wieder auf seinen Platz. Da trat Einar vor den König. „Jarl Asbjörn verlangt die Bestrafung seiner Angreifer. Und ich befürchte, er wird diesen Angriff nicht auf sich beruhen lassen."

„Was willst du damit sagen, Einar?" Der König sah den Jarl von Tautra fragend an. „Jarl Asbjörn wird das Trøndelag mit einem Krieg überziehen, denn er will sich rächen. Der Osten des Landes wird in Brand geraten." Einar sah Stendal böse an. „Hast du geglaubt, du kannst dem Jarl von Levanger sein Reich streitig machen, ohne dass er sich dafür rächen wird?" Stendal schüttelte den Kopf. Dann sah der Jarl von Tautra wieder den König an. „Nein, das wird er nicht. Er wird Steinkjer angreifen, sollte ihm die Bestrafung Stendals nicht ausreichen!"

„Ich bin der König des Trøndelag", rief Grjotgard wütend aus. „Ich bestimme, nicht der Jarl von Levanger, und wenn er mir mit Krieg droht, werde ich ihm geben, wonach es ihm dürstet!" Dann erhob sich der König, und trat von dem Podest herunter. Wieder stellte er sich vor den Jarl von Steinkjer. „Wieviel hast du erbeutet, Mann?", wollte der König wissen, und Stendal begann aufzuzählen, was ihm seine Krieger und die Bauern der Insel ins Lager gebracht hatten. Grjotgard nickte nur immer wieder, bis der Jarl von Steinkjer endete. „Ich weiß, dass Asbjörn von mir erwartet. Und zwar, dass dein Kopf fällt", sprach der König nun wesentlich ruhiger als zuvor. „Doch du bist ein Jarl, darum soll deine Strafe folgende sein. Du zahlst dem Jarl von Levanger das Doppelte von dem, was du ihm gestohlen hast. Und für jeden Toten auf der Insel, zahlst du fünfzig Stück Silber an Mannesbuße. Wenn ich höre, dass du meinen

Befehl nicht befolgt hast, werden es meine Schiffe sein, die vor Steinkjer Anker werfen. Nimmst du die Strafe an?" Mit zornigem Blick nickte der Jarl aus dem Beitstadfjord. Somit war nun das Urteil gefallen, und der König rief nach einem seiner Hauptmänner, der den Auftrag erhielt, den Jarl von Steinkjer heimzubringen. Auf dem Rückweg sollte er in Levanger den Jarl über das Urteil unterrichten, und ihn davor warnen, einen Krieg anzuzetteln. Und auch der Jarl von Tautra wurde entlassen, und konnte sich endlich auf den Heimweg machen.

Es war recht kühl an diesem Tag, und dünner Fadenregen ließ die Kleidung der Seefahrer schnell durchnässen. Sie hatten die Zeltplane über Deck gespannt, und so erreichten sie den Hafen von Sørhamna.
Es war bereits spät am Tag, und so waren nicht mehr viele Menschen in dem großen Hafen. Auch das Signalhorn hatte nicht viele in den Hafen gelockt. Einzig die Angehörigen der Seefahrer kamen bei dem schlechten Wetter an den Steg. So sah man die Carragh, mit der Sif und den Kindern. Und auch Polk war gekommen. Und die Aelthdreda und die Ermintrude, die auf Olaf und Søde warteten. Die Aethel des Thure fehlte aber. Und als Einar dies sah, fiel ihm der Tag wieder ein, an dem Aethel ihn in der Schildhalle bewirtete, obwohl er sie dem Thure verkauft hatte.

Die Nachricht von der Rückkehr hatte sich natürlich auf der Insel herumgesprochen, und war auch auf den Hof des Röde getragen worden. Während Hrani, der neue Bauer auf dem Hof, die Nachricht gelassen hinnahm, brachte sie dem jüngeren Bruder Gorm erneut Rachegelüste. Und damit hielt er sich nicht zurück. „Willst du unbedingt dem Vater und dem Broki folgen? Denn dies wirst du, wenn du nicht den Mund hältst", schimpfte Hrani mit dem Gorm.

Doch der Jüngere hatte sich so in seine Rachegedanken hineingefressen, dass er nicht mehr davon loskam.

Vielleicht hatten ja die Nornen ihren Spaß daran, wie sich der Kerl seinen Weg zur Hel bereitete. Nur widerwillig ging er seiner Arbeit nach, und dabei waren seine Gedanken ganz woanders. Er schmiedete Pläne! Böse Pläne, die dem Jarl schaden sollten.

Als die Dunkelheit einbrach, war der Tag für die Menschen auf dem Hof so gut wie beendet. Man aß, und legte sich zum Schlafen nieder. Gorm lag auf seinem Schlaflager, und starrte zum Gebälk seiner Kammer. Es war ruhig in dem Haus, das einst der Röde mit seinen eigenen Händen gebaut hatte. Hrani schlief tief und fest, genau wie seine Mutter und der Knecht, der im Wohnraum neben der Feuerstelle lag. Gorm hatte seine Beinkleider anbehalten, als er sich auf sein Bett gelegt hatte. Und auch seine Tunika und die Schuhe lagen parat. Angestrengt horchte er, ob er Bewegungen hören konnte. Doch es war ruhig. So erhob er sich, und zog sich an. Zum Schluss legte er seinen Gürtel mit dem Saxmesser um. Leise schlich er sich in den Wohnraum, und horchte auch hier in die Dunkelheit. Ein leises Schnarchen drang an sein Ohr. Wissend nickte Gorm. Gleichmäßige Atemgeräusche drangen an sein Ohr. Der Knecht schlief also tief und fest. Langsam schlich Gorm aus dem Haus. Da hob der Knecht vorsichtig seinen Kopf.

Seine dunklen Gedanken vor sich hin flüsternd, machte sich der jüngste Sohn des Röde auf den Weg nach Sørhamna. Er lief über Wiesen, vorbei an Weiden und Wäldern. Und dann sah er den hellen Schein der Fackeln, die den Platz an der Schildhalle in ein rötliches Licht tauchten. Und bald schon drängte sich ein Schatten an die Wände der Häuser, um nicht bemerkt zu werden.

Schwer atmend stieg Carragh von Einar herunter, auf dessen
Lenden sie mit rhythmischen Bewegungen geritten war.
Schneller und schneller waren ihre Bewegungen geworden,
während Einar seine Hüften immer wieder hochstieß, bis sie
innerlich aufbrauste, im Sturm des leidenschaftlichen
Liebesspiels. Erschöpft sank sie auf das Bett, nachdem
Einar in ihr seinen Höhepunkt erreicht hatte. Beide atmeten
schwer, und waren nass geschwitzt. „Oh, bei Belenus, wie
du schaffst es immer wieder, mich an den Rand des
Wahnsinns zu bringen, mein geliebter Einar?" Diese Worte
hörte der Jarl natürlich gerne, und fühlte sich in seiner
Männlichkeit gebauchpinselt. Carragh legte ihren Kopf auf
seine Brust, und an ihrem Atem, der nun immer ruhiger
wurde, erkannte Einar, dass die schöne Keltin langsam
einschlief. So dauerte es auch nicht lange, bis Einar selbst
die Augen zu fielen. Nun war es auch in dem Raum hinter
der Schildhalle ruhig geworden. Einzig das Rascheln und
Knabbern der Mäuse konnte man hören. Plötzlich drang ein
leises Stöhnen durch die Dunkelheit. Dann knarzte die Tür
der Halle, und es breitete sich wieder Stille aus.
Einzig die Glut des heruntergebrannten Feuers in der langen
Feuerstelle brachte etwas Licht in die große Schildhalle von
Tautra. Erst als sie sich der Feuerstelle näherte, erkannte
man den dunklen Schatten einer Person, deren Ziel die Tür
zu den hinteren Räumen zu sein schien.
Es war ein Stöhnen, dass die junge Keltin erwachen ließ.
Und dann sah sie den Schatten einer Gestalt nahe vor dem
Bett stehen. Ein lauter Schrei entfuhr ihrer Kehle, und sie
sprang auf. Ohne zu zögern schlug sie in die Richtung des
Eindringlings, schließlich war Carragh eine Kriegerin. Der
Attentäter zuckte zusammen, und stöhnte auf. Fluchtartig
lief der Angreifer aus dem Raum, und verschwand in der
Dunkelheit. „Einar", rief sie, doch der Jarl antwortete nicht.
Plötzlich hörte Carragh Schritte. Schnelle Schritte! Und

dann wurde es hell, vom Schein mehrerer Fackeln. Raban und Polk kamen in den Raum gestürzt. „Carragh, was ist geschehen?", fragte Raban aufgeregt. „Wir fanden den Wächter tot vor dem Eingang. Man hat ihm die Kehle durchschnitten."

„Jemand hat uns angegriffen", sagte sie, und plötzlich schrie sie auf. „Einar!" Im Licht des Fackelscheins sahen sie das Messer, dass aus Einars Brust ragte. Polk wollte die Klinge aus Einars Körper ziehen, doch Raban hielt seine Hand fest. „Lass es stecken! Hol lieber eine Völva her!" Raban beugte sich über den Jarl, und horchte nach seinem Atem. Dann riss er den linken Ärmel seiner Tunika ab, und wickelte diesen um die Stelle, aus der die Klinge ragte.

„Noch lebt er! Schnell, geh zu meiner Hütte und sage Ermintrude sie soll meine Tasche…, die braune Ledertasche, hierherbringen. Und beeile dich!" Carragh nickte, und bemerkte erst jetzt, dass sie noch nackt war. Sie griff nach ihrem Unterkleid, stülpte dies über und lief los. In der Zwischenzeit kam Polk zurück, mit der Nachricht, dass nur eine Heilerin im Dorf sei, und diese hatte sich mit dem Raban zerstritten, und weigerte sich zu erscheinen, wenn der Sachse anwesend wäre. „Das ist nicht schlimm, ich würde sie sowieso nicht an den Jarl heranlassen", sprach der Kahlkopf böse. „Los, Polk, mach mehr Licht." Und bald darauf, war der Raum von mehreren Fackeln beleuchtet. Raban hielt seinen abgerissenen Ärmel auf die Wunde, und als die beiden Frauen in den Raum gelaufen kamen, atmete er auf. „Los, mach die Tasche auf, und ziehe einen Faden in die Walrossknochennadel", sagte Raban zu der jungen Ermintrude. Und diese folgte seinen Worten, die sie inzwischen gut verstand. Sie wühlte in der Tasche, und legte dem Raban einige Leinensäckchen heraus. „Nimm die Schale, Ermi", wies der Kahlkopf seine Sklavin an. „Kennst du Schafgarbe?", fragte er die Carragh, und diese nickte.

„Gut, hinter dem Langhaus der Krieger, direkt am Weg, der zur Nordbucht führt. Da wächst sie. Hol mir etwas davon. Und bring mir auch frisches Moos." Wortlos lief Carragh wieder aus dem Raum. Die Nadel aus dem Knochen eines Walrosses, hatte er noch kleiner und spitzer geschnitzt. Bis er die Nadel, die natürlich zum Nähen von Kleidung gedacht war, für seine Zwecke gebrauchen konnte.

„Ermi, nimm den Faden aus der Tasche, und fädele ihn in die Nadel ein." Sie tat was Raban verlangte, und zeigte dabei eine ruhige Hand. „Polk, nimm die kleine Schale, und das braune Ledersäckchen. Gib ein walnussgroßes Stück, aus dem Säckchen in die Schale." Der Knecht nickte, und öffnete den kleinen Lederbeutel. Ein übler Gestank kroch in seine Nase. „Was ist denn das Ekelhaftes? Das stinkt ja fürchterlich", beschwerte sich der Knecht, folgte aber den Anweisungen des Sachsen. „Das ist eine Salbe, nach dem Geheimrezept meiner Mutter. Nun nimmst du aus jedem der drei Leinenbeutel, je zwei Prisen der Kräuter, und gibst diese in die Schale. Und dann vermengst du alles."
Da begann Einar zu röcheln, und plötzlich zitterte er. „Los, schnell, halt ihn fest!" Sofort sprang der Obodrite dem Sachsen bei. Mit vereinten Kräften drückten sie den Jarl auf sein Schlaflager.

„Raban, so tu doch etwas", bat Polk inständig. Doch dieser schüttelte mit dem Kopf. „Es fehlt noch die Schafgarbe! Wo bleibt nur diese Keltin?" Er blickte seine Sklavin an. „Geh, suche die Carragh. Und beeil dich, sonst ist es zu spät für den Jarl!" Die Sklavin aus dem Land der Angelsachsen lief sofort aus dem Raum, kam aber wenige Augenblicke schon wieder zurück. Und mit ihr die Carragh.
Sie hielt dem Kahlkopf die Pflanze hin, und dieser nickte.

„Zerreibe drei Blätter, und die zarten Wurzeln zu einem Brei, und dann vermengt sie mit der Salbe. Polk tat, was Raban ihm gesagt hatte, und irgendwann veränderte sich die dicke, graue Paste zu einer grünen Salbe. „Nun ist es soweit", sagte der Raban mit schwerer Stimme. „Kommt alle her, und haltet ihn fest." Der Sachse nahm ein Tuch aus seiner Tasche, faltete es viermal, und strich dann die Salbe darauf. Er legte sich das Tuch in die rechte Hand, und umfasste mit der Linken den Griff des Messers in Einars Brust. Und dann zog er dieses langsam und vorsichtig heraus. Sofort presste er das Tuch mit der Salbe auf die blutsprudelnde Wunde. Er begann leise Beschwörungen zu murmeln, und hielt das Tuch fest, bis er sich sicher sein konnte, dass das Blut geronnen war. Als er endlich den Druck auf das Tuch verringerte, standen dem kräftigen Sachsen die Schweißperlen auf der Stirn. „Was ist jetzt?", fragte Carragh ungeduldig. „Hole sauberes Wasser, ich muss die Wunde reinigen."

Nachdem dies getan war, nahm er die Nadel, und begann die Wunde mit kleinen Stichen zu vernähen. Glücklicherweise war Einar vorher schon bewusstlos geworden, als Raban ihm die Klinge aus seinem Körper gezogen hatte. So bekam er von der Tortur nicht viel mit. Staunend beobachteten die beiden Frauen, und der Knecht, die Fingerfertigkeit des großen, stämmigen Mannes, dem sie all dies Wissen nicht zugetraut hatten. Jetzt stürmten auch Olaf und Thoke, sowie Ubbe und Kjelt in den Raum hinter der Schildhalle. „Was ist geschehen?", fragte Olaf. „Vor der Methalle liegt Sven mit durchschnittener Kehle!" Und dann sah er seinen Jarl auf dem blutroten Schlaflager liegen. Raban hatte die Wunde vernäht, und legte nun das frische Moos darauf. „Gib mir Verbandstoff", befahl der Glatzkopf, und Thoke griff sofort in die Ledertasche.

„Kommt helft mir." Vorsichtig hoben sie Einar an, so dass Raban ihm den Oberkörper verbinden konnte.

Es war schon fast hell geworden, da saßen immer noch alle in dem Raum am Bett des Jarls. Dieser lag bewegungslos da, und atmete leise. „Wird er leben, Raban?", fragte Olaf beunruhigt. „Das wissen nur die Götter, Olaf. Ich habe getan, was in meiner Macht stand. Jetzt werde ich Odin noch ein Opfer bringen. Mehr kann ich nicht tun." Da hielt ihn der Knecht am Arm. „Lass mich das tun!" Raban zuckte mit den Schultern, und nickte. Da verlies Polk den Raum, und auch die Halle. Mit schweren Schritten ging er durch die Siedlung zu der Hütte, in der die Heilerin lebte, die ihm in der Nacht die Hilfe verweigert hatte. Er klopfte heftig gegen die Tür. „Odin, Vater aller Götter, Herrscher über die neun Reiche, ich bitte dich dieses Opfer anzunehmen. Verschone Jarl Einar, und nimm ein anderes Leben dafür." Da öffnete die Völva die Tür, und erkannte den Polk sofort.

„Was willst du schon wieder hier? Ich helfe dem Sachsen nicht!"

Da griff Polk auf seinen Rücken, und zog sein Saxmesser aus der Scheide. Mit einem kräftigen Stoß, rammte er dem Kräuterweib sein Messer in den Hals. „Du hast mir einmal die Hilfe verweigert, ein zweites Mal schaffst du das nicht!"

*

FORTSETZUNG FOLGT!

Bisher in der Jarlsblut – Saga erschienen:

Der erste Band   Der zweite Band
Der dritte Band   Der vierte Band
Der fünfte Band   Der sechste Band
Der siebte Band   Der achte Band
Der neunte Band

Weitere historische Bücher:

Die Saga von Sigurd Svensson - Das Schwert des Wikingers
   Die Krieger Odins
Die Saga von Erik Sigurdsson - Das Blut der Wikinger
   Die Wölfe des Nordens
   Der Krieg der Könige

Wikingerwelten (Historische Geschichten) - Band I
   Band II
   Band III
Der Skalde
Der Skalde II – Odins Wille

Pakt der Barbaren

Die Science Fiction/Fantasy Saga:

Die Lupan Chroniken

Die Krimi-Serie:

Blutige Kohle
Blutige Kohle II
Blutige Kohle III